BRIAN FREEMAN

Directeur marketing d'une grande firme américaine dans une vie antérieure, Brian Freeman s'est reconverti dans le roman policier d'action et d'atmosphère en mettant en scène son héros récurrent, l'inspecteur Jonathan Stride. Salué par la critique, par ses pairs et par les lecteurs dès son premier livre, *Jamais je ne reviendrai* (Presses de la Cité, 2007), il fait désormais partie du cercle très fermé des meilleurs auteurs du genre. Brian Freeman est aussi l'auteur de *Las Vegas Baby* (2008) *Le Prix du péché* (2010) et *Le voyeur* (2011), parus chez le même éditeur.

Retrouvez toute l'actualité de l'auteur sur : www.bfreemanbooks.com

LE PRIX DU PÉCHÉ

DU MÊME AUTEUR
CHEZ POCKET

JAMAIS JE NE REVIENDRAI
LAS VEGAS BABY
LE PRIX DU PÉCHÉ

BRIAN FREEMAN

LE PRIX DU PÉCHÉ

Traduit de l'anglais (États-Unis)
par Jean Charles Provost

PRESSES DE LA CITÉ

Titre original :
STALKED

Le papier de cet ouvrage est composé de fibres naturelles, renouvelables, recyclables et fabriquées à partir de bois provenant de forêts plantées et cultivées durablement pour la fabrication du papier.

ISBN 978-2-266-21443-8

À Marcia

Où les feuilles mortes, roussies par les ans,
gisent pourrissantes,
Les crimes anciens et froids, les actes réprouvés,
Mal conçus ou illégitimes,
Je dois commettre un péché avant de mourir.

Algernon Charles SWINBURNE,
« Le triomphe du temps »

Prologue

Le prisonnier loucha vers le ciel d'ébène menaçant, à travers l'épais grillage d'acier de la cage, à l'arrière de la voiture. Il savait qu'il aurait dû avoir peur, mais, à l'intérieur de lui-même, il était déjà mort. Il n'avait rien d'autre à faire que regarder approcher le typhon en espérant qu'il le soulèverait et l'emporterait.

Cinq secondes plus tard, la tempête les avait rattrapés en hurlant.

— Sainte mère de Dieu ! s'exclama la femme flic qui était au volant.

Elle était nouvelle dans le service. Une costaude, qui agrippait le volant de ses doigts trapus. Elle avait des cheveux noirs, une coupe masculine, et pour l'heure le visage trempé de sueur. Le vent était si violent que les roues avant de la voiture se soulevaient, au risque de lui faire quitter la route, la pluie formant un rideau opaque devant le pare-brise. La conductrice fit la seule chose qu'il y avait à faire. Elle s'arrêta, car elle ne voyait rien. La voiture dérapa légèrement.

— Il faut continuer, lui dit son partenaire.

— Tu es dingue ? La tempête a changé de cap, elle vient droit sur nous.

Ils étaient arrêtés en travers de la route nationale, au milieu des champs déserts. Tous les habitants avaient fui. Ils étaient partis vers le nord, abandonnant leurs maisons au vent et à l'eau.

— On est à cinquante bornes de Holman, reprit l'autre flic d'une voix éraillée, aussi rugueuse que du gravier. On doit ramener ce tas de merde derrière les barreaux. Continue.

Des débris heurtaient les vitres de la voiture. Des pierres, des branches grosses comme sa cuisse, des morceaux de bardeau, des cadavres d'oiseaux.

— Pas question, mec. Pas question. Il faut qu'on se mette à l'abri, et tout de suite.

— À l'abri ou pas, ça ne changera rien, répliqua l'autre flic.

Les détenus l'appelaient DDT, parce qu'il avait l'odeur douceâtre de l'insecticide dont il se servait pour repousser les moustiques de l'Alabama. C'était la chose la plus aimable qui se disait à son sujet. Il était mince et court sur pattes, mais c'était une vraie brute. Les talons de ses bottes étaient renforcés par des plaques d'acier, et il adorait briser les tibias d'un coup sec.

— J'ai aperçu une ferme, dit la conductrice. Je fais demi-tour.

Elle dut se retourner pour faire marche arrière. Le prisonnier la fixa dans les yeux. Le regard de la femme exprima une panique animale. Elle était pétrifiée, à deux doigts de faire sous elle. L'odeur de sa peur éveilla en lui une sensation familière, excitante.

Le chemin n'était plus goudronné. Elle arrêta la voiture.

— Je la vois ! s'exclama-t-elle lorsqu'un éclair illumina une ferme délabrée.

DDT fit un geste du pouce vers le siège arrière.

— Et lui ?

— On ne peut pas le laisser seul au milieu de la tempête…

— On ne va sûrement pas sortir ce type de la cage, grogna DDT.

Le détenu se pencha en avant, son visage dur contre le grillage, et interpella les deux flics :

— Laissez-moi ici. J'en ai rien à foutre.

De fait, il s'en moquait. Il aimait mieux mourir sur place que retourner à Holman.

Pendant des semaines, il avait attendu ce transport à Tuscaloosa, pour pouvoir sentir de nouveau la puanteur de la rivière Black Warrior et mater le décolleté des filles dans les rues. On n'avait rien à lui offrir en échange de son témoignage. Il était condamné à perpétuité. Tout ce qu'il voulait, c'était sentir sur sa langue la poussière de la ville, l'ambiance de la rue. Mordre une dernière bouchée de la vie qu'on lui avait volée dix ans auparavant.

Dix ans. Il se rappelait cette salope arrogante qui l'observait, au dernier rang de la salle d'audience où il attendait le verdict. Elle l'avait traqué jusque dans le Sud et l'avait dénoncé aux flics de l'Alabama. Il était tombé pour le meurtre d'un concurrent, sa vie avait été anéantie à cause d'un bon à rien qui méritait son sort parce qu'il coupait la marchandise. Il aurait aimé disposer d'une demi-heure avec elle avant d'être enfermé, pour effacer cette saloperie de sourire de son visage.

Le fait d'être dehors ne rendait que plus insupportable l'idée de retourner là-bas. Les quelques minutes au tribunal, en civil, sans menottes ni fers aux pieds, n'avaient été qu'un leurre, comme le dernier steak qu'on vous sert avant de vous piquer. La perspective des années à venir, dans une cellule surpeuplée, à ne voir que de l'acier et du ciment, lui était encore plus intolérable. Être avalé par la tempête serait une bénédiction.

— Merde, où veux-tu qu'il aille ? hurla la femme en direction de DDT. Il faut y aller, *maintenant* !

DDT jura et ouvrit brutalement la portière. Le vent la lui arracha des mains. La tempête faisait plus de bruit qu'un train lancé à grande vitesse. DDT sortit son revolver, qu'il pointa sur la tête du prisonnier.

— Un geste de travers, et tu es mort ! cria-t-il.

Il déverrouilla la portière arrière.

Le prisonnier s'emmêla dans ses chaînes. Il essaya de garder son équilibre, tomba. Il sentit que DDT le prenait par le col de sa chemise et le soulevait. Il cracha la terre qu'il avait dans la bouche.

— Allons-y ! cria la femme.

Elle brandit une radio à ondes courtes et claqua la portière de la voiture de police.

La pluie criblait le visage du prisonnier, comme si elle avait été faite de milliers de glaçons minuscules. Il progressait à tout petits pas, avec difficulté, sur l'allée transformée en torrent. Quand il trébuchait, les pieds entravés par les fers, il sentait sur sa nuque le canon du revolver de DDT qui le poussait en avant. Ils arrivèrent sur le seuil de la ferme. La porte était barricadée par des planches clouées sur l'encadrement. La femme posa sa radio et entreprit de les arracher. Elle eut vite les doigts en sang.

Il se demanda jusqu'où il pourrait aller s'il essayait de disparaître dans la tempête. DDT lut dans ses pensées. Il toisa le prisonnier et inclina son revolver.

— Tu veux te barrer ? Vas-y. Ça économisera les f…

DDT se tut. Le prisonnier plissa les yeux pour voir à travers le rideau de pluie. DDT n'avait plus de tête. Juste au-dessus de son corps, un panneau d'autoroute jaune dégoulinant de sang était venu se ficher dans le mur, après avoir fendu l'air comme une lame de guillotine. Un objet de la taille d'un ballon de football roula sur le seuil, avant d'être emporté par une rafale de vent. La tête de DDT.

Il entendit gémir l'autre flic : un bruit ignoble, primitif, terrifié. Le corps de DDT s'écroula en un tas informe. Un flot de sang s'en échappa en bouillonnant et recouvrit les marches de bois comme de la peinture. L'homme plongea pour saisir le revolver, le flic aussi, étonnamment rapide pour une femme aussi corpulente. Elle l'éjecta du seuil d'un violent coup de pied, sortit son arme. Puis elle attrapa le revolver de DDT et le glissa dans sa ceinture. Sans quitter des yeux son prisonnier qui gisait à plat ventre dans le sang et la boue, elle s'accroupit et vomit sur le cadavre de DDT.

— Debout ! hurla-t-elle en s'essuyant la bouche.

Elle se dirigea vers la porte, finit de l'ouvrir. D'un mouvement de son revolver, elle lui enjoignit de passer devant elle. Il fit mine de boiter. La maison émit un bruit de métal, comme si elle était constituée de boîtes d'aluminium, les poutres sous ses pieds se mirent à vibrer. Il eut l'impression que les clous allaient en jaillir. À l'intérieur, il faisait sombre. La femme alluma sa radio et sa balise d'urgence. Des parasites furieux retentirent d'une paroi à l'autre, une lueur rouge illuminait la pièce toutes les deux secondes.

— Descendez, ordonna-t-elle en agitant son arme vers une porte ouverte.

— Détachez-moi.

— Allez vous faire foutre.

— Je ne peux pas descendre l'escalier avec ces chaînes, insista-t-il en s'efforçant de dissimuler son excitation.

Fais-le, fais-le, fais-le.

— Pas question.

— Je vais me briser le cou, espèce de connasse. Je ne vois rien, dans le noir.

— Avancez.

— Vous pouvez me flinguer si ça vous chante, je ne vais nulle part attaché comme ça.

En jurant, elle jeta un trousseau de clés à ses pieds. Il se libéra et étira ses membres engourdis, impassible. Il jeta un coup d'œil rapide vers la femme flic qui tenait son arme sans grande fermeté. Son uniforme trempé lui collait au corps. L'eau dégoulinait de ses cheveux. Elle piétinait, impatiente.

— Descendez, répéta-t-elle d'une voix incertaine.

Les marches sans revêtement grinçaient sous ses pas. Elle se tenait juste derrière lui, mais elle était jeune, elle était trop près, lui enfonçant son revolver dans le creux des reins. Il trébucha. Elle s'immobilisa. La main du détenu partit en arrière. Il lui fallut une fraction de seconde pour lui saisir le poignet d'un coup sec, la tirer vers lui et la jeter en bas des marches. Elle hurla, dégringola, se brisa les jambes et la clavicule et atterrit sur le sol de béton. La radio vola en éclats. Il fut immédiatement sur elle, la dépouilla de ses deux revolvers, la prit par le bord de sa chemise et la traîna jusqu'au milieu de la cave.

La douleur la fit gémir. Le sang jaillissait de sa bouche.

— Espèce de salopard !

Il jouissait de sa peur. La vue de cette femme à ses pieds, sans défense, désespérée, lui donnait l'impression d'être un reptile qui rejetait une peau devenue inutile. Après dix ans en enfer, il renaissait soudain. Un homme nouveau.

Tout à coup, une étroite ouverture dans le mur de béton implosa avec un énorme craquement, et le flot se déversa à l'intérieur. L'odeur était fétide, moisie. La femme hurla en voyant le niveau de l'eau sale monter autour d'elle.

— Oh bon Dieu ! fit-elle, la rivière a débordé. Il faut foutre le camp d'ici.

Il la regarda en riant.

— Tous les deux ?

— Vous ne pouvez pas me laisser ici, pour l'amour de Dieu. Je ne peux pas me lever…

Dix centimètres d'eau tourbillonnaient autour des pieds du prisonnier. Le niveau montait à vue d'œil. Il contemplait la femme flic qui se redressa, puis se laissa retomber quand ses membres brisés la lâchèrent. Elle battit des bras sur l'eau et hurla au secours, mais sa voix était à peine un murmure, tandis que la tempête se déchaînait contre la maison.

— Je vous en supplie…

Il s'excitait en la regardant. Il se caressa à travers la toile de son jean en écoutant ses cris de douleur et de terreur mêlées. Elle coula une première fois, alors qu'il avait de l'eau à mi-cuisses. Elle se redressa, toussant et hoquetant, avalant l'eau qui lui passait au-dessus de la tête. À chaque fois qu'elle se dressait, elle hurlait des obscénités, elle lui lançait des insultes parce qu'il allait décider de son destin, il avait sur elle un pouvoir absolu, il était l'instrument inflexible de la vie et de la mort. Il n'existait aucune échappatoire.

Une métamorphose eut lieu sous ses yeux. Il ne voyait plus les traits de la femme flic. À la place, c'était le visage de la salope qui l'avait nargué comme un démon pendant dix ans, et il sut qu'elle n'avait aucune chance.

— C'est tout le problème avec les crues, dit-il à la femme lorsque son visage remonta une dernière fois au-dessus de l'eau glacée. Elles vous lavent de tous vos péchés.

PREMIÈRE PARTIE

Je sais qui c'est

1

Maggie s'éveilla en sursaut. Elle rêvait de sexe. Elle se demanda si elle avait aussi rêvé le coup de feu.

Elle était enroulée dans les draps noirs, trempée de sueur. Elle cligna des yeux, son cerveau s'efforçant de se glisser hors du monde du rêve. Mais le cauchemar ne la lâchait pas. Bien qu'elle eût les yeux ouverts, elle était aveugle. Elle sentait sur son corps des mains d'une force inimaginable qui l'immobilisaient. Une odeur de poisson pourri lui envahit les narines. Elle avait envie de vomir, mais on l'empêchait d'ouvrir la bouche. Elle le martela de ses poings, mais c'était comme une mouche cognant en pure perte sur une vitre pour essayer de sortir. Il rit pour se moquer d'elle. Un méchant grondement de plaisir. Elle hurla.

Elle ouvrit brusquement les yeux. Elle était réveillée. Sauf que rien n'était vrai.

Stride était assis sur son lit. Elle entendit qu'elle lui disait : « Salut, boss », en essayant de rendre la formule séduisante, sans y parvenir. Il lui souriait, avec un regard à vous rendre folle, sombre et ironique. Elle ouvrit grand les bras, il se pencha vers elle, et elle s'apprêtait à goûter son baiser lorsqu'il s'effrita, comme du sable.

C'est alors qu'elle l'entendit. Étouffé, lointain. *Bang !*

Maggie se redressa, s'assit sur le lit. Elle respirait de manière saccadée. Sur la table de nuit, le réveil indiquait trois heures du matin. Elle avait dormi deux heures. Même s'il s'agissait moins d'un vrai sommeil que d'une perte de conscience éthylique peuplée de rêves bizarres. Cela n'avait rien été d'autre. Des rêves.

Sauf que pour le coup de feu elle n'était pas sûre. Quelque chose l'avait réveillée. Peut-être Eric, allant et venant au rez-de-chaussée ? Peut-être le vent, dehors, qui faisait grincer les poutres.

Elle resta assise sur son lit, en silence, l'oreille tendue. Il s'était mis à neiger. Elle voyait les flocons, par la fenêtre, et de minuscules cristaux de glace glissaient sur la vitre. Elle écoutait, en quête de bruits de pas. Elle n'entendait que le vent.

Elle se rappela ce que Stride lui disait toujours. « N'écoute jamais les angoisses qui te viennent au milieu de la nuit. »

Maggie remarqua qu'elle avait froid. La chambre était pleine de courants d'air, elle avait la peau glacée. Même au mois de janvier, elle dormait avec une simple culotte : elle n'aimait pas se sentir prisonnière de ses vêtements, sous les couvertures. Du coup, elle se réveillait souvent complètement gelée. Elle descendit du lit et tâtonna pour trouver le thermostat, qu'elle monta de quelques degrés. En bas, dans les entrailles de la maison, la chaudière s'éveillait à la vie et allait souffler de l'air chaud dans la chambre.

Elle se dirigea vers son placard pour y prendre un peignoir. À la lumière de la lune, elle se regarda dans la grande glace fixée sur la porte. Pendant des années, elle avait cherché ce qui n'allait pas, avec son corps.

Elle était trop petite, à peine un mètre cinquante-cinq. Elle était trop maigre, avec ses membres osseux et ses seins minuscules. Une poupée de trente-cinq ans. Ses cheveux noirs étaient coupés comme ils l'avaient toujours été, avec ces mèches raides qui lui barraient le front. Tout le monde disait qu'elle était jolie. Elle ne s'en rendait pas compte. Elle avait un petit nez coquin, mais des joues trop rondes. Ses yeux en amande étaient très foncés, presque noirs, et quelques petites taches jaunes formaient un motif irrégulier. Ses traits étaient trop symétriques. Elle pouvait faire des choses étonnantes avec son visage, le tordre pour lui donner une expression sarcastique, dessiner avec les lèvres un minuscule O bordé de rouge cerise, tel un poisson en train de s'asphyxier. Jolie ? Non, elle n'en croyait rien.

Elle tendit le bras. La chair de poule était apparue sur sa peau couleur de miel. Elle posa une main sur son ventre nu et plat et se mit à se caresser doucement l'abdomen, dans un mouvement circulaire. Sa vue se brouilla et elle se mit à pleurer. Elle ouvrit la porte du placard pour ne plus se voir dans la glace, décrocha un peignoir de soie. Elle l'enfila rapidement et noua la ceinture.

Maggie fit demi-tour et s'essuya les yeux en reniflant. Elle se sentait toute petite dans cette immense chambre à coucher, écrasée par ces énormes meubles d'acajou. Le long du mur opposé se dressait un grand buffet bordeaux. Le meuble était plus grand qu'elle, si grand qu'elle devait se mettre sur la pointe des pieds pour voir le contenu du tiroir du haut. Quatre montants de bois sculptés à la main se dressaient aux quatre coins de son immense lit vide. Un lit beaucoup trop vaste pour elle. Elle l'occupait toute seule depuis des semaines.

Elle fit un pas, eut un étourdissement. Elle ressentait encore les effets du vin qu'elle avait bu dans le parc. Elle se retint d'une main à la table de nuit. Baissant les yeux, elle vit son insigne et ressentit les émotions complexes liées à ses dix ans de service. Elle avait prévu de ne plus travailler, mais une partie d'elle-même ne pouvait se passer du bureau des inspecteurs. Celle qui avait envie, et besoin, d'être avec Stride. Ou parce que le reste de son existence, depuis un an, était devenu une horreur, et que son travail dans la police était un moyen d'oublier.

Elle fixait de nouveau la table de nuit. Elle sentit le malaise s'incruster dans son estomac. Quelque chose n'allait pas. Elle passa mentalement en revue ses faits et gestes, ce qu'elle avait fait, les endroits où elle était allée, en espérant qu'elle avait simplement commis une erreur sous l'empire de l'ivresse. Mais ce n'était pas le cas. Elle était montée dans la chambre, elle avait posé son insigne, son portefeuille, son revolver et ses clés sur la table de nuit, près du réveil.

L'arme n'était plus là.

Cela avait été un horrible mercredi soir. Un froid de canard, comme toujours en janvier. À vingt-deux heures, Eric n'était toujours pas rentré. Maggie avait rassemblé son courage pour lui parler, puis, constatant qu'il n'arrivait toujours pas, elle avait senti la colère l'envahir. Pendant toute la semaine qui avait suivi les fêtes du Nouvel An, il était resté silencieux et renfermé. Elle ne pouvait pas lui en vouloir. Depuis des semaines, ils étaient devenus des étrangers l'un pour l'autre, et ils se disputaient constamment. C'était sa faute à elle. C'était elle qui s'était fermée, qui l'avait repoussé, parce qu'elle était incapable de faire face à tout ce qui lui était arrivé.

Elle en avait assez de l'attendre, décida de sortir. Elle prit une bouteille de chardonnay et un tire-bouchon. Elle s'emmitoufla dans son manteau de zibeline russe, un cadeau de mariage qu'elle ne portait que très rarement, mais il était chaud et lui donnait l'impression d'être une reine. Il ne neigeait pas encore, les rues étaient propres. Elle descendit jusqu'en ville, où les rues étaient encore ornées des éclairages de Noël. Puis elle prit au nord, par le boulevard du littoral, jusqu'à l'embranchement avec la route du lac. L'endroit était désert. Elle se gara et ouvrit la bouteille de vin. Quand elle descendit de voiture, le vent lui gifla le visage mais elle l'ignora. Elle emprunta un chemin enneigé qui descendait vers la masse sombre et mouvante du lac Supérieur. Les étoiles clignotaient au-dessus d'elle, à peine affaiblies par l'éclat des lumières de la ville, un peu plus au sud. Les branches des conifères ployaient sous le poids de la neige. Les bottes de Maggie s'enfonçaient dans les congères. Son manteau lui tombait à mi-cuisses. Entre la fourrure et le haut des bottes, le froid lui fouettait les jambes.

Il n'y avait pas de glace sur le rivage. L'eau se déplaçait trop vite. Ce n'était qu'aux pires tréfonds de l'hiver qu'il faisait assez froid pour qu'une plaque de glace se dépose sur le lac, jusqu'à une centaine de mètres du bord. Il y avait de furieux rouleaux nocturnes, des vagues glaciales surmontées d'écume qui venaient se briser sur les rochers, des masses d'eau à la surface prise d'ondulations, qui évoquaient des monstres marins se tortillant vers le rivage.

Maggie porta la bouteille à ses lèvres. Le vin était froid et sec. Il lui monta immédiatement à la tête, car elle n'avait pas dîné. Elle avait envie de s'apitoyer sur son sort. Mais à chaque lampée de vin cela allait mieux. Elle resta là une heure. Jusqu'à ce qu'il n'y ait plus de vin et qu'elle ait les membres engourdis. Elle jeta la bouteille vide dans les vagues. L'idée lui vint de se coucher dans la neige et de ne plus se relever.

Se déshabiller. Mourir de froid.

Non. Même si rien ne l'attendait chez elle, elle savait que le moment était venu de rentrer. Elle remonta péniblement jusqu'au parking et s'installa dans la camionnette pour se réchauffer un peu. Elle avait les lèvres durcies par le froid. Elle était pâle, la neige s'incrustait dans ses cheveux.

Sur le chemin du retour, elle conduisit lentement, car elle ressentait l'effet du vin. À une heure du matin, sa rue était sombre et silencieuse. On avait éteint toutes les lumières, dans les grandes maisons, avant de se glisser sous les édredons en plume d'oie. En ouvrant la porte du garage, elle vit qu'Eric était rentré. Il dormait sans doute dans son bureau. Elle eut envie de le réveiller et de faire ce qu'elle avait prévu de faire, mais ça pouvait attendre le lendemain matin.

Sans même allumer, elle ôta son manteau de fourrure dans le couloir. Il y avait un vieux buffet près de la porte, sous un miroir au cadre de cuivre. Quelque chose était posé sur le bois verni. Eric l'avait mis là en rentrant. Une grande tasse à café en céramique noire. Dessous, elle trouva un morceau de papier plié. Elle vit son nom griffonné. C'était l'écriture d'Eric. Au fond de la tasse, il y avait encore des traces de café.

Elle déplia le papier. Même dans la pénombre, elle lut les mots : « Je sais qui c'est. »

Maggie fixa longtemps le message. C'était toujours la même vieille rengaine, la même accusation rebattue.

Elle était furieuse qu'il ne lui fasse toujours pas confiance. Elle froissa le papier, en fit une petite boule qu'elle fourra dans sa poche et monta se coucher.

Où était son revolver ?

Elle ne voyait qu'une explication : Eric l'avait pris. Il était entré dans la chambre et l'avait pris sur la table de nuit. Elle n'avait donc pas rêvé le coup de feu. Sauf que ça n'avait aucun sens. Eric n'était pas suicidaire. C'était une force de la nature, un homme énergique, passionné, toujours prêt à aller au-delà de ses limites. Et de celles de Maggie.

Maggie vit un cône de lumière blanche balayer la chambre. Machinalement, elle s'accroupit. Puis elle s'approcha de la fenêtre panoramique qui donnait sur le lac. Elle se releva en restant hors de vue, son visage glissant contre la vitre glacée jusqu'à ce qu'elle puisse voir à l'extérieur. Grâce à l'obscurité qui régnait dans la pièce, elle était invisible. Elle vit les phares d'une voiture garée cinquante mètres plus loin. Tout à coup la voiture accéléra, les roues patinant dans la neige fondue, puis elle fit demi-tour avant de disparaître. Maggie ne vit ni le modèle ni la couleur.

Elle attendit, sans cesser de surveiller la rue. Il neigeait toujours, de gros cristaux humides zébraient la vitre. Elle regarda en bas, à la verticale, vit des traces de pas dans la poussière blanche – une piste qui descendait l'allée en direction de la rue. Mais le vent et la neige qui tombait étaient déjà en train de faire disparaître les empreintes.

Maggie se précipita vers la porte de la chambre. Elle actionna la poignée, hésita, puis ouvrit la porte à la volée. Le couloir était plongé dans l'obscurité. Elle tenta le coup, demanda doucement :

— Eric ?

Elle répéta, beaucoup plus fort :

— *Eric !*

Seul lui répondit le silence oppressant qui régnait dans la maison. Elle renifla autour d'elle. Elle sentit l'odeur froide du bœuf qu'elle avait préparé pour un dîner qu'ils n'avaient pas pris. Elle descendit l'escalier, le dos collé au mur. Elle jeta un coup d'œil au salon, puis dans la salle à manger. Les deux pièces étaient désertes. Elle était pieds nus, le sol était froid. Elle serra le peignoir et s'avança vers la porte ouverte du bureau d'Eric. Elle regrettait de ne pas être armée.

Près de la porte, elle entendit quelque chose goutter. C'était lent et régulier. Des gouttes qui tombaient dans une flaque. Son estomac se contracta. Elle tendit le bras près de la porte, alluma et plissa les yeux, éblouie par la lumière. Dans la pièce, le bruit continuait. *Blip, blip, blip !* Il y avait une autre odeur. Une odeur que Maggie connaissait bien.

Elle entra dans le bureau. Eric était affalé sur le canapé, les bras en croix. Le sang lui coulait sur le visage, formant des flaques rouges sur le sol luisant. Il avait reçu une balle de revolver au milieu du front. Maggie ne se précipita pas vers son mari. C'était inutile. Il était déjà mort. Ce n'était qu'un cadavre de plus, à ajouter aux centaines qu'elle avait vus durant toutes ces années. Machinalement, elle examina la pièce. Un flic en quête d'indices. Elle n'en trouva pas. Rien qu'une énigme, terrible. Son revolver, qui se trouvait sur sa table de nuit quand elle s'était couchée, se trouvait là, maintenant, au milieu de la pièce. La fumée se mêlait à l'odeur minérale du sang.

Maggie aurait aimé être capable de pleurer. Plus que tout au monde, elle avait envie de tomber à genoux et de se lamenter en demandant à Dieu comment tout cela avait pu arriver. Mais elle regarda en elle, vit qu'il n'y avait plus rien.

Elle se mordit la lèvre, contempla l'homme qu'elle avait aimé et comprit que si sa vie avait été nulle depuis un an, cela allait être bien pire, maintenant.

2

Pas de traces de pas dans la neige, se dit Jonathan Stride. Ça va poser un problème.

Avec ce temps, les traces de pas ne durent pas. Les yeux baissés, il vit que le vent violent effaçait déjà les traces que ses propres bottes avaient laissées quelques secondes plus tôt. Il se serait senti mieux s'il avait pu prendre quelques clichés avec son téléphone portable, histoire de prouver qu'il y avait eu des traces.

Les traces d'un intrus. Quelqu'un d'autre que Maggie.

Il détestait cette idée, mais il savait comment se passerait l'enquête. Maggie le savait, elle aussi. Elle lui avait décrit la scène au téléphone. Elle serait la première suspecte. Ils avaient résolu ensemble assez d'affaires criminelles, depuis une dizaine d'années, pour savoir que c'était une loi quasi immuable. Quand un mari est assassiné chez lui, l'épouse est coupable. Et vice versa. Peu importe que vous soyez prédicateur, chrétien, homme politique, père de famille, saint ou flic. Si votre conjoint est assassiné à la maison, c'est vous le coupable.

Stride brossa la neige de son épais blouson de cuir noir et de son jean. Il était mince et grand – presque un mètre quatre-vingt-huit. Il passa une main dans ses cheveux ondulés mouillés, les argentés brillèrent au milieu des noirs. Il n'eut pas besoin de sonner. La porte s'ouvrit alors qu'il attendait sur le seuil. Maggie se tenait dans l'entrée, minuscule dans un peignoir de soie rouge. Il ne vit aucune trace de larmes sur son visage.

— Salut, boss.

Il la regarda, sans savoir quoi dire.

— Je vais laisser mes bottes dehors, dit-il enfin.

Il les ôta, enleva son manteau, laissa le tout dans un coin de la véranda. Au moment de franchir le seuil, il se pencha pour examiner la serrure.

— Elle n'a pas été forcée, lui dit Maggie. J'ai vérifié.

— N'essaie pas d'inspecter toi-même la scène du crime, Mags.

— Je sais reconnaître quand une serrure a été forcée, lâcha-t-elle.

Elle se mordit la lèvre. Comme pour s'excuser, elle l'étreignit. Elle était forte, malgré sa petite taille. Elle le garda longtemps serré dans ses bras.

— Désolée, murmura-t-elle. Merci d'être venu.

— Pourquoi tu n'as pas appelé le 911 ? lui demanda-t-il d'un ton légèrement accusateur qu'il détesta sur-le-champ.

Maggie eut un mouvement de recul. Elle croisa les bras.

— Je sais parfaitement ce qui va suivre. La cavalcade des flics dans la maison. Des heures d'interrogatoire. Les journaux. La télévision. Je ne voulais pas affronter ça. Pas tout de suite.

— C'est une enquête criminelle. Les premières minutes sont les plus importantes.

Elle pouffa.

— Une enquête ? Ça va être une chasse aux sorcières. Inutile de me l'envelopper dans du papier de soie. Je suis dans la merde.

Il ne pouvait pas dire le contraire.

— Tu as déjà fouillé la maison ?

— Non.

— OK, laisse-moi jeter un coup d'œil.

— Je te l'ai dit, il est parti.

— « Il » ?

— Je suppose que c'est un homme. Mais encore une fois, nous parlons d'Eric, alors je ne devrais pas faire d'hypothèses.

Elle eut un rire amer.

Stride fronça les sourcils.

— Je vais te dire quelque chose, Mags, en tant qu'ami. Pas en tant que flic. Tu ne dois pas dire des choses pareilles. OK ? Tu ferais mieux de la boucler, en fait.

Maggie donna un coup de pied dans une saleté imaginaire.

— Ouais. Mais je n'ai pas envie de la boucler. J'ai envie de péter les plombs. J'ai envie de hurler sur quelqu'un.

— Ça n'arrangera rien.

— Non ? Je suis sûre en tout cas que je me sentirais mieux.

Elle s'adoucit en voyant sa réaction.

— Je sais, je sais, tu as raison. Écoute, tu ne devrais pas être ici. Si tu veux t'en aller, pas de problème.

Il ne répondit pas. Mais elle avait raison. Sa présence dans cette maison le plaçait sur le fil du rasoir. Maggie et lui étaient amis et partenaires depuis plus de dix ans, ce qui lui vaudrait d'être éloigné de l'enquête. Il était le lieutenant responsable du bureau des inspecteurs, bureau qui enquêtait sur les crimes majeurs commis à Duluth, sur la rive sud-ouest du lac Supérieur. Là où le lac s'affinait comme la pointe d'un couteau plongeant dans le cœur de la cité. Duluth était suffisamment petit pour que Stride joue lui-même un rôle actif dans la plupart des enquêtes importantes, mais ce meurtre serait confié à l'un de ses sergents.

C'était pour cela, il le savait, que Maggie voulait qu'il soit là avant l'arrivée des autres. Elle voulait qu'il voie la scène du crime, qu'il lui parle, qu'il se forge sa propre opinion. Elle l'attirait dans son camp.

— Fais-nous du café, tu veux bien ? lui dit-il. Je fais le tour de la maison.

Maggie fit la grimace.

— Tu sais bien que je ne bois pas de café.

— Eh bien, maintenant tu en bois, rétorqua Stride. Dès que tu as ouvert la porte, j'ai senti l'odeur d'alcool dans ton haleine.

Elle tourna les talons, le visage blafard.

Stride commença par le bureau d'Eric, mais il ne pénétra pas dans la pièce. Il l'examina depuis la porte. Il vit l'endroit où la balle était entrée dans le front d'Eric. Son corps musclé était vautré sur un canapé de cuir bordeaux. Un plaid blanc lui couvrait les jambes et le ventre. Son torse glabre était nu. Sa tête couverte de longs cheveux blonds reposait sur l'oreiller imbibé de sang. Le revolver se trouvait par terre, au milieu de la pièce, à trois mètres au moins du cadavre. Trop loin pour un suicide. Stride chercha les traces d'eau sale qu'auraient pu laisser des bottes pleines de neige, mais celui qui avait fait le coup avait été prudent. Il avait sans doute enlevé ses bottes dans l'entrée, comme tout le monde, et il s'était baladé dans la maison en chaussettes.

En supposant que quelqu'un s'était introduit dans la maison.

Contempler le corps d'Eric ne lui faisait ni chaud ni froid. Il s'était blindé depuis des années contre ce genre d'émotions. Il le connaissait bien, pourtant. Eric et Maggie étaient mariés depuis plus de trois ans, et Stride venait très souvent chez eux. Une situation assez inconfortable pour tous les trois. Stride et Maggie avaient une longue histoire en commun, bien avant qu'Eric n'entre dans le tableau. Pendant des années, Maggie avait eu le béguin pour Stride, qui n'était pas vraiment sûr que ce soit totalement fini. Eric le savait.

Stride visita toutes les pièces, une par une, au rez-de-chaussée et aux deux étages. Il lui fallut presque une demi-heure. La maison était immense pour deux personnes, spectrale, pleine de cagibis aux plafonds bizarrement inclinés et d'endroits secrets où les vents froids se glissaient à travers les cloisons. Elle se trouvait dans un quartier de résidences ancestrales, serrées les unes contre les autres, à quelques rues à l'ouest de l'autoroute nord-sud, non loin de la 24e Avenue. Jadis, cela avait été une enclave réservée à la vieille classe dominante. Aujourd'hui, les résidents du quartier étaient surtout des hommes d'affaires et des entrepreneurs. Eric était propriétaire de la maison depuis plus de dix ans. Il avait été membre de l'équipe olympique de natation, et il avait monté une affaire prospère de matériel et d'équipement sportifs. C'était le genre de maison, tel un château européen, qui affichait sa conscience de classe. L'extérieur était de brique claire usée par le temps, et elle présentait de multiples pignons. Vue de la rue, c'était un monstre imposant. Maggie la détestait. Quand Eric était en voyage d'affaires, en Norvège ou en Allemagne, elle allait parfois à la maison de Stride, au bord du lac, et y restait avec Serena et lui.

Quand il redescendit, Maggie se trouvait dans la cuisine, perdue dans la contemplation de sa tasse de café. Derrière elle, la grande table de travail de marbre bleu clair était immaculée.

— Je n'ai rien trouvé.

Elle hocha la tête, comme si elle le savait déjà.

— Reprends tout depuis le début, lui dit-il. Comme tu as fait tout à l'heure au téléphone. Raconte-moi ce qui s'est passé.

Maggie lui rapporta les événements de la soirée d'un ton monocorde. Elle lui raconta son réveil, le coup de feu, la voiture qu'elle avait vue devant la maison, comment elle avait trouvé Eric, en bas. Elle ne mentionna pas le fait, évident pour Stride, qu'elle s'était saoulée. Il se demanda si elle lui cachait autre chose.

— Comment l'assassin est-il entré ?

— Je me suis posé la question, dit Maggie. Peut-être attendait-il dehors, et il s'est glissé dans le garage quand je suis rentrée. Nous ne fermons pas à clé la porte qui sépare le garage de la maison.

— Et ton revolver ?

— Disons qu'il n'aurait pas eu beaucoup de mal à entrer dans la chambre sans me réveiller.

— Eric avait des problèmes avec quelqu'un ?

— Pas à ma connaissance.

— Comment vont ses affaires ?

— Très bien, pour ce que j'en sais.

— C'est-à-dire ?

— Je ne pose pas de questions. Je ne sais absolument pas combien d'argent il possède. Les factures sont payées. J'imagine qu'il gagne plus que moi, même avec mon somptueux salaire de flic.

Stride eut un petit sourire.

— Où était Eric, aujourd'hui ?

— Je ne sais pas. Il a passé le week-end dans les Villes jumelles[1]. Il est rentré lundi, mais je l'ai à peine vu. Il n'a pas dîné, hier soir.

— Comment ça va, entre vous ?

Elle haussa les épaules.

— Ça va, fit-elle d'un ton peu convaincant.

Stride attendit qu'elle ajoute quelque chose. Elle n'en fit rien.

— Il y a autre chose que tu aurais envie de me dire ? demanda-t-il.

— Non.

— Tu vois quelqu'un qui aurait voulu le tuer ?

— Tu veux dire, quelqu'un d'autre que moi ? demanda-t-elle d'un ton brusque. Ce n'est pas moi qui ai fait ça. Je dois être sûre que tu me crois.

— Je te crois.

— Mais ?

Maggie était intelligente. Elle voyait bien qu'il avait d'autres questions.

— Tu n'es pas dans ton assiette, depuis quelques semaines. Pourquoi ?

Maggie était rouge de colère.

— Ça n'a rien à voir avec ça.

— Tu en es sûre ?

— Laisse tomber, boss. Ce ne sont pas tes oignons.

— Je croyais que nous n'avions pas de secrets l'un pour l'autre.

— Cesse de me traiter comme une gamine.

1. Saint Paul et Minneapolis. (*N.d.T.*)

Elle se leva, son peignoir glissa. Il voyait ses seins, plus qu'il n'aurait dû, mais elle ne fit rien pour le refermer.

— Il faut que je m'habille. Nous devons appeler la meute.

— Tu sais ce qu'ils vont te demander…

Elle acquiesça.

— Pourquoi Eric ne dormait pas avec moi dans la chambre.

— Alors ?

Maggie fourra ses deux mains dans les poches de son peignoir.

— Eric avait des insomnies. Il travaillait tard dans son bureau, et quand il était vraiment fatigué, il s'écroulait sur le canapé.

Elle sortit de la pièce sans croiser son regard. Il savait qu'elle mentait.

3

Assis dans son Ford Bronco, devant la maison, Stride regardait l'équipe de la police scientifique spécialisée dans les scènes de crime se déployer autour de lui. Il avait baissé sa vitre pour fumer une cigarette. Il s'en autorisait une par jour, parfois deux. Là, c'était sa troisième. Il neigeait toujours. La neige formait une couche humide sur son pare-brise, pénétrait dans la voiture par la fenêtre. Les cristaux glacés lui frappaient la joue, comme autant de piqûres de moustique.

Il n'aimait pas être exclu de l'activité policière, mais il s'était déjà récusé. À plusieurs reprises, des flics s'étaient dirigés vers lui, en quête d'instructions. En haussant les épaules, il leur avait montré la maison de Maggie, où officiait Abel Teitscher. Personne, Stride pas plus que les autres, n'était heureux de savoir que Teitscher était le patron.

Son portable sonna. La chanson country qui faisait office de sonnerie lui en remit d'autres en mémoire, qui avaient scandé les différentes périodes de sa vie. Ainsi, pendant quelque temps, cela avait été « Restless », par Sara Evans. Il était loin de Duluth, alors, le temps d'une brève et étrange parenthèse à Las Vegas. Depuis son retour, il n'avait jamais pu se détendre vraiment, où qu'il aille, et il ignorait pourquoi. Il avait donc chargé sur son portable « I'm In a Hurry and I don't Know Why », du groupe Alabama. Comme le prétendait la chanson, il n'avait rien à faire de sa vie, sinon vivre et mourir.

C'était Serena. Stride vivait et dormait avec elle, mais ils passaient tant de temps avec Maggie qu'ils avaient parfois l'impression de former un ménage à trois.

— Comment va-t-elle ?

— Elle cache quelque chose, répondit Stride.

— Tu ne crois tout de même pas que c'est elle qui a fait ça ? !

— Non, mais elle n'est pas franche. Ça va jouer contre elle.

— Qui mène l'enquête ?

— J'ai parlé à K-2…

Le surnom qu'on donnait dans le service au directeur adjoint Kyle Kinnick.

— Il n'a rien trouvé de mieux que de mettre Teitscher sur le coup.

— Merde.

— Ouais. Ce n'est pas lui que j'aurais choisi, c'est sûr.

— Tu peux aider Maggie ?

— Pas beaucoup. Je suis plutôt coincé.

— Pas moi, dit Serena.

— Exact. Tu peux faire ce que tu veux.

— Tiens-moi au courant.

Stride referma le téléphone.

Après la mort de sa femme Cindy, cinq ans plus tôt, il avait eu une seconde chance. Serena appartenait à la brigade criminelle de Las Vegas. Ils avaient résolu ensemble une affaire qui plongeait ses racines dans leurs deux villes. Ils avaient fini par coucher ensemble. Après la conclusion, déprimante, de l'affaire, il avait accompagné Serena à Las Vegas. Quelques mois plus tard, se sentant comme un poisson hors de son bocal, il avait sauté sur la première occasion de reprendre son poste à Duluth, et demandé à Serena de le suivre. Elle ne lui avait fait aucune promesse. Elle savait qu'elle risquait de se sentir aussi déplacée à Duluth que lui à Vegas. Mais elle était avec lui depuis plus d'un an.

Stride tourna la tête vers le petit escalier de pierre menant à la porte d'entrée de la maison. Il vit Abel Teitscher se diriger vers lui. Bizarrement, c'était grâce à Teitscher qu'il avait pu revenir à Duluth. Après le départ de Stride, il avait postulé et obtenu le fauteuil de lieutenant commandant le bureau des inspecteurs. C'était un excellent enquêteur, tenace et minutieux, et il avait assez d'ancienneté pour prétendre à ce poste. Âgé d'une bonne cinquantaine d'années, de presque dix ans l'aîné de Stride, ce solitaire têtu s'était vite révélé incapable de diriger des hommes. Quelques mois après sa nomination, les inspecteurs placés sous ses ordres s'étaient quasiment révoltés. K-2 avait dû le rétrograder. Il avait profité de l'occasion pour rappeler Stride et le faire revenir de Las Vegas pour reprendre les rênes de l'équipe.

Teitscher lui en avait gardé rancune.

Il ouvrit la portière du Bronco, côté passager, et glissa ses longues jambes à l'intérieur du véhicule sans attendre qu'on l'y invite. Les deux hommes se regardèrent avec une politesse forcée.

— Salut, Abel.

— Lieutenant, fit Teitscher en hochant la tête.

L'inspecteur portait bien son âge. Il était grand et maigre, avait une peau très pâle et les joues couvertes d'un réseau de petites rides. Ses cheveux gris étaient coupés en brosse comme ceux d'un soldat, en accord avec une moustache carrée. Il entretenait une passion obsessionnelle pour la course à pied et n'avait pas un gramme de graisse, mais il avait fini par avoir l'air squelettique et en mauvaise santé, avec ses pommettes en saillie et sa mâchoire proéminente. Ses lunettes à monture métallique semblaient trop grandes pour son visage.

— Vous êtes devenu fou ? demanda-t-il.

— Comment cela ?

— Vous avez contaminé une scène de crime.

— Rien fait de tel, répondit Stride en secouant la tête.

— Vous avez passé une heure avec le cadavre et la suspecte avant d'appeler la police.

— Je *suis* la police, lui rappela Stride.

— Pas pour cette affaire. Vous saviez foutrement bien que K-2 allait vous éloigner. À quoi vous pensiez, bordel ?

— Nous parlons de Maggie, là. Ce n'est pas elle qui a fait le coup.

— Non ? Vous tournez le dos aux preuves, lieutenant.

Stride n'avait pas envie de commencer à se disputer avec lui. Pas ici, pas maintenant.

— Écoutez, Abel. Maggie m'a appelé le premier. Nous avons bossé ensemble pendant dix ans. Je suis venu, je lui ai parlé. Je me suis assuré qu'il n'y avait personne d'autre dans la maison. Puis j'ai appelé la cavalerie. Point final.

— Vous êtes un témoin, maintenant. Je dois vous interroger.

— Allez-y.

Teitscher secoua la tête.

— Pas maintenant. Mais je veux que vous me fassiez un rapport écrit sur tout ce qui s'est passé pendant que vous étiez seul dans la maison avec elle. Ça figurera dans le dossier.

— Pas de problème, dit Stride.

— Je veux ce rapport pour midi.

Teitscher ouvrit sa portière. Stride lui donna une claque sur l'épaule.

— Vous êtes un bon flic, Abel, mais parfois vous êtes si concentré sur ce qui se trouve devant vous que vous ne voyez pas le tableau dans son ensemble.

— Ce qui signifie ?

— C'est Maggie. Si elle dit qu'elle ne l'a pas fait, vous pouvez le prendre pour argent comptant. Il y a autre chose, ici.

Teitscher se pencha vers lui, si près que Stride tressaillit en sentant son eau de Cologne.

— Je vais vous dire ce qui se passe. J'ai une femme à l'intérieur d'une maison, le cadavre du mari, et le flingue par terre. Et elle me ment. Vous pensez que je ne m'en rends pas compte ?

— Si elle cache quelque chose, ce n'est pas à propos du meurtre.

— Écoutez-vous, lieutenant, fit Teitscher d'un ton dédaigneux. S'il s'agissait de quelqu'un d'autre, vous lui auriez déjà passé les menottes.

Stride savait qu'il avait raison. Il savait aussi qu'Abel avait ses partis pris, lui aussi.

— Est-ce que nous parlons de Maggie ? Ou est-ce que nous parlons de Nicole ?

Teitscher rougit.

— C'était il y a des années.

— Exact. Il y a des années. C'était *votre* coéquipière, avec le cadavre du mari par terre. Vous faisiez confiance à Nicole, et vous vous êtes planté. Alors maintenant vous voulez vous rattraper avec Maggie.

— Vous devriez avoir retenu la leçon, tout comme moi, fit Teitscher d'un ton sec.

Il déplia soudain ses longues jambes hors du Bronco, la tête et les épaules suivirent. Son trench-coat, peu adapté au froid, tournoyait derrière lui comme une cape.

— On ne peut faire confiance à personne, Stride. Au lieu de couvrir Maggie, vous feriez peut-être mieux de vous demander si vous la connaissez si bien que ça.

Sur le chemin qui le ramenait chez lui, Stride réfléchissait à ce que lui avait dit Teitscher. Jusqu'à quel point connaissait-il vraiment Maggie ? La réponse était : sans doute mieux que n'importe qui sur cette terre.

Elle n'avait rien de commun avec la jeune Chinoise calme et traditionnelle dont il avait fait la connaissance, plus de dix ans plus tôt. Maggie avait grandi à Shanghai. À dix-huit ans, elle s'était inscrite à l'université du Minnesota pour étudier la criminologie. Elle s'était laissé embarquer dans l'agitation politique qui s'était développée après le soulèvement de la place Tien An Men, avait manifesté son opposition au gouvernement chinois. Ayant obtenu son diplôme, elle avait décidé de rester dans le Minnesota pour ne pas risquer d'être jetée en prison à son retour en Chine.

Stride l'avait engagée pour sa mémoire photographique et son talent aigu pour jauger une scène de crime. Elle était plus intelligente que la plupart des flics qui s'étaient succédé dans le service depuis des années, mais elle était aussi beaucoup plus chinoise qu'américaine. La mode et le maquillage ne l'intéressaient pas, et elle ne racontait jamais de blagues. Elle était impassible. Quand Stride la taquinait, elle croyait qu'elle avait fait quelque chose de mal.

Puis le temps avait fait son œuvre. Maggie avait changé.

Une décennie aux États-Unis l'avait transformée. Elle était élégante et à la mode, maintenant, et possédait un placard plein de vêtements de cuir et de talons aiguilles. Elle avait presque trente-cinq ans, en paraissait vingt-cinq. Sa coupe de cheveux au bol, seule concession à ses racines chinoises, était curieusement ringarde. À part cela, elle se maquillait avec beaucoup de soin, jusqu'au petit diamant qu'elle avait fait placer l'année précédente sur son nez. « Ça fait un mal de chien, disait-elle, mais j'adore le reflet du bijou sur mon visage. »

Elle était devenue une femme séduisante, mais Stride ne l'avait jamais regardée autrement que comme sa propre fille, dont il était fier et qu'il voulait protéger. C'était peut-être parce qu'elle était à peine sortie de l'adolescence lorsqu'il l'avait connue, à une époque où lui-même vivait un mariage heureux avec Cindy. Il l'avait conseillée, l'avait regardée s'épanouir. Elle était rapidement tombée amoureuse de lui. Cindy l'avait mis en garde contre la passion qu'elle nourrissait à son égard, mais il avait fait comme si de rien n'était, et Maggie n'avait pas tardé à faire de même. C'était leur non-dit, leur secret de Polichinelle, invisible – avec lequel ils devaient composer.

Elle n'affichait plus grand-chose de son passé, maintenant. Elle était pétillante, sarcastique, drôle, elle avait de la repartie et pouvait être mal embouchée. Il lui avait fallu des années pour faire disparaître toutes ses aspérités. Au début, elle était plutôt comme une machine, refusant de révéler la moindre émotion, parce qu'elle croyait qu'un flic ne devait pas le faire. Mais Stride savait qu'on a besoin de ses émotions pour réussir dans le métier. Vous ne pouvez pas divorcer de vos sentiments, pas plus que vous ne pouvez les laisser vous dominer. Un équilibre très délicat à réaliser.

Il se rappelait l'enquête qui avait permis à Maggie de faire son premier grand bond en avant et de devenir un être nouveau, entier. C'était le genre d'affaire que les flics détestent, le genre à les hanter toute leur vie. C'était quelque chose que Maggie ne comprenait pas. Elle avait l'habitude de résoudre des affaires. Elle découvrit qu'elle était assez intelligente, et que si elle parvenait à mobiliser assez d'astuce et étudiait tous les détails, elle tracerait son chemin jusqu'à la vérité. En théorie, elle avait raison. Mais ce n'était pas toujours vrai.

Stride et elle travaillaient ensemble depuis plus d'un an. Un matin de la fin du mois d'août, on découvrit le corps d'une fille sur l'herbe humide du terrain de golf d'Enger Park. Elle était nue. Les tests montrèrent qu'elle avait été violée. On lui avait tranché la tête et les mains, qu'on ne retrouva jamais. Le médecin légiste parvint à la conclusion qu'elle avait environ dix-sept ans, et déduisit des contusions visibles sur ce qui restait de son cou qu'elle avait été étranglée. Les seuls indices qui auraient pu permettre de l'identifier étaient un assortiment de tatouages de groupes de rock et de jeux vidéo, Bon Jovi, Mortal Kombat, Aerosmith, Virtual Fighter.

Ils firent tout ce qui était en leur pouvoir pour résoudre l'affaire. Sans parvenir à identifier la fille. Ils dépouillèrent des milliers d'avis de recherche de personnes disparues dans tout le Midwest. Les tests ADN effectués sur le sperme trouvé dans le corps de la fille ne fournirent aucun résultat. Ils travaillèrent avec un psychiatre local, établirent un profil qui ne les mena nulle part. Ils interrogèrent des centaines de tatoueurs. Ils vérifièrent les clubs de jeux vidéo. Ils contactèrent les groupes de rock. Les semaines passaient, l'affaire refroidissait peu à peu.

C'était « la fille d'Enger Park », et elle le resterait à jamais.

Il se rappelait Maggie faisant les cent pas dans une salle de réunion de l'hôtel de ville, un mois après la découverte du corps. Elle continuait à passer au peigne fin tout ce qu'ils avaient déjà essayé, ce qui avait pu leur échapper, cherchant un nouvel angle d'où ils pourraient examiner les faits. Finalement, d'un air à la fois sérieux et confus, elle demanda à Stride comment ils allaient résoudre l'affaire. Comme s'il lui avait délibérément caché la réponse.

Il avait dû lui dire la vérité. Si personne ne leur fournissait des informations inédites, ils ne la résoudraient jamais. Un assassin resterait impuni. Une jeune fille n'obtiendrait jamais justice. Il arrivait parfois que le monde fonctionne ainsi.

Il eut l'impression que cette idée n'avait jamais traversé l'esprit de Maggie.

Elle se laissa tomber sur une chaise, le regarda droit dans les yeux, gonfla les joues pour montrer sa colère et déclara, sans le moindre accent : « Ça fait vraiment chier, boss. »

C'est à cet instant que Stride comprit qu'elle était devenue américaine. Et qu'elle était devenue un flic.

4

Stride et Serena vivaient dans le quartier de Duluth connu sous le nom de Park Point, une étroite bande de terre entre les eaux bouillonnantes du lac Supérieur et les quais où les cargos géants chargeaient et déchargeaient leurs cargaisons de charbon et de céréales. Ils demeuraient au bord du lac, à deux pas de la plage.

Stride arriva chez lui avant l'aube, ce mardi matin. Dans l'obscurité, derrière le bruit du vent, il entendait le rugissement des vagues de l'autre côté de la dune. Il suivit l'allée enneigée qui contournait leur villa des années 1890 construite sur la butte et se retrouva face aux vagues qui venaient s'écraser sur le sable. Il y avait peu de plage à cette heure-là, rien qu'une bande grise de glace qui semblait posée sur le sable, comme une promenade. Quelques troncs d'arbres dénudés jonchaient la rive, blanchis par des mois de séjour dans l'eau.

Au sommet de la butte, le leymus sauvage formait comme un mur ondulé brun. La neige et le sable mouillé se mélangeaient sous ses pieds, tel du marshmallow fondu posé sur de la glace au chocolat. Il aspira l'air froid à pleins poumons. À l'ouest, il apercevait les lumières de Duluth, dans un halo de brouillard, au-dessus du lac. Sur sa droite, la péninsule de la Pointe s'étirait sur un peu moins de deux kilomètres et, sur l'autre bord, le faisceau vaporeux d'un phare tournait sur la rive, côté Wisconsin. Le soleil se lèverait bientôt, mais les nuages étaient épais au-dessus de la ville.

À chaque fois qu'il venait là, il avait le même sentiment de deuil et de solitude. Tous les êtres importants de son passé avaient disparu depuis longtemps. Il avait grandi sur la rive nord, c'est là qu'il avait perdu ses parents, puis celle qui avait été sa femme pendant vingt ans. Il n'avait jamais regretté de ne pas avoir d'enfants, quand Cindy était en vie, mais il y avait des jours où il déplorait qu'il n'existe pas de traces de son passage, à part quelques souvenirs à demi effacés. En contemplant le flot déchaîné, il pensa à son père, qui avait péri dans les eaux du lac alors que lui-même était encore adolescent. Il imaginait souvent le cargo chargé de minerai de fer traçant sa route à travers les vagues et les creux, hors de vue de la côte. On ne peut jamais savoir quand une vague vicieuse va se lever et jeter quelqu'un par-dessus bord. On n'avait jamais retrouvé son corps.

Stride se demandait s'il était vrai qu'on ne peut jamais revenir chez soi. C'est ce qu'il essayait de faire, pourtant. Pendant des années, il avait vécu sur la Pointe avec Cindy, mais il avait déménagé après son deuxième mariage, et il n'avait jamais cessé de le regretter. Ce mariage n'avait duré que trois ans. C'était une erreur, depuis le début. Il l'avait compris quand il avait rencontré Serena et qu'il était tombé amoureux d'elle. Quand elle avait quitté Las Vegas pour revenir avec lui à Duluth, un an plus tôt, ils avaient acheté une maison sur la Pointe. Il était donc de retour à l'endroit où il avait passé la plus grande partie de sa vie. Il se sentait revivre. Son seul problème, aujourd'hui, c'est qu'il passait trop de temps à vivre dans le passé.

Il se retourna en entendant des pas écraser la neige, derrière lui. Serena escaladait la butte. Elle avait les cheveux en liberté. Impossible de ne pas remarquer sa grâce et sa beauté, même si elle était emmitouflée dans un gros manteau, même si ses longues jambes s'enfonçaient dans la neige jusqu'aux genoux. Elle le rejoignit sans un mot, et ils restèrent là, côte à côte, à regarder le lac. Ils sentaient l'air sec du matin les envahir. Le froid faisait rosir Serena. Elle n'était pas maquillée.

— Je sais que tu ne veux pas entendre ça, lui dit-elle d'une voix calme. Mais il n'est pas impossible que Maggie l'ait tué.

Le visage de Stride se durcit. Il donna un coup de pied dans le sable mouillé.

— Pas question.

— Je n'ai pas dit qu'elle l'avait fait. Mais depuis un an elle est terriblement instable. Tout le monde a un point de rupture.

— Je sais tout ça. Elle dit qu'elle est innocente.

— Qu'est-ce qu'en pense Abel ?

— Teitscher ? Il l'a déjà condamnée. Je m'inquiète de ce qu'il pourrait découvrir s'il commence à creuser.

— Quoi, par exemple ?

— Je crois que Maggie et Eric avaient de gros problèmes.

Serena ne semblait pas surprise.

— Elle a fait trois fausses couches en dix-huit mois, Jonny. Tu ne crois pas qu'il y a de quoi démolir une femme ?

— Je sais. Mais si leur mariage était menacé, ça lui donne un mobile. Surtout à cause de l'argent d'Eric… Abel a aussi l'impression que Maggie cache quelque chose, et je pense qu'il a raison.

— Tu sais de quoi il s'agit ?

— Non.

Serena glissa un bras sous le sien.

— Écoute, Maggie m'a demandé quelque chose, il y a deux ou trois mois. Je ne sais pas si ça a de l'importance.

— Quoi ?

Elle hésita.

— Tu tiens vraiment à le savoir ? Je ne veux pas que tu te sentes obligé d'aller tout raconter à Teitscher… On va peut-être un peu trop loin, avec notre boîte.

« La boîte… » Ils avaient longtemps cherché un moyen qui leur permettrait de partager leurs secrets respectifs sans que cela induise des problèmes, d'ordre personnel ou professionnel. La vérité, c'était qu'ils avaient besoin l'un de l'autre. Stride voulait son avis sur certaines enquêtes parce qu'elle était l'un des flics les plus expérimentés de la ville, mais son apport devait rester confidentiel et officieux. Serena, de son côté, avait envie de connaître la réaction de Stride à ses propres contrats, sans avoir à s'inquiéter que certaines informations se retrouvent dans un dossier de la police. Ils avaient donc inventé « la boîte ». Quand ils voulaient échanger des informations en privé, ils les mettaient dans la boîte.

Stride fit la grimace. Depuis qu'il avait pris le volant pour se rendre chez Maggie au milieu de la nuit, il savait qu'il allait se trouver dans une zone où la morale était relative, et qu'il n'aurait aucun plan. Il allait étirer ses principes comme des élastiques, tout en se demandant à quel moment ils allaient casser.

— Dis-moi.

— Elle m'a demandé si toi et moi, nous avions déjà fait des choses bizarres.

Stride lui jeta un regard interrogateur.

— Sexuellement, précisa Serena.

— Tu ne lui as quand même pas dit, pour le tuyau d'arrosage ?

Serena lui donna un coup de poing.

— Je suis sérieuse. On aurait dit qu'Eric était en train de la pousser à faire des drôles de trucs.

— Quoi, par exemple ?

Serena haussa les épaules.

— Elle n'a rien dit.

Stride ne répondit pas. Il n'aimait pas le tour que tout cela prenait.

— Mais officiellement, tu ne sais rien de tout ça, OK ? répéta Serena. Maggie ne voulait pas que je te le dise.

Il hocha la tête.

— Elle pourrait avoir besoin de ton aide, Serena. Elle va avoir besoin de quelqu'un qui prenne en compte sa version des choses, et ça ne peut pas être moi. Personne ne doit penser que je lui réserve un traitement de faveur.

— Je ferai mon possible.

En arrivant à Duluth, Serena ne s'était pas engagée dans la police. Stride dirigeait le bureau des inspecteurs de la ville, et le droit du travail désapprouvait le népotisme. Par contre, elle avait obtenu une licence d'État de détective privée, et elle avait commencé à se chercher des clients. Jusqu'ici, elle bossait principalement pour des start-up basées à Duluth, décortiquant des revues professionnelles et assistant à des séminaires pour en apprendre davantage sur la concurrence. Stride savait que ces missions l'ennuyaient et la frustraient. Serena était un flic, viscéralement, et le travail de terrain lui manquait.

— J'ai un rendez-vous avec un nouveau client, aujourd'hui, ajouta-t-elle.

— Ah bon ?

— Dan Erickson veut m'engager.

— *Dan* ? fit Stride. Bon Dieu, et pourquoi aurait-il besoin de toi ?

Serena leva les sourcils, vexée.

— Pardon ?

— Tu sais très bien ce que je veux dire.

— Il m'a dit que mon expérience de flic était un plus.

— Sauf que tu vis avec moi. Et ça, pour Dan, ça devrait plutôt être un sacré moins.

Dan Erickson était le procureur public du comté. Il en voulait à Stride parce que les retombées médiatiques d'un procès bâclé lui avaient fait perdre l'élection au poste de procureur général de l'État. Beaucoup considéraient que sa carrière politique au Minnesota était compromise. Et personne n'ignorait que le fait d'être coincé dans les forêts de Duluth lui restait en travers de la gorge et qu'il cherchait une porte de sortie.

— Tu aurais peut-être intérêt à y réfléchir à deux fois, Serena.

— Je ne peux pas refuser. C'est une vraie chance, pour moi.

Il décela l'obstination dans sa voix, comprit qu'elle avait pris sa décision.

— Tu ne peux pas lui faire confiance.

Serena haussa les épaules.

— Dan peut m'ouvrir des portes dans tout l'État. De toute façon, je ne fais confiance à aucun de mes clients.

— Tu sais ce qu'il veut ? demanda Stride.

— Non. Il n'a pas voulu en parler au téléphone. Et il m'a demandé de ne pas t'en parler.

— Mais tu m'en parles quand même.

— C'est dans la boîte.

— Il va te faire des avances, ajouta Stride.

— Il fait des avances à tout le monde.

— Pas faux.

— Comment Lauren peut-elle tolérer cela ? C'est elle qui a l'argent.

— Avec Dan et Lauren, c'est le pouvoir qui importe, pas le sexe. Si elle trouvait à redire aux liaisons de Dan, elle l'aurait largué depuis longtemps.

— Voilà qui est parlé comme un homme ! Qu'est-ce qu'il veut, Dan, d'après toi ?

— Couvrir de boue un opposant politique…

— Ouais. C'est ce que je me disais. La rentrée parlementaire approche.

— Assure-toi seulement qu'il ne te laissera pas tomber. Il considère que tous ceux qui l'entourent sont sacrifiables. J'en sais quelque chose.

— Je suis capable de veiller sur moi-même.

Les yeux fermés, Serena renversa la tête en arrière pour laisser le vent glacé lui fouetter le visage. Quand elle était dans cette humeur, il était inutile de la contredire.

Stride savait qu'elle avait survécu longtemps en ne comptant que sur elle-même, et qu'elle était farouchement déterminée à continuer, à Duluth, sans son aide. Il était inutile de la prévenir que Duluth pouvait être aussi extrême et cruel, à sa façon, que Las Vegas. Il suffisait de regarder l'immense surface du lac pour se rappeler qu'un individu isolé est tout petit, particulièrement dans cette partie du monde. Peu importe votre force, il y a toujours des choses autour de vous qui sont beaucoup plus fortes.

5

Serena grimpa l'escalier du palais de justice du comté, où elle avait rendez-vous avec Dan Erickson. Elle avait de nouveau cette sensation bizarre. Une impression qui la poursuivait depuis des semaines. Une sourde inquiétude s'emparait d'elle. Elle s'immobilisa. Comme si un néon clignotait dans son crâne, avec un seul mot.

Danger.

Elle se tenait sur la dernière marche, tournant le dos au tribunal, et étudiait les allées et venues sur la place du Gouvernement. La statue d'un centurion au regard impassible se dressait derrière elle, sentinelle veillant sur les trois immeubles historiques groupés autour du parc. L'hôtel de ville, où travaillait Jonny, se trouvait à sa gauche. L'immeuble des services fédéraux était juste en face, à sa droite. Les trois bâtiments des services publics étaient des monuments austères, des blocs de granit jaune des années 1920. Des voitures étaient garées sur la neige fondue le long de la grande allée circulaire, des gens se déplaçaient à grands pas sur le trottoir, engoncés dans leurs manteaux d'hiver. Personne ne la regardait. Elle examina les fenêtres des immeubles alentour, une par une, puis la rue, ses yeux passant d'une voiture à l'autre.

Un camion d'une chaîne de télévision, sa parabole sur le toit. Une camionnette violette, à l'enseigne d'un service de réparation d'ordinateurs. Un camion de livraison d'un traiteur. Une voiture de police.

Rien que de très ordinaire.

Serena haussa les épaules pour évacuer son malaise.

C'est sans doute cet horrible mois de janvier, se dit-elle.

À Duluth, ce n'était pas au froid qu'elle avait le plus de mal à s'habituer. Mais plutôt à la pâleur mortelle de la ville à cette époque de l'année. Il pouvait s'écouler des jours, parfois des semaines, sans que l'on voie bouger cette masse de nuages gris au-dessus de sa tête. L'hiver n'était qu'un long et morne crépuscule, peuplé de visages sombres et de ciels menaçants. Il lui arrivait de regretter amèrement le désert, son soleil et son énergie.

Malgré tout, elle aimait cet endroit.

Comparé à ce paysage qui se modifiait sans arrêt, son ancien foyer était stérile. L'été à Duluth avait été doux, magnifique. Avec sa palette de rouges et de jaunes étalée sur des kilomètres carrés d'arbres et le spectacle des feuilles mortes, l'automne avait éveillé en elle une étrange mélancolie, propre à lui réchauffer le cœur. Même l'hiver avait sa beauté, quelque chose de sacré dans l'austérité du froid et des nuages.

Elle était là, dans cette ville, et elle aimait cela. Elle était grande et athlétique, avec de beaux cheveux noirs. À Las Vegas, on la prenait souvent pour une danseuse, mais les beautés sculpturales y étaient légion. Pas à Duluth. Elle appréciait les regards posés sur elle. Elle aimait regarder les hommes fondre devant elle. Cela lui donnait un sentiment de puissance, et l'assurance qu'elle était capable de refaire sa vie, où qu'elle le décide.

Elle aimait aussi l'importance que revêtait pour Jonny le fait d'être revenu. Il était chez lui, dans le froid, à l'ombre du lac. Serena découvrait que son amour pour lui était devenu plus intense, plus mûr, depuis un an, depuis qu'elle le connaissait plus intimement. Au début, leur attirance mutuelle avait été foudroyante, physique, mais plus elle vivait avec lui, plus elle appréciait sa gentillesse et son humanité. En outre, le fait qu'il la considère comme l'un des meilleurs flics qu'il ait côtoyés lui avait aussi beaucoup plu.

Pour l'heure, elle était incapable de se débarrasser du malaise qui lui tordait les entrailles, ce matin-là. La sensation qu'on l'examinait, comme au microscope.

Danger.

Elle avait appris à tenir compte de son intuition. À Vegas, elle avait eu la même sensation pendant des semaines. Le sentiment que quelque chose n'allait pas, qu'un traqueur invisible partageait son existence. Elle avait fini par découvrir qu'un prédateur, Tommy Luck, l'épiait vraiment, et elle s'en était sortie de justesse.

Mais c'est le passé, se dit-elle. Tommy, c'était de l'histoire ancienne.

Peut-être était-elle tout simplement incapable d'échapper à ses démons. Elle était toujours hantée par les souvenirs de son adolescence, à Phoenix, avant qu'elle ne s'enfuie à Las Vegas. Sa mère avait sombré dans la cocaïne et s'était acoquinée avec un dealer sadique, Blue Dog, qui avait fait de Serena sa putain personnelle. Elle s'était battue avec la dernière énergie pour oublier le désespoir de cette époque-là. Elle voyait toujours un psychiatre, une fois par mois, qui l'aidait à s'en sortir. C'était du passé. Mais ce n'était jamais vraiment fini. Il suffisait d'un sentiment bizarre de danger, dénué de réalité, comme ce matin-là, pour réveiller la fillette terrorisée.

Je n'ai plus quinze ans, se dit-elle.

Serena prit un ascenseur antique pour monter jusqu'au dernier étage, où se trouvaient les bureaux de Dan Erickson, avec leurs fenêtres donnant sur le lac. Elle se présenta à la réception, accrocha son manteau, s'assit sur le canapé crème. Elle portait un pantalon noir, des talons hauts et un gilet noir à boutons dorés. Une tenue assez conventionnelle, mais qui ne cachait rien de ses formes. Elle vit le regard en coin de la réceptionniste. Elle se demanda si elle l'avait déjà cataloguée comme le prochain numéro sur la longue liste des conquêtes du procureur.

La porte du bureau d'Erickson s'ouvrit.

Une femme d'une quarantaine d'années apparut dans l'encadrement. Elle adressa à la réceptionniste un sourire à peine perceptible. Ses cheveux d'un blond artificiel étaient ramenés en arrière, ne laissant que quelques mèches qui effleuraient très légèrement son front. Elle était petite, mince et élégante, avec une démarche assurée. Un sac de luxe à l'épaule, une veste ivoire, et une jupe anthracite qui lui tombait aux genoux. Deux perles se balançaient au bout de deux chaînettes d'or fixées à ses oreilles, et un collier luisait discrètement au creux de son cou. Elle découvrit Serena dans la salle d'attente. Elle la contempla. Ses sourcils formaient deux arceaux parfaits. Elle se dirigea vers elle et inclina la tête.

— Serena Dial ?

— Absolument.

La femme la toisa des pieds à la tête.

— Je suis heureuse pour Stride. J'ignorais que vous étiez si belle.

— Vous êtes… ?

— Lauren Erickson. La femme de Dan.

— Oh, oui, bien sûr. Pardonnez-moi, nous ne nous étions encore jamais croisées.

Serena la reconnaissait, maintenant. Lauren défrayait régulièrement la chronique lorsqu'elle se colletait avec le conseil municipal pour des problèmes concernant ses multiples propriétés. Elle perdait rarement. Très pratique d'avoir le soutien discret du procureur du comté et assez d'argent pour graisser les pattes. Elle était à la fois le banquier et la matière grise derrière la carrière de Dan.

— Vous êtes de Las Vegas, n'est-ce pas ?

— Exact.

Lauren fit un bruit de langue, comme si Vegas appartenait à une autre galaxie.

— Vous devez vous ennuyer, à Duluth. Pas de sosies d'Elvis. Pas de chanteuses topless.

Serena se leva. Elle la dominait de plus de vingt centimètres. Lauren fit une grimace agacée : elle devait renverser la tête en arrière pour la regarder.

— J'ai toujours été fan du musée Liberace[1], répondit Serena en souriant.

La réceptionniste eut un petit sourire suffisant. Lauren la calma d'un regard et cala son sac coûteux contre son épaule.

1. Musée kitsch exposant des objets ayant appartenu au pianiste fantaisiste Liberace. (*N.d.T.*)

— On ne parle que du meurtre d'Eric. Je suis rentrée de Washington très tôt ce matin. Dan m'a appelée à l'aéroport pour m'annoncer la nouvelle.

Elle se pencha vers Serena.

— J'ai toujours pensé que Maggie finirait par lui faire sauter le crâne, chuchota-t-elle.

— Pourquoi cela ?

— C'est une petite ville. Les gens parlent.

— Et que disent-ils ?

— Oh, je vous en prie. Nous connaissons toutes les deux la réputation d'Eric.

— Beaucoup d'hommes ont la même réputation.

Dan, par exemple.

— Peut-être, mais je possède un magasin de couture, et ma gérante affirme qu'Eric venait souvent acheter des robes.

— Et alors ?

— Alors il n'achetait pas que des petites tailles, fit Lauren avec un clin d'œil. Vous voyez ce que je veux dire ?

Serena ne répondit pas.

— Quel genre d'affaire traitez-vous avec Dan ? reprit Lauren avec un sourire froid.

— Je ne sais pas.

— C'est bien d'être discrète, mais vous pouvez me le dire. Dan et moi n'avons aucun secret l'un pour l'autre.

— J'en suis sûre. Mais je ne sais pas encore ce qu'il me veut.

Lauren la contempla un long moment. Elle finit par décider qu'elle lui disait la vérité. Serena se disait que Dan avait déjà donné à sa femme une version de l'histoire, et que Lauren essayait de deviner s'il lui avait dit la même chose.

— En fait, je vais voir Stride, maintenant, reprit Lauren.

— Ah ?

— Oui. Un problème avec une de mes employées. Elle a disparu.

— Je suis navrée.

— Oh, ce n'est peut-être rien du tout. Mais elle est un peu instable.

Serena resta silencieuse.

— Je vous laisse à Dan, conclut Lauren, avant d'ajouter, avec un rire glacial : On dirait presque de l'échangisme, n'est-ce pas ?

— Pardon ?

— Moi avec votre ami, vous avec mon mari. Ce n'est pas ce qu'on fait à Vegas ?

— Pas moi.

— Je suis très heureuse de l'entendre, dit Lauren. Moi non plus, ce n'est pas mon truc.

Quand Dan Erickson invita Serena à entrer dans son bureau, Lauren était déjà partie.

Elle se demanda combien de temps s'écoulerait avant qu'il ose la toucher. Elle n'attendit pas plus de trois secondes. Il lui montra le canapé de cuir rouge près de la fenêtre et lui posa la main sur l'épaule, l'y laissant quelques instants de trop.

— Désolé de vous avoir fait attendre. C'est une journée de fous. Tout le monde téléphone.

— Ne vous inquiétez pas.

— Café ?

Serena secoua la tête.

— C'est ma drogue, fit Dan. Deux pots par jour.

Il se servit une tasse et s'assit à ses côtés sur le canapé, ce qui la mit mal à l'aise. Elle glissa légèrement de côté pour mettre un peu d'espace entre eux. La manœuvre le fit sourire. Serena se dit qu'elle n'avait jamais vu des dents aussi blanches. Il devait les traiter tous les soirs pour qu'elles restent aussi brillantes.

Dan était de ces hommes dont la beauté est exactement à la hauteur de l'idée qu'ils se font d'eux-mêmes. Elle pouvait sentir son ego émaner de lui comme de l'eau de toilette. Il mettait assez de gel sur ses cheveux blonds pour en fixer la moindre mèche, et sa peau était bronzée artificiellement. Il avait le front un peu dégarni. Serena l'imaginait en train de se passer frénétiquement de la lotion pour limiter les dégâts. Il portait un costume bleu marine, arborait une Rolex en or et une énorme chevalière à l'annulaire gauche. Il n'était pas très grand, pas plus d'un mètre soixante-quinze, mais Serena était persuadée que les femmes le trouvaient séduisant. Durant des années, à Las Vegas, elle en avait vu des centaines coulés dans le même moule. Un prédateur, un rapace. Obsédé par lui-même. Un accro au sexe.

— Comment va Stride ? demanda Dan. Il doit s'inquiéter pour Maggie.

— Bien sûr.

— Beaucoup de gens ici pensent qu'elle a tué son mari.

— Vous n'allez pas un peu vite ?

Dan haussa les épaules.

— J'ai parlé à Teitscher. Ça ne se présente pas très bien.

— Stride affirme que ce n'est pas elle, dit Serena.

— C'est ce qu'il doit dire, non ? Stride n'est pas objectif, lorsqu'il s'agit de Maggie.

— Et vous, vous l'êtes ? Je sais que vous avez eu une liaison, il y a quelques années.

— En tout cas, ça veut dire que je la connais mieux que Stride. Quand notre petite aventure s'est terminée, j'ai pu juger de son caractère.

Serena fronça les sourcils.

— Et si vous me disiez plutôt pourquoi vous vouliez me voir ?

— Absolument.

Dan traversa la pièce au sol recouvert d'une épaisse moquette grise. Après s'être assuré que la porte était fermée, il s'appuya contre le panneau et contempla Serena.

— Avant toute chose, il est impératif que rien de tout ceci ne parvienne aux oreilles de Stride. D'accord ? Ce n'est pas une affaire pour la police, et je ne veux pas que ça le devienne.

Serena acquiesça.

— Sans vouloir vous vexer… s'il est si important que Jonny ne sache rien, pourquoi m'engager, moi ?

— Tout le monde me dit que vous êtes excellente.

— C'est exact, mais il y en a d'autres dans la région qui sont aussi bons que moi, et qui ne couchent pas avec un homme que vous détestez.

Dan revint s'asseoir sur le canapé, encore plus près qu'avant.

— Vous croyez que je déteste Stride ?

— Ce n'est pas vrai ?

— Lui et moi avons eu quelques différends, au cours des années. Mais c'est de l'histoire ancienne. Je veux passer à des choses plus importantes.

— D'accord, fit Serena, pas convaincue du tout.

— Quel est votre tarif ?

Elle lui donna un chiffre.

— Je vous paierai vingt pour cent de plus.

Une sonnette d'alarme se déclencha dans le crâne de Serena.

— Pourquoi feriez-vous cela ?

Dan s'installa confortablement sur le canapé, en serrant sa tasse de café des deux mains.

— Parce que cette affaire pourrait présenter certains risques.

— Ah ?

— C'est une autre raison pour laquelle votre expérience dans la police est importante. Vous avez l'habitude des situations risquées.

— Dites-moi d'abord ce que vous avez à dire, fit Serena.

Dan hocha la tête.

— On me fait chanter.

— Alors il faut appeler la police.

— Pas question. Je ne veux pas prendre le risque que cette information soit rendue publique.

— Faire chanter un procureur, ça soulève toutes sortes de problèmes. Vous le savez. Vous devriez donc en parler à Stride.

— Peut-être. Mais dans le cas présent, c'est exclu.

— Qu'est-ce que ce… cette personne sait sur vous ?

— Vous n'avez pas besoin de le savoir.

— Ça ne va pas me simplifier la tâche, fit Serena. Je n'aime pas avancer à l'aveuglette.

— Disons simplement que c'est de nature sexuelle. D'accord ?

Serena pensa à la question de Maggie. « Avez-vous déjà fait des choses… bizarres ? »

— Une liaison ? demanda-t-elle.

— Vous n'êtes plus flic. Laissez tomber les interrogatoires. Ce que j'ai fait ou pas n'a aucune importance.

Il suffit de savoir que j'ai été stupide et que je n'aurais pas dû le faire.

— Lauren est au courant ?

Dan grogna.

— Non, et vous ne lui en direz pas un mot, d'accord ?

— Que lui avez-vous dit à propos du travail que vous souhaitez me confier ?

— Je lui ai dit que c'était une affaire politique. Des sales trucs. Elle a marché.

— Si je comprends bien, vous voulez que je découvre qui vous fait chanter.

Elle se demanda s'il s'imaginait qu'elle pourrait tuer quelqu'un pour son compte.

— Non, peu importe. Je ne veux pas le savoir. Je veux simplement que ça s'arrête, et que vous soyez mon intermédiaire. Cet homme m'a déjà annoncé son prix. J'ai l'argent ici, en liquide.

Il sortit une grosse enveloppe de la poche de sa veste et la posa sur la table basse devant le canapé.

— Il doit m'appeler dans un jour ou deux pour me donner ses instructions, poursuivit Dan. Je veux que vous vous occupiez du paiement pour moi.

— Pourquoi ne pas le faire vous-même ? demanda Serena.

— En prenant le risque que les médias soient sur place, avec des caméras ? Non merci. Je veux que tout cela soit fait hors de ma présence. Par vous, et vous seule. Personne d'autre.

— C'est un maître chanteur. Il ne se contentera pas d'un paiement. Il reviendra pour demander plus.

— Je prends le risque.

Serena soupira.

— Il faut vraiment que je vous dise que c'est une très mauvaise idée ?

— Mauvaise idée ou pas, je suis prêt à payer très cher pour que vous vous occupiez de ça pour moi.

— Vous savez qu'il n'y a pas de confidentialité légale entre un détective privé et son client. Si l'affaire arrivait aux oreilles de la police, je devrais leur dire ce que je sais.

— C'est bien pour ça que je ne veux pas que la police soit mise au courant.

Serena n'aimait pas cela. Cela sentait mauvais.

— Vous avez une idée de l'identité du maître chanteur ?

— Non. Ce n'est qu'une voix au téléphone.

— Comment a-t-il obtenu l'information à votre sujet ?

— Je l'ignore. J'ai bien quelques soupçons, mais ça n'a aucune importance.

— Vous êtes sûr qu'il ne bluffe pas ? demanda Serena.

— Il m'en a assez dit au téléphone pour que je sache qu'il ne bluffe pas.

Serena hésita. Une partie d'elle avait envie de lui dire de laisser tomber, mais elle ne pouvait résister à la bouffée d'adrénaline. C'était exactement le genre de boulot concret dont elle avait besoin. Un boulot qui lui donnerait l'impression d'être à nouveau un flic. Et puis il y avait l'argent.

— Mon taux de base, plus trente pour cent, dit-elle.

— Qui est le maître chanteur, maintenant ?

Il sourit, lui posa la main sur le genou et serra les doigts.

— Affaire conclue ? demanda-t-elle.

— Oui, c'est d'accord.

— Parfait.

Serena prit la main posée sur son genou et lui tordit le poignet jusqu'à ce que son sourire s'efface.

— Une dernière chose, fit-elle d'un ton aimable. Touchez-moi encore une seule fois, et je vous brise les doigts.

Elle se leva.

— Stride ne doit pas s'ennuyer, avec vous, fit Dan en se massant le poignet.

— Appelez-moi quand vous serez fixé, pour la livraison.

Elle prit l'enveloppe contenant le liquide, la glissa dans sa poche et sortit du bureau.

Elle s'arrêta de nouveau en haut des marches du palais de justice, observa la statue du centurion. Quelque chose dans les yeux de granit vides la troublait. Elle sentait encore le poids oppressant des nuages gris. Elle essaya de se convaincre que ça n'avait aucune importance, mais la sensation était de nouveau là.

Cette impression qui l'obsédait depuis des semaines.

Quelqu'un l'épiait.

6

Il savait qu'elle sentait sa présence, comme une gazelle sent la présence du fauve qui la traque, camouflé dans la savane. Invisible et mortel.

Quand il reprit les jumelles, elle se rapprocha de lui instantanément. Comme s'il se trouvait à côté d'elle, assez près pour lui souffler dans le cou. Tandis qu'il l'épiait, elle frissonna. Elle tourna la tête dans sa direction. Il eut un frémissement de plaisir quand leurs regards se croisèrent. Son pénis se contracta, commença à gonfler et à durcir.

— Ah, putain ! murmura-t-il.

C'était agréable, après avoir passé dix ans à regarder son organe viril s'atrophier, lentement mais sûrement. Les matons se moquaient de lui, lui affirmant qu'en prison il allait se racornir comme une limace, et ils avaient raison. Plus les années passaient derrière les barreaux, plus son pénis se rétractait. Rien ne l'excitait. Il se branlait dans sa cellule, la nuit, mais au bout d'un moment il pouvait à peine obtenir une minable érection. Il avait beau y mettre de la salive, ou la frotter avec du savon, sa verge ne réagissait plus, si minuscule que son énorme main ne pouvait même pas l'extirper de son entrejambe.

Mais son sexe était revenu à la vie, la nuit de l'ouragan, dans la maison abandonnée en Alabama. Alors qu'il regardait cette femme flic se noyer dans la cave, le sang avait reflué entre ses jambes. Une érection spontanée, dans toute sa puissance.

Quatre mois avaient passé depuis le jour où un hélicoptère de la Garde nationale l'avait recueilli sur le toit de la ferme. Il portait des vêtements qu'il avait trouvés dans une chambre au premier étage. Il avait réduit en lambeaux son treillis de prisonnier et l'avait jeté dans le flot avec les autres débris. Quand la tempête s'était calmée, un lac recouvrait les terres autour de la maison. La voiture de police avait disparu, ainsi que le corps de DDT et celui de sa collègue. Il n'était qu'un habitant coincé chez lui parce qu'il n'avait pas été évacué à temps.

Ils l'avaient conduit à un abri, à Birmingham, avec des centaines d'autres réfugiés. Il s'était enfui le soir même. Il avait volé une voiture et pris la direction du nord. Il ne voulait pas risquer d'être découvert, ni attendre que la prison de Holman réalise qu'il était en fuite. Il apparut vite qu'il n'avait aucune raison de s'en faire. Il avait volé un ordinateur portable et surveillait les informations sur Internet tout en s'éloignant du Sud. Quelques jours plus tard, il trouva dans le journal de Montgomery un article qui relatait son histoire. On avait retrouvé la voiture de police encastrée dans un arbre, à près de vingt kilomètres de la ferme, et le corps sans tête de DDT avait réapparu à dix kilomètres de la maison, dans une autre direction. Les deux autres passagers de la voiture étaient présumés morts, victimes de la tempête.

Il n'avait plus ni identité, ni passé.

Il aurait pu s'enfuir n'importe où, mais il devait d'abord en finir avec cette rage qui lui déchirait la poitrine. Se venger de ces dix années perdues.

— Tu sens ma présence, hein ? murmura-t-il. Tu sais que je suis là.

Depuis son arrivée à Duluth, il avait réfléchi à ce qu'il ferait à Serena. Il l'avait épiée. Il l'avait suivie. Il aurait pu l'attraper à n'importe quel moment, mais il voulait faire durer le plaisir. Tout chasseur vous le dira : on ne brise pas le cou d'un animal juste après l'avoir capturé. Quand il est à vous, vous prenez le temps de jouer un peu avec lui.

Pour le moment, il avait d'autres proies sur le gril. Des gens comme Dan. Tanjy. Et les filles alpha. Des gens avec des secrets dégoûtants qu'ils voulaient désespérément dissimuler.

Il se rappelait ce que le petit pédé, à Holman, lui disait de l'art du chantage. « Si tu sais ce que quelqu'un cache, tu peux lui faire ce que tu veux, il ne soufflera pas un mot. » Bien sûr, le danger, quand on s'attaque à une ruche, c'est qu'on peut se faire piquer. Il aurait pu continuer quelque temps son petit jeu, mais un événement inattendu avait surgi, comme un poisson à la surface de l'eau, le forçant à brusquer ses plans.

Un meurtre. Ça changeait tout.

C'était le tour de Serena, finalement. Le moment était venu de serrer le nœud autour de son cou.

Dans les jumelles, il la vit hausser les épaules. Elle descendit les escaliers de la place du Gouvernement, en direction de sa voiture. Il savait ce qu'elle pensait. Que ce frisson d'angoisse qui lui remontait le long de la colonne vertébrale était le fruit de son imagination.

Erreur. Avant qu'il en ait fini avec elle, elle le supplierait de la tuer.

7

L'hôtel de ville était un vieil immeuble battu par les courants d'air, avec de hauts plafonds où montait l'air chaud. Les sols de marbre étaient glacés. Le froid se glissait à travers la fenêtre du bureau de Stride, la vitre était couverte de givre. Appuyé contre la fenêtre, les bras croisés, il contemplait d'un regard absent la circulation sur la 1re Rue. Les rides se creusaient sur son front, et il ressentait une raideur dans tous ses muscles.

Il était en costume-cravate, car les journalistes et les hommes politiques allaient envahir son bureau dès qu'ils sauraient, pour Maggie. C'était dans la rue qu'il préférait se trouver. Il supportait mal de rester enchaîné à sa table, et il s'occupait des paperasses après les heures normales, quand les bureaux étaient plongés dans le noir. Il préférait se rendre sur les scènes de crime, se colleter au travail concret, pourtant le plus souvent dur et ingrat.

Au début de sa carrière, il était un flic idéaliste, mais c'était trop loin maintenant pour qu'il y pense encore. Il était comme Maggie. Déterminé à résoudre tous les crimes, à arrêter tous les criminels. Il lui avait fallu peu de temps pour se rendre compte qu'il y aurait toujours des victimes comme « la fille d'Enger Park », que personne ne venait défendre et pour qui il n'y aurait jamais de réponses. C'est lui qui en assumait le fardeau. Chaque meurtre commis dans cette ville le torturait un peu plus. Même quand l'affaire était résolue et que le jury rendait un verdict de culpabilité, il en gardait une cicatrice.

C'était l'une des raisons pour lesquelles il vivait au bord du lac. Peu de gens savaient ce qui se passait dans cette partie de son esprit. Il avait attendu des mois avant d'en parler à Serena. Stride était un pragmatique, qui n'avait pas de temps à perdre avec le mysticisme, mais le lac c'était autre chose. Quand il était au bord de l'eau, la nuit, il avait parfois l'impression d'être entouré par les morts, comme si le lac était l'endroit où ils revenaient, mêlés au brouillard. Il sentait la présence de son père, mort dans le lac, il sentait qu'il communiait avec tous les morts de la ville…

Quelqu'un frappa à la porte du bureau. Il aperçut une silhouette, derrière la vitre dépolie.

— Entrez ! fit-il sans s'éloigner de la fenêtre.

La porte de chêne clair s'ouvrit et se referma doucement. Surpris, Stride reconnut sa visiteuse.

— Lauren.

— Salut, Jonathan.

Il sentit le froid pénétrer dans le bureau en même temps qu'elle.

— Vous êtes splendide, lui dit-il.

Lauren le regarda en souriant. Ses vêtements, ses bijoux et ses cheveux blonds au coloris expérimental trahissaient sa fortune, et son visage était aussi lisse que le permettaient le maquillage et la chirurgie plastique. Elle était séduisante, mais elle ne cachait pas qu'elle était totalement imperméable au charme de Stride. Tous les deux avaient une vilaine histoire commune derrière eux. Lauren était l'unique enfant d'un homme qui avait gagné des millions de dollars dans des opérations immobilières dans le nord du Minnesota. À l'époque où il faisait ses débuts dans la police, Stride avait mis au jour un vaste système de pots-de-vin à l'hôtel de ville, en relation avec la construction d'un immense centre commercial. Le père de Lauren avait été mis en prison. Il y était mort, six mois plus tard, d'une attaque. Lauren avait hérité tout ce qu'il possédait, y compris sa haine tenace à l'égard de Stride.

Il lui montra un siège. Elle s'y installa, croisa les jambes et posa les doigts sur l'ourlet de sa jupe. Ses yeux bleus étaient aussi farouches et intelligents que d'habitude.

— Je suis navrée, pour Maggie.

— Je n'en doute pas.

— Je viens de croiser Serena au bureau de Dan, ajouta-t-elle d'un ton cassant. Où était-elle, quand vous et moi étions sur les bancs de l'école ? Elle jouait avec ses cubes ?

Stride ignora l'allusion.

— Je croyais que vous ne me parliez plus, Lauren.

— Le passé, c'est le passé. Nous devons tourner la page.

— Vraiment ? Ce n'est pas ce que vous disiez, l'année dernière.

Stride savait que Lauren avait monté une campagne auprès du conseil municipal pour empêcher K-2 de le reprendre.

— J'ai des soucis bien plus importants, aujourd'hui.

— Ah ?

— Je vois que vous n'avez pas vu les informations.

— Qu'est-ce que j'ai manqué ?

— Dan et moi, nous partons à Washington.

— Pour de bon ?

Elle acquiesça.

— Dan est invité à s'associer comme conseiller spécial à un grand cabinet d'avocats, dans le cadre de sa pratique de la criminalité en col blanc. Je viens de passer quelques jours à visiter des maisons à Georgetown.

— Dan devient donc avocat de la défense, dit Stride. Je crois que c'est ce qui l'a toujours intéressé. On peut mieux sentir d'où vient le vent…

— C'est vrai, Jonathan, j'oubliais que vous, vous ne vous intéressiez qu'à la vérité et à la justice. Prévenez-moi quand vous les trouverez.

Il sourit, car il avait marqué un point. Il n'était pas non plus mécontent d'apprendre que Dan renonçait à son poste de procureur du comté. Il n'aimait pas avoir un ennemi dans le bureau d'à côté.

— Félicitations, dit-il, c'est un joli coup.

— J'ai dû tirer quelques ficelles, avoua Lauren. Dan n'aime pas Duluth. Nous ne nous accrochions que le temps de lui trouver un poste à l'échelle de l'État. Mais vous avez anéanti cette possibilité, n'est-ce pas ?

— Je crois me rappeler que les électeurs ont aussi eu leur mot à dire, remarqua Stride. Quand partez-vous ?

— Le mois prochain.

— Vous êtes venue pour ça ? Pour me dire adieu ?

Lauren secoua la tête.

— Non, la jubilation malsaine, c'est en prime. Je suis venue signaler un crime. Ou ce qui pourrait être un crime. Je ne sais pas.

— Que se passe-t-il ?

— Vous savez que je suis propriétaire de Silk, le magasin de mode sur Superior Avenue…

Stride acquiesça. La boutique était un de leurs multiples trucs, à Dan et elle, pour gruger le fisc.

— Une de mes employées a disparu.

— Comment s'appelle-t-elle ?

— Oh, vous la connaissez bien, Jonathan, fit Lauren avec un sourire narquois. Tanjy Powell.

Stride n'avait pas eu l'intention de le dire à voix haute, mais les mots lui échappèrent :

— Cette garce !

— Je savais que vous seriez content.

Ce n'était absolument pas le cas.

— Qu'est-ce qui vous fait penser qu'elle a disparu ?

— Tanjy a quitté la boutique en début d'après-midi, lundi. Elle avait l'air bouleversée. D'après Sonnie, ma gérante, elle n'est venue travailler ni mardi ni mercredi, et elle n'a pas appelé. Chez elle, personne ne répond.

— Pourquoi était-elle bouleversée en partant, lundi ?

— Je n'en ai aucune idée.

— Ce genre de choses lui est déjà arrivé ?

— Sonnie affirme que non.

— Elle a de la famille ?

Lauren secoua la tête.

— Ses parents sont morts. Elle occupe le rez-de-chaussée d'une vieille maison victorienne, à East Hillside. Je pensais que vous aimeriez y jeter un coup d'œil, pour le cas où des odeurs suspectes s'en échapperaient. C'est ça qui vous excite, non ?

— Ça suffit, Lauren. A priori, je dirais que Tanjy nous joue encore un de ses tours…

— Pourquoi ? Parce qu'elle vous a ridiculisé la dernière fois ?

— Cette femme a forgé une fausse accusation de viol. Elle a fait souffler un vent de panique sur la ville.

Lauren soupira.

— Je n'ai pas la prétention de comprendre ce qui se passe dans son petit cerveau malade. Je ne suis que la messagère.

— J'espère qu'elle n'est pas de nouveau en train de nous faire perdre notre temps. Si nous ne l'avons pas poursuivie, c'est parce que Dan et K-2 ne voulaient pas que nous ayons l'air de nous acharner sur une femme souffrant de problèmes psychologiques.

— C'est ma faute. C'est moi qui leur ai demandé d'y aller mollo avec elle.

— Vous ? Je suis surpris que vous ne l'ayez pas fichue dehors.

— Je n'en veux qu'aux gens qui se mettent en travers de mon chemin, Jonathan. Vous devriez le savoir.

— Ce qui veut dire que vous ne vouliez pas d'un procès gênant au tribunal du travail.

— Ce qui veut dire que je me faisais du souci pour elle.

Stride doutait que Lauren se soit jamais fait du souci pour quiconque. Mais ça n'avait pas d'importance.

— Je vais enquêter, dit-il.

— Il y a autre chose, ajouta Lauren.

— Quoi ?

— Tanjy a appelé à la maison, lundi soir.

— Le jour où elle a quitté la boutique ? Pourquoi ?

— Pour parler à Dan. Mais il était à Saint Paul.

— Que voulait-elle ? demanda Stride.

— Je l'ignore. J'ai appelé Dan de Washington, mardi après-midi. Il m'a dit qu'il avait essayé de la rappeler, mais qu'il n'avait pas eu de réponse. Nous n'y avions plus pensé ni l'un ni l'autre jusqu'à aujourd'hui. Je suis rentrée tôt, ce matin, par avion, et Sonnie m'a appris que Tanjy avait disparu.

— Tanjy a laissé un message, quand vous lui avez parlé ?

— Oui, elle a laissé un message pour Dan. Il ne sait pas ce que ça signifie.

— C'était quoi, le message ?

Lauren haussa les épaules.

— Elle m'a simplement demandé de lui dire : « Je sais qui c'est. »

8

Abel Teitscher rentra chez lui le jeudi en début d'après-midi, après avoir passé dix heures à superviser le travail sur le lieu du meurtre d'Eric Sorenson. Il jeta des flocons d'aliments secs dans le grand aquarium d'eau de mer du salon, qui était peuplé d'un assortiment multicolore de scalaires, de poissons-globes, de mandarins, de tétras et de gobies. Les rares soirs où il ne travaillait pas, il prenait un verre de cognac et éteignait la lumière. Il s'asseyait et regardait en silence ses poissons aller et venir dans l'aquarium illuminé. Abel était plus à l'aise avec les poissons qu'avec les gens.

Il vivait seul dans une maison modeste de la 9e Rue, au nord du centre-ville. Il avait été marié pendant vingt-sept ans. Jusqu'à ce mardi après-midi où il était rentré chez lui à l'improviste. Il avait trouvé sa femme, âgée de cinquante-deux ans, dans les bras du fils de leurs voisins de palier, vingt-quatre ans et sans emploi. Elle avait trop regardé *Desperate Housewives*, apparemment. Le divorce avait été prononcé six mois plus tard. Elle vivait maintenant dans l'appartement qu'elle louait à Minneapolis. La seule bonne chose sortie de ce mariage était sa fille Anne, mais elle était à l'université, à San Diego. Elle étudiait la biologie marine, ce qu'Abel attribuait aux années passées avec lui, toute petite, devant l'aquarium.

Quelques années plus tôt, il aurait eu besoin de plusieurs jours pour récupérer d'une nuit blanche comme celle-ci. Mais il n'avait pas été aussi en forme depuis des décennies. Depuis son divorce, il s'était mis à la course. À la belle saison, il parcourait des kilomètres sur la piste de l'université. L'hiver, il utilisait le tapis de jogging électrique installé dans sa chambre. Il avait perdu douze kilos et s'entraînait pour le marathon. À l'hôtel de ville, tout le monde le trouvait pâle et squelettique, ce qui le rendait furieux : personne ne voyait les efforts consentis pour affiner son corps.

Abel s'allongea sur le canapé près de l'aquarium. Il dormit une demi-heure, ce qui lui suffisait pour récupérer. Puis il courut une heure sur le tapis électrique. Le ronronnement du moteur et le martèlement de ses pieds l'aidaient à se vider l'esprit. Stride lui reprochait de ne pas avoir une vue d'ensemble sur l'affaire, mais c'était faux. Au début d'une enquête, Abel prenait toujours du temps, juste pour réfléchir. Stride essayait de s'élever au-dessus des faits et de s'introduire dans la tête de la victime et de l'assassin. Pour Abel, avoir une vue d'ensemble, ce n'était rien d'autre que rassembler les pièces du puzzle à partir de ce dont il disposait. Les preuves et les témoins. Des choses que l'on peut toucher, voir et sentir.

Et la vue d'ensemble, dans cette affaire, ne pouvait le mener que dans une seule direction. Maggie.

L'absence d'indices concernant la présence éventuelle d'une troisième personne dans la maison ne prouvait rien, il le savait. Il savait aussi que la réponse logique et évidente à l'analyse d'une scène de crime était généralement la bonne.

Abel était prêt à retourner le moindre caillou. Il n'avait rien contre Maggie, et aucun désir de lui faire endosser le crime, mais le bon sens indiquait que c'était presque certainement elle qui avait appuyé sur la détente. Comme toujours dans ce genre d'affaires.

Comme Nicole. Grâce à Nicole, Abel avait appris que chacun est capable de tout. Même un bon flic. Il avait refusé de croire sa coéquipière capable de commettre un meurtre. Il n'avait pas voulu voir les preuves, même quand elles étaient sous ses yeux. Nicole était instable, fragile. Elle venait de rentrer de congé maladie, après avoir abattu un suspect handicapé mental sur le pont de Blatnik. Le mari de Nicole avait une maîtresse, et elle l'avait menacé violemment de représailles s'il ne mettait pas fin à sa liaison. On avait trouvé deux cheveux de Nicole dans l'appartement où gisaient les cadavres du mari et de sa maîtresse, tués par l'arme du mari. Les preuves étaient nettement suffisantes pour la faire condamner.

Quand les jurés la déclarèrent coupable, Abel admit enfin que Nicole avait fait ce que font tous les suspects : elle lui avait menti pour sauver sa peau. Stride allait devoir apprendre la même leçon.

Stride croyait sans doute qu'il était blessé d'avoir été évincé du poste de lieutenant. Abel était vexé, mais en réalité cela ne lui manquait pas. K-2 avait raison. Abel détestait superviser une équipe et gérer des missions. Il ne voulait pas perdre son temps à motiver des flics, des gens extrêmement difficiles à gérer qui, par principe, détestent l'administration. Les siens étaient submergés par la paperasserie et les procédures.

Il était beaucoup plus heureux comme ça. La seule chose qui le tracassait, c'était que les autres flics adoraient Stride, alors qu'ils avaient du mal à le supporter, lui. Abel savait qu'il était un solitaire peu sympathique. Il était bourru et renfermé, et personne ne faisait le moindre effort avec lui.

Stride était humain. Il commettait des erreurs. Il se trompait, cette fois, simplement parce qu'il ne comprenait pas la trahison. Stride n'avait jamais trouvé sa femme au lit avec un homme deux fois plus jeune qu'elle.

Le jour où il vit sa femme couchée avec un autre type, Abel comprit enfin comment une personne normale pouvait péter les plombs. Comme Nicole. Comme Maggie. Il avait pointé son revolver sur le couple, déterminé à tirer. Ce qui les avait sauvés, tous autant qu'ils étaient, c'est que dans le silence stupéfait qui régnait dans la pièce, alors qu'ils s'observaient tous les trois, il avait entendu les gargouillis de son aquarium, dans le salon. Une pensée, en entendant cela, lui avait dans la seconde fait retrouver son calme. Perdre ses poissons serait pire que de perdre sa femme. Il avait baissé son arme et s'était mis en quête d'un avocat.

Maggie aurait dû avoir des poissons chez elle. Tout le monde devrait avoir des poissons chez soi.

Abel se rasa et se doucha après avoir terminé ses exercices sur le tapis de jogging. Il se tamponna les joues à l'eau de toilette. Encore une chose qui lui valait les moqueries de ses collègues : ils prétendaient qu'il cocotait comme un gigolo. Ce n'était pas un crime. Il enfila un vieux costume marron, puis son trench-coat. Celui-ci n'était pas assez chaud pour le mois de janvier, mais, depuis qu'il courait régulièrement, il avait découvert qu'il ne craignait pas le froid.

Le moment était venu de regarder sous les tapis.

Il commença par les bureaux d'Eric Sorenson. MedalSports, son entreprise, se trouvait au cœur d'une zone industrielle sinistre, dans une rue proche de l'aéroport, entre des compagnies où l'on fabriquait de l'équipement médical, des pièces détachées pour avions, du matériel de navigation et des aliments surgelés. En se garant, il entendit le bruit aigu des petits avions au-dessus de sa tête. Le bâtiment de plain-pied aux murs chocolat était doté d'une série de plates-formes de chargement. Plusieurs camions de livraison étaient garés le long des quais. Le parking était plein.

Il trouva la porte vitrée qui donnait sur les bureaux. La réceptionniste parlait au téléphone. Abel vit les mouchoirs usagés qui jonchaient son bureau. Elle avait les yeux rouges, larmoyants. C'était une femme corpulente, proche de la soixantaine, avec des lunettes en demi-lune suspendues à une chaînette. Ses cheveux gris dépassaient de sa casquette de base-ball. Il faisait frais dans le bureau, et elle portait une veste rembourrée rouge. Elle lui sourit vaguement, mit la main en coupe sur le combiné et lui dit qu'elle allait s'occuper de lui dans la minute.

La petite salle d'attente était fonctionnelle, avec son canapé en rotin bon marché, la machine à café blanche posée sur un grand classeur métallique près d'une pile de gobelets en polystyrène, et une table basse vernie couverte de magazines de sport. Un bruit de machines lui parvenait par la porte donnant sur l'atelier.

Il examina les photos encadrées fixées au mur.

On y voyait Eric Sorenson aux jeux Olympiques, quinze ans plus tôt, attendant le départ de sa série. Un homme au physique imposant, un peu plus d'un mètre quatre-vingt-dix, avec un torse glabre et musclé, et des cheveux coupés en brosse si blonds qu'ils étaient presque blancs. Sur des photos plus récentes, on le voyait en compagnie d'un assortiment de sportifs récompensés aux Jeux d'hiver – patineurs, slalomeurs, équipes de bobsleigh. Tous arboraient des produits MedalSports. Abel remarqua qu'Eric s'était maintenu en forme, et qu'il affichait le même sourire éclatant sur tous les clichés. Ses cheveux avaient poussé et formaient une épaisse et longue crinière ramenée en arrière.

— Il était très beau, fit la réceptionniste en raccrochant.

Abel grogna.

— Vous n'êtes pas journaliste, hein ?

Abel se présenta. La réceptionniste s'appelait Elaine.

— Est-il vrai que sa femme l'a tué ? C'est ce que disent les médias.

— Nous essayons de découvrir ce qui s'est passé, dit Abel. Je voudrais vous poser quelques questions.

Elaine renifla. Elle prit un nouveau mouchoir, se moucha en gonflant les joues.

— Bien sûr.

— Depuis quand travaillez-vous pour M. Sorenson ?

— Depuis qu'il a ouvert la boîte. C'était un homme formidable. Il nous traitait tous comme si nous formions une famille.

Abel soupira. Ça ne ratait pas. Il suffisait de se faire assassiner pour devenir un saint.

— À vous entendre, il était parfait. Mais personne n'est parfait.

— Eh bien je suis désolée, mais tout le monde l'adorait, ici.

Elaine, sur la défensive, avait un peu élevé la voix.

— Et les affaires ? Comment se porte l'entreprise ?

— Oh, très bien. Tous les employés ont reçu une prime de fin d'année. M. Sorenson partageait les bénéfices. Ce n'était pas un homme égoïste.

Abel acquiesça.

— Pas facile, l'activité industrielle, aujourd'hui. La concurrence est rude. Main-d'œuvre étrangère à bon marché, ce genre de choses, hein ?

— Non, non, répliqua Elaine en secouant la tête. MedalSports fabrique des produits haut de gamme pour une clientèle extrêmement ciblée. Tout est de fabrication artisanale. Nous ne sommes pas en concurrence avec l'industrie de masse. Nous vendons nos produits exclusivement aux athlètes olympiques.

— Le marché est vraiment suffisant pour soutenir l'entreprise ? fit Abel d'un ton dubitatif. Les jeux Olympiques d'hiver n'ont lieu qu'une fois tous les quatre ans…

— C'est vrai, mais les athlètes s'entraînent en permanence. Ils concourent également dans les championnats du monde, ou certaines épreuves nationales. Un bon équipement vous donne un plus, et nous personnalisons tous nos produits.

— M. Sorenson était le seul propriétaire ?

— Oui. Il a créé l'entreprise un peu après avoir été lui-même aux Jeux. C'était un champion en brasse papillon, vous savez.

— Il avait beaucoup de dettes ?

— Oh, je ne suis pas comptable. Il a une ligne de crédit à la Range Bank. Je n'ai jamais entendu M. Sorenson exprimer la moindre inquiétude sur des problèmes de capitaux ou de traites. L'année dernière, nous avons fait un chiffre d'affaires record.

— Il me faudrait les noms du comptable et de l'avocat de M. Sorenson. Vous les connaissez ?

— Bien sûr, acquiesça Elaine.

Elle inscrivit les noms sur un morceau de papier qu'Abel fourra dans sa poche.

— Vous avez tout de suite pensé que sa femme l'avait assassiné. Pourquoi ?

Elaine se renfrogna.

— Je répétais simplement ce que j'ai entendu à la télévision. Je ne sais rien du tout.

Abel la regarda, fronça les sourcils à son tour.

— Comment suis-je censé résoudre ce crime si vous me racontez des bêtises ? Je n'ai jamais vu une secrétaire qui ignore si son patron a des problèmes dans son couple.

— Je ne veux pas faire courir des rumeurs, répliqua-t-elle.

Elle avait les joues toutes rouges.

— Ce ne sont pas des rumeurs. Votre patron a été assassiné.

Elaine lutta un moment contre son désir de discrétion. Elle finit par jeter l'éponge.

— M. Sorenson et sa femme ont eu une année difficile, murmura-t-elle sur le ton de la confidence. Je les ai souvent entendus se disputer.

— Quand cela ?

— Le pire, c'était en novembre. Il y a environ deux mois.

— À quel sujet se sont-ils disputés ?

Elaine secoua la tête.

— Je ne sais pas.

— Vous avez sûrement entendu quelque chose. Allons, ce n'est pas comme si ces murs avaient trente centimètres d'épaisseur.

— Cela avait un rapport avec le sexe, avoua Elaine dont la voix s'était faite presque inaudible en prononçant le dernier mot.

— Comment le savez-vous ?

— À travers la porte, j'ai entendu Mme Sorenson crier quelque chose…

— Qu'a-t-elle dit ?

— C'est très gênant, fit Elaine en rougissant.

— Dites-le-moi tout de même.

— Je n'emploie pas ce genre de vocabulaire, vous comprenez. Mme Sorenson l'a traité de… eh bien, elle a dit qu'il n'était qu'une bite hypertrophiée à tête chercheuse.

Abel s'efforça de ne pas rire.

— Elle a dit autre chose ?

— Je n'ai rien entendu de plus. Ce n'est pas comme si j'écoutais.

Bien sûr que non, se dit Abel.

— Il envisageait peut-être de la quitter.

— Oh non, non. Il l'aimait vraiment.

— Être amoureux, ça ne veut pas dire être fidèle, n'est-ce pas ?

Elaine jouait avec ses ongles.

— Ça, je n'en sais rien.

— Vous teniez son agenda, vous preniez ses appels. S'il la trompait, je vais avoir du mal à croire que vous n'étiez pas au courant.

— M. Sorenson était un homme très séduisant, fit-elle prudemment. Dans le temps, avant son mariage, il sortait beaucoup. Avec des femmes très glamour. Des mannequins, parfois.

— Et après son mariage ?

Elaine fit la moue, comme si cela ne la regardait pas.

— Un homme comme lui, les femmes lui courent après.

— Qui ? Je veux des noms.

— Je ne connais pas leurs noms. M. Sorenson était très discret sur sa vie privée. Je n'y mettais pas mon nez.

— J'ai vraiment l'impression que vous me cachez quelque chose, Elaine.

— Non, pas du tout. M. Sorenson était discret.

— D'autres femmes venaient au bureau pour le voir ? fit Abel dans un soupir.

Elaine hésita.

— Parfois.

— Qui ?

— Je vous l'ai dit, je n'en sais rien. Il y a une femme qui vient toutes les deux ou trois semaines. Grande. Cheveux roux. Plus âgée, sans doute la quarantaine. Ils étaient très… amicaux l'un envers l'autre.

— Vous n'avez jamais demandé qui c'était ?

— Un jour, elle est arrivée, et M. Sorenson était au téléphone. Quand je lui ai demandé son nom, elle m'a répondu : « Dites-lui que c'est sa fille alpha. » Elle avait l'air de trouver cela très drôle.

— Qu'est-ce que ça veut dire ?

— Je n'en ai pas la moindre idée.

— Il y avait d'autres femmes ?

Elaine avait l'air malheureuse.

— Oui.

— La sienne était au courant ?

— Allez lui poser la question. J'ignore ce qu'elle savait. M. Sorenson voyageait beaucoup, et Mme Sorenson appelait parfois, elle voulait savoir où il était. Et… euh, avec qui.

— Est-ce qu'il a fait des voyages privés, récemment ?

Elaine hocha la tête.

— Oui. Le week-end dernier, il était dans les Villes jumelles.

— Pour y faire quoi ?

— Il n'a rien dit. Je lui ai réservé une chambre à l'hôtel Saint-Paul. Il y est allé pendant le week-end, et il est revenu lundi après-midi. Il semblait un peu distrait.

— Pourquoi ?

— Je ne sais pas. Il parlait d'une pièce qu'il avait vue au théâtre Ordway. À part cela, il n'a rien dit à propos de ce voyage.

— Que s'est-il passé après son retour, lundi ?

— Il n'est resté au bureau que quelques minutes, puis il est reparti. Il était là mardi et mercredi, mais il s'est enfermé dans son bureau presque toute la journée.

— A-t-il parlé à sa femme, hier ?

— Je ne sais pas.

— Et son agenda ? Il avait des rendez-vous ?

— Il n'avait pas de réunion de toute la journée. Mais il m'a demandé de lui prendre un rendez-vous pour hier soir.

— Il a vu quelqu'un hier soir ? Après les heures de bureau ?

Elaine acquiesça.

— Une femme ?

— Non, un psychiatre. Tony Wells.

— Tony ? fit Abel, surpris.

— C'est cela.

Abel connaissait Tony Wells. La police de Duluth l'employait comme profileur pour les crimes sexuels. Il donnait aussi des consultations post-traumatiques à de nombreux flics et victimes de crimes.

— M. Sorenson consultait Tony ?

— Oh non, fit Elaine. M. Sorenson n'a jamais vu un thérapeute de sa vie. Il était solide comme un roc. C'était sa femme. M. Sorenson m'a dit qu'elle consultait depuis des mois.

9

Stride attendait sur le perron de l'appartement en rez-de-chaussée de Tanjy Powell. Il alluma une cigarette. La première de la journée, alors que c'était déjà la fin de l'après-midi. Le vent froid agitait ses boucles poivre et sel. Il contempla le ciel, où se mêlaient les bruns et les bleus. Quelques rafales isolées se succédaient. Au bout de plusieurs secondes, il se retourna vers la porte jaune. Il frappa du poing, tendit l'oreille. À l'intérieur, il n'y avait pas le moindre bruit.

D'après Lauren Erickson, Tanjy n'était pas venue travailler depuis son départ du magasin de vêtements, lundi après-midi. Elle semblait ne pas être chez elle non plus.

Il leva les yeux vers la vieille maison victorienne. Les volets étaient fermés. La maison était une relique du passé, qui avait besoin d'une couche de peinture et de nouveaux bardeaux. Duluth possédait des quartiers historiques, et maintes beautés architecturales vieillissantes comme celle-ci témoignaient de l'argent et du charme que la ville avait possédés quand elle était à son apogée, quand la taconite remplissait les caisses de toute la région du nord de l'État. Puis le filon s'était tari, ce qui se reflétait dans l'état des maisons de la ville. Contrairement aux Villes jumelles, au sud de l'État, fières de leurs nouvelles banlieues aux pelouses impeccables, Duluth perdurait avec ses vieilles bâtisses et leur gloire affadie. Stride préférait cela. Cela ne le dérangeait pas que les planchers gondolent et que les portes sortent de leurs gonds.

Il contourna la maison, jusqu'à une arrière-cour grande comme un timbre-poste. La plupart des maisons du quartier étaient divisées en appartements à bas prix pour les étudiants et les infirmières. Une chaise longue était à demi enfouie dans la neige. Un gril à charbon de bois rouillait sur place. Stride vit des traces d'animaux dans la cour. Deux fenêtres du garage à une place étaient brisées. Il se dirigea non sans précautions dans cette direction et regarda à l'intérieur. Les morceaux de verre étaient sales et poussiéreux. Il n'y avait pas de voiture dans le garage.

Il frappa à la porte de derrière.

— Tanjy !

Il donna un violent coup d'épaule dans la porte. Elle était fermée à clé. Il essaya de voir à travers les volets blancs, mais ils étaient hermétiquement clos.

Quelque chose miaula à ses pieds. Un chat gris à longs poils, aux pattes maculées de neige et de boue, se frottait contre ses chevilles. Stride se baissa pour gratter la tête de l'animal, qui se mit à ronronner. Le chat se dirigea nonchalamment vers une fenêtre et se glissa dans la maison. Stride le suivit, tout en enfilant une paire de gants. Il trouva un trou aux bords irréguliers mais assez large pour y glisser la main et débloqua la fenêtre. Il poussa le battant, se faufila à l'intérieur. Il se trouvait dans un couloir sombre et étroit menant à la cuisine.

— Police ! Il y a quelqu'un ?

Pas de réponse.

L'appartement sentait le renfermé, comme s'il n'avait pas été aéré depuis plusieurs jours. Stride inspecta la cuisine. Pas la moindre odeur de restes de nourriture. L'évier était vide. Il revint sur ses pas, suivit le couloir jusqu'au salon. Un crucifix de soixante centimètres de haut était fixé sur un mur blanc. Sous la croix, Stride vit une pile de partitions de psaumes sur un piano en mauvais état.

Une photo encadrée de Tanjy et de ses parents était posée sur une table basse en verre et métal couleur taupe. Ses parents s'étaient tués l'hiver précédent sur le Bong Bridge, quand une épaisse nappe de brouillard était tombée à l'improviste au sommet du pont, provoquant une série d'accidents. Stride examina la photo. Tanjy avait presque trente ans, mince, avec de longs cheveux noirs. Fille d'un Blanc et d'une Noire, elle avait un visage café au lait aux proportions parfaites. Ses sourcils fins et obliques lui donnaient un air cruel. Le sourire lui faisait des fossettes au coin des lèvres, et une lueur dans ses yeux marron donnait l'impression qu'elle s'amusait d'une plaisanterie secrète. En la voyant, les hommes réagissaient comme à un défi érotique qu'il leur fallait relever. La première fois qu'elle était venue à l'hôtel de ville, il avait remarqué que ses inspecteurs étaient aussi agités que des adolescents amoureux.

Tanjy était venue lui rapporter une histoire horrible. Elle avait été enlevée, un mercredi soir de novembre, dans une sortie de parking obscure de Michigan Street. Son ravisseur lui avait bandé les yeux et l'avait bâillonnée et ligotée avant de la conduire à Grassy Point Park, un endroit désert qui formait une petite avancée dans la baie de Saint Louis. Le parc se trouvait sous l'arche du Bong Bridge, à l'endroit où ses parents avaient trouvé la mort. Il l'avait attachée par les mains et les pieds au grillage de la clôture barbelée séparant le parc des voies ferrées de la zone portuaire. Quand il lui avait enfin ôté son bandeau, elle avait vu les wagons couverts de graffitis et les montagnes de charbon. Il avait découpé ses vêtements, la laissant nue et exposée au froid, suspendue à la clôture. Il l'avait alors violée par-derrière, avant de l'abandonner sur place avec sa voiture. Il avait tout prévu, raconta-t-elle, car une autre voiture l'attendait dans le parc. Elle n'avait pas vu le véhicule. Elle était incapable de donner la moindre description de son violeur. Au bout d'un moment, elle avait réussi à se libérer.

Tout cela, raconta-t-elle, était arrivé le mercredi. Ce n'était que le vendredi qu'elle était venue rapporter son viol à Stride. Elle s'était lavée, et elle était impeccablement habillée. Elle ne pleurait pas, n'élevait pas la voix, n'exprimait aucune émotion particulière en décrivant sa mésaventure. Elle refusa de se soumettre à des examens physiques, expliquant qu'elle était déjà allée à la clinique. Les faits auraient tout aussi bien pu être arrivés à quelqu'un d'autre.

Si Stride était allé chez elle à l'époque, il aurait remarqué toutes ses images religieuses, et il aurait reconnu l'icône christique de Tanjy crucifiée sur la clôture. Cela aurait été le premier indice que quelque chose ne collait pas.

Son histoire défraya la chronique dans les médias de Duluth. Les viols y étaient rares, et les habitants étaient terrifiés. Deux jours plus tard, le quotidien local publia un entretien avec un jeune courtier en Bourse. Mitchell Brandt était le petit ami de Tanjy. Il décrivait l'obsession de cette dernière pour le viol, avec des détails crus et explicites. À chaque fois qu'ils faisaient l'amour, expliquait-il, elle exigeait qu'il feigne de la violer, elle se masturbait chaque jour sous la douche avec des fantasmes de viol, et elle écrivait sur Internet des histoires et des poèmes érotiques mettant en scène des viols par inconnu.

En quelques jours, Tanjy devint une paria. Son histoire circula dans tout le pays. Elle fut la cible des plaisanteries de Jay Leno, du *Saturday Night Live*, des chaînes d'information câblées, de vidéos déposées sur YouTube et de dizaines de blogueurs. Les habitants de Duluth lui retirèrent leur soutien. Une semaine plus tard, Tanjy rencontra Stride dans un coffee shop et lui avoua ce qu'il soupçonnait déjà. Elle avait tout inventé. Le viol n'avait jamais eu lieu. C'était un fantasme.

Stride avait envie de la poursuivre pour fausse déclaration à la police, mais il dut y renoncer sous la pression de Dan Erickson et de K-2, et l'histoire disparut des colonnes des journaux. Tanjy elle-même disparut de la scène.

Stride l'appela quelques semaines plus tard. Il était toujours furieux contre elle, mais il craignait que la pression des médias ne l'ait fait craquer. De sa voix douce, Tanjy le remercia pour son appel, mais elle déclina sa proposition de l'aider. D'une certaine façon, il en était plutôt content, mais la conversation ne lui avait rien appris de nouveau. Elle était aussi calme et impassible que d'habitude. La même énigme érotique.

Et maintenant, elle avait disparu.

Il ne remarqua aucun désordre dans l'appartement. Aucune trace de violence ni de trouble. Il pensa d'abord au suicide, chercha une lettre. Mais Tanjy, quelle que fût sa destination, n'avait pas laissé la moindre note. Elle n'avait pas non plus emporté grand-chose. Ses vêtements étaient bien rangés dans le placard et la commode de la chambre. Sa valise était là, mais Stride ne trouva ni sac à main, ni portefeuille, ni clés.

Stride s'assit sur le pied du lit double recouvert d'un édredon rouge immaculé et de coussins à franges assortis. Il examina les livres posés sur les étagères près du lit : des ouvrages religieux, une pile de romans à l'eau de rose, des manuels de cuisine végétarienne et des essais de psychologie sur le viol. Le lit était impeccable, une autre image de Jésus était fixée au mur au-dessus de la tête de lit. Stride se dit que Tanjy s'abandonnait à ses fantasmes de viol sous la croix. Cela faisait peut-être partie du frisson : un mélange interdit de sacrifice et de sacrilège.

Il chercha en vain un agenda sur le bureau à cylindre. Le bureau était net et bien rangé. Stride vit une chemise kraft pour les factures et un classeur fluo Byte Patrol contenant le mode d'emploi de son ordinateur portable, une pile de logiciels dans leurs boîtiers en plastique, et une série de magazines féminins, du genre *Elle* et *Vogue*. Rien d'étonnant à cela. Tanjy travaillait dans une boutique qui vendait de la haute couture, et elle-même ressemblait aux mannequins que l'on voyait dans les magazines.

Stride alluma la lampe de bureau. Il prit le petit bloc cubique de papier brouillon, essaya de trouver trace de ce qu'elle aurait écrit sur les pages manquantes. Il identifia en tout et pour tout un numéro de téléphone, qu'il appela immédiatement sur son propre portable. C'était celui d'un supermarché du quartier.

Il alluma l'ordinateur. Tanjy n'utilisait pas Outlook pour ses mails, ce qui signifiait qu'elle se servait probablement d'un serveur via Internet. Il serait donc beaucoup plus difficile de retrouver ses archives. Aucun rendez-vous ne figurait dans son agenda en ligne. Il passa en revue la liste de ses « favoris ». Un mélange de sites chrétiens et de pornographie hard, y compris des sites sur le viol contenant des images brutales, troublantes, de femmes attachées et humiliées.

Il passa aux documents les plus récents. Il cliqua sur le premier, un fichier Word intitulé « Île ». Le texte s'afficha sur l'écran :

Les indigènes attachèrent Ellen, bras et jambes écartés, à des pieux qu'ils avaient enfoncés dans le sol boueux. Un par un, ils se succédèrent, la violèrent avec leurs langues percées. Elle les supplia d'arrêter. « Non ! Non ! cria-t-elle. Vous n'avez pas le droit ! » Mais ils restaient sourds à ses plaintes désespérées. Bien malgré elle, elle sentit monter en elle l'orgasme le plus violent qu'elle eût jamais connu…

Stride ferma le fichier et passa en revue les autres documents. Ils étaient tous du même genre. Il se demanda une fois de plus comment il pouvait accorder le souvenir de la fille calme et douce qu'il avait reçue dans son bureau et les fantasmes de violence et de soumission qui lui occupaient l'esprit.

Il éteignit l'ordinateur. Pas le moindre indice sur les raisons de la disparition de Tanjy, aucune confirmation qu'elle avait vraiment disparu. Il n'y avait rien de bizarre dans le fait de monter dans sa voiture et de prendre la route. Les gens font cela tout le temps. Parfois, aussi, ils décident de ne pas revenir.

Tout à coup, Stride sentit une présence dans la maison. Un léger bruit lui parvint très nettement de l'arrière de l'appartement. Il se leva et s'approcha très vite de la porte de la chambre. Il tendit l'oreille. Il y eut des bruits de pas discrets près de la fenêtre de derrière, par laquelle lui-même était entré.

— Yo, mec ! fit une voix de jeune homme. Qu'est-ce que vous foutez ? Je sais que vous êtes là…

Stride émergea dans le couloir. Un garçon d'une vingtaine d'années agitait nerveusement un club de golf. Quand il le vit, le jeune homme fit littéralement un bond.

— J'ai appelé la police ! Elle sera là d'une minute à l'autre !

— Elle est déjà là, lui dit Stride en lui montrant son insigne. Qui êtes-vous ?

— Oh merde. Je suis désolé.

Il portait un pantalon de jogging gris, une chemise de flanelle qui pendouillait par-dessus, de lourds brodequins délacés et un énorme chapeau de fourrure – le rabat avant relevé, les deux rabats latéraux tombant de part et d'autre de sa tête, lui donnant l'air d'un gros chien.

— Comment tu t'appelles ? répéta Stride.

— Excusez-moi. Duke. Duke Andrews.

Même son nom aurait pu être celui d'un chien.

— Qu'est-ce que tu fais là ?

Duke remonta les lunettes à monture noire qui lui glissaient sur le nez. Il avait une barbiche clairsemée et une série de boutons sur les joues, dont le dessin évoquait la Grande Ourse.

— J'habite à côté. Ma chambre donne sur la cour. Je vous ai vu entrer et je me suis dit, bon, voilà, que c'était peut-être un cambrioleur…

— Je vais te donner un petit conseil, Duke. N'essaie pas de te frotter aux cambrioleurs. Laisse les flics s'en occuper.

— Ouais, ouais, d'accord, j'imagine que c'était stupide.

Duke tira les poils au bout de son menton.

— Contre un revolver, ton club de golf ne ferait pas le poids.

— Je ne joue même pas au golf, mec. Débile, hein ?

— Tu sais qui habite ici ? demanda Stride.

Duke hocha énergiquement la tête, en se mordillant un ongle.

— Oh, ouais, sûr, c'est cette fille dont on a parlé dans les journaux, vous savez. Cette histoire de viol. Tanjy. Comme dans « Tangerine », hein ?

— Tu l'as vue, récemment ?

— Non, pas depuis quelques jours.

— Tu te rappelles exactement quand c'était, la dernière fois ?

Duke n'eut pas besoin de réfléchir longtemps.

— Lundi soir. Je l'ai vue partir en voiture, vers dix heures.

— On dirait que tu la surveilles.

— Quoi ?

Duke était nerveux. Ses pieds s'agitaient.

Stride était plus grand que lui, et le môme se recroquevilla quand il s'approcha.

— Qu'est-ce que je vais trouver, si je t'accompagne chez toi ? Un télescope braqué sur la chambre de Tanjy ? C'est bien mieux que des jumelles, pour mater, non ? Ça vous laisse les mains libres…

— Whoahhh, mec, qu'est-ce que vous racontez ? Non, pas question de ça !

Duke regarda la porte, comme s'il évaluait la possibilité de partir en courant.

— Écoute, tu gardes ton télescope et tu le braques sur les étoiles, à partir de maintenant, OK ? Je ne veux pas t'arrêter pour voyeurisme. Mais je veux savoir ce que tu as vu dans la chambre de Tanjy.

Duke eut un petit sourire. Il tira sur son jogging.

— Oh, mec. C'est encore tout frais. Vous allez pas me croire.

— Essaie toujours.

— Cette fille, elle est meilleure qu'une star du porno. Elle dort toujours à poil. Je devrais vendre des billets. Ça me paierait mon loyer, et la bouffe.

— Des visiteurs ?

— Personne n'est venu dans sa chambre. Pas depuis que je surveille.

— Ce qui veut dire ? demanda Stride.

— J'ai emménagé début décembre. J'ai pas tardé à comprendre que la vue était géniale.

— Tu as une idée de l'endroit où elle est allée, lundi ?

Duke ôta son chapeau pour se gratter le crâne. Ses cheveux noirs formaient des épis informes.

— Aucune idée. Je me contente de regarder. Je la connais pas.

— Elle était seule ?

— Quand elle est partie ? Ouais.

— Tu l'as vue parfois avec quelqu'un d'autre ?

— Des types, vous voulez dire ? Ouais, il y a celui qui a débarqué vers Noël. Je les ai vus en train de discuter sur le perron. Je l'ai revu plusieurs fois dans le coin, récemment. Je suppose que c'est son nouveau copain. Un veinard, voyez ce que je veux dire ? J'espérais mater un peu de bête à deux dos, mais ils doivent faire ça chez lui.

— À quoi ressemble-t-il ?

— Un grand type. Encore plus grand que vous. Le genre de mec que vous vous attendez à voir avec une fille comme ça. Elles ne se dérangent pas pour les types comme moi. Cela risquerait de perturber l'équilibre génétique. Quoique… certains de ces mannequins épousent des mecs vraiment horribles, hein ? Ça me laisse de l'espoir. Mais c'est moche pour leurs mômes. On dirait qu'ils viennent toujours de la mauvaise moitié…

— Dis-moi à quoi ressemble le type que tu as vu, fit Stride, qui eut un pressentiment.

— Pas grand-chose à dire, répondit Duke. Un tas de muscles. Super élégant. Oh, et il a les cheveux longs, aussi. De longs cheveux blonds. Plus longs que la plupart des filles.

— C'est le type que tu as vu avec Tanjy ?

— Pile poil.

Stride faillit jurer à voix haute. Duke venait de faire le portrait d'Eric, le mari de Maggie.

10

Maggie était pieds nus, les jambes repliées devant elle, ses bras enlaçant ses genoux. Ses cheveux noirs étaient sales. Elle était enfoncée dans un énorme fauteuil qui la faisait paraître encore plus petite. Les flammes de l'âtre se reflétaient dans ses yeux. Le regard lointain, elle ne cillait pas.

— On la sent encore, hein ? demanda-t-elle en humant l'air.

Serena ne sentait rien du tout.

— Quoi ?

— La sueur de tous ces flics. Deux jours ont passé, et je la sens encore.

Serena pensa que Maggie imaginait tout ça, mais elle s'abstint de le lui dire.

— Tu as faim ? lui demanda-t-elle.

— Pas vraiment.

— J'ai de la truite fumée dans la camionnette.

Maggie fit la grimace.

— Beurk !

— Beurk ? ! C'est toi qui m'as donné goût à ce truc.

— J'en suis un peu dégoûtée, ces temps-ci, répondit Maggie.

Serena était étendue sur un canapé, dans le salon de Maggie. C'était une pièce masculine, avec des lambris en noyer et une tête de daim qui, du haut de son mur, les contemplait de ses yeux de verre. Dans la pénombre, une grande horloge faisait entendre son tic-tac hypnotique. Le feu de bois diffusait sa chaleur en demi-cercle. Serena était là depuis près d'une heure, mais elles n'avaient parlé que par à-coups.

— Jonny est désolé de n'avoir pas pu venir, fit Serena.

— Je suis une pestiférée. N'approche pas trop près, tu pourrais attraper quelque chose.

— S'il peut faire quoi que ce soit pour toi dans la coulisse, il le fera.

— Que peut-il faire ? C'est Abel Teitscher qui mène la danse.

Serena savait que Maggie avait raison.

— Abel t'a interrogée ?

— Oh oui. Pendant trois heures, hier. Il me traite comme si je ne valais pas mieux qu'un dealer de crack. Il veut m'accrocher au mur, comme Bambi, là, sur le mur. Morte et empaillée. Pour Abel, c'est du déjà-vu, tu sais. Nicole, sa coéquipière, a été condamnée pour le meurtre de son mari. Alors je dois aussi être coupable.

— Tu ne devrais peut-être pas lui parler, lui conseilla Serena.

— Ouais, je sais. Mais que penserais-tu d'un suspect qui garde le silence et engage un avocat ?

— Coupable.

— Exactement. Je suis innocente, alors la vérité ne peut pas me faire de mal, hein ? C'est pour cela que j'ai laissé Abel m'interroger. Sauf que je sais que je suis idiote. J'ai appelé Archie Gale, aujourd'hui, et il m'a dit la même chose. Alors maintenant j'ai un avocat et je ne dis plus un mot.

— Abel fait son rapport directement à Dan, dit Serena.

— Génial. Une bonne nouvelle de plus. Ça pourrait leur faire un beau cadeau de départ, à Dan et Lauren. Ma tête sur un plateau…

— Si tu as besoin d'un détective qui chercherait des indices en ta faveur, je suis ton homme, tu sais.

Avec un sourire, Maggie attaqua le thème de *Drôles de dames*.

— Ah ah !

— Si tu étais un des anges de Charlie, tu préférerais être Kate, Jaclyn ou Farrah ? demanda Maggie.

— Jaclyn. Froide comme la glace.

— Moi, ce serait Farrah.

— Ah oui, dit Serena. Toi en blonde. Ça le fait !

Maggie eut un sourire.

— Sérieusement… je peux faire quelque chose pour toi ? demanda Serena.

— J'en parlerai à Archie, et je te le dirai. C'est un autre monde, tu sais, quand on se retrouve de l'autre côté de la barrière. Tout ce que nous trouverons sur Eric risque d'aggraver les choses pour moi.

— Et de ton côté ? demanda Serena.

— Que veux-tu dire ?

— Les affaires anciennes. Les gens que tu as envoyés en prison. Cela pourrait être une vengeance ?

Maggie plissa le nez.

— Je ne crois pas qu'il y ait des criminels pour qui ce soit devenu une affaire personnelle avec moi.

— Pas pour toi. Pour eux, peut-être.

— Il t'est déjà arrivé d'être harcelée par un dingue ? demanda Maggie.

Serena hocha la tête.

— Plusieurs fois. À Las Vegas, les assassins sont plus enclins à se venger. L'influence de la pègre, peut-être. Il y a eu ce type que j'avais agrafé pour coups et blessures aggravés parce qu'il lacérait sa copine. Tommy Luck. Un vrai nom de Vegas, hein ? Quand il est sorti de prison, Tommy a voulu se venger.

— Il t'a agressée ?

— Il n'en a pas eu l'occasion, dit Serena. Il me surveillait. Il s'est fait prendre pour un racket sur des blanchisseries avant d'avoir le temps de passer à l'acte. Ils ont trouvé des photos de moi partout dans son appartement. Sur la plupart, il avait découpé les yeux. Il m'avait tailladée avec un couteau. Barbouillé mon corps à la peinture rouge.

— Qu'est-ce qui lui est arrivé ?

— Il pourrit de nouveau en prison.

— Je ne crois pas qu'il y ait un Tommy Luck dans mon passé, dit Maggie.

— Alors quelqu'un d'autre devait avoir un mobile pour tuer Eric.

— Je suis contente que tu le penses. La plupart des gens croient que tous les mobiles possibles vont dans ma direction. Je l'ai tué pour son fric. Je l'ai tué parce qu'il avait une liaison. Je l'ai tué parce que moi, j'avais une liaison.

Maggie pencha la tête et repoussa les cheveux qui tombaient sur son front.

Serena ne savait pas trop jusqu'où elle pouvait la pousser.

— Écoute. Pas besoin d'être sorcier pour savoir que vous aviez des problèmes, tous les deux.

— Je ne peux pas en parler. Mon avocat me tuerait.

— Cette conversation n'a jamais eu lieu, tu le sais. Quelque chose te tracasse depuis des semaines. Eric ? Il s'intéressait à une autre femme ?

Maggie fit la grimace.

— Pour Eric, les femmes sont comme des chips. On ne peut pas se contenter d'en baiser une seule.

— Et toi ? Tu avais une liaison ?

Maggie avait le menton sur les genoux. Elle lui jeta un regard oblique.

— Eric le croyait.

— Ah ?

— Il était persuadé que je couchais avec Stride.

Un terrain glissant.

— Je sais ce que tu ressens pour Jonny, lui dit Serena d'une voix douce.

— Je sais aussi ce qu'il ressent pour toi.

Elle parlait avec un peu d'amertume. Elles étaient devenues des amies proches, mais Serena savait que Maggie n'avait pas digéré la vitesse à laquelle Jonny avait réorganisé sa vie pour pouvoir être avec elle.

Serena était jalouse, elle aussi. Quand ils étaient tous les trois, elle se sentait parfois isolée, à cause de l'intensité de l'amitié qui liait Maggie et Stride, et de tout ce qu'ils avaient en commun.

— Je ne devrais pas parler de tout cela, ajouta Maggie. Si Eric croyait que j'avais une liaison, ça me donnait un mobile supplémentaire de le tuer.

— Ce n'était pas le cas.

— Non, mais s'il le croyait, il aurait pu décider de me quitter. Du jour au lendemain. Sans me laisser un sou. C'est ce que Teitscher va penser.

— Eric avait l'intention de te quitter ? C'était ça, le problème ?

Maggie grogna.

— Non, et c'est toute l'ironie de la situation. Eric disait qu'il ferait n'importe quoi pour que les choses s'arrangent. Il m'aimait, il regrettait ses écarts, il m'avait promis. Gentil, hein ?

— Mais… ?

— Mais moi, j'avais l'intention de le quitter. Pas de le tuer, Serena. J'allais divorcer de ce fils de pute. J'avais l'intention de le lui dire ce soir-là.

— Tu ne veux pas me dire pourquoi ?

— Disons simplement qu'il se passait des choses que j'avais du mal à avaler, dit Maggie.

— C'est-à-dire ?

Maggie secoua la tête.

— Je n'en dirai pas plus.

Serena insista :

— Il y a quelques mois, tu m'as posé une question à propos de sexe. J'ai eu l'impression qu'Eric voulait te faire faire des choses qui te mettaient mal à l'aise…

— Laisse tomber, OK ? S'il te plaît.

Sa voix avait monté d'un cran.

— Pardonne-moi, dit Serena, qui ajouta : Tu as demandé de l'aide à quelqu'un ?

— Qu'est-ce qui te fait dire que j'ai besoin d'aide ?

— Allons, Maggie.

Elle secoua la tête.

— Non, je n'ai pas parlé à Tony depuis début novembre.

— Pourquoi ?

— J'ai fait face aux fausses couches. Tout va bien. Tout ça appartient au passé, maintenant.

Serena était frustrée.

— Ce n'est pas vrai, Maggie. Quelque chose te bouleversait, au point que tu étais prête à demander le divorce. Et quelqu'un vient de tuer ton mari.

— C'est ça, « alors va voir un psy », fit Maggie, sarcastique. Très utile. Donne-moi un mobile supplémentaire, Serena. Je suis dingue. Je pourrai peut-être plaider coupable avec circonstances atténuantes pour déficience mentale.

— Ce n'est pas ce que je voulais dire.

— Je sais.

Maggie leva les mains en signe de reddition.

— Excusez-moi d'être une telle emmerdeuse. Je retournerai voir Tony dès que je serai prête. Promis. Mais pour le moment, je ne peux absolument pas affronter ça.

11

Samedi matin. Stride gara son Bronco sur le parking du club de fitness de Miller Hill ouvert jour et nuit. C'était un bâtiment tout en longueur, dont les locaux étaient visibles derrière des vitrines. Stride aperçut à l'intérieur une demi-douzaine de filles d'une vingtaine d'années, en pantalon de jogging et brassière de sport, qui couraient sur des tapis roulants en écoutant leur iPod. Dès qu'il entra, le vacarme des machines l'assourdit. Il vit les poitrines qui se soulevaient en rythme, sentit l'odeur de transpiration. Stride passa en revue les visages rougis par l'effort. Il cherchait Mitchell Brandt. Celui-ci exerçait dans un cabinet financier au centre de Duluth, où il gagnait sa vie en faisant jouer ses clients à la Bourse comme on joue à la loterie. C'était l'ancien amant de Tanjy Powell, celui qui avait dévoilé les secrets de sa vie sexuelle aux médias, après qu'elle avait porté plainte pour viol.

Si Tanjy avait une liaison avec Eric Sorenson, Stride voulait en savoir un peu plus sur son passé, pour déterminer si sa disparition était liée à la mort d'Eric. Brandt connaissait mieux que personne les secrets de Tanjy.

Stride repéra le courtier près d'un appareil de musculation, au fond de la salle. Il se dirigea vers lui, au prix d'un gymkhana entre les machines de remise en forme.

— Mitchell Brandt ?

Sans le regarder, Brandt continuait à soulever les poids en rythme. Les plaques de plomb cognaient furieusement tandis qu'il faisait aller et venir les guidons de l'appareil. Il portait un tee-shirt gris sans manches, orné du logo des Minnesota Twins, et un short de nylon rouge. Il avait les bras musclés. La sueur perlait sur sa peau, laissant une marque en V au cou de son tee-shirt.

— Oui, qui le demande ?

— Je m'appelle Stride. Police de Duluth. Nous nous sommes déjà rencontrés, il y a quelques mois.

Brandt s'assit. Il respira lourdement. Il saisit une serviette blanche, s'essuya le visage et s'en couvrit les épaules. Il devait avoir trente ans, des cheveux bouclés bruns très courts, un menton carré rasé de près. Il avait les yeux marron clair. Il toisa Stride.

— Oui, je me souviens. Que puis-je pour vous ?

— J'aimerais vous poser quelques questions.

Brandt tressaillit.

— À quel sujet ?

— Tanjy Powell.

— Oh…

Brandt se détendit. Il haussa ses larges épaules.

— Toujours cette vieille histoire, hein ?

— Elle a disparu.

— Disparu ? Je ne vois pas comment je pourrais vous être utile. Je ne l'ai pas vue depuis des mois.

— Ce ne sera pas long.

Brandt tira sur son col trempé de sueur. Il mâchait un chewing-gum.

— OK. Il y a un coffee shop à côté. Donnez-moi dix minutes, je prends une douche et je vous retrouve là-bas.

— Je vous en remercie.

Brandt fit basculer hors de l'appareil ses jambes grosses comme des troncs d'arbre et se dirigea d'un pas léger vers les vestiaires des hommes. Il était grand et fort, avec ce style macho désabusé qui fascine tant de femmes. Stride remarqua que plusieurs filles le suivaient des yeux.

Au coffee shop voisin, Stride commanda un café noir, prit un journal sur le comptoir et s'installa à une table en coin. La disparition de Tanjy était en première page, mais l'article était court. On citait Stride, qui appelait à témoigner les personnes qui l'auraient vue ou lui auraient parlé la semaine précédente. Il n'avait dit à personne (même pas à Abel) qu'il existait peut-être un lien entre Tanjy et Eric. Pour le moment, il gardait un atout en réserve, qui lui permettrait peut-être de conserver un pied dans l'enquête sur le meurtre d'Eric.

Mitchell Brandt le fit attendre vingt minutes. Il portait une chemise de soie noire et une chaîne en or autour du cou, un pantalon et des mocassins noirs. Il commanda un grand café au lait sans crème. Il arborait assez de bijoux coûteux – une montre Omega, une bague en saphir (pas sur l'annulaire gauche) – pour que tout le monde sache qu'il avait de l'argent. Avant de s'asseoir, il serra la main de Stride d'une poigne ferme et lui adressa son plus beau sourire de courtier.

— Où en êtes-vous, au chapitre des investissements, inspecteur ? Sachez que je suis de très près quelques firmes au taux de croissance intéressant.

— Tout ce que j'ai se trouve dans un fonds de pension de la police.

— Si vous avez envie de gagner vraiment de l'argent, un de ces jours, appelez-moi. Je travaille avec pas mal d'avocats et de cadres, en ville. Mes clients sont satisfaits. Je leur ai fait connaître quelques compagnies de recherche médicale brûlantes.

— Quel est votre secret ? demanda Stride.

— Je fais mes devoirs, comme un bon élève. J'ai travaillé avec les gens de Byte Patrol, qui m'ont aidé à concocter mon propre logiciel de recherche de données. Ça me permet de trouver tout ce qu'il faut savoir sur une affaire. Je connais mieux certaines entreprises que la plupart de leurs dirigeants.

— Je m'en souviendrai.

Brandt but une gorgée de son café au lait.

— Tanjy a disparu, c'est ça ? Qu'est-ce qu'elle a fait ? Elle a précipité sa voiture dans le lac, ou quoi ?

— Qu'est-ce qui vous fait dire cela ?

— Elle est plutôt instable. Une enfant de chœur new age lâchée au milieu d'un roman de Stephen King.

— Ce qui veut dire ?

Brandt se pencha vers lui et baissa la voix.

— Allons, inspecteur. Vous avez lu les journaux, à l'époque. Cette fille exigeait que je l'accompagne à l'église tous les soirs, après quoi il fallait que je l'attache sur le lit et que je lui pose une lame sur la gorge pendant que je la sautais. Elle a un grain.

— Dans ce cas, pourquoi sortir avec elle ?

Brandt gloussa. Il s'éventa avec la section sports du journal.

— Vous rigolez ? Si elle passait cette porte, je la reprendrais tout de suite. Baiser avec elle était bizarre, mais c'était spectaculaire, croyez-moi. Je n'ai jamais vu une fille jouir comme elle. Vous avez vu l'orgasme de Meg Ryan, dans ce film célèbre ? Imaginez ça en dix fois plus fort. Tanjy faisait trembler la maison.

Stride finit son café. Le mélange était fort, et il y avait du marc au fond de la tasse. En voyant le visage rayonnant de Brandt, il sentit la moutarde lui monter au nez.

— Si vous pensiez qu'elle avait inventé l'histoire du viol, vous auriez dû vous adresser à la police au lieu d'en informer la presse, lui dit-il froidement.

Brandt leva les mains.

— Vous vous trompez, inspecteur. Ce sont les journalistes qui sont venus me voir. Ils étaient au courant, pour Tanjy et moi, avant même que j'ouvre la bouche. Je vous le jure.

— Comment l'avaient-ils su ? Vous vous en étiez vanté ?

— Bien sûr, sans doute un peu, mais je ne crois pas qu'un de mes amis m'aurait balancé. Je me suis dit que la presse l'avait appris par Tanjy en personne. C'était son genre, vous savez, de se dénoncer toute seule. Ça fait partie de ce syndrome de victimisation. Dès que j'ai entendu parler de cette histoire de viol, j'ai compris que Tanjy avait tout inventé. J'ai eu l'impression de lire une description de notre vie sexuelle. Elle m'a fait faire exactement la même chose, au même endroit, à Grassy Point Park, contre la clôture. Pour ce que j'en sais, elle y emmène tous ses amants. Mais je ne voulais pas lui gâcher son plaisir. Si j'ai parlé à la presse, c'est pour une raison bien simple. Ils auraient de toute façon publié l'histoire, et je risquais d'apparaître moi-même comme un violeur. Très mauvais pour les affaires. Puisque ça devait apparaître dans les journaux, je devais faire en sorte qu'on comprenne bien que c'était l'idée de Tanjy, pas la mienne.

— Comment l'avez-vous connue ?

— Sonia nous a présentés, à la boutique de mode.

— Sonia ?

— Sonia Bezac. La gérante.

Stride frémit.

— Sonia Bezac est la gérante de la boutique de Lauren ?

— Bien sûr. Vous la connaissez ?

Un flash-back érotique traversa l'esprit de Stride.

— Oui.

— Ne me dites pas que vous êtes membre du… commença Brandt, avant de s'interrompre au milieu de sa phrase.

— Quoi ?

Brandt secoua la tête.

— Non, rien, excusez-moi.

— Comment connaissez-vous Sonia ? demanda Stride.

— Elle et son mari sont mes clients. Je passe à la boutique de temps en temps pour parler des investissements. C'est à deux pas de mon bureau. J'ai fait la connaissance de Tanjy quand Sonia l'a engagée, et nous sommes sortis ensemble.

— Elle était votre cliente, elle aussi ?

— Tanjy n'a pas d'argent. Son père était pasteur, sa mère ne travaillait pas. Elle a touché un peu d'argent après leur mort, mais tout a servi à ses études. Tanjy n'a pas grand-chose dans son porte-monnaie, mais quand on a son allure, ça n'a aucune importance. Les hommes sont prêts à lui offrir tout ce qu'elle veut.

— Combien de temps a duré votre liaison ?

— Cinq, six mois. Nous avons rompu après l'été. Deux ou trois mois avant qu'éclate l'histoire du viol.

— Pourquoi avoir rompu ? Elle devenait trop chère ?

Brandt eut l'air surpris.

— Pas du tout. C'est elle qui m'a largué. La baise avec elle, c'est ce que j'ai connu de mieux de toute ma vie, inspecteur. Je vous l'ai dit, si elle m'appelait aujourd'hui, je ne ferais ni une ni deux.

— OK, alors pourquoi vous a-t-elle largué ? insista Stride.

— À l'époque, elle prétendait que c'était parce que je ne voulais pas l'épouser.

— Pourquoi pas ? Je croyais que vous étiez accro à cette fille.

— Oui, mais pas au point de m'engager pour la vie. Les roses, les enfants, le monospace… Je voulais rester avec elle aussi longtemps qu'elle couchait avec moi. Mais le mariage ? Non merci. Je n'avais pas envie de me réveiller un matin et de la trouver en train de lever un hachoir sur mes bijoux de famille.

— Tanjy était violente ?

— Vous n'écoutez pas, inspecteur ? Cette fille ne connaissait que la violence. Le sexe, pour elle, c'était la violence. C'était la seule façon dont elle pouvait aimer ça. Elle était dingue. Je n'avais pas l'intention d'être dans les parages si Satan lui ordonnait soudain de découper son mari en rondelles.

— Vous dites que vous pensiez à l'époque qu'elle vous larguait parce que vous ne vouliez pas l'épouser. Il y avait une autre raison ?

Brandt hocha la tête.

— Oh oui. On ne m'avait jamais largué, et mon ego en a pris un coup, si vous voyez ce que je veux dire.

Les femmes ne me quittent pas pour un autre type, d'habitude.

— Tanjy voyait un autre homme ?

— Ouais. Elle a commencé à chipoter pour les jours de rendez-vous. Sonia m'a prévenu que Tanjy s'absentait longtemps le midi. Des pauses de deux heures. Je me suis dit qu'elle avait trouvé un papa gâteau. Quelqu'un qui avait plus d'argent que moi.

— Vous lui avez demandé qui c'était ?

— Non. Je n'avais pas envie d'apprendre qu'elle me larguait pour un type de soixante ans, gras et chauve, vous voyez ? J'ai accepté le prétexte du mariage, même si je savais que c'était de la blague.

— Vous êtes sûr que c'était de la blague ? demanda Stride.

— Personne ne lui a mis la bague au doigt, n'est-ce pas ? En outre, ses manières furtives ne pouvaient signifier qu'une chose. Quel que soit le type qu'elle voyait, il était déjà marié.

Comme Eric, se dit Stride.

Quand Stride s'en alla, Mitchell Brandt le suivit des yeux, derrière sa tasse de café. Il le vit monter dans un vieux Ford Bronco. Brandt avait déjà eu affaire aux flics, et il connaissait leurs méthodes. Ils vous parlent d'une chose alors que c'en est une autre qui les intéresse. Parfois, si vous parvenez à croiser leur regard au moment où ils ne s'y attendent pas, vous pouvez lire la vérité dans leurs yeux.

Stride démarra et s'en alla, sans regarder derrière lui.

Il ne s'agissait peut-être de rien d'autre que Tanjy. Brandt n'aimait pas la coïncidence, que la police lui coure au train à ce moment précis. Alors qu'il attendait le prochain coup de fil. Au moment où sa vie tout entière était sur le fil du rasoir.

Brandt composa un numéro sur son téléphone portable.

Une voix de femme lui répondit :

— Kathy.

— Salut, fille alpha, fit Brandt.

Il imaginait Kathy Lassiter, douce et dure à la fois dans ses talons aiguilles, exerçant son autorité dans les conseils d'administration, cachant ses manières de mauvaise fille sous son tailleur Brooks Brothers. C'était une garce, mais il aimait ça. Il jouissait de leur lutte pour prendre le contrôle.

— Salut, toi, répondit-elle d'une voix rauque.

Il imaginait ses lèvres, son demi-sourire et ses seins tendus en avant.

— Impatiente d'être à la semaine prochaine ? demanda-t-il.

— Tu le sais bien. Tu seras le premier ?

— Je te ferai peut-être attendre, histoire de regarder un peu d'abord.

— J'adore ça.

Il sourit.

— Écoute, à propos d'Infloron…

— *Pas au téléphone*.

— Oui, je sais. Compris. Désolé. Je voulais simplement savoir si quelqu'un était en train de fouiner. Si quelqu'un t'avait posé des questions.

Le silence s'étirait. Brandt entendait son souffle, régulier.

— Bien sûr que non. Pourquoi ?

— Je veux simplement m'assurer que nous sommes à l'abri.

— Quelqu'un t'a parlé ?

Plus la moindre allusion érotique dans sa voix. Elle avait retrouvé son personnage d'avocat d'affaires, aussi acéré qu'une lame de couteau. Il hésita.

— Non.

— Alors calme-toi.

— Écoute, si quelqu'un devait se mettre à remonter la piste, il finirait par me tomber dessus. Pas sur toi.

— Et alors ? fit-elle d'une voix glacée.

— Et alors je n'aime pas ça.

— Je crois que tu dois me faire confiance.

— Ouais. Exact.

— On se voit la semaine prochaine. Tu pourras exprimer ta frustration. D'ici là, pas de bêtises. OK ?

— OK.

Brandt raccrocha.

Il se demanda si Kathy Lassiter lui mentait. Au lit et en dehors, ils se servaient l'un de l'autre, mais Brandt ne lui faisait pas confiance. Pas le moins du monde. Il ne pouvait se permettre de se fier à quiconque.

C'est la règle, lorsque vous êtes à la merci d'un maître chanteur.

12

Une domestique mexicaine d'un certain âge conduisit Abel Teitscher au solarium, à l'arrière de la maison de Dan Erickson, sur London Road. Une cafetière argentée l'attendait, avec une assiette chaude de fromage danois et des croissants. Abel se servit maladroitement dans une tasse en porcelaine. Il souffla sur le café pour le refroidir. Il avala un morceau de fromage et s'essuya les doigts sur une serviette en papier qu'il froissa et fourra dans sa poche. Il se sentait un peu idiot, la tasse en équilibre entre deux doigts. Il avait peur de la laisser tomber et de salir le beau carrelage blanc.

Abel sentait le froid remonter du sol à travers les semelles usées de ses chaussures en cuir. Une grande paroi vitrée donnait sur une immense prairie couverte de neige qui descendait vers le lac. La route du lac était parsemée de demeures cossues et traditionnelles, à l'écart de la voie publique, protégées par de grands portails métalliques, au milieu de domaines qui ne servaient qu'à faire monter la facture des impôts fonciers. Abel se disait que le terrain coûtait à lui seul plusieurs fois le prix de la maison. C'était le fric de Lauren, pas celui de Dan.

Apercevant un reflet dans la vitre, il se retourna. Dan entrait dans le solarium. Le procureur avait convoqué Abel pour un débriefing sur le meurtre d'Eric Sorenson.

— Merde, c'est une vraie glacière, ici. Le café vous suffit, Abel ? Vous voulez autre chose pour vous réchauffer ?

— Ça va, merci.

Dan se servit une tasse de café. Il portait un peignoir de soie bleu marine sur un pyjama blanc, et des pantoufles fourrées noires. Abel apercevait quatre ou cinq centimètres de chevilles nues. Les cheveux blonds de Dan, que maintenait en place, d'habitude, un demi-flacon de laque, étaient tout hérissés. Il n'était pas rasé.

— Désolé d'être en retard. Je suis resté au téléphone jusqu'à deux heures du matin, pour mon nouveau boulot. Je suis vraiment impatient de partir à Washington. Je n'ai rien contre Duluth, mais je suis né à Chicago, et je me réjouis de retourner enfin dans une ville digne de ce nom. Là où la cuisine chinoise ne se limite pas au buffet du Potsticker Palace.

Abel grogna. Il se faisait livrer tous les lundis des plats cuisinés du Potsticker Palace, et il trouvait ça drôlement bon.

Dan posa un croissant et deux morceaux de fromage sur une petite assiette.

— Vous n'aimez pas beaucoup bavarder, hein ? C'est peut-être pour ça que certains vous prennent pour un con, Abel. Pensez-y. Vous avez l'air encore plus maigre que la dernière fois. Vous n'avez pas un cancer, ou une autre maladie ?

Abel sentit le sang lui monter aux oreilles.

— Je cours. D'accord ? Tout le monde, dans cette ville, se fait du lard pendant l'hiver. Moi, j'ai un taux de cholestérol de 1,71 gramme.

— K-2 avait raison, fit Dan en riant. Vous êtes vraiment soupe au lait, sur ce sujet.

Dan l'asticotait délibérément. Abel ne le regretterait pas, quand il serait parti. Il espérait qu'Erickson trouverait un restaurant chinois, à Washington, et s'y étoufferait avec les brocolis sautés.

— Sans vouloir vous offenser, pourquoi m'avoir fait venir ici ? fit-il avec impatience. D'habitude, vous ne me convoquez pas avant que nous soyons prêts à arrêter un suspect…

— C'est le cas ?

— Absolument pas. Nous n'aurons rien des légistes avant plusieurs semaines.

— Très bien. Dites-moi ce que vous avez trouvé depuis notre dernière conversation.

Dan s'assit en mâchonnant le bout d'un croissant.

— J'ai examiné la situation financière de Sorenson. Ses actifs s'élèvent à plusieurs millions de dollars, et sa compagnie a un cash-flow élevé. Les affaires marchaient bien. Pas de litiges en cours. En deux ans, il n'a pas licencié un seul employé. Rien de suspect dans sa vie professionnelle.

— Tout son argent va à Maggie ?

— La plus grande partie. J'ai vu son testament. Il a prévu des legs à des bonnes œuvres et des donations en liquide à ses deux sœurs et à quelques neveux et nièces. Pas plus de cent mille dollars. Le plus gros du pactole tombera dans l'escarcelle de sa femme.

— Joli pécule, pour un flic. Quelque chose sur cet heureux couple ?

— Il n'était pas si heureux que ça.

— Que dit Maggie sur leur mariage ?

— Elle prétend que tout allait bien, mais elle ment. J'ai recueilli plusieurs témoignages sur des disputes et des liaisons. Il ne dormait pas dans le lit conjugal. Si vous voulez mon avis, ils allaient vers le divorce.

— On peut le prouver ? demanda Dan.

— Pas encore. Je sais que Maggie voyait un psy. Tony Wells. Sorenson est allé chez lui le soir de sa mort.

— Nous savons pourquoi ?

— Je l'ai appelé. Wells affirme qu'il ne peut rien dire, sauf si Maggie le libère du secret professionnel.

— Ce qui est peu probable, dit Dan.

— Pour ce que ça vaut, ajouta Abel, Tony pense que Maggie est innocente.

— Ça ne vaut pas un pet de lapin. Que savons-nous de ces liaisons ?

— La secrétaire de Sorenson dit qu'il papillonnait. Je n'ai pas de noms. Pas encore.

— Et Maggie ? Est-ce qu'elle s'offrait des à-côtés ?

— J'ai posé des questions dans le service, mais personne ne veut parler d'elle.

— Vous la faites surveiller ?

— Bien sûr. Procédure standard. Mais Maggie le sait. Elle n'est pas idiote.

— Gardez l'œil sur elle, en tout cas. Vingt-quatre heures sur vingt-quatre. Je ne veux pas qu'on raconte qu'elle a droit à un traitement de faveur.

— K-2 en a déjà donné l'ordre.

— Et si vous cherchez des liaisons, rappelez-vous qu'elle a toujours un faible pour Stride, ajouta Dan.

— Tout le monde sait que c'est platonique.

— Ah oui ? N'en soyez pas si sûr.

— Vous savez quelque chose ? fit Abel en plissant les yeux.

— Je dis simplement qu'ils passent la moitié du temps ensemble. Vérifiez.

— Si vous le dites…

Abel n'était pas convaincu. Il n'aimait pas Stride, et n'aimait guère plus Maggie. Ce n'était pas pour ça qu'ils couchaient ensemble. Mais, encore une fois, lui-même avait toujours cru que sa femme était loyale…

— Bref, son mari la trompe, et elle ramasse quelques millions, dit Dan. Pas de problème pour trouver un mobile.

— Il n'y a de problème nulle part. C'est son arme. Il n'y avait personne dans la maison. C'est elle qui l'a tué.

— Vous avez l'air d'en être certain. Le détecteur de mensonges ?

— Rien. Mais elle est flic. Elle sait comment faire pour tromper l'appareil.

— On a trouvé du sang sur ses vêtements ?

Abel secoua la tête.

— Les analyses sont en cours. Mais je n'ai rien vu. Elle était chez elle. Elle aurait pu faire une lessive avant de nous appeler. Bon Dieu, elle aurait pu le tuer à poil et prendre une douche. Oh, j'ai aussi demandé une analyse de sang. Elle buvait du café, mais j'ai senti l'odeur d'alcool.

— Et alors ?

— Elle avait un taux de 0,7 gramme. Même si elle n'avait pas bu depuis plusieurs heures, le chiffre est élevé. Elle devait être ivre quand elle l'a tué.

— Ce qui donnera à Archie Gale une raison de faire requalifier le crime en homicide sans préméditation.

— Il aurait peut-être raison, dit Abel. Rien, pour l'instant, ne suggère le contraire.

— C'est ça. Le revolver a descendu l'escalier tout seul, et Maggie l'a suivi pour voir où il allait.

Dan avala une grosse bouchée de croissant et lécha le fromage fondu qu'il avait sur les lèvres.

— Quid d'une conspiration ? reprit-il. Quelqu'un qui serait sorti de prison récemment, et qui aurait voulu se venger de Maggie ? Les avocaillons à la Archie Gale adorent souffler de la fumée avec ce genre de conneries.

Abel ricana.

— Rien du tout. J'ai demandé à quelqu'un de passer en revue ses affaires anciennes. Les criminels violents qu'elle a fait arrêter sont tous morts ou derrière les barreaux. Il est rare qu'une affaire soit aussi simple que celle-ci. Stride est le seul à la trouver compliquée, parce qu'il n'accepte pas l'idée que Maggie est coupable.

Dan se pencha vers lui.

— Stride intervient dans l'enquête ?

— Il est arrivé le premier sur le lieu du crime. Je n'aime pas ça, mais je n'ai pas l'impression qu'il ait touché quoi que ce soit, ou qu'il l'ait aidée à nettoyer.

— S'il se met en travers du chemin, ou qu'il fourre son nez dans l'affaire, je veux le savoir immédiatement.

— En personne ?

— Et comment ! Vous le savez, je n'étais pas favorable à ce qu'on le reprenne. Pour ce qui me concerne, K-2 aurait dû vous laisser à la tête du service, mais Stride et K-2 sont comme cul et chemise. Si Stride fait quoi que ce soit pour compromettre l'enquête, je veillerai personnellement à ce qu'on l'éjecte du poste de lieutenant.

Abel ne souhaitait pas continuer sur cette voie :

— Même si K-2 me le proposait, je ne reprendrais pas le poste. Et il ne le fera pas.

— Il ne faut jamais dire jamais.

Abel n'aimait pas ce genre de jeu. Il ne voulait pas être un pion. Il savait que Stride se trouvait pour toujours en bonne place sur la liste noire de Dan, à cause de l'élection manquée. Mais s'il voulait le destituer avant de quitter la ville, il devrait se passer de son aide.

Il entendit la sonnerie étouffée du téléphone de Dan, dans la poche du peignoir.

— Erickson, fit celui-ci en prenant la communication.

Abel vit les yeux de Dan s'agiter nerveusement. Le procureur claqua des doigts et lui montra la porte. Soulagé, Abel sauta sur l'occasion. C'était le moment de partir.

Il ne savait pas qui l'appelait, mais les nouvelles ne semblaient pas le mettre en joie.

— Salut, Dan. Vous savez qui c'est ?

Il y eut un blanc, tandis que Dan passait non sans mal d'une réalité à une autre. Toutes les victimes réagissent de la même façon.

— Oui, répondit-il d'une voix peu naturelle.

— C'est pour ce soir. Serena est prête à faire la livraison ?

— Oui.

— C'est bien… Mais vous savez qu'il ne s'agit que d'un acompte, n'est-ce pas ?

— Ce n'est pas ce dont nous étions convenus.

— Vous avez raison, mais la situation a changé. Il s'est passé beaucoup de choses cette semaine, Dan. Vous croyez que je ne lis pas les journaux ? Le prix a monté.

— C'est… inacceptable.

L'homme gloussa.

— J'adore les avocats. Toujours en train de négocier. Vous avez raison, Dan, nous pouvons tout arrêter. Passez votre téléphone à ce flic, là, qui est à côté de vous, et je lui dis exactement ce qui se passe.

Il attendit, laissant Dan mijoter. Les cibles comme Dan étaient les plus faciles à atteindre. Ils étaient toujours prêts à mâcher du verre pilé, plutôt que de risquer un scandale public. Ou la prison.

— Qu'est-ce que vous avez en tête ? demanda finalement Dan.

Il y eut comme un sourire dans la voix de son interlocuteur.

— Bouclons notre première affaire, et je reprendrai contact. Je ne voudrais pas que votre déménagement à Washington soit compromis…

— Je vous écoute, fit Dan d'un ton cassant.

— Appelez Serena. Dites-lui d'être à minuit au cimetière de Park Hill, côté Vermillion Road. Seule. Avec l'argent.

— Pourquoi au cimetière ?

— Disons que j'aime l'idée d'être entouré de morts.

Il pensa à la puanteur des eaux de la rivière en crue, en Alabama, et ajouta :

— La vérité, Dan, c'est que je suis un fantôme.

13

Stride plaignait le technicien de Byte Patrol assis devant l'ordinateur de Silk, la boutique de vêtements de Lauren Erickson. La gérante, Sonia Bezac, agitait près de ses yeux un ongle tranchant comme un rasoir et semblait prête à l'énucléer. L'informaticien était si costaud qu'on avait l'impression que son tee-shirt violet fluo avait rétréci au lavage.

— C'est la troisième fois en un mois que je vous fais venir, dit-elle d'un ton cassant. À chaque fois vous me dites que c'est réparé et, dès que vous avez tourné le dos, cette saloperie de machine se plante de nouveau.

Le technicien haussa ses énormes épaules, ce qui eut pour résultat de faire disparaître son cou.

— Vous avez essayé de le relancer ?

Sonia leva les bras. Elle était grande et très mince, avec un visage en longueur et un menton pointu. Les mains au-dessus de la tête, ses cheveux roux flamboyant comme le soleil couchant, elle avait l'air de prendre son élan pour projeter un éclair.

— De le relancer ? Vous me prenez pour une idiote ? Vous ne croyez pas que j'ai éteint et rallumé cette foutue machine deux mille fois avant de vous appeler ?

— Il fallait que je vous pose la question, fit l'homme.

— Ne posez pas de questions. Faites votre boulot. Je dois récupérer mes fichiers.

Elle fit volte-face et souffla bruyamment. Le technicien croisa le regard de Stride et lui cligna de l'œil.

Quand elle vit que Stride était dans la boutique et l'observait, Sonia s'immobilisa. Il savait qu'il avait l'air déplacé, comme n'importe quel homme, au milieu des robes du soir et des parures de cocktail étincelantes. Il voyait son propre reflet dans une demi-douzaine de miroirs. En arrivant, il ne savait pas très bien ce qu'il ressentirait en revoyant Sonia. Il ne savait pas plus à quoi s'en tenir quand elle fonça sur lui, pencha la tête et l'embrassa sur les lèvres.

— Elles sont douces, dit-elle. Trente ans plus tard, je m'en souviens encore.

Il était sorti une seule fois avec Sonia, quand il venait d'entrer à l'université. Stride était dévasté par la mort de son père. Quant à Sonia, elle semblait avoir entrepris de dépouiller de leur virginité un maximum d'adolescents de la ville. Elle avait dérobé une bouteille de vodka Stolichnaya à ses parents, et ils avaient passé trois heures sur un parking proche de Gooseberry Falls, buvant à la bouteille jusqu'à la nausée. Ils s'étaient déshabillés mutuellement dans un brouillard éthylique, et s'étaient retrouvés en train de vomir sur le bord de la route avant même d'être arrivés à leurs fins. Après quoi, ni l'un ni l'autre n'était d'humeur à s'y remettre.

Un mois plus tard, Stride rencontrait Cindy, et il n'était plus jamais sorti avec Sonia. Depuis trente ans, il la croisait de temps en temps en ville. Sonia avait fini par épouser un urologue, Delmar Bezac. Stride se souvenait d'une blague de Cindy se demandant lequel, de Delmar et de Sonia, avait vu le plus grand nombre de pénis dans son existence.

— Pour moi, c'est un peu vague, Sonia. Tout ce que je me rappelle, c'est une nuit glacée et de la vodka tiède. Ou était-ce une nuit chaude et de la vodka glacée ?

Sonia se tapota les lèvres, comme pour s'assurer que son rouge ne s'était pas étalé.

— Je parie que tu te rappelles bien d'autres choses.

— *No comment*.

— Tu es entré dans la police. Je te vois tout le temps dans les journaux. Tu sais ce qu'on dit. Les flics ont des gros calibres.

Stride laissa glisser :

— Tu travailles pour Lauren. Ça m'étonne.

— Quoi ? Tu penses que je travaille pour une salope ?

— Je n'ai pas dit ça.

— Tu l'as pensé. Pour Lauren, cet endroit n'est qu'un moyen de tromper le fisc. Moi, je tiens la boutique.

— Comment va Delmar ? Je me suis laissé dire que c'est un as du cathéter.

Sonia gloussa.

— Tu as toujours été foutrement drôle.

— C'est comme ça que tu parles à tes clientes ? Est-ce que les femmes qui marient leur fille ont envie de parler à quelqu'un qui jure comme un charretier et a un caractère de cochon ?

Sonia écarta de ses yeux une longue mèche de cheveux roux.

— Je suis capable de me contrôler en présence des clientes, figure-toi. Sauf avec les jeunes femmes. Ces futures jeunes mariées, elles feignent d'être de gentilles petites à leur maman, mais tu devrais entendre les histoires qu'elles me racontent…

— Vous avez des enfants ?

— Deux. Des garçons, Dieu merci. Ils sont tous les deux en fac.

Stride jeta un regard circulaire sur les robes présentées sur les mannequins de plastique blanc. Sonia elle-même portait une somptueuse robe lilas qui mettait en évidence sa longue silhouette élancée, et l'aurait fait remarquer à une première à l'Opéra. Son maquillage atténuait les rides au coin de ses yeux et de ses lèvres. Ses talons lui donnaient presque la même taille que Stride. Remarquant son regard, elle écarta les bras, l'invitant à la contempler. La robe tombait droit sur sa poitrine menue. Stride réalisa qu'il avait un souvenir très vif, après toutes ces années, de ses seins sous ses mains calleuses d'adolescent. Elle avait perdu la fraîcheur et la fermeté de la jeunesse, mais elle était toujours séduisante.

— Je me débrouille, hein ? dit-elle, devinant sa pensée. Pas mal pour une fille venue de l'autre côté des voies ferrées.

— Je ne t'imagine pas dans un endroit comme celui-ci, Sonia.

— Pourquoi ? Parce que toutes mes robes de bal finissaient couvertes d'herbe froissée ?

— *No comment*, encore une fois.

— Mais tu es là, laisse-moi te faire faire le tour de la maison…

Elle prit Stride par le bras et lui fit visiter la boutique. Le sol était recouvert d'une luxueuse moquette bleu roi. Des rampes de spots éclairaient les présentoirs. Un lustre étincelant trônait au milieu du magasin.

Sonia énuméra quelques couturiers italiens dont Stride n'avait jamais entendu parler, lui fit caresser des étoffes qui glissaient sur la peau.

Silk se trouvait dans Superior Street, au cœur du centre-ville. On trouvait dans le quartier des boutiques de cadeaux branchés et des coffee shops. Pour les avocats et les costards-cravates qui travaillaient au palais de justice et dans les banques, il y avait également des joailliers et des conseillers financiers. Une boutique de mode haut de gamme faisait la plupart de son chiffre d'affaires avec les bals de débutantes et les mariages. C'était aussi le seul quartier de la ville où les femmes de la classe moyenne de Duluth et les jeunes célibataires friquées pouvaient trouver des vêtements de marque.

— Lauren a l'intention de garder la boutique quand Dan et elle partiront à Washington ? demanda Stride.

Sonia secoua la tête.

— J'essaie de convaincre Delmar de me l'offrir.

— Très bon pour vous.

— Oui, sauf que Lauren essaie de m'escroquer sur le prix. Cette femme est une vraie garce.

— Tu ne m'apprends rien, dit Stride.

— Oui, c'est vrai, j'ai lu les journaux, l'année dernière. Elle avait fourbi toutes ses armes contre toi. Tu as de la chance d'être encore en vie.

Stride sourit.

— Mais j'imagine que tu n'es pas ici pour évoquer le bon vieux temps, reprit Sonia.

Stride secoua la tête.

— Tanjy.

— Bien sûr. Je n'ai toujours pas de nouvelles.

— Parle-moi d'elle, dit Stride.

— Tu la connais sans doute mieux que moi. Avec toute cette histoire autour du faux viol, en novembre.

— Je n'ai pas l'impression de la connaître du tout, avoua Stride. C'est toi qui l'as engagée ?

— Ouais, elle était parfaite pour la boutique. Elle a un visage incroyablement beau, et un bon feeling pour la mode.

— Est-ce que tu savais quelque chose sur sa vie sexuelle ?

— Pourquoi ? Parce que je suis une spécialiste du sexe ?

Sonia eut un sourire qui lui fit penser qu'elle devait toujours être en concurrence avec son urologue de mari pour l'accès aux bijoux de famille des mâles de Duluth.

— Il n'y a rien de mal à s'accorder un petit péché de temps en temps, Jon. Tu devrais faire un tour du côté sombre. Avez-vous déjà fait des choses… bizarres ?

— Ce qui veut dire ?

— Ce qui veut dire que la position du missionnaire une fois par semaine, ça n'est satisfaisant pour personne. J'ai peut-être plus de quarante ans, mais je suis plus excitée que jamais.

— Voilà une idée terrifiante.

— Invite-moi à dîner, et je t'expliquerai ça.

— Temps mort, dit-il.

— Tu ne peux pas me reprocher d'essayer. Je suis une femme.

— Revenons à Tanjy, fit Stride. Tu étais au courant, pour ses fantasmes de viol ?

— Non. Avec moi, elle est très traditionnelle, très chrétienne. Peut-être souffre-t-elle de troubles de la personnalité ? Je ne juge pas ce qu'elle fait au lit. Mais je ne voudrais pas que ma vie sexuelle s'étale dans les journaux.

— On dirait que les hommes en pincent pas mal pour elle.

— C'est vrai. J'en ai même été un peu jalouse. J'ai connu beaucoup d'hommes, et personne ne s'est jamais plaint, tu sais ?

— Je veux bien le croire, dit Stride.

— Le truc, c'est que Tanjy jouait dans une autre catégorie.

— J'ai parlé à Mitchell Brandt, aujourd'hui. C'est un ami à toi, hein ?

— On peut dire ça, répondit Sonia avec un petit sourire.

— C'est toi qui lui as présenté Tanjy ?

— Disons que Mitch a vu Tanjy à la boutique, et que j'ai servi d'intermédiaire.

— Est-ce qu'il t'a parlé de toute cette histoire de viol, à l'époque où ils couchaient ensemble ?

— Pas les détails sordides. Il disait seulement que Tanjy était une véritable bête, au lit.

— Mitch prétend qu'elle l'a largué pour un autre homme.

— Pauvre Mitch, fit Sonia en souriant. Il n'est pas resté seul très longtemps.

— Tu sais avec qui Tanjy sortait ?

— Non. Il était évident qu'elle vivait une grande histoire d'amour, mais elle ne disait rien. Je lui ai posé plusieurs fois la question, elle ne m'a jamais répondu.

— Tu sais pourquoi ?

— Je pense qu'il s'agissait d'un homme marié.

— Était-ce avant ou après la plainte pour viol ? demanda Stride.

— Avant.

— Que s'est-il passé, une fois qu'elle a avoué que toute l'histoire était bidon ?

Sonia réfléchit en se caressant le menton du bout des doigts.

— Je dirais que l'affaire du viol a dû mettre fin à l'histoire d'amour. Il n'y avait plus de déjeuners secrets. Je crois que le type s'est dit qu'il sortait avec une dingue, et qu'il aurait sans doute des problèmes quand sa liaison apparaîtrait au grand jour.

— Alors elle ne sortait pas avec quelqu'un, ces derniers temps ?

— Pas que je sache.

Stride était surpris.

— Tu ne l'as jamais vue avec quelqu'un, à la boutique ?

Sonia secoua la tête.

— Nous voyons rarement des hommes. Sauf les maris qui s'assoient dans un coin et lisent *Esquire* pendant que leur femme essaie des robes. Et la plupart d'entre eux ne sont pas du genre à attirer l'attention d'une fille comme Tanjy.

— Elle n'a jamais dit que quelqu'un la harcelait, ou la suivait ?

— Pas à moi.

— Tu connais Eric Sorenson ?

Sonia plissa les yeux.

— Bien sûr. Pourquoi ?

— Tu l'as déjà vu avec Tanjy ?

— Non.

— Est-il possible qu'il ait été l'homme mystérieux de Tanjy ? Le type pour qui elle a largué Mitch Brandt ?

— Non.

Sonia tira sur une bretelle de sa robe, tout en jouant avec ses cheveux.

— Tu as l'air très sûre de toi.

— Si c'était lui, je l'aurais su, voilà tout.

— Pourquoi ?

Sonia haussa les épaules, sans répondre.

— Comment as-tu rencontré Eric ? demanda Stride.

— Chez des amis communs.

— Et toi, tu as couché avec lui ?

— Ça ne te regarde pas.

Ses cheveux roux retombèrent sur sa joue.

— Tu es un flic, ou un fouille-merde de la presse à scandales ?

— Tu crois que ça m'amuse de poser ces questions ?

Sonia lui tourna le dos et se planta devant la vitrine. Elle avait les bras croisés sur la poitrine.

— Tu ne sais pas qui je suis, Jon. On s'est à peine vus, en trente ans. Comment oses-tu débarquer pour émettre des jugements sur ma vie privée ? Tu ne sais rien de moi.

— Ça n'a rien de personnel, dit Stride.

— À t'entendre, pourtant, ça a l'air personnel.

— Écoute, je cherche simplement à savoir deux choses. Je veux savoir où se trouve Tanjy Powell et ce qui lui est arrivé. Et je veux savoir qui a tué Eric Sorenson.

— Je n'ai rien à dire à propos d'Eric.

Stride jura silencieusement.

— Alors parle-moi de Tanjy, dit-il.

Sonia le regarda.

— Que veux-tu savoir ?

— Tu as dit à Lauren qu'elle est partie tôt, lundi.

Sonia rejeta ses cheveux en arrière.

— C'est vrai.

— Elle a dit pourquoi ?

— Non.

— Que s'est-il passé, ce jour-là ?

— Elle a pris sa pause vers trois heures. À son retour, elle paraissait bouleversée.

— Pourquoi ?

— Je n'en ai aucune idée.

— Elle n'a rien dit ?

— Non.

Stride était frustré.

— Combien de temps s'est-elle absentée ?

— Une demi-heure, peut-être.

— Tu sais où elle est allée ?

Sonia haussa les épaules.

— Quand elle est revenue, elle avait un café de chez Katrina à la main. C'est un peu plus bas dans la rue.

— Katrina ?

— Katrina Kuli. C'est la propriétaire du Java Jelly, le coffee shop. C'est elle qu'il faut interroger, pas moi. Elle sait peut-être ce qui s'est passé.

14

Java Jelly, où Tanjy avait pris un café l'après-midi de sa disparition, était un point de chute ouvert jour et nuit et un refuge pour les musiciens folk le week-end. Des planchers de bois gauchis, de vieilles tables dépareillées, des publicités en noir et blanc aux murs. Quelques étudiants, occupés par leurs ordinateurs portables. L'endroit sentait le café torréfié et la transpiration.

La femme qui se trouvait au comptoir était du genre costaud. Au moins quatre-vingt-dix kilos. Elle portait une chemise nouée à la taille qui laissait voir quinze centimètres d'abdomen débordant au-dessus de la ceinture de son jean. Ses cheveux étaient attachés en deux nattes, elle avait un piercing au nombril et à la lèvre supérieure, et un tatouage en forme de fil de fer barbelé autour du cou.

— Vous désirez ? fit-elle d'une voix polie.

Elle devait avoir un peu plus de trente ans, mais semblait plus jeune. Comme beaucoup de villes universitaires, Duluth avait sa part d'anciens étudiants qui n'avaient jamais dépassé le stade hippy.

— J'aimerais vous poser quelques questions.

— Les questions passent mieux avec un muffin, vous ne croyez pas ? fit-elle en essuyant le comptoir.

— Désolé, je n'ai pas faim, dit Stride avant d'ajouter : Je suis de la police.

— Et alors ? Le règlement interdit de manger un muffin quand on est en service ?

— Vous avez raison. Myrtille.

— Ouais, m'sieur. Et un « myrtille », le muffin officiel de l'État du Minneeesoootaaa !

Elle prit une assiette et saisit un muffin, à l'aide d'une pince, sur le plateau posé derrière elle.

Stride paya.

— Vous êtes Katrina ?

Elle acquiesça.

— Katrina Kuli. Je suis la propriétaire, je gère cet endroit, je paie les droits pour la musique, je fais le service en salle quand mes étudiants ne viennent pas bosser, c'est-à-dire la moitié du temps.

— Un endroit sympa…

— Et vous, vous avez l'air d'un expert en endroits sympas, répliqua-t-elle en claquant la langue. Vous vous appelez comment ?

— Jonathan Stride.

— Bien, bien.

Elle croisa les bras sur son opulente poitrine.

— Je vois, maintenant. Je vois.

— Je ne vous suis pas, là.

— Maggie Sorenson est une amie, dit-elle. J'ai entendu des tonnes d'histoires à votre sujet.

— Je suis sûr qu'aucune n'était vraiment flatteuse.

— Vous seriez étonné, alors.

Katrina fronça les sourcils, comme si la mémoire lui revenait.

— Comment va Maggie ?

— Pas très bien.

— J'ai appris qu'on l'avait suspendue.

— Elle est en congé jusqu'à la fin de l'enquête.

— Je ne crois pas qu'elle ait fait ce dont on l'accuse.

Stride n'avait pas envie d'aller dans cette direction.

— Comment l'avez-vous connue ?

— Nous étions au même cours d'aérobic, l'année dernière.

Stride pensait être un bon joueur de poker. Là, un infime tressaillement de la lèvre le trahit.

— Quoi, fit Katrina, vous croyez que les grosses ne font pas de gym ?

— Pas du tout…

— Je vais vous dire une chose : les grosses peuvent faire n'importe quoi, et nous pourrions donner des leçons à ces crevettes qu'on voit dans les magazines. La question n'est pas la quantité, mais ce que vous en faites.

Il leva les mains en signe de reddition.

— OK, vous avez gagné. On peut parler ?

— Ouais. Bien sûr.

Katrina se tourna vers un adolescent maigrichon aux cheveux gras, qui était affalé sur une chaise près de la cheminée. Il lisait un exemplaire corné *d'Ulysse*.

— Billy, tu surveilles le comptoir, d'accord ?

Le gamin fit entendre un grognement, sans lever les yeux.

Katrina conduisit Stride près d'une estrade qui servait de scène quand des groupes venaient jouer dans l'établissement. Les chaises étaient bancales et la table trembla sur ses pieds quand Stride y appuya les coudes pour se pencher vers Katrina. Son haleine sentait le thé parfumé. Quand il vit son visage de près, il remarqua le maquillage qui dissimulait des ecchymoses violettes sur les pommettes et le cou, et l'estafilade presque cicatrisée qui remontait du col de la chemise.

— Qu'est-ce qui vous est arrivé ?

— Rien, fit Katrina en haussant les épaules.

— Ça m'étonnerait.

— J'ai glissé sur la glace. Mes seins ont amorti le choc, heureusement, sans quoi ça aurait pu être bien pire.

— Vous vous êtes coupée sur la glace, aussi ?

— Ouais, je crois qu'il y avait un bout de verre.

Elle couvrit la cicatrice de la main.

— On dirait qu'on vous a battue.

— Je me fiche vraiment de ce qu'on dirait.

— Je n'essaie pas de vous tirer les vers du nez. Simplement je n'aime pas qu'un mari ou un petit ami se serve d'une femme comme d'un punching-ball.

— Je n'ai ni l'un ni l'autre. D'accord ? Maintenant, que voulez-vous ?

— C'est Sonia Bezac, de la boutique de mode, à côté, qui m'a envoyé chez vous.

La colère fit briller les yeux de Katrina.

— Qu'est-ce qu'elle a bien pu vous dire ?

— Simplement que vous savez peut-être quelque chose concernant Tanjy Powell.

— Oh !

— Vous connaissez Tanjy ?

— On parlait de crevettes, tout à l'heure… répondit Katrina.

— Je prends cela pour un oui.

— Bien sûr. Je vais souvent à la boutique, alors je la vois. Sonnie m'aide à me fringuer quand je descends dans les Villes jumelles pour faire la tournée des boîtes de nuit.

Elle vit le regard étonné de Stride.

— Vous voulez que je vous refasse mon laïus sur les grosses ?

— Non.

— Bien. Ce n'est pas drôle, vous savez, la façon dont on nous traite, nous les grandes tailles. Pas seulement les hommes. Les femmes sont bien pires. Les filles comme Tanjy, elles vous regardent comme si vous étiez une sorte de monstre…

— Vous êtes sûre que ce n'est pas l'anneau dans le nombril, la chemise nouée à la taille, ou peut-être les tatouages ?

— D'accord, j'ai peut-être l'air d'un monstre, parfois. Bon Dieu, je *suis* un monstre, et j'en suis fière. Mais lâchez-moi sur une piste de danse en jupe courte, et je casse la baraque. Certaines femmes font mine d'être dégoûtées. Eh bien, qu'elles aillent se faire foutre…

— Je comprends pourquoi vous vous entendez bien avec Maggie, dit Stride.

— Ouais, Maggie peut être mal embouchée. J'aime ça. Pour une crevette, elle est pas mal.

— Et Tanjy ?

Katrina grogna.

— Elle, c'est une vraie garce. Elle tourne sournoisement dans la boutique comme si elle valait mieux que les autres. Toujours le nez dans la Bible, et on apprend tout à coup qu'elle aime qu'on l'attache et qu'on la brutalise. Saleté d'hypocrite.

— Elle vient souvent ici ?

— Oh oui, elle vient prendre un expresso presque tous les jours et me traite comme si j'étais sa bonne. Bon sang, pour qui elle se prend ? Comme si elle était autre chose qu'une petite vendeuse !

— Quand l'avez-vous vue pour la dernière fois ?

Katrina réfléchit un moment.

— Lundi, je crois.

— Elle est venue ici avec quelqu'un ?

— Non, elle est entrée, elle a pris un café à emporter et elle est repartie.

— Quelle heure était-il ?

— Oh, je ne me souviens pas. Dans l'après-midi.

— De quoi avait-elle l'air ?

Katrina se frotta le nez avec le dos de la main.

— Comme d'habitude, je crois. Toujours la même petite pute bêcheuse.

— Elle avait l'air inquiète ? Agitée ?

— Je n'ai pas remarqué.

Stride essayait de reconstituer le déroulement des faits. Tanjy sort de chez Silk pour prendre un café. Elle y revient une demi-heure plus tard, visiblement secouée. Le soir même, elle disparaît. Pourquoi ?

— Vous avez vu où elle est allée ?

— Non.

— Vous l'avez vue parler à quelqu'un ?

— Négatif.

— Vous connaissiez le mari de Maggie ?

— Eric ? Ouais.

— Avez-vous déjà vu Eric et Tanjy ensemble ?

— Non.

Katrina se fourra un ongle dans la bouche et se mit à le mâchouiller.

— Vous avez l'air nerveuse, lui dit Stride.

Elle ne répondit pas.

— Il y avait quelque chose dans l'air, avec Eric ?

— Comment le saurais-je ?

— Je suis sûr que vous pouvez faire mieux.

Katrina gigotait sur sa chaise.

— Je ne sais rien à propos d'Eric.

— Quand l'avez-vous vu pour la dernière fois ?

— Il était là lundi, lui aussi.

Le visage de Stride se durcit.

— Eric et Tanjy étaient ensemble ?

— Non.

Elle vit qu'il ne la croyait pas.

— Hé, c'est vrai ! Ils n'étaient pas ensemble. Eric est arrivé dix minutes après le départ de Tanjy.

En sortant du coffee shop, Stride se rendit à l'agence de la Range Bank, en face. Il demanda au responsable de la sécurité de lui confier les enregistrements de la caméra du distributeur de billets effectués le lundi après-midi. Il s'installa dans un bureau sans fenêtres et regarda le film granuleux. L'image n'était pas en couleurs, mais qu'importe : au mois de janvier, Duluth est le décor idéal pour un film en noir et blanc. Assis sous un néon, il visionna la bande, parfaitement immobile, observant les piétons qui allaient et venaient en silence sur l'écran.

À trois heures cinq, Tanjy Powell entra au Java Jelly. Trois minutes plus tard, elle en ressortait, un grand café à la main. C'était bizarre de la revoir en chair et en os, l'air aussi calme et aussi mystérieuse que d'habitude. Elle dégustait son café, et il en imagina la chaleur sur ses lèvres. Elle portait un manteau de laine noire qui lui descendait aux chevilles, et une toque de léopard blanc avec écharpe assortie. Ses cheveux noirs voletaient devant son visage.

Un vieil homme s'approcha du distributeur, empêchant Stride de voir ce qui se passait. Son visage emplissait l'écran. Stride jura, essaya de voir derrière lui. Il aperçut Tanjy qui s'éloignait du coffee shop, mais dans la direction opposée à Silk. Il avait envie de tendre le bras et de pousser l'homme hors du champ.

Où allait-elle ?

Près de deux minutes passèrent. Stride était fou d'impatience. Le vieil homme reprit enfin sa carte et s'en alla. La caméra offrit à nouveau une vue parfaite sur le trottoir d'en face. Stride retint son souffle.

Tanjy était là, adossée à un mur.

Eric était avec elle.

Il portait un costume sombre, mais pas de chapeau. Le vent agitait ses longs cheveux blonds. Ils étaient si près l'un de l'autre qu'ils auraient pu s'embrasser. Eric parlait avec animation, en tenant Tanjy par l'épaule. Brusquement, elle se tourna et fixa la caméra, comme si elle regardait Stride, de l'autre côté de la rue. Elle mit les mains devant sa bouche, dans une expression d'horreur absolue.

Eric la tira vers lui, lui dit encore quelques mots. Tanjy secouait énergiquement la tête. Elle se libéra d'une saccade et s'éloigna de lui à grands pas. Stride vit Eric crier dans sa direction. Une, puis deux fois. Elle avait disparu. Eric restait là, dans la rue glacée, l'air d'un dieu nordique. Il secoua la tête et se dirigea vers le coffee shop. Il en ressortit bientôt avec un café et repartit dans la direction opposée, tête baissée, les cheveux agités par le vent. Il sortit bientôt du cadre de la caméra.

Stride laissa tourner la bande. Sur l'écran, d'autres personnes allaient et venaient. Tout le monde était pressé, essayait d'échapper au froid.

Il sortit son téléphone portable. Il hésita brièvement, les doigts au-dessus des touches, puis il composa un numéro.

— Abel ? C'est Stride. Il faut qu'on parle.

15

À minuit moins le quart, Serena prit la route escarpée qui montait en lacets au-dessus du lac. Elle conduisait le Bronco de Stride. Les pleins phares illuminaient le paysage autour d'elle. Elle se trouvait dans le quartier vert de Congdon Park, un des districts les plus riches de la ville. Les grandes demeures s'éclairaient comme des monuments au passage des phares, avant de disparaître dans l'obscurité. Les allées privées étaient protégées par des portails fermés, les alarmes étaient activées, toutes les lumières étaient éteintes.

Il n'y avait pas vraiment de classe moyenne, à Duluth. On était riche ou on était pauvre, et les deux mondes ne se rencontraient jamais.

Ne connaissant pas bien l'itinéraire, elle conduisait lentement et faillit manquer le panneau indiquant la direction du cimetière. Elle suivit Vermillion Road, qui se transforma quelques centaines de mètres plus loin en un chemin de terre défoncé. Le paysage s'ouvrit soudain autour d'elle. La route était encadrée par des sapins, mais elle voyait au-delà les pentes luisant sous la lune, et les rangées de pierres tombales qui se découpaient. L'endroit était morne et désert, comme si la ville se trouvait à des lieues de là.

Serena roulait au pas. Sur le bas-côté, à droite, elle vit un piquet bizarrement penché, qui dépassait de la neige. Un morceau de tissu blanc fixé au piquet pendait mollement dans l'air immobile. Elle se gara sur le bord de la route et coupa le moteur. Puis elle descendit de voiture et ferma doucement la portière. Immobile, elle tendit l'oreille. Le silence était presque total. Il n'y avait que le grondement lointain d'un train, beaucoup plus bas, vers la zone portuaire. Les nuages avaient disparu.

Elle vit au-dessus d'elle un labyrinthe de constellations et une lune squelettique. Elle examina son environnement. À sa gauche, il y avait une pente abrupte, et elle devinait les tombes éparpillées sous les arbres. À sa droite, une clôture grillagée en mauvais état, presque entièrement enfouie sous la neige. Le cimetière continuait au-delà de la clôture. Serena vit une allée qui permettait aux cortèges d'approcher des tombes en voiture.

Elle était vêtue entièrement de noir : jean, col roulé et le blouson de cuir noir râpé de Stride, qui présentait le double avantage d'être chaud et ample, lui permettant de dissimuler l'étui contenant le Glock calé près de son aisselle gauche. Elle ne voulait prendre aucun risque. Pas avec un maître chanteur. Pas dans un cimetière désert, à minuit. Avec dix mille dollars en liquide dans une enveloppe, au fond de la poche de son blouson.

La neige avait durci. Elle grimpa sur l'accotement, passa par-dessus la clôture, là où elle était le plus déformée. Elle atterrit de l'autre côté, dans une neige plus molle, plus épaisse, qui rentrait dans ses bottes. Le froid et l'humidité traversaient ses chaussettes. Elle avança non sans mal sur la neige jusqu'à la route goudronnée, où elle s'immobilisa de nouveau. Les arbres se dressaient autour d'elle telles des sentinelles. Des conifères, surtout, mais il y avait aussi quelques chênes privés de leurs feuilles. Serena avançait prudemment, en s'efforçant de ne pas faire de bruit. Elle sortit une torche de sa poche et balaya l'espace qui l'entourait, éclairant au passage plusieurs pierres tombales. Elle lut quelques noms : Boe, Beckmann, Anderson.

Serena n'était pas superstitieuse. Mais son sixième sens la fit sursauter. Elle n'était pas seule.

— Éteignez cette torche.

Quelque chose dans la voix lui fit peur, la transformant, l'espace d'une seconde, en une adolescente effarouchée. Elle pensa à sortir son arme, mais se maîtrisa. Elle avait la gorge serrée. Elle éteignit sa lampe. Ses yeux, habitués à la lumière, étaient de nouveau aveugles.

— Approchez.

Elle attendait de voir quelque chose. Il s'impatienta :

— *Tout de suite !*

Serena distingua une vague forme près d'un chêne. Elle s'approcha de lui, vaguement réconfortée par le poids de son revolver sous son bras gauche. Quelque part, pas très loin, un chien hurla, tel un démon de l'enfer. Un cri plaintif et apeuré, qui rappela à Serena que le reste du monde n'était pas très éloigné. Mais personne ne se trouvait assez près pour changer le cours des événements, si les choses tournaient mal.

Elle essaya de l'identifier, plissa les yeux, loucha. Il portait un épais manteau, et un bonnet de fourrure lui enveloppait la tête. Son visage était invisible. Il avait de très longs bras, comme ceux d'un singe. Sa main gauche tenait une grosse lampe torche. Sa droite, un revolver.

— Vous avez bien vu ? demanda-t-il.

Autrement dit : avait-elle vu le revolver ?

Il alluma sa lampe, en dirigea le puissant faisceau sur le visage de Serena. La lumière lui brûla les yeux. Elle les couvrit de la main et recula d'un pas.

— Éteignez ça, espèce de salaud ! aboya-t-elle.

Il se mit à rire – un grondement rauque, profond – et éteignit sa lampe.

— Finissons-en, dit Serena. Nous n'avons envie ni l'un ni l'autre de passer la nuit ici.

— Vous voulez dire que vous avez envie de retourner vous mettre au lit avec votre flic ?

Serena se tut pendant quelques secondes. Puis :

— Alors, vous savez qui je suis. Je suis censée avoir peur ?

— Je crois que vous avez peur, en effet.

— De bien grands mots, pour un maître chanteur. Les maîtres chanteurs sont des lâches. Vous cachez votre visage. Vous volez les secrets des gens et vous croyez que ça fait de vous un caïd. Voler des secrets, c'est un truc de fillette.

Il ne répondit pas tout de suite.

— Je pourrais vous dire ce que je fais aux fillettes, dit-il enfin.

— Quoi ? Vous vous habillez comme elles ?

— Attention à ce que vous dites !

— Je n'ai pas peur d'un maître chanteur minable. Vous voulez votre fric, oui ou non ?

— Vous l'avez compté ?

— Oui.

— Dix mille ?

— Oui.

— J'espère que vous n'avez rien fait de stupide, comme marquer les billets ou enregistrer les numéros de série. Ou parler de tout ça à votre amant, le flic.

— Je crois que vous devez prendre le risque, dit Serena.

— Vous aussi. N'oubliez pas ça.

— Vous jouez gros, en faisant chanter quelqu'un comme Dan.

— Ah ouais ? Les gens comme Dan, ils me paient parce qu'ils tiennent à montrer un visage clean au monde entier, tout en se livrant à toutes leurs saloperies quand personne ne les regarde. Vous ne savez vraiment rien de la merde qu'il y a dans cette ville. Vous et votre amant flic, vous êtes aveugles.

— Alors il n'y a pas que Dan, fit Serena. À qui d'autre faites-vous cela ?

— Comme j'ai dit, plein de gens autour de vous ont leurs sales petits secrets.

Serena mit la main à sa poche.

— Stop ! fit-il brusquement en levant son arme vers elle.

— Je prends votre argent.

Il l'aveugla de nouveau avec sa torche.

— Lentement. Avec deux doigts. Ne faites pas de conneries.

Elle lui tendit l'enveloppe.

— C'est bon ?

— Posez-la sur la tombe, et reculez.

Il y avait, à ses pieds, une pierre tombale couverte de mousse. Un nom, en partie érodé par le temps, était encore lisible : *Burns*. Serena posa l'enveloppe sur la pierre arrondie et recula lentement.

— N'allez pas plus loin ! cria-t-il quand elle fut à cinq ou six mètres de lui. Tournez-vous. À genoux.

— Pas question.

— *À genoux !*

— Je ne vous tournerai pas le dos.

— Obéissez.

Elle s'agenouilla dans la neige. L'humidité traversait son jean.

— Dépêchez-vous.

Il dirigeait toujours le faisceau de sa lampe sur son visage. Elle ne voyait rien. Elle dut fermer les yeux. Elle l'entendit dévaler la pente. La neige crissait sous ses pas tandis qu'il s'approchait d'elle. Elle avait les mains raidies par le froid. Elle agita les doigts pour les dégourdir. Pour le cas où elle devrait plonger la main sous son manteau et saisir son arme. Il était devant la tombe. Elle entendit le froissement des billets de banque.

Elle guettait son prochain mouvement. Elle s'attendait à ce qu'il vienne vers elle.

— À la prochaine, dit-il.

La lumière blanche disparut. Elle ouvrit les yeux, battit des paupières. Elle entendit le bruit des pas qui s'éloignaient. Il remontait la pente en courant. Quand elle fut enfin capable de voir, elle aperçut une vague silhouette en mouvement qui s'évanouit presque aussitôt dans la nuit, au milieu des arbres.

Elle était seule.

Serena se releva, brossa la neige sur son pantalon. Elle rejoignit la clôture près de la route et la franchit dans l'autre sens. Elle respirait difficilement. Son cœur battait à toute vitesse. Le Bronco de Stride ne lui avait jamais paru aussi accueillant.

Pas très loin de là, le chien hurla de nouveau. Il s'était échappé. C'était peut-être un loup en chasse, finalement, pas un chien. Elle n'avait pas envie de s'attarder dans le coin pour s'en assurer.

16

Une heure plus tard, quand elle se glissa sous la couverture de laine, Serena était encore frigorifiée. L'air glacé qui pénétrait par une fissure dans le chambranle de la fenêtre lui caressait le visage et tombait sur ses épaules nues. La chambre était petite, comme toutes les pièces de la vieille maison. Celle-ci n'avait pas de fondations. Elle reposait sur de simples pilotis de bois qui faisaient s'incliner les planchers comme dans une maison fantôme de fête foraine. La chambre était imprégnée d'une réconfortante odeur de moisi, une odeur laissée par le temps et par l'eau de mer qui depuis si longtemps pénétrait ses membrures. Serena était souvent réveillée au milieu de la nuit par cette odeur, et elle entendait des bruits étranges, comme si des spectres se promenaient d'une pièce à l'autre.

Depuis un an, elle avait passé beaucoup de temps chez les antiquaires de la rive nord, en quête d'un buffet en merisier, de tapis et de vieux accessoires d'accastillage. Elle s'étonnait d'aimer autant le contraste avec son appartement de Las Vegas, moderne, austère, tout en noir et blanc, avec des reproductions de ses photos de cactées et des collines déchiquetées du Mojave. L'endroit était dénué d'émotion, mais c'était ce dont elle avait besoin à l'époque. Depuis qu'elle avait rencontré Jonny, au contraire, elle était emportée par un flot d'émotions diverses. Elle avait beaucoup moins de mal à affronter les démons du passé, qu'elle pouvait laisser en liberté, sans craindre qu'ils prennent le contrôle. C'était une des raisons pour lesquelles elle aimait tant le côté ancien de cette maison. Elle voulait sentir à nouveau le passé, ce qu'elle s'était interdit pendant des années. Quand elle tenait une pendule des années 1900, par exemple, elle pouvait presque sentir la présence de tous les gens qui l'avaient possédée et touchée avant elle.

Elle se lova contre Jonny. À l'entendre respirer, elle savait qu'il ne dormait pas. Depuis qu'elle était entrée dans la chambre, apportant avec elle le froid de la nuit d'hiver, et qu'elle s'était déshabillée rapidement, il n'avait pas dit un mot. Quand elle glissa les doigts entre ses jambes, elle sentit qu'il remuait.

— Tu sais que ta main est froide ? murmura-t-il.

— Désolée.

— Je ne me plaignais pas.

Serena l'embrassa.

— Je croyais que tu dormais.

— Pas quand tu es au boulot, dehors, à minuit.

— Je vais bien.

— Tu avais pris ton arme, dit-il.

— Simple précaution.

— Tu veux m'en parler ?

— Je ne peux rien dire, répondit Serena.

— Pas même dans la boîte ?

— Pas encore.

Stride tourna la tête vers elle et ouvrit les yeux. Serena vit que quelque chose le tracassait.

— Qu'est-ce qui ne va pas ?

— J'ai découvert qu'Eric connaissait Tanjy Powell, fit-il en s'asseyant. J'ai dû en parler à Abel Teitscher.

— Et est-ce qu'Abel t'a parlé de l'enquête ?

— Je lui ai extorqué deux ou trois choses…

— Quoi, par exemple ?

— Le plus bizarre, c'est qu'Eric est allé chez Tony Wells le soir de sa mort.

Serena s'appuya sur un coude. Elle repoussa une mèche de cheveux.

— Tony ? Pourquoi ?

— Tony ne peut rien dire. Secret médical.

— Eric faisait une psychothérapie ?

— Abel pense que non.

— Mais Maggie en faisait une.

— Oui.

— Tu crois que Tony sait quelque chose sur le meurtre d'Eric ? demanda Serena.

— Oui, je crois. Et je pense qu'il a envie de coopérer, mais il ne peut pas parler tant que Maggie ne l'y aura pas autorisé.

— Si ça peut l'innocenter du meurtre, c'est idiot.

— On peut voir ça comme ça. Mais la question, c'est plutôt : que cache Maggie ? Il se passe quelque chose qu'elle veut garder secret.

— J'ai rendez-vous avec Tony demain matin. Je pourrai peut-être en tirer quelque chose.

— Ça m'étonnerait. Pas si ça implique un de ses patients.

— Parle-moi de Tanjy, dit Serena.

— Pour ce que j'en sais, elle a disparu lundi soir. Elle a pris sa voiture et personne ne l'a revue.

— Rien concernant la voiture ?

— Non. On a diffusé un avis de recherche dans les cinq États voisins. Les médias se sont aussi emparés de l'affaire. Jusqu'ici, absolument rien. Aucun mouvement sur ses cartes de crédit et ses comptes bancaires. Son portable n'a pas servi depuis lundi soir… J'ai trouvé qu'elle avait appelé Eric plusieurs fois, ces dernières semaines.

— Tu sais ce qu'il y avait entre eux ?

— Abel pense qu'ils couchaient ensemble.

— Il est possible que Tanjy ait tué Eric ?

— J'y ai pensé, mais aucun indice ne va dans ce sens.

— Sauf qu'on dit qu'elle est instable, dit Serena. Voire violente.

— Cette fille est bizarre… Écoute, ne prends pas mal ce que je vais te demander. J'essaie simplement de comprendre qui était Tanjy, et tu peux peut-être m'aider. Est-ce que les femmes fantasment vraiment sur le viol ?

Serena se figea. Elle lui tourna le dos.

— C'est une question dégueulasse.

— Je sais. Pardonne-moi.

— Tu sais ce que Blue Dog et ma mère m'ont fait, à Phoenix.

— Oui, je sais.

Elle descendit du lit. L'air froid lui donna la chair de poule. Elle se dirigea vers la fenêtre et écarta les rideaux. La fenêtre donnait sur des arbres et des broussailles, à l'arrière de la maison. Elle devinait son reflet dans la vitre.

— Il n'y a rien d'érotique, de près ou de loin, dans le viol. Je ne comprends vraiment pas comment une femme pourrait penser le contraire.

— Je suis d'accord avec toi, Serena. Mais j'ai vu les forums où Tanjy racontait ses histoires. Elle n'était pas la seule.

Serena ne répondit pas. Jonny se glissa derrière elle et lui posa les mains sur les épaules. Elle les repoussa d'un mouvement brusque, machinal.

— J'espère que tu ne penses pas que j'ai pu avoir envie de baiser avec ce salaud, dit-elle.

— Bien sûr que non.

— Le premier analyste que j'ai consulté m'a posé la question, jadis. Il m'a demandé si j'avais jamais eu un orgasme avec Blue Dog.

— Pauvre connard…

— Pour que ce soit clair, ma réponse était : non. Et j'ai ajouté : au revoir.

— Je ne voulais pas te blesser. Je cherche simplement à entrer dans la tête de Tanjy.

Serena se tourna vers lui.

— Je ne suis pas blessée.

— Non ?

— Je suis capable d'en parler. Il y a un an, ça m'aurait été impossible.

Il l'enlaça. Elle savait qu'il s'attendait à ce qu'elle pleure, mais elle n'avait pas de larmes en elle. Elle était en colère. Elle n'échapperait jamais totalement à la colère. Mais ce qu'elle avait vécu pendant son adolescence était fini. Sa mère était morte. Blue Dog était mort, lui aussi. Son passé se résumait à de mauvais souvenirs qu'elle garderait à jamais en elle. Mais ce n'était pas la partie la plus importante de sa personnalité.

— Viens te coucher, dit-elle.

Elle le ramena sous les couvertures et s'allongea sur lui. Elle lui fit l'amour, vite, sans un mot. Elle reprit sa place à côté de lui. Elle glissait dans le sommeil quand Jonny marmonna quelque chose à son oreille, d'une voix pâteuse :

— Mets un mot dans la boîte.

À propos de Dan. À propos de son rendez-vous de minuit.

Elle lui répondit en chuchotant, en espérant que cela ne l'empêcherait pas de dormir :

— Chantage.

17

Maggie rêvait encore.

Six hommes nus, portant un masque d'or, entouraient son lit. Leurs yeux morts lui rappelaient les poissons qu'on trouve sur la plage, peau laiteuse et ventre gonflé. Leur membre mou pendait, inutile, entre leurs jambes. Ils regardaient son corps nu. Les deux hommes qui se trouvaient à la tête du lit s'écartèrent. Eric apparut entre eux, un revolver à la main. Il pointa son arme sur la poitrine de Maggie.

— Pardonne-moi, Nicole, lui dit-il.

Un éclair jaillit du canon. Maggie baissa les yeux. Elle s'attendait à découvrir une plaie béante, brûlée. Elle ne vit que ses seins nus. Elle leva les mains pour se tâter, réalisa qu'elle n'avait pas de mains mais des moignons sanguinolents inégalement sectionnés, qu'il n'y avait plus que les os et le sang. Levant les yeux vers le miroir placé au-dessus du lit, elle constata qu'elle n'avait plus de tête. Elle n'était qu'un tronc démembré, sans même une bouche pour hurler.

Elle hurla tout de même. Le choc la réveilla.

Elle était allongée sur les couvertures, la bouche grande ouverte, et cherchait l'air comme un poisson hors de l'eau. Lentement, les images fondirent en un gris uniforme et sombrèrent au fond de sa conscience. Elle était seule, complètement perdue.

Maggie se leva, se dirigea vers la porte de la chambre. Elle vérifia la position de la lourde chaise coincée sous la poignée de la porte, soupira et se frotta le visage. Elle s'appuya au mur recouvert d'un papier peint à fleurs vert, se laissa glisser sur le sol.

Elle était devenue une étrangère à ses propres yeux, elle se comportait en victime qui laissait sa peur prendre le pouvoir.

Quand on est flic, on n'avoue pas qu'on a peur du noir. Le noir est plein de choses qu'il faut affronter et vaincre. Depuis quelques semaines, l'obscurité était devenue son ennemie. Ses cauchemars la réveillaient toutes les heures. Depuis la mort d'Eric, elle se barricadait la nuit dans sa propre chambre.

Ce n'était pas ainsi qu'elle voulait vivre. Elle n'était pas l'ancienne partenaire d'Abel, Nicole, elle n'avait pas tué son mari, elle n'était pas une fille qui pleurait assise par terre et se recroquevillait dans les coins.

— Au diable tout ça ! fit-elle à voix haute.

Maggie était assez en colère pour se défendre.

Elle se releva et ôta de la porte la chaise, qui tomba bruyamment par terre. Elle ouvrit brusquement le battant. Le couloir et l'escalier étaient plongés dans l'obscurité. Sans allumer, elle carra les épaules et avança à tâtons jusqu'à l'escalier, qu'elle descendit en tenant la rampe. La peur l'enveloppait comme une nappe de brouillard, mais elle la repoussa d'un geste nerveux et se rendit dans la cuisine. Quand elle alluma la lumière, les monstres se dispersèrent comme une meute de cafards. La pièce aux murs de carrelage blanc était claire et sûre.

Maggie se prépara une grande tasse de thé vert et mit un bagel dans le grille-pain. Elle s'installa tranquillement devant le bloc de boucher qui servait de table et but son thé avec le bagel. Son regard se posa sur une photo fixée par un aimant sur la porte du réfrigérateur. Elle avec Eric. Elle se sentit encore plus seule. Ils souriaient tous les deux, le visage cramoisi à cause du soleil. La photo datait de leur voyage dans le Maine, dix-huit mois plus tôt. C'était la fin de la belle époque, un souvenir agréable d'avant que les choses commencent à se dégrader. Ils étaient amoureux, se tenaient la main en escaladant les rochers sur la plage, se racontaient des blagues cochonnes en mangeant du homard, faisaient l'amour, et c'était si dingue et si bruyant que les occupants de la chambre voisine, à l'hôtel, avaient applaudi, à la fin.

— Oh, Eric, murmura-t-elle.

Maggie sentit que sa joue était humide. Elle pleurait.

Elle ne voulait pas voir le visage d'Eric, mais c'était trop tard, elle y pensait. Elle aurait aimé oublier son rire retentissant, mais il roulait par vagues dans son esprit, comme si son mari se tenait à côté d'elle. Elle sentait encore la force de ses bras de champion de natation. Son fantôme, l'esprit fugitif des jours où tout semblait parfait entre eux, lui fit comprendre ce qu'elle avait perdu. Pas seulement avec la mort d'Eric, mais avec le gouffre qui s'était ouvert entre eux.

Si seulement ils étaient restés dans le Maine, s'ils n'étaient pas rentrés chez eux. Si seulement ils avaient pu sauter cette dernière année.

Pendant le voyage, elle était tombée enceinte. Elle avait presque trente-trois ans, et ce n'est qu'en sentant le bébé croître en elle qu'elle avait réalisé à quel point elle en avait envie. Elle était prête à avoir un enfant.

Eric aussi. Il la persuada de renoncer à son emploi dans la police. À l'époque, elle accepta avec joie. Stride se trouvait à Las Vegas avec Serena, et la perspective de continuer à travailler sans lui était insupportable.

Maggie fit une fausse couche au bout de trois mois. Ce n'est pas rare du tout, lui dirent les médecins. Elle était impatiente de réessayer. Entre-temps, Stride était revenu de Las Vegas pour reprendre son ancien emploi, et Maggie réintégra la police. Dès qu'ils se retrouvèrent ensemble, elle se sentit revivre. Et quand elle tomba de nouveau enceinte, pendant l'hiver, elle n'avait aucunement l'intention de laisser tomber son boulot, et projetait de ne prendre que quelques jours de congé avant de retourner dans la rue.

Elle fit une fausse couche au deuxième mois.

C'est à cette époque qu'elle commença à douter d'elle-même, à avoir l'impression d'être une mécanique défectueuse. Elle avait de drôles de pensées : peut-être ne pourrait-elle *jamais* avoir d'enfant. Dit ainsi, c'est terrifiant. Ses émotions lui échappaient. À la fin du printemps, elle tomba de nouveau enceinte. Elle passait ses journées à se demander ce qui allait se passer. Ses nausées du matin étaient horribles. Elle était rongée par la certitude qu'elle n'aurait jamais d'enfant.

Elle fit une fausse couche au troisième mois.

Alors, quelque chose se brisa en elle. Elle prit un mois de congé et passa beaucoup de temps chez Tony Wells, s'épanchant, passant en revue les souvenirs de son enfance en Chine, parlant d'Eric et de Stride. Quand ce fut terminé, elle fit comme si la crise était derrière elle. Si elle devait ne pas avoir d'enfants, eh bien c'était comme ça. Point final. Elle en avait assez d'essayer. Elle reprit la pilule et annonça à Eric que cela n'avait aucune importance. En quoi elle se faisait des illusions.

Pendant ce temps, Eric et elle s'étaient terriblement éloignés l'un de l'autre. Leur relation avait toujours été instable. Elle l'avait connu au cours d'une prise d'otages dans son usine, où elle avait convaincu l'employé psychopathe de déposer son arme. Ils s'étaient disputés à ce sujet. Eric pensait qu'elle avait pris trop de risques. Maggie l'avait traité de fils de pute, riche et snobinard. Le soir même, ils couchaient ensemble. Six mois plus tard, ils se mariaient, mais dès qu'ils sortaient du lit ils se querellaient.

Elle savait qu'il avait des liaisons. Il y avait des scènes à ce sujet. Il était jaloux de Stride et la croyait secrètement amoureuse de lui. Il y avait aussi des scènes à ce sujet.

Après sa troisième fausse couche, et après avoir poursuivi sa thérapie avec Tony pendant un mois, elle essaya de recoller les morceaux avec Eric en se jetant à corps perdu dans les rapports sexuels. Elle-même était surprise par ce qu'elle avait envie d'essayer. Sa sexualité était à son apogée. Elle n'avait rien à perdre. Pourquoi pas ? Même quand Eric lui proposait des choses qui lui donnaient la chair de poule, elle le suivait jusqu'au bout de la folie.

« Explique-moi ça », lui disait-elle.

Rien à perdre. Quelle blague.

Le pire allait venir. Tout cela n'était que le prologue.

C'était la semaine précédant Thanksgiving. Eric était en voyage à l'étranger. Quand elle lui raconta ce qui s'était passé, quelques jours plus tard, il devint fou. Il voulait faire quelque chose pour arranger les choses, mais elle refusait toutes ses propositions, même quand il la supplia, qu'il péta les plombs et qu'il se mit à cogner contre les murs. Elle hurla à son tour, le repoussa, l'envoya dormir au rez-de-chaussée, le plus loin possible d'elle. Elle ne voulait plus qu'il la touche. Plus jamais.

Il ne la toucherait plus, en effet.

Car quelqu'un était entré chez elle et l'avait tué. Avec son revolver à elle.

Pense en flic, se dit-elle. *Résous le crime*.

La théine la réveilla pour de bon. Elle ne retournerait pas se coucher. Elle n'avait pas envie de dormir, de toute façon. Elle avait envie de se battre. Pour résoudre cette affaire, elle avait un avantage sur tous les autres, y compris Stride. Elle savait qu'elle était innocente. Le reste du monde avait des doutes. Les flics ne se fient pas aux gens. Ils ne se fient qu'aux faits. Les faits ne mentent pas, ne simulent pas, ne trompent pas, n'imaginent pas, ne font pas semblant. Alors que les gens font tout cela. Elle-même l'avait pas mal fait, récemment.

Résous le crime.

Eric avait été tué avec son revolver. En dépit de la bouteille de vin qu'elle avait bue au bord du lac, elle était sûre d'avoir laissé son arme sur sa table de nuit, ce soir-là, comme elle le faisait toujours. Ce qui voulait dire que l'assassin d'Eric était d'abord allé dans sa chambre. C'était logique. Il ne pouvait pas savoir qu'Eric et Maggie faisaient chambre à part. Personne ne le savait. Le revolver n'avait été qu'une occasion inespérée. L'assassin avait dû prévoir une autre méthode. Son propre revolver, un couteau, peu importe. Il était monté dans la chambre, s'attendant à les trouver ensemble. Au lieu de quoi, Maggie était dans les vapes, Eric n'était pas là, et le revolver était à sa disposition.

L'assassin l'avait pris, était descendu, avait trouvé Eric, l'avait tué et était parti.

Question suivante : pourquoi était-elle toujours en vie ? Elle présumait que l'assassin ne pouvait pas prendre le risque de remonter à l'étage après le premier coup de feu. Elle s'était persuadée qu'il les aurait tués tous les deux s'il les avait trouvés ensemble au lit, et que le fait de dormir seule lui avait sauvé la vie. Ce qui voulait dire qu'Eric était la cible, pas elle. Cela signifiait aussi que le coup monté dont elle était la victime était le fruit du hasard. Personne ne pouvait prévoir, en entrant dans la maison, les circonstances qui feraient d'elle la première suspecte aux yeux d'Abel. Cela réduisait à néant la théorie de Serena sur un malfrat venu du passé de Maggie, un type comme ce Tommy Luck, à Las Vegas, qui l'avait traquée et avait failli la tuer avant qu'elle le fasse jeter en prison. Non, la cible était Eric.

Question suivante : quel était le mobile ? Il était évident qu'il se passait quelque chose, dans la vie d'Eric, qu'elle ignorait. Elle savait qu'elle allait devoir reconstituer tous ses faits et gestes des derniers jours. Elle se promit de ne pas oublier de regarder ses factures de téléphone et ses relevés de cartes de crédit, qui révéleraient peut-être quelque chose. Elle savait qu'Eric, trois jours avant le meurtre, était allé dans les Villes jumelles. Pourquoi ?

Question suivante : quels rapports entretenait-il avec Tanjy, et pourquoi Tanjy avait-elle disparu ? Maggie pensait que ce n'était pas une coïncidence si Eric et Tanjy, d'après Stride, s'étaient vus dans la rue le lundi après-midi, quelques heures avant la disparition de Tanjy. Ou, dit autrement, deux jours avant la mort d'Eric. Elle supposait qu'Eric couchait avec Tanjy, même s'il avait juré à sa femme durant tout le mois de décembre qu'il renonçait à avoir des liaisons. Eric était un chaud lapin, Tanjy était irrésistible. La réponse s'imposait peut-être d'elle-même. Ils avaient une liaison, les choses avaient mal tourné, et Tanjy l'avait tué.

Rien d'autre n'avait de sens.

Sauf si Eric cherchait Tanjy à cause du viol.

Maggie repensa au message d'Eric, cette note qu'il lui avait laissée le soir de sa mort, et se demanda si elle ne l'avait pas mal compris depuis le début. « Je sais qui c'est. »

Dernière question : pourquoi Eric était-il allé chez Tony le soir de sa mort ? Tony était l'analyste de Maggie, et Eric détestait la psychanalyse par principe. Alors, que voulait-il de Tony ? Elle pouvait se creuser la cervelle, devenir folle en explorant toutes les hypothèses, et elle n'avait pas envie d'attendre le matin pour avoir la réponse. Maggie décrocha le téléphone et chercha, dans les numéros préenregistrés, celui de Tony Wells.

Il répondit à la sixième sonnerie.

— Docteur Wells.

— Tony, c'est Maggie.

— Maggie, fit-il d'une voix endormie. Il est tard.

— Je sais. Pardonnez-moi.

— Vous allez bien ?

— Je vais bien. Je dois vous poser une question.

— D'accord.

— Pourquoi Eric est-il venu vous voir mercredi soir ?

Tony resta silencieux. Elle sentit qu'elle venait d'ajouter un poids supplémentaire sur ses épaules. Quand vous passez votre vie entre les flics, les maniaques sexuels et les victimes de viol, vous pouvez évacuer le stress en pratiquant l'humour noir, ou porter votre fardeau comme le ferait une bête de somme. Tony avait opté pour la deuxième solution, c'était pour cela qu'il était si bon.

— Vous voulez vraiment me demander cela maintenant ? répondit-il enfin.

— Oui.

— J'ai répondu à Abel que notre conversation était protégée par le secret professionnel. Je lui ai dit également que s'il pensait que vous aviez tué quelqu'un, c'était lui qui avait besoin d'un psychiatre.

— Merci.

— Vous êtes sûre de vouloir la vérité ?

— Pourquoi pas ?

— Cela dépend si vous êtes prête à en parler. Eric m'a dit quelque chose à votre sujet… quelque chose dont vous aviez décidé, de toute évidence, de ne pas me parler. J'aurais préféré que vous le fassiez.

Elle ferma les yeux.

— Le salaud.

— Je suis désolé. J'avais l'intention de vous appeler le lendemain.

— Que voulait-il ?

Maggie se tendit, dans l'expectative.

Eric, bon Dieu, qu'est-ce que tu as fait ?

— Il voulait que je lui explique comment on peut confondre un agresseur sexuel, poursuivit Tony. Il avait l'intention de voir quelqu'un après notre entrevue.

— Quelqu'un ?

— Il ne m'a pas dit de qui il s'agissait.

Quelques heures plus tard, Eric était mort. Maintenant, Maggie savait pourquoi.

« Je sais qui c'est. »

18

Le dimanche matin, Serena se trouvait au milieu d'un paysage désert, au nord-est de la ville. Le centre urbain de Duluth était resserré sur quelques kilomètres carrés au bord du lac, sur les terrasses creusées dans les pentes escarpées des collines – comme une réplique en miniature des montagnes russes de San Francisco dans une boule à neige. Sur le plateau dominant le lac, en revanche, le sol redevenait plat et désolé. Des routes nationales s'étiraient, rectilignes, sur des kilomètres. Les maisons s'espaçaient, séparées de leurs voisines par des hectares de terrain.

Elle avait l'impression que, si elle parvenait à toucher la ligne d'horizon, elle atteindrait le bout du monde. Une neige légère voltigeait au-dessus de l'asphalte, comme des gouttes d'eau grésillant au fond d'une poêle. Serena était presque intimidée par la grandeur du lieu. Si le désert était comme un serpent – rapide, sournois, secret –, ce paysage du Nord était comme un ours, pesant et énorme, fourrure, graisse et muscles mêlés. Vivre ici, c'était comme entrer sans permission sur un territoire réservé à des géants.

Elle tourna à gauche, sur un chemin de terre signalé par un panneau « Voie sans issue ». Tony Wells habitait deux kilomètres plus loin, sur un terrain boisé. La maison était un vestige des années 1970, et Serena se souvint que Maggie aimait faire remarquer qu'elle était brune, comme son propriétaire. Le 4 × 4 de Tony, un Lexus couleur fauve, était garé dans l'allée de gravier.

Serena se gara derrière le 4 × 4. La température devait avoisiner le zéro. Son souffle produisit un nuage de buée. Comme toujours, malgré le froid, elle s'attarda un peu avant d'entrer dans la maison. En partie parce que ça lui donnait le temps de faire un paquet de ses soucis quotidiens, qu'elle laissait sur le capot de sa voiture pour les reprendre un peu plus tard. En partie pour profiter de la solitude et du calme de cet endroit magnifique. Les bois étaient constitués surtout de jeunes bouleaux et de maigres broussailles formant un réseau très dense posé sur le tapis de neige. Comme il y avait très peu d'arbres à feuilles persistantes, la vue portait très loin. Un chemin étroit se déroulait dans la forêt, des pistes de ski de fond étaient visibles dans la neige. Un minuscule ruisseau, gelé à cette époque de l'année, formait une autre saignée entre les arbres.

Elle contourna la maison. Tony avait fait construire une annexe, à l'arrière, pour y installer son cabinet, où une grande baie vitrée donnait sur les bois. On entrait par une porte latérale dans une salle d'attente sans fenêtres, décorée de meubles Ikea et de quelques aquarelles un peu ternes, avant de passer dans cette pièce magnifique au plafond voûté, qui offrait une vue sur l'extérieur presque à l'infini.

Une caméra installée au plafond de la salle d'attente permettait à Tony de voir arriver les patients. Serena fit un signe en direction de la caméra et s'assit. Elle entendait, de l'autre côté de la porte, une rythmique de hard rock.

Steven Tyler, d'Aerosmith, chantait « Walk this Way ».

Serena se mit à rire tout haut. Tony Wells, tout comme Maggie, était un fanatique de hard rock, même si personne ne s'en serait douté en le voyant. Il était de ces collectionneurs qui hantent eBay dans l'espoir de trouver des trucs pour le moins bizarres, comme cette seringue dont s'était servi un des mauvais garçons de Mötley Crüe pour s'injecter sa cocaïne, ou ce rapport des services d'entretien sur les dégâts occasionnés dans un stade de Philadelphie lors d'un concert de Metallica… Il avait mis les deux objets sous verre et les avait accrochés au mur de son cabinet, au-dessus du divan, à côté de ses trois diplômes de l'université du Minnesota. Il était capable de réciter tous les chiffres relatifs aux albums et aux tournées d'Aerosmith, et prenait deux mois chaque été pour suivre ses groupes préférés dans tout le pays. Le revers de la médaille, c'était que le reste de l'année il assurait une permanence à son cabinet sept jours sur sept. La plupart de ses patients étaient des flics et des victimes de traumatismes sexuels. Il recevait donc à toute heure.

Il était presque impossible de se payer la tête de Tony, mais Serena relevait le défi et essayait quelque chose de nouveau à chacune de ses visites. Ce jour-là, elle se leva et dansa devant la caméra une sorte de rock des années 1960, secouant la tête pour faire tournoyer ses cheveux et agitant les bras comme des pistons à la manière d'une danseuse de cancan. Dix secondes plus tard, la musique s'interrompit, et la porte du cabinet s'ouvrit avec un léger déclic.

Elle entra. Tony trônait derrière son grand bureau en chêne, devant la baie vitrée. Le paysage s'étendait derrière lui. Il écrivait sur un bloc de papier jaune.

— Très drôle, dit-il mollement sans lever les yeux.

Serena se laissa tomber sur un canapé à l'autre bout de la pièce.

— C'est bien ce que je pensais.

Tony vint s'asseoir sur un fauteuil en cuir, près d'elle. Il avait les yeux injectés de sang.

— Je suppose que je vais avoir droit à un nouvel exposé sur les rois de la country.

— Un peu de steel guitar ne vous tuerait pas, Tony.

Tony bougonna. Il mesurait un mètre soixante-dix-huit, avait l'air doux et bien nourri. Il avait sensiblement le même âge que Serena : passé trente-cinq ans, sur la pente menant à la quarantaine. Il affichait toujours le même air professionnel, grave et préoccupé, qui ne collait pas avec ses goûts musicaux. Mais il ne faut jamais se fier aux apparences. Serena connaissait des grand-mères qui collectionnaient les films pornos. Tony portait un pantalon de velours brun trop large, une chemise blanche et un veston chocolat qui s'harmonisait parfaitement avec sa barbe et ses cheveux dégarnis.

— Vous avez l'air fatigué, Tony.

Il semblait en effet avoir du mal à garder les yeux ouverts.

— Un coup de fil tardif, cette nuit.

— Ah. Désolée.

— Café ?

— Non, merci.

Tony se dirigea vers la commode en acajou où se trouvaient le bar et le percolateur électrique. Il se versa avec précaution une grande tasse de café, dans lequel il jeta le contenu de cinq sachets de sucre.

— Vous mettez un peu de café dans votre sucre ? fit Serena.

— Je l'aime très doux.

— Pourquoi boire du café, dans ce cas ? Prenez du lait fraise, avec beaucoup de fraise.

Tony se rassit en sirotant son café.

Il sortit de sa poche de veston un stylo en argent qu'il se mit à tortiller entre ses doigts.

— De quoi voulez-vous parler aujourd'hui ?

— De fantasmes de viol.

Tony ne montra ni surprise ni désapprobation.

— C'est nouveau, pour vous.

— Il ne s'agit pas de moi.

— Ah ?

— Tanjy Powell.

— Je vois, fit-il en fronçant les sourcils.

— Elle a disparu.

— Je sais.

— Je voudrais aider Jonny à découvrir ce qui lui est arrivé.

Tout à coup, Tony eut l'air peiné.

— J'aimerais beaucoup vous aider, mais ce ne sera pas possible cette fois.

— Pourquoi ?

Elle réfléchit un instant. Puis :

— Merde… Tanjy est votre patiente ?

— Vous savez bien que je ne peux pas vous le dire, soupira Tony. Envisageons le problème de manière théorique. Si vous aviez besoin de parler à un psychiatre spécialiste des problèmes mentaux en rapport avec la violence sexuelle, à qui vous adresseriez-vous ?

— À vous, Tony. À personne d'autre que vous !

Serena en rajoutait. Elle lui cligna de l'œil.

Tony la fixait en silence.

— D’accord, reprit-elle. Qu’est-ce que vous pouvez me dire sur une femme qui fantasme presque exclusivement sur le viol ?

— Cela dépend de la personne.

— Disons que cette femme, par ailleurs, est conformiste, et pieuse. Est-ce une contradiction ?

— Théoriquement ?

— Oui, fit Serena en souriant.

— Non. Sur le plan psychologique, ce serait cohérent. Les fantasmes de viol sont très fréquents chez les femmes dont la sexualité est réprimée. Les femmes à qui on a inculqué l’idée que le sexe c’est le mal, que c’est un péché. Elles s’expriment sexuellement par le biais de ces fantasmes, ce qui les exempte de se sentir coupables. La définition même du viol les déresponsabilise. Puisqu’on les *force* à faire l’amour, elles ont le droit d’aimer ça.

— C’est assez tordu.

— Pas tant que ça. Beaucoup de professionnelles du sexe se servent de ces fantasmes pour adopter un rôle de soumission alors qu’elles doivent être fortes, par ailleurs, et contrôler la situation. Ce peut être un moyen assez salubre de diminuer le stress. Étant donné votre propre passé, ajouta-t-il, je comprends pourquoi vous avez tendance à trouver cela anormal.

— J’ai du mal à croire que des hommes peuvent être attirés par ce genre de femmes.

Tony jouait toujours avec son stylo. Il secoua la tête.

— Pour certains hommes, c’est la combinaison de la vierge et de la putain en une seule femme. Ces femmes… pas toujours, mais c’est parfois le cas, ces femmes peuvent avoir une sexualité explosive. Elles peuvent aussi se montrer vulnérables, en quête d’attentions, ce qui plaît à certains hommes. Je n’ai pas besoin de vous dire que les hommes nourrissent leurs propres fantasmes de viol.

— D'accord, fit Serena en soupirant. J'ai appris qu'Eric était venu vous voir, mercredi soir. Que voulait-il ?

— Une fois encore, j'aimerais vous en parler, mais c'est impossible…

— Et… ? insista-t-elle, sentant qu'il avait autre chose à dire.

— Et j'aimerais vraiment que Maggie m'autorise à parler à la police de la visite d'Eric.

— Est-ce que cela l'aiderait ?

— Toujours théoriquement, cela donnerait peut-être à la police une idée très différente du mobile du meurtre d'Eric, et de l'identité de son assassin. Et ils renonceraient à cette ineptie qui leur fait croire que c'est Maggie qui l'a tué.

— Maggie est réticente à vous autoriser à le faire ?

— Très réticente.

— Je lui parlerai, dit Serena. Mais elle est têtue, vous savez.

Tony sourit enfin. Tous deux connaissaient Maggie.

— Comment vivez-vous tout cela, Serena ? demanda-t-il après un silence.

— Que voulez-vous dire ?

— Ça ne fait pas remonter trop de mauvais souvenirs de votre propre passé ?

Serena se carra sur le divan. Elle payait pour une heure. Elle pouvait aussi bien en tirer profit pour elle-même.

— Si… Jonny m'a demandé si j'avais déjà eu des fantasmes de viol, comme Tanjy. Je suis sortie de mes gonds.

— Pourquoi ?

— J'étais furieuse. Pour des femmes comme Tanjy, le viol est un jeu. Pour moi, à Phoenix, cela a été un rituel quotidien pendant plus d'un an. Blue Dog faisait de moi ce qu'il voulait parce que j'étais son esclave, et que ma chère maman restait là à regarder en planant.

— Est-ce que ça réveille en vous des peurs ? Un sentiment d'impuissance ?

Serena pensa à son rendez-vous de minuit avec le maître chanteur.

— Oui, bien sûr.

— Comment y avez-vous fait face ?

— J'ai essayé la technique d'apaisement que vous m'avez apprise. Je me suis rappelé que ces sensations venaient de la fille que j'étais, pas de ce que je suis aujourd'hui.

— Cela vous a aidée ?

— Oui. J'ai pu gérer la peur.

— Bien.

— Je voudrais revenir une seconde à la fille théorique de tout à l'heure. La fille aux fantasmes.

— Oui ? fit Tony prudemment.

— Une femme comme cela peut-elle être encline à la violence ? Si elle se trouve au milieu d'une liaison, et que son partenaire la largue d'une manière qu'elle trouverait humiliante, pourrait-elle chercher à se venger ?

Il frotta ses yeux rouges de fatigue.

— Vous me demandez s'il est possible que Tanjy ait tué Eric ?

— Sans doute, oui.

Tony serra les lèvres, puis secoua la tête.

— Je pense qu'il est peu probable que Tanjy ait tué qui que ce soit. Je suis désolé. Je pense que la réponse n'est pas là.

— Vous savez pourquoi elle a disparu ?

— Je n'en ai aucune idée. Vraiment, je ne sais pas. J'espère évidemment qu'elle est vivante, saine et sauve.

— Moi aussi, dit Serena. Tanjy est peut-être la seule personne qui sache vraiment ce qui est arrivé à Eric.

19

Sherry contemplait la cabane de pêche d'un air dubitatif.

C'était un quadrilatère en bois et aluminium à peine plus gros qu'un camion à plateau. Sherry était avec son copain, Josh, à une centaine de mètres du rivage, au milieu d'un village de plusieurs dizaines de baraques identiques. Ils avaient traversé le lac à pied, mais des tas de gens venaient en voiture ou en camionnette et se garaient tout autour. Sherry s'attendait à tout moment à ce que la glace cède sous leurs pieds.

— Tu es sûr qu'il n'y a pas de danger ? demanda-t-elle.

— Il y a sans doute cinquante centimètres de glace sous nos pieds, assura Josh.

Sherry regarda de l'autre côté de Hell's Lake, là où il s'élargissait pour former un grand espace ouvert, au-delà des arbres.

— Que signifient tous ces drapeaux, là-bas ?

— Que la glace est moins épaisse. Il y a des points névralgiques sur n'importe quel lac. Des endroits où la glace n'est pas sûre. Parce qu'il y a un courant en profondeur qui vient d'un torrent, ou une arrivée d'eau plus chaude venant de n'importe où, ou simplement des endroits où la glace a fondu et regelé plusieurs fois, ce qui a créé des fissures.

— Ce truc ne va pas couler, hein ?

— Impossible. Pas ici. Je ne conduirais pas la Cadillac de mon père là-bas, près des drapeaux, mais ici on est tranquilles. Promis.

Sherry roula des yeux.

— Entrons.

Le froid était insupportable. Elle portait un long manteau blanc aux manches matelassées, qu'elle détestait parce qu'il lui donnait l'air du Bibendum Michelin. Mais c'était son seul manteau d'hiver. Elle ne l'avait fermé qu'à moitié. Dessous, elle avait un pull à col roulé rose. Elle portait aussi un bonnet fourré qui lui protégeait les oreilles du vent glacé, ses mèches blondes voletant autour d'elle, un jean avec ses initiales en paillettes dorées sur la poche arrière et des bottes fourrées.

Elle n'était pas habituée au climat du Minnesota. Elle était née et avait grandi à San Jose, en Californie, et avait été consternée en apprenant que son père avait accepté un poste de directeur financier chez un constructeur aéronautique de Duluth. Elle avait dix-huit ans, et au lieu de passer son diplôme de fin d'études avec ses amies californiennes elle se retrouvait coincée ici, dans le frigo de l'Amérique, à essayer de se faire une place au milieu d'une foule de jeunes péquenauds.

Josh y compris. Il jouait au football, il était fort et un peu lent. Mais il mesurait un mètre quatre-vingt-dix, il avait un type de beauté nordique et ils s'entendaient bien.

Ledit Josh débloqua le verrou de la cabane de pêche et ils entrèrent. Cela ressemblait à une cellule en

Sibérie. Pas de fenêtres. Noir comme dans un four. Il alluma une lampe à pétrole qui éclaira un canapé récupéré dans un vide-greniers et deux chaises en bois achetées par correspondance. Il faisait aussi froid qu'à l'extérieur, et le vent s'engouffrait par les panneaux d'alu comme s'ils n'existaient pas.

— Oh, Josh, il ne fait pas plus chaud que ça ?

— Je vais allumer le chauffage.

Sherry ôta son manteau d'un mouvement des épaules. Elle suivit le regard de Josh, posé sur sa poitrine.

— Tu voulais simplement voir mes tétons durcir, hein ? Eh bien, tu as gagné. Les phares sont allumés…

Elle se frotta vigoureusement les bras et battit la semelle sur le sol de la petite baraque. Elle fit la grimace en sentant l'odeur de poisson. Au centre de la cabane, un grand cercle était découpé dans la glace. Elle se pencha et vit l'eau presque gelée, trente ou quarante centimètres plus bas. Elle était opaque.

— Comment découpes-tu la glace ?

— Avec une foreuse à essence, dit Josh.

Il lui montra un appareil qui ressemblait à un moteur de hors-bord, avec une vis sans fin noire de cinquante centimètres de diamètre, tachée de rouille.

— On se croirait dans un film d'horreur ! Tu ne vas pas me découper en rondelles, hein ?

— Non !

— Je plaisantais, fit Sherry en riant. En plus, dans les films d'horreur, la fille est toujours nue avant qu'on la tue… et je ne vais sûrement pas me déshabiller ici !

Voyant l'air déçu de Josh, elle ajouta avec un clin d'œil :

— Bon, peut-être un peu quand même.

Le chauffage repoussait peu à peu le froid. Sherry observait Josh, qui prépara un hameçon avant de dérouler une ligne dans le trou découpé dans la glace. Il coinça la canne sur une chaise renversée. Il sortit de sa poche une petite cloche qu'il attacha à la ligne avec un morceau de fil.

— À quoi ça sert ? demanda Sherry.

— Si un poisson mord à l'hameçon, la ligne tressaute, et ça fait sonner la cloche.

Il frappa légèrement sur la cloche qui fit entendre un tintement.

— Très astucieux, fit Sherry.

Josh ouvrit son sac à dos. Il en sortit un iPod et une paire de petits haut-parleurs portatifs. Il lança un morceau des Black Eyed Peas, et Sherry commença à se dandiner au rythme funky de Fergie. Le visage de Josh s'éclaira. Avec un sourire matois, il sortit du sac deux canettes glacées de Miller Lite.

— Que la fête commence !

Sherry prit une canette et but une longue gorgée. La bière était si froide qu'elle eut l'impression qu'elle se solidifiait dans sa gorge. Tenant la canette avec deux doigts, elle se mit à danser, balançant langoureusement les hanches et ondulant des bras et des mains. Plus elle dansait et buvait, plus elle avait chaud, et plus Josh était beau.

D'un geste de l'index, elle lui fit signe de la rejoindre sur le canapé. Ils s'assirent, et les mains de Josh commencèrent à explorer le dos de Sherry. Il l'embrassa gauchement. Elle sentit qu'il tentait maladroitement de lui toucher les seins. Voyant qu'elle ne résistait pas, il les saisit comme s'il se jetait à l'eau. Il émit un long gémissement.

Elle s'écarta de lui et releva lentement sa chemise, dévoilant peu à peu son ventre plat, puis ses seins d'adolescente. Elle la leva jusqu'au-dessus de son décolleté. Josh avait les yeux écarquillés. Elle se concentra sur la boucle de sa ceinture, parvint à la défaire, puis elle baissa sa fermeture éclair. Elle vit le coton blanc de son slip. Elle y glissa la main.

Il avait fermé les yeux. Il était au septième ciel.

Ding, ding.

La ligne vibra. La canne bascula et tomba sur la glace.

— Merde, fit Josh en descendant du canapé, attends une minute…

— Tu plaisantes, là ? dit Sherry.

— Aide-moi ! cria-t-il en tirant brusquement sur la ligne, le pantalon aux chevilles, le sexe toujours dressé.

— C'est ce que j'essayais de faire… soupira Sherry.

Il lutta avec le poisson pendant plusieurs minutes, jusqu'à ce qu'il soit à deux doigts de la surface.

— Prends la canne ! Maintiens-la dressée.

— C'est ce que j'étais en train de… Oh, laisse tomber.

Elle tint la canne à pêche pendant que Josh enfilait une paire de gants et se penchait au-dessus du trou.

— Rembobine un peu de ligne…

— Tu me prends pour Supergirl ? Ce truc est vachement lourd.

Elle rembobina le moulinet. La ligne s'enroulait lentement. Elle avait l'impression de remonter une ancre.

— Je l'ai presque… commença Josh.

Il hurla, émit une sorte de glapissement et retomba assis en arrière. Son érection avait disparu. Les mains posées sur la glace, il s'éloigna du trou à toute vitesse.

— Merde !

Une chose noire surgit brusquement de la glace. Sherry moulinait toujours. Elle s'approcha du trou, dégoûtée mais curieuse. Quand elle vit ce que c'était, elle hurla à son tour.

Des mèches agglutinées de cheveux noirs dansaient dans l'eau, à ses pieds. L'eau dégageait une odeur infecte. Sherry se cacha le visage. Des gaz invisibles empuantissaient l'atmosphère.

Elle écarta légèrement les doigts et vit une tête, blafarde, horriblement gonflée, qui semblait la regarder au-dessus de la glace. Le reste du corps était coincé. La peau était couverte de boue et d'herbes collées, les yeux ouverts et vitreux, comme des billes. La bouche était légèrement ouverte, et le clapotement de l'eau, doublé d'un drôle de bruit de succion, donnait l'impression qu'elle parlait, répétant inlassablement les mêmes mots :

Laissez-moi sortir, laissez-moi sortir, laissez-moi sortir.

DEUXIÈME PARTIE

Les filles alpha

20

Helen Danning voyait son reflet dans la vitrine de la boutique. À des intervalles de quelques secondes, les phares d'une voiture montant vers le nord par l'autoroute éclairaient son visage. Comme si des projecteurs balayaient l'espace au-dessus d'un champ pour essayer de la repérer. Une voiture ralentit et quitta la route pour se garer. Helen tressaillit. Les phares illuminèrent la vitrine quand le véhicule se gara sur le parking devant la boutique. Helen repoussa sa chaise. Abandonnant sa tasse de thé entamée et son Mac ouvert sur la table en fer forgé, elle courut se dissimuler entre les étagères de chêne où étaient rangés les bougies Yankee et leurs accessoires.

La porte s'ouvrit, et Helen eut l'impression que la nuit se déversait à l'intérieur de la boutique. Un frisson la parcourut. Elle regarda le couloir menant à la réserve, où une porte donnait, à l'arrière, sur les champs de maïs gelés. Sans trop savoir pourquoi, elle eut envie de s'enfuir, puis elle vit que les gens qui venaient d'entrer étaient inoffensifs. L'homme, dont le sweat-shirt portait le logo de la Foire d'État du Minnesota, se dirigea vers le comptoir et commanda deux cafés à Evelyn. Sa femme parcourait les rayons des ornements de Noël en solde. Helen baissa la tête et dissimula son visage.

Elle attendit que leur voiture ait regagné l'autoroute pour se rasseoir devant la table. Quand elle souleva sa tasse pour boire une gorgée de thé, elle vit que ses doigts tremblaient. Elle ferma les yeux, inspira à fond et se remit à la tâche qu'elle avait entreprise : ouvrir une à une, méthodiquement, les entrées de son blog pour les faire disparaître. Son doigt hésita au-dessus de la touche « effacer » alors qu'elle relisait un billet sur *Miss Saigon*. Elle avait vu ce spectacle des dizaines de fois, comme la plupart des comédies musicales programmées à l'Ordway Center, à Saint Paul. Elle était placeuse. Elle assistait donc aux représentations, soir après soir, et elle était capable de repérer le moindre détail dans le jeu des acteurs, les chansons, les costumes et les décors. Elle vivait les spectacles presque comme s'ils étaient plus réels que sa propre vie. Certaines personnes sont obsédées par les séries télévisées. L'obsession de Helen, c'était *Phantom, Les Miz, Rent* et toutes les pièces qui tournaient à travers le pays. Son blog lui servait à exprimer ses réflexions sur les personnages.

Le blog s'appelait « La Dame En Moi ». Quelques années auparavant, elle était tombée par hasard sur un disque de Shania Twain, *La Femme en moi*, qu'elle avait acheté parce qu'elle en aimait le titre. C'était devenu sa devise. Elle résumait ce qu'elle avait perdu à l'université et qu'elle avait cherché à retrouver durant toute sa vie. Elle s'était même fait tatouer les initiales LDEM sur la cheville, comme un message secret qu'elle aurait toujours porté avec elle.

Elle n'avait pas pensé à l'époque qu'elle faisait une erreur, que quelqu'un qui voudrait la retrouver n'aurait aucun mal à le faire en lisant attentivement les billets qu'elle déposait sur son blog. Sauf qu'elle n'avait jamais imaginé que quelqu'un voudrait un jour la retrouver.

Helen leva les yeux quand le piano s'interrompit. La boutique était silencieuse.

— C'est l'heure de courir, ma puce, lui dit Evelyn.

Elle rinça la cafetière, fit sa caisse et s'apprêta à fermer la boutique. Evelyn avait toujours l'air de faire cinq choses à la fois.

Helen ferma son ordinateur et attendit que son amie soit prête. Evelyn avait raison. C'était l'heure de courir. Exactement ce que faisait Helen. Courir.

Avec un geste impatient, Evelyn prit la chaise qui lui faisait face. Elle s'était servi le fond du café. Elle but une gorgée en écartant ses boucles rousses rebelles. Sous la table, elle ôta ses Birkenstock et agita les orteils.

— On rentre à la maison et on va nourrir Edgar ? demanda-t-elle.

— Oui, bien sûr.

— Tu es comme mon chat, fit Evelyn en voyant son regard nerveux. Il a plus peur des oiseaux que les oiseaux n'ont peur de lui.

— À chaque fois que quelqu'un entre, répondit Helen, je me dis que c'est peut-être lui.

— Je comprends.

— Je te promets que je ne resterai plus longtemps dans tes jambes.

Evelyn haussa les épaules.

— Reste autant que tu veux. Nous ne le faisons pas assez souvent, ma puce. Cela fait combien ? Deux, trois ans ? Depuis quelques jours j'ai l'impression d'être à nouveau à la fac, à l'époque où on commandait des pizzas et où on descendait du vin bon marché. Ça m'aide à oublier tous ces cheveux gris.

Outre son travail à la boutique de cadeaux, Evelyn était peintre, poète, et cultivait son jardin. Elle vivait seule à la campagne, dans une vieille maison au milieu d'un terrain de quelques hectares, près du Mississippi, à Little Falls. Les deux femmes étaient amies depuis l'époque où elles partageaient une chambre d'étudiante à l'université du Minnesota. Evelyn avait invité plusieurs fois Helen à lui rendre visite dans sa petite ville au centre de l'État, mais Helen avait peur des endroits ouverts, et les grandes étendues la rendaient nerveuse. Elle préférait l'anonymat de la grande ville, où elle pouvait se perdre dans la foule et vivre en silence au milieu du vacarme général.

— Tu trouves que j'exagère, hein ? demanda Helen.

Evelyn prit sur le comptoir un bol de noix de soja au wasabi et le posa sur la table. Elle en croqua une.

— Ouais. En effet. Et alors ? C'est toi qui as rencontré ce type, pas moi.

— Il s'appelait Eric.

— Eric, d'accord.

— Il m'a retrouvée, et deux jours plus tard il était assassiné.

— C'est peut-être une coïncidence.

Helen secoua la tête.

— Il savait ce qui m'était arrivé.

— Et alors ?

— Alors, Eric s'apprêtait à demander des comptes à ce salaud. Je te l'ai déjà dit.

Evelyn lui jeta un regard sceptique.

— Les journaux disent que c'est sa femme qui l'a tué.

— Je crois qu'ils se trompent.

Evelyn soupira.

— Si tu en es si sûre, ma puce, pourquoi tu ne vas pas voir la police ?

— La police ne m'aidera pas. Tu te rappelles, la dernière fois ?

— Ils ne t'ont pas bien traitée, c'est vrai.

— Ils ont dit que c'était de ma faute, dit Helen. Je n'ai pas envie de revivre tout cela. Ils ont juste remonté à la surface ce qui s'était passé, et finalement ils n'ont rien fait du tout. Ils m'ont dit que j'étais folle de vouloir me venger.

Helen contemplait l'autoroute, par la vitrine. Evelyn posa la main sur celle de son amie.

— Tu crois vraiment que tu es en danger ?

— Oui.

— Alors il faut que tu en parles à quelqu'un, insista Evelyn. Et si ce type s'en prenait à quelqu'un d'autre ? Tu veux qu'une autre femme vive ce que tu as vécu ?

— Non.

— Très bien. Tu es peut-être la seule capable d'arrêter ce monstre.

— Il me faut un peu de temps, dit Helen.

Evelyn se leva en souriant.

— Tu en as, ma puce. Allons chez moi. On allumera un bon feu, et on ouvrira une bouteille. Le principal, c'est de cesser de broyer du noir. Personne ne te retrouvera. Ici, tu es en sécurité.

21

— C'est le corps de Tanjy ? demanda Stride.

Abel Teitscher hocha la tête. La neige qui tombait en rafales sur le lac lui blanchissait les sourcils et la moustache.

— On dirait un poisson surgelé.

— La cause du décès ?

— Quelqu'un lui a fait un trou dans la nuque.

Stride jura et se dirigea vers le groupe de policiers qui s'agitait autour de la cabane de pêche. C'était comme un village de bohémiens posé sur le lac, un assortiment minable de caisses en contreplaqué, de tentes, de cabanes de pêche en aluminium, de mobile homes et de camionnettes. Les traces de pneus formaient sur la neige un labyrinthe indéchiffrable. Il y avait des détritus partout, des cartons abandonnés, des canettes de bière, des gants déchirés, des têtes de poisson, des cigares à demi fumés. Le lac lui-même était immense, ses tentacules partaient dans tous les sens, isolant des péninsules boisées. Stride n'en voyait qu'une toute petite partie. On l'appelait Hell's Lake, le lac de l'Enfer, à cause des coins « chauds », ces emplacements comme des coquilles d'œuf où la glace ne prenait jamais vraiment à cause des forts courants subaquatiques. À moins que ce ne fût la faute de la lave, qui remontait en bouillonnant droit du cœur de l'enfer pour réchauffer les eaux du lac. Un endroit dangereux, où il était facile de se perdre dès que la brume tombait, facile de s'éloigner par erreur des sections où la glace était épaisse pour se retrouver sur des plaques plus fragiles et fissurées. Plusieurs personnes tombaient à l'eau chaque année. La plupart n'étaient jamais secourues.

Un vent féroce soufflait sur la glace. En l'absence d'arbres capables de le ralentir, il fonçait sur toute la surface du lac comme un char à voile. Le corps de Tanjy gisait, délaissé, sur une bâche en plastique près de la cabane de pêche. Sa peau était décolorée. Son assassin – ou le courant – lui avait arraché ses vêtements. Stride ressentit une pointe de remords. Toute sa vie, Tanjy avait été obsédée par le viol. Cette fois, elle avait vraiment été violentée.

Il revint vers Teitscher.

— Vous auriez dû m'appeler immédiatement.

Le visage ridé et tanné d'Abel resta impassible.

— Il est convenu que je suis chargé de cette enquête.

— C'est votre enquête, mais je veux être informé.

— Pour moi, ça signifie que je vous envoie une copie de mes rapports, fit Teitscher d'un ton sec. Ça ne veut pas dire que vous êtes sur le lieu du crime, en train d'anticiper mes moindres gestes. Je ne veux pas de vous ici, lieutenant. Je ne sais même pas dans quel camp vous êtes.

— Contentez-vous de me mettre au courant.

— Dan Erickson veut connaître le moindre de vos mouvements, dans cette affaire.

— C'est une menace ?

— Juste une information.

— Je me fous de Dan.

Teitscher haussa les épaules.

— Nous avons retrouvé la voiture de Tanjy. Quelqu'un l'a abandonnée dans les bois, à l'écart d'une route sans issue.

— Loin d'ici ?

— Sept cents, huit cents mètres.

— Qu'avez-vous trouvé ?

— Il y a du sang dans le coffre. Nous avons une série de traces de bottes dans la neige, entre la voiture et le cul-de-sac. C'est là qu'ils se sont arrêtés.

— Alors elle n'a pas été tuée à l'endroit où vous avez trouvé la voiture.

— Non, on dirait qu'ils l'ont tuée quelque part ailleurs et qu'ils l'ont jetée dans le coffre pour aller la balancer sous la glace. Ils ont trouvé une cabane de pêche ouverte, ont jeté le corps dans le lac, et ils ont abandonné sa voiture dans les bois.

— « Ils » ?

— Je crois qu'un individu seul aurait eu beaucoup de mal à quitter les lieux. Si elle n'a pas été tuée à l'endroit où sa voiture a été abandonnée, celui qui l'a laissée là avait besoin d'un autre véhicule pour repartir. Et il fallait bien que quelqu'un conduise la seconde voiture.

— Quelle est la pointure des bottes qui ont laissé les empreintes ?

— Grande. Au moins du 45… Eric Sorenson chaussait du 45, ajouta Teitscher.

— N'allez pas trop vite.

Teitscher haussa les épaules.

— Pour autant qu'on sache, il est l'un des derniers à avoir vu Tanjy vivante.

— On connaît l'heure de sa mort ?

— Elle a passé plusieurs jours dans le bouillon. Je crains que nous ne sachions jamais combien de temps exactement. Ce qui fera le bonheur d'Archie Gale.

— Rien ne relie Maggie à tout cela, n'est-ce pas ?

— Juste le fait que son mari était en rapport avec Tanjy, et qu'il est mort, lui aussi.

— Pour moi, ça veut dire qu'il y a autre chose derrière la mort d'Eric que ce que les apparences nous suggèrent, dit Stride.

— Ah ouais ? Vous êtes très fort pour les théories, lieutenant. Alors écoutez celle-ci : Maggie et Tanjy se disputent à cause de la liaison d'Eric avec Tanjy. Celle-ci est mortellement blessée. Maggie appelle Eric, lui demande de l'aider à se débarrasser du corps. Eric a un remords et décide d'appeler les flics. Maggie le tue.

— Vous n'avez pas la moindre preuve pour étayer cette histoire.

— Pas encore. Je voulais seulement vous montrer qu'il n'est pas besoin de trop se creuser le ciboulot pour relier ces différentes affaires.

Stride savait qu'une dispute ne les mènerait nulle part.

— Et la cabane de pêche ? Qu'est-ce que vous avez ?

— Deux mômes ont trouvé le cadavre. Ils étaient en train de batifoler quand Tanjy a resurgi. La cabane appartient au père du garçon. Nos techniciens n'ont pas l'impression que c'est ici que Tanjy a été jetée dans l'eau. Elle aurait pu avoir été balancée n'importe où autour du lac, et remonter ici. Les propriétaires des baraques ne les ferment pas à clé, et restent parfois des semaines sans y aller.

— Vous n'aurez jamais les mandats pour fouiller toutes les cabanes qui se trouvent sur le lac, dit Stride.

— Je sais. Mais le mieux est encore de frapper aux portes. Quelqu'un aura peut-être vu quelque chose.

Stride savait que s'ils ne connaissaient pas l'heure de la mort, et sans une scène de crime que les techniciens passeraient au peigne fin, l'affaire se présentait mal.

— Si je peux vous être utile, appelez-moi. J'insiste.

— Ne le prenez pas mal, lieutenant. Si vous voulez m'être utile, écartez-vous de mon chemin.

Teitscher tourna les talons et s'éloigna. Il glissa sur la glace, tomba sur un genou. Il se releva d'un coup de reins et cria en direction d'un flic en uniforme qui se trouvait un peu plus loin. Stride vit le jeune flic, un bon garçon, esquisser un mouvement de recul. Teitscher ne connaissait qu'une façon de faire avancer les choses : engueuler les gens. C'était un emmerdeur. Il ne changerait pas.

Stride entendit de la musique résonner faiblement. Son téléphone. Il prit l'appareil dans la poche intérieure de son blouson, entendit la chanson d'Alabama.

Il prit l'appel, tout en se dirigeant vers sa camionnette.

— Stride.

C'était Maggie.

— Il faut que je te voie. C'est urgent.

— Qu'est-ce qui se passe ?

— Je ne veux pas en parler au téléphone.

— Où que tu ailles, lui dit-il, tu auras de la compagnie. Personne ne doit nous voir ensemble.

— Laisse-moi m'occuper de ça. Je serai seule.

Stride ne pouvait pas lui dire non.

— Tard, alors. Ce soir, onze heures.

— Où ?

— Le parking du collège. Sur la colline.

— Merci, boss.

— Tu m'as laissé dans le noir, lui dit Stride. Tu me caches des choses.

— Je sais. Je suis désolée.

Il y eut un long silence, puis Maggie reprit :

— C'est vrai, pour Tanjy ? Vous avez retrouvé son corps ?

— C'est vrai.

Maggie expira brutalement, comme si elle avait retenu son souffle.

— Il y a quelque chose que tu dois savoir. Toi seul. Pas Teitscher.

— Quoi ?

— Tanjy ne mentait pas, pour le viol, dit très vite Maggie.

— *Quoi ?*

— Je te le dis. C'est vraiment arrivé.

— Impossible.

Il pensa aux fantasmes dans l'ordinateur de Tanjy, aux détails de sa vie sexuelle décrits par Mitchell Brandt.

— Tanjy m'a dit qu'elle avait absolument tout inventé…

— Je sais de quoi ça a l'air, boss. Moi-même je n'y croyais pas, mais j'avais tort.

— Bon Dieu, comment peux-tu en être aussi sûre ?

Le silence se prolongea si longtemps qu'il crut que la communication était coupée. Quand il entendit de nouveau la voix de Maggie, il la reconnut à peine :

— Parce qu'il m'est arrivé la même chose.

22

Il laissa la camionnette sur le parking désert à l'extrémité de la Pointe et s'engagea sur la pente boisée descendant vers le lac. L'eau agitée par les vagues et la bande étroite de sable et de glace s'étendaient devant lui, vers les lumières de la ville perdue dans la brume. Quand il quitta le couvert des arbres, un vent féroce, tourbillonnant, lui fouetta le visage. Il enfonça son bonnet de laine pour en faire une cagoule et inspecta la plage. Grâce aux gants et aux bottes, ses mains et ses pieds restaient souples et chauds. Il enfonça le menton dans son col et avança péniblement sur la plaque de glace instable. Son manteau était trempé par les embruns à chaque fois qu'une vague venait s'écraser sur le rivage.

Il n'y avait pas âme qui vive. La maison de Serena se trouvait à moins de deux kilomètres, mais il faisait froid et il progressait difficilement. Sans le clair de lune, il était impossible de distinguer les maisons, presque totalement cachées par les arbres. Il savait où il devait virer à l'ouest, en tournant le dos à la plage – devant les deux morceaux de bois qu'il avait lui-même laissés là, un peu plus tôt dans la journée. Il suivit le sentier piétiné qui montait à travers le seigle sauvage et se dirigea vers l'orée des arbres, à quelques mètres à peine de la porte de derrière de l'habitation. Il attendit, immobile. La maison était plongée dans le noir. L'allée cimentée menant à la rue était vide.

Il décida qu'il ne resterait pas plus de cinq minutes à l'intérieur. Il régla le chronomètre vibreur qui se trouvait dans sa poche arrière. Après avoir jeté un coup d'œil aux clôtures de part et d'autre du petit parking, il se dirigea vers la porte grillagée, qui était ouverte. Il laissa ses bottes sur la véranda, où ses empreintes se perdaient dans la neige. Dans ses grosses chaussettes de laine, il avança jusqu'à la porte, dont il éclaira la serrure avec sa lampe-crayon. Quelques secondes plus tard, il était à l'intérieur.

Il sentait son odeur partout. C'était la première fois qu'il venait si près. Il s'accorda un instant pour savourer. Son parfum évoquait la sueur et la chair molle. Il se sentait rajeunir. Il se sentait renaître. Il se sentait puissant.

Il s'arrêta d'abord dans le salon. Il lui fallut moins de trente secondes pour choisir un endroit, planquer son mouchard et tester la puissance du signal. Ensuite, il fit une étape dans leur chambre. Il avait eu l'intention d'installer une webcam, mais un coup d'œil aux murs blancs lui suffit pour comprendre qu'il n'existait aucun endroit où son matériel aurait été invisible. Il plaça le deuxième mouchard derrière les montants de la tête de leur lit.

Il ressortit avant que le chronomètre se déclenche. Il explora l'arrière de la maison et fixa un amplificateur derrière une des gouttières en aluminium, ce qui enverrait un signal audible à plus de trois kilomètres. Caché dans la camionnette, sur le parking à moins de deux kilomètres de là, il entendrait parfaitement.

Il regagna le couvert des arbres, commença à attendre. Il battait la semelle pour lutter contre le froid. Dans le Sud, il ne faisait jamais aussi froid. Il ne comprenait pas comment des gens pouvaient vivre ici. Cela lui faisait presque regretter l'humidité déprimante de l'Alabama. Il commençait à avoir les orteils complètement gelés, lorsque des phares balayèrent l'allée. Serena venait de s'arrêter sur le parking. Il sentit ses muscles se durcir. Il la suivit des yeux tandis qu'elle montait la pente et entrait dans la maison. Il introduisit alors un écouteur dans son oreille. Il entendait parfaitement ses bruits de pas, et jusqu'au froissement de l'étoffe lorsqu'elle ôta son manteau. Quand elle fut tout près du mouchard, il entendit sa respiration.

Il se demandait vaguement si elle pouvait repérer son odeur dans la maison, comme lui avait senti la sienne. Une rumeur au fond de son esprit. Un flash-back, un souvenir.

Il quitta le couvert des arbres et se dirigea vers la voiture de Serena, sans quitter des yeux les fenêtres de la maison. Là où c'était allumé, elle ne pouvait pas voir dehors. Il s'immobilisa tout de même quand il la vit passer devant une fenêtre et regarder dans sa direction. Leurs regards se croisèrent, comme cela arrivait si souvent quand il l'épiait. Elle passa dans une autre pièce.

Il se pencha sous la voiture et mit en place la balise GPS, puis redescendit vers la plage sans se retourner. Il avait toujours le récepteur dans l'oreille. Tout en reprenant le chemin de la camionnette, il écoutait. Dans la chambre, elle fredonnait en se déshabillant. Il entendit le cliquetis des boucles de sa ceinture dorée. Dans le fond, une douche se mit à couler. Il imagina son corps nu, vit ses mains à lui sur la peau de la femme.

Son portable vibra contre sa cuisse. Mécontent d'être dérangé, il jeta un regard panoramique sur la plage pour s'assurer qu'il était bien seul. Il sortit le téléphone de sa poche, reconnut le numéro. À contrecœur, il colla le combiné sur son oreille.

— Quoi ? siffla-t-il.

— Ils ont retrouvé le corps de Tanjy.

— Et alors ?

— Vous m'avez dit qu'on ne le retrouverait pas avant des mois. Peut-être des années.

Il marchait péniblement sur la bande de sable glacé. Le lac grondait non loin de lui. Il faisait un froid glacial.

— Il est dommage qu'on l'ait trouvée, mais ça ne change rien. Ne vous inquiétez pas, vous êtes à l'abri.

— Vous m'aviez promis de quitter la ville quand ce serait fait.

— Je vais le faire.

— Alors pourquoi êtes-vous encore ici ?

— J'ai un boulot à finir, fit-il d'un ton cassant.

— Quel boulot ?

— Ce sont mes affaires. C'est personnel.

Dans la nuit, le silence était mortel.

— Est-ce que vous avez une idée de ce qui est en jeu, pour moi ?

— C'est votre problème, dit-il.

— Quels autres projets avez-vous ? Je veux le savoir.

Il souffla sur le téléphone. Il émettait un nuage de vapeur qui s'évaporait comme un spectre devant son visage.

— Non, vous ne voulez pas le savoir.

— Bon Dieu, qu'est-ce que vous racontez ?

— Je veux dire que Tanjy n'était pas la seule. J'ai décidé de le faire à d'autres filles.

Il attendit. Marrant de voir comment la peur peut dégonfler comme un ballon de plage même l'ego le plus arrogant, le plus impitoyable.

— Vous êtes un monstre.

— Ah ouais ? Et vous, vous êtes quoi ? Rappelez-vous, c'était votre idée.

— Qui sont les autres ?

— Ça n'a aucune importance. Les filles alpha ne livrent pas leurs secrets, ajouta-t-il en riant.

— Je veux que vous disparaissiez. C'est clair ? Vous avez été bien payé.

— C'est moi qui déciderai quand j'aurai terminé. Pas vous.

Il ferma son téléphone d'un coup sec et l'éteignit.

De l'autre main, il ralluma le récepteur et le nicha au fond de son oreille. Il était arrivé à la camionnette. Il se glissa à l'intérieur, alluma le chauffage et écouta. Ses pieds se réchauffèrent lentement. Il ôta plusieurs couches de vêtements.

Chez Serena, le bruit de l'eau avait cessé. Il l'entendit qui regagnait sa chambre et imagina sa chair nue, rose et propre. Ses longs cheveux mouillés. Ses tétons durs et son bas-ventre humide et luisant. Avec les autres, il s'était imaginé qu'il était avec Serena. Qu'il la contrôlait. Qu'il la forçait. Qu'il lui faisait payer les dix années qu'elle lui avait volées.

Son tour était venu.

Ce ne serait plus très long.

23

Stride était inquiet. Il était presque minuit, et Maggie n'était toujours pas arrivée.

Il était garé dans le bas du parking du collège. Il avait vue à la fois sur les lumières du centre-ville et sur la grande étendue obscure du lac. Depuis qu'il l'attendait, il avait eu le temps de fumer deux cigarettes. Il neigeait à gros flocons, le vent soufflait en rafales au-dessus de la colline et venait tourbillonner autour de lui. Il était difficile de regarder devant soi, à travers la neige. Il louchait, et ses joues brûlées par le vent étaient roses. La glace formait des petites billes sur ses sourcils. Pris un par un, les flocons qui voltigeaient vers lui étaient inoffensifs, mais tous ensemble ils constituaient une arme impitoyable. Projetés par le vent, cela faisait comme un million de lames. Capables de l'aveugler, de le geler, et de l'ensevelir.

Des phares d'abord à peine visibles apparurent sur la route au-dessus de lui et entamèrent la descente vers le parking. Il reconnut la Chevrolet Avalanche de Maggie. Elle conduisait vite, la camionnette avançait en zigzaguant sur l'allée glissante et escarpée. Une bien grosse voiture pour une femme aussi petite. Si grosse qu'elle se servait de blocs de bois pour atteindre les pédales. Maggie était une conductrice exécrable. Stride pensa qu'elle conduisait imprudemment juste pour le contrarier.

Elle se gara dans un coin du parking, non loin du Bronco. Elle portait un manteau de cuir qui lui tombait aux chevilles, et des bottes avec des talons carrés. Elle avait les mains enfoncées dans les poches. En marchant, elle soulevait de la neige fondue.

Il ne l'avait pas vue depuis qu'il était allé chez elle, la nuit du meurtre. Il comprit combien elle lui manquait. Il s'approcha d'elle, prêt à la serrer dans ses bras, mais elle sortit une main de sa poche et fit un geste pour l'arrêter.

— Non. Pas de compassion. Surtout venant de toi.

Un mètre à peine les séparait, mais cela aurait pu être la largeur d'un canyon.

— Allons, Mags. C'est moi. Tu n'as aucun besoin de me prouver à quel point tu es coriace…

— Bien sûr que si ! fit-elle en le toisant. L'idée ne t'est pas venue d'attendre dans ta camionnette ? Tu as l'air d'un bonhomme de neige.

— Je ne crains pas le froid.

— Disons plutôt que tu ne veux pas que Serena sente l'odeur du tabac dans la camionnette.

— Exact.

— Eh bien moi je ne reste pas dehors. Allons dans l'Avalanche.

Avant de grimper dedans, Stride s'efforça de se débarrasser de la neige qui le recouvrait. Il faisait chaud dans l'habitacle, assez pour qu'il ôte ses gants.

Maggie ne le regardait pas. Assise au volant, elle fixait le paysage qui s'étendait devant elle. Il eut une sensation bizarre en découvrant qu'elle avait vieilli. Elle avait de minuscules pattes-d'oie au coin des yeux, et quelques mèches grises parsemaient ses cheveux noirs. À ses yeux, elle resterait à jamais une môme de vingt ans, intelligente et passionnée. Cela faisait partie du problème : pour lui, elle n'avait jamais grandi. Rien n'avait changé depuis l'époque où Maggie était un jeune inspecteur qui pleurnichait sur le meurtre de « la fille d'Enger Park » en mâchonnant le bord de son gobelet de café, répétant qu'ils avaient raté quelque chose alors que Stride savait qu'ils n'avaient rien raté du tout. Beaucoup d'eau était passée sous les ponts. C'était comme s'il avait enfermé Maggie dans une boîte, au fond de sa tête, et que ces horreurs n'étaient jamais arrivées. Mais elle avait bel et bien grandi, et les horreurs avaient eu lieu.

— Quand ? demanda Stride.

Maggie savait ce qu'il voulait dire. Elle serra très fort ses doigts sur le volant.

— Un peu avant Thanksgiving. Eric était en voyage.

Stride se rappelait. Elle s'était fait porter pâle pendant deux semaines, sous prétexte qu'elle avait la grippe.

— Je dormais. Il avait un couteau.

Elle repoussa une mèche de cheveux derrière son oreille et lui montra une cicatrice de cinq centimètres de long.

— J'ai refoulé la plupart des détails. Je ne m'en souviens pas, tout simplement.

— Bon Dieu, murmura Stride.

— J'ai dit : pas de compassion. Pas de ta part. Compris ?

Stride se dit que sa bravade était aussi fragile que du papier à cigarette.

— Tu sais quelle a été ma première réaction ? reprit-elle. Ça va te plaire. J'ai ri. Bordel, tout ça était tellement marrant. Une blague du bon Dieu. Je me suis dit que je rêvais, que j'avais tout imaginé, qu'il était impossible que ce genre de chose m'arrive, à moi. Puis je me suis écroulée par terre en sanglotant. Je me suis assise dans le noir et j'ai pleuré pendant deux jours.

Il allait dire quelque chose, mais il renonça. Il n'y avait rien à dire.

— Tu sais ce que j'ai fait, après ? continuait Maggie. J'ai jeté tout ce qu'il y avait dans le frigo. Dingue, hein ? Tout. J'ai débarrassé toutes les étagères, et j'ai tout récuré. La même chose dans toutes les pièces. J'ai dû vider une dizaine de bidons de Lysol. Je voulais qu'il ne reste plus la moindre odeur. Après ça, la maison était aussi propre qu'un hôpital.

Il serra les poings. Cela n'échappa pas à Maggie.

— Si je mets la main sur ce fils de pute, dit-il, je le tue.

— Je sais que tu as très envie d'être un héros, boss, mais c'est à moi que c'est arrivé, pas à toi. Si je te le raconte maintenant, c'est parce que je n'ai pas le choix.

— Pourquoi tu ne m'en as pas parlé à l'époque ?

Elle le fixa. Un regard brûlant d'orgueil.

— Parce que ce n'est pas à un flic qu'on a fait ça. On l'a fait à une femme. Tu piges ? Je ne voulais pas que toi ou n'importe quel homme soyez au courant. Pas à ce moment-là. Jamais. C'était déjà assez moche de le dire à Eric. Il voulait que je porte plainte, je voulais simplement oublier. Et je le veux toujours.

— Dis-moi au moins que tu as reçu de l'aide.

— Tu n'écoutes pas ? Je ne voulais en parler à personne. Parler de ça, maintenant, ça me tue. Oui, je sais, c'est le syndrome post-traumatique lié à un viol. Tout ça, c'est des conneries de psy. Tout ce que j'ai pu dire aux victimes de viol, durant des années, c'étaient des *conneries*. Maintenant, ça m'est arrivé à moi. Et quelqu'un qui n'est pas passé par où je suis passée ne peut pas avoir la moindre idée de ce que c'est.

Il chercha une réponse sensée. Il dit évidemment ce qu'il ne fallait pas :

— Simplement, je ne comprends pas pourquoi vous ne voulez jamais raconter ce genre de chose…

— Tu as vu ce qui est arrivé à Tanjy. Elle a été humiliée. Détruite. Je ne veux pas vivre la même chose.

— Avec toi, ç'aurait été différent, insista Stride.

Maggie secoua la tête.

— Tu es stupide, parfois, boss. Tu es un grand flic, mais tu peux être tellement aveugle que ça me met hors de moi. Tu crois que je n'ai pas de secrets ? Tu ne crois pas qu'il y a des choses que je ne veux pas voir étalées en public ?

— Quoi, par exemple ?

— Ça ne te regarde pas. L'essentiel, c'est que je ne l'ai pas rendu public parce que je ne voulais pas que ma vie soit foutue.

— Comment pourrais-je résoudre cette affaire si tu ne parles pas ?

Maggie sortit un morceau de papier froissé de la poche de son jean. Elle le lissa et le lui tendit.

Une phrase était gribouillée en diagonale. Une écriture masculine : *Je sais qui c'est.*

— Qu'est-ce que c'est que ça ?

— Eric me l'a laissé le soir où il a été tué. Tout d'abord, j'ai cru qu'il m'accusait d'avoir une liaison, mais ce n'était pas du tout de ça qu'il parlait.

— Tanjy a laissé le même message chez Dan Erickson, le soir où elle a disparu.

Maggie n'eut pas l'air surprise.

— Je crois qu'Eric avait découvert l'identité du violeur. Quand il a vu que je refusais de porter plainte, il a dû entrer en contact avec Tanjy. D'une manière ou d'une autre, ils ont trouvé quelque chose qui les a menés au violeur. Puis ce type les a tués. Tous les deux.

Stride entreprit de reconstituer mentalement la chronologie : le lundi après-midi, Eric parle à Tanjy sur le trottoir, devant Java Jelly. Quoi qu'il ait pu lui dire, Tanjy est bouleversée. Elle quitte son travail tôt. Le soir même, elle appelle Dan chez lui, avec un secret. « Je sais qui c'est. » Mais elle n'a pas l'occasion de le dire à qui que ce soit. Quelqu'un la tue et jette son corps sous la glace. Deux jours plus tard, Eric est assassiné à son tour…

Stride abaissa sa vitre. La neige s'engouffra dans la voiture, lui trempant le visage. Il alluma une cigarette, inspira profondément la première bouffée de goudron. Il tint la cigarette à l'extérieur pour permettre à la fumée de s'échapper.

— Tu as une idée de la personne qu'Eric soupçonnait ?

— Non, mais commence par Tony. Eric lui a parlé ce soir-là. Il pourra peut-être nous aider.

— Eric soupçonnait peut-être Tony d'être le violeur. Tanjy et toi, vous étiez ses patientes.

— Oui, j'y ai pensé. Mais Tony affirme qu'Eric est allé le voir pour lui demander quel était le profil d'un prédateur sexuel. C'est logique. Eric savait que nous travaillons tout le temps avec Tony sur ce genre de saloperies.

— J'irai l'interroger, dit Stride. Je reprendrai aussi la plainte déposée par Tanjy. Si elle ne mentait pas, l'homme qui l'a violée savait qu'elle emmenait ses amants à Grassy Point Park. En tout cas, Mitchell Brandt dit qu'elle l'y a emmené.

— Bien.

— Tu me caches quelque chose, Mags. Si tu n'es pas absolument honnête avec moi, je ne peux rien faire.

— Désolée. Je ne pense pas uniquement à moi. D'autres personnes pourraient être blessées par ce que je dirais.

— Elles pourraient, et d'autres avec elles, être blessées par ce que tu ne dirais pas.

Leurs regards se croisèrent. Elle avait compris. Le violeur était toujours en liberté.

— Si c'est indispensable, je t'expliquerai pourquoi je ne pouvais pas déclarer le viol. Mais pour ce que j'en sais, cela n'a rien à voir avec Tanjy. Il doit y avoir un autre lien.

— Tu sais que je devrais rapporter tout cela à Teitscher. Il suit sa piste. Cela pourrait éloigner les nuages de ta tête, Mags.

Elle lui prit la main. Un geste intime qu'elle n'avait jamais fait. Elle le taquinait. Elle lui faisait des clins d'œil. Elle l'insultait. Mais jamais elle ne le touchait.

— Je te demande de ne pas faire ça, Jonathan.

Il décida de ne pas lutter.

— Si c'est ce que tu veux… Pour le moment.

— J'essaie aussi de reconstituer l'emploi du temps d'Eric, reprit Maggie. Je veux savoir comment il a retrouvé ce type.

— Qu'as-tu découvert ?

Les yeux de Maggie étincelèrent. Elle avait de nouveau le regard d'un flic.

— Le week-end avant sa mort, Eric se trouvait dans les Villes jumelles. Il est rentré lundi, et il est allé voir Tanjy. C'est là que tout a commencé.

— Et tu crois qu'il a découvert quelque chose durant ce voyage…

— Exactement. C'est pour ça que j'étais en retard tout à l'heure. J'ai téléphoné à des employés de l'hôtel Saint-Paul pour essayer de découvrir ce qu'Eric a fait pendant son séjour. L'hôtel m'a communiqué le détail de sa facture, et j'ai vérifié sur Internet ses relevés de cartes de crédit et de téléphone portable.

— Et alors ?

— Il a réservé par téléphone un billet pour un spectacle à l'Ordway Center, le samedi soir. Un seul billet.

— L'Ordway se trouve juste de l'autre côté du parc, devant l'hôtel Saint-Paul, dit Stride. Il voulait sans doute avoir quelque chose à faire ce soir-là.

— C'est ce que je me suis dit. J'ai quand même appelé l'Ordway. J'ai retrouvé les abonnés dont les sièges étaient proches du sien.

— Ils se souvenaient d'Eric ?

— Et comment ! Ils m'ont dit qu'il s'était presque fait expulser de la salle.

— Expulser ? Pourquoi ?

— Il ennuyait les placeuses. Il leur posait des tas de questions.

— Quel genre de questions ?

— Je ne sais pas encore, mais j'espère bien le découvrir.

24

Le lundi matin, Serena descendit la Pointe au pas de course, en direction de Canal Park. Elle avait pris la route, car les chasse-neige l'avaient nettoyée. Elle portait une combinaison en Lycra, des leggings et une veste matelassée, des protège-oreilles fourrés, et elle avait attaché ses cheveux en une longue queue de cheval. Elle parcourut un peu plus de cinq kilomètres en une demi-heure et atteignit le pont basculant qui la dominait comme une grande guillotine grise. Elle s'arrêta et se pencha en avant, les mains sur les genoux. Elle inspira plusieurs fois à fond, puis se redressa et contempla le ciel. Elle fit quelques pas maladroits, comme un paon, en levant les pieds très haut pour se détendre les jambes. Elle décrocha la gourde qu'elle portait à la ceinture, fixée par du Velcro, et projeta dans sa bouche une giclée d'eau presque gelée.

Elle avança sur le trottoir, jusqu'au milieu du pont. La saison des expéditions était terminée, et on ne levait le pont que très rarement. L'eau du port, à sa gauche, était gelée, et même le canal étroit qui se déversait dans le lac Supérieur était recouvert d'une fine couche de glace. Serena se pencha au-dessus du garde-fou et contempla le lac en contrebas.

Elle était seule, mais elle ne pouvait toujours pas se débarrasser de la sensation que quelqu'un l'épiait. Cette impression demeurait même quand elle était chez elle. Comme si elle vivait avec un fantôme. Ça lui rappelait l'époque, à Vegas, où Tommy Luck était sur sa piste. Serena se souvint du jour où elle était allée chez lui, après son arrestation. Elle avait découvert dans l'appartement un mur couvert de photos d'elle, qu'il avait prises secrètement. Certaines avaient été prises dans la rue. Sur d'autres, elle était en voiture. D'autres encore avaient été prises au téléobjectif, par la fenêtre de sa chambre à coucher. Sur toutes les photos, elle était défigurée, abîmée. Elle n'avait pas cessé de garder un œil sur Tommy, après cela, et lorsqu'il avait été libéré sur parole, une première fois, elle avait pensé très sérieusement à s'occuper de lui, proprement et une fois pour toutes, avant qu'il ait le temps de se livrer à nouveau à son obsession. Les flics de Las Vegas auraient fermé les yeux, mais Tommy était une nullité, et elle décida en fin de compte qu'elle ne voulait pas avoir sa mort sur la conscience.

Ce n'était pas la première fois qu'elle faisait face à cette tentation. Quand elle était à Phoenix, durant l'année infernale passée entre sa mère et Blue Dog, Serena pensait en permanence à un moyen de les tuer tous les deux. Le soir, elle se couchait en cherchant le courage de s'emparer d'un couteau et d'égorger Blue Dog pendant son sommeil, puis de faire la même chose à sa mère. Les assassiner tous les deux et disparaître. Personne ne les regretterait, et personne ne la retrouverait. À plusieurs reprises, elle avait pris un couteau dans la cuisine et elle était allée jusqu'à la porte de la chambre. Elle les avait regardés dormir, mais elle n'avait jamais franchi le seuil. Elle avait fini par s'enfuir à Las Vegas, sans jeter un regard derrière elle.

Serena se demanda à quel point sa vie aurait été différente si les choses avaient tourné autrement.

Si elle était entrée dans la chambre de sa mère avec son couteau de cuisine.

Si elle avait mis une balle dans le crâne de Tommy Luck.

Son portable sonna. Elle ne reconnut pas le numéro entrant.

— Serena Dial.

— Je m'appelle Nicole Castro, fit une voix. Archie Gale m'a donné votre numéro.

— Ah ?

— Il m'a dit que nous avions quelque chose en commun, vous et moi.

Un ton ironique, dur, comme un acteur qui a joué trop souvent le même spectacle.

— C'est-à-dire ?

— Vous couchez avec un nommé Jonathan Stride. Et j'ai eu pour patron un nommé Jonathan Stride.

— Que voulez-vous, exactement, madame Castro ?

— Appelez-moi Nicole. Je veux vous parler du meurtre d'Eric Sorenson.

— Vous devriez plutôt vous adresser à la police.

Nicole ricana.

— Nous savons parfaitement, vous et moi, qu'Abel a déjà une coupable. Croyez-moi, il n'écoutera pas un mot de ce que j'ai à dire.

— Pourquoi donc ?

— Il a été mon coéquipier.

Serena se redressa. Elle s'essuya le front du revers de la manche.

— Quel genre d'information possédez-vous, Nicole ?

— Et si nous en parlions face à face ?

— Je ne me rappelle pas que Jonny m'ait jamais parlé de vous, dit Serena.

— Jonny ?

— Stride.

— Ah, oui. Eh bien j'imagine qu'il ne pense plus très souvent à moi. Ils aimeraient bien m'oublier, tous. Archie m'a dit que vous donniez un coup de main sur cette enquête. Vous voulez mon aide ou pas ?

— Si vous avez des informations utiles, oui, absolument.

— Alors venez me voir.

— Nous pouvons déjeuner chez Grandma's… commença Serena.

— Rien ne me ferait plus plaisir, croyez-moi, la coupa Nicole d'un ton amer. Malheureusement, je ne suis plus à Duluth. Je suis dans les Villes jumelles. Une banlieue qui s'appelle Shakopee.

— D'accord. Je dois y descendre demain. Où voulez-vous que nous nous retrouvions ?

— Ce sera à vous de venir me retrouver. Je suis en prison.

Serena expira un nuage de buée. Elle regarda autour d'elle, essaya de savoir si quelqu'un l'observait. La rambarde, sous ses doigts, était glacée.

— Je croyais que vous m'aviez dit que vous étiez flic.

— Exact. Je travaillais au bureau des inspecteurs, à Duluth. J'ai été victime d'un coup monté dans le meurtre de mon mari. Exactement comme Maggie.

Grassy Point Park était une tache de vert sur la carte, en forme de couteau enfoncé dans le canal étroit de Saint Louis Bay. Le parc se trouvait au bout d'une impasse, au cœur de la zone industrielle de la ville, non loin des quais de chargement de minerai et des voies de chemin de fer. Le port, gelé, se trouvait à la gauche de Stride. Il aurait pu continuer sur la glace avec sa voiture, prenant ainsi un raccourci vers sa maison, de l'autre côté de la péninsule du Wisconsin. Sur sa droite, à l'extrémité du parc, au-delà d'une clôture en fil de fer barbelé, il voyait les wagons chargés de roche jusqu'à la gueule. Le vent était froid et violent, et le ciel matinal ressemblait à un linceul gris.

C'était là que Tanjy, à l'en croire, avait été amenée de force, un bandeau sur les yeux, attachée à la clôture près du dépôt de chemin de fer et violée.

Il essaya de se mettre dans la tête de Tanjy. Il imagina que c'était la nuit, début novembre. Au nord, on voyait briller les lumières du pont menant à Superior. Ils se trouvaient suffisamment près de l'eau pour entendre le clapotis des vagues sur le rivage. Tanjy était attachée. Nue. Le grillage lui entrait dans la peau.

Puis elle s'était retrouvée seule. Humiliée. Elle n'avait pas crié pour demander de l'aide. Elle s'était libérée, était rentrée chez elle, avait lavé son corps de la honte et des marques.

Stride secoua la tête. Une pièce du puzzle n'était pas à sa place.

La première fois, quand elle lui avait raconté son histoire, il avait remarqué un détail bizarre. Après l'avoir violée, son agresseur avait laissé la voiture de Tanjy sur place, un autre véhicule l'attendant dans le parc. À l'époque, Stride s'était demandé comment le violeur avait pu amener une voiture pour assurer sa fuite. Quand Tanjy avait avoué qu'elle avait menti à propos du viol, il avait oublié cette contradiction. Aujourd'hui, elle lui revenait à l'esprit.

La scène du meurtre avait suscité le même soupçon. Si l'assassin de Tanjy l'avait transportée jusqu'à Hell's Lake dans le coffre de sa voiture à elle, et qu'il avait abandonné l'auto dans les bois après avoir jeté le cadavre sous la glace, où se trouvait sa propre voiture ? Le froid l'aurait empêché de repartir à pied. Pas plus qu'il ne pouvait conduire deux voitures en même temps. Dans ce cas, comment avait-il quitté ces bois éloignés où il avait laissé la voiture de Tanjy ?

Réponse : il y avait une autre personne ; quelqu'un conduisait une autre voiture.

Peut-être. Peut-être aussi que Stride et Abel pensaient ce que le tueur voulait leur faire croire.

Stride s'agrippa à la clôture des deux mains. Plus il imaginait le viol de Tanjy, plus il ressentait colère et regret en pensant à Maggie. Il fallait qu'il contrôle sa rage, qu'il la laisse se diluer dans ses veines, comme l'adrénaline. À Las Vegas, quand sa coéquipière avait reçu une balle, la même colère l'avait envahi. Il avait été à deux doigts de perdre le contrôle.

Il en voulait aussi à Maggie. Parce qu'elle avait laissé faire, détruit des preuves, omis de dénoncer un crime. Il savait qu'il lui était facile, à lui, de prononcer un tel jugement sans avoir lui-même vécu cette épreuve. Mais il était aussi furieux qu'elle l'ait exclu de sa vie en ne lui faisant pas partager sa douleur, en lui refusant sa confiance. Il avait l'impression que quelque chose, entre eux, s'était brisé. Même s'il n'avait aucun droit d'attendre quoi que ce soit de sa part.

Il s'éloignait de la clôture, lorsque lui parvint un morceau de musique étouffé. Des basses puissantes, qui vibrèrent jusque dans sa poitrine. Un 4 × 4 Lexus marron se gara à côté de son Bronco. Le conducteur coupa le contact, la musique se tut. Tony Wells descendit de son véhicule, serrant entre ses doigts un gobelet de café. Il en but plusieurs gorgées tout en parcourant la distance qui le séparait de Stride. Sous sa parka marron à capuche fourrée, son pantalon de ville et ses souliers ne convenaient pas à la neige, plus haute que l'herbe du parc.

— Bonjour, lieutenant.

— Merci d'être venu jusqu'ici, Tony. Toujours en train de castrer les porcs, hein ?

— Oh, je vois… Encore un amateur de country, répondit Tony avec un petit sourire. Les Smashing Pumpkins ont reçu un Grammy pour ce morceau, vous savez.

— Pour *ça* ? Une chanson qui donne à l'auditeur l'impression de diriger sa propre autopsie ?

Tony abaissa sa capuche. Il passa la main sur son crâne dégarni.

— J'ai lu une étude sur des rats de labo à qui on avait prévu d'imposer l'écoute de Toby Keith, vingt-quatre heures sur vingt-quatre pendant un mois. Au bout de deux jours, tous les rats s'étaient fait hara-kiri…

Stride éclata de rire. C'était un vieux débat, entre eux.

Il était sans doute l'un des rares flics de Duluth à n'avoir jamais consulté Tony Wells en qualité de patient. Cette dépendance au psy, c'était une conséquence de leur boulot, qui les entraînait dans des endroits où ils n'auraient jamais voulu aller, leur faisait faire des choses qu'ils n'auraient pas imaginé faire un jour – boire, battre leur femme, prendre le volant, appuyer sur le champignon et fermer les yeux… Tony était fort pour les aider à arrondir les angles. Maggie et Serena l'aimaient bien. Stride lui-même avait eu besoin de consulter quelqu'un, à une certaine époque de sa vie, mais il avait refusé de parler au psy des flics. Il n'avait pas envie de parler à quelqu'un qui connaissait les histoires de tout le monde dans les environs. Après la mort de Cindy, il avait trouvé un thérapeute à cinquante kilomètres, à Two Harbors. Il y était allé une fois par semaine pendant six mois. Cela ne l'avait pas empêché de rebondir sur un mariage raté.

— Vous savez que c'est ici que Tanjy Powell prétendait avoir été violée ? demanda-t-il.

Tony examinait les lieux. L'hiver, les parcs avaient l'air isolés, sans vie.

— Oui.

— Vous savez qu'elle avait vraiment été violée, n'est-ce pas ? Elle n'avait rien inventé.

Tony remua la mâchoire, comme si quelque chose s'était coincé entre ses dents.

— Je me trouve dans une position inconfortable, lieutenant. J'ai envie de vous aider, mais je ne suis pas sûr de pouvoir le faire…

— Tanjy est morte, rappela Stride. Vous ne pouvez pas lui faire de mal en en parlant. Mais vous pouvez m'aider à trouver celui qui lui a fait ça.

— Tanjy était quelqu'un d'extrêmement discret.

— Je sais. Mais j'ai besoin de votre aide, Tony. Nous revenons de loin. Je respecte votre loyauté, mais votre patiente est morte. Je crois qu'elle aurait souhaité que vous me parliez.

Stride vit que Tony avait beaucoup de mal à prendre une décision. En tant qu'analyste entretenant des liens étroits avec la police, il voyait tout le monde – les inspecteurs, les victimes et les criminels –, et il était tout sauf évident de tenir sa position entre les conflits d'intérêt qui ne manquaient jamais de se faire jour.

— Bon, d'accord, fit-il enfin. J'aimerais que vous arrêtiez le salaud qui a fait cela. Tanjy le mérite.

— Merci.

— Que voulez-vous savoir ?

— Savez-vous avec qui Tanjy sortait à l'époque de l'agression ?

— Non, elle ne m'a jamais donné de nom. Elle était très discrète. Elle me donnait si peu de détails sur sa vie personnelle que cela rendait parfois l'analyse difficile…

Tony hésita.

— Quoi ?

— Eh bien… elle croyait que quelqu'un la harcelait. Elle me disait qu'on l'épiait.

— Elle savait qui c'était ?

— Non, elle disait que ce n'était qu'une impression.

— Cela se passait quand ?

— Peu avant le viol.

— Elle vous a donné d'autres détails ?

— Non. Pour parler franchement, inspecteur, je n'étais pas sûr que le viol ait vraiment eu lieu. Elle m'a dit qu'elle s'était rétractée devant vous parce qu'elle ne supportait pas l'idée d'être humiliée publiquement, mais j'en doutais. La description du viol ressemblait beaucoup trop à ses propres fantasmes. Ça ne se passe pas comme ça, d'habitude.

— Sauf si c'était l'intention du violeur.

— Vous voulez dire qu'elle était visée à cause de ses fantasmes ? fit Tony.

— C'est une possibilité.

Tony réfléchit un instant.

— Je ne vois pas comment. Personne ne les connaissait.

— Son amant les connaissait. Quand ils faisaient l'amour, elle lui demandait de simuler les gestes du viol. Elle écrivait aussi des histoires de viol sur Internet.

— Exact, fit Tony en penchant la tête.

— Est-ce que Grassy Point Park était un endroit important pour elle ?

— Très important.

— Vous savez pourquoi ?

— Je pense que c'était à cause de ses parents. D'ici, on voit le pont où ils se sont tués dans un accident de voiture. Le fait qu'elle ait mis en scène des fantasmes de viol à un endroit visible du pont est significatif. Je pense qu'elle a voulu vivre devant ses parents la sexualité qu'on lui avait interdite.

— Vous pensez donc que si elle a eu d'autres amants, elle les a amenés ici…

— Oui, c'est probable.

— Savez-vous si elle voyait quelqu'un d'autre, à part Mitchell Brandt ?

Tony secoua la tête.

— Non, je suis désolé.

— OK, fit Stride. Parlons d'Eric.

Tony but un peu de café et enfonça sa main libre dans sa poche. Une rafale venue du port les obligea à faire le dos rond pour se protéger de l'air glacé.

— Là, je suis vraiment sur un terrain mouvant… commença Tony.

— Je sais, mais je ne vous demande rien qui soit protégé par le secret médical. Eric a abordé avec vous des sujets qui n'ont rien à voir avec Maggie, d'accord ?

— Oui, c'est exact.

— Que voulait-il savoir ?

— Il m'a demandé s'il existe des indices suggérant que quelqu'un pourrait être un prédateur sexuel.

— Que lui avez-vous répondu ?

— Pas grand-chose. Je lui ai dit qu'il fallait être un professionnel aguerri et mener des entretiens prolongés pour être capable de faire une évaluation. Et que même dans ce cas il n'y a pas vraiment de garanties. La plupart des criminels sexuels se sont entraînés toute leur vie à dissimuler leurs pulsions et leurs agissements.

— Il vous a dit à qui il pensait ?

— Non.

Stride fixait les yeux songeurs de Tony.

— Il pensait peut-être à vous.

Tony lui rendit son regard.

— À moi ? fit-il d'un ton neutre.

— Pour le moment, vous êtes le seul lien connu entre Tanjy et Maggie. Eric croyait peut-être que vous les aviez violées.

— Vous les connaissiez aussi toutes les deux, lieutenant. Il pensait peut-être que c'était vous.

— Je suis sérieux.

— Oui, je sais. Alors je serai clair. Je n'ai pas violé ces deux femmes. OK ? Je n'avais rien à craindre d'Eric.

— Désolé, Tony. Il fallait que je vous pose la question.

— Je savais que vous le feriez. Je connais les règles. Pour le dossier, j'ai demandé à Maggie la date précise de son viol. J'ai ressorti mon agenda de l'an dernier.

Ce soir-là, je donnais une conférence à Seattle. Je peux vous donner tous les détails qui vous permettront de vérifier.

— Et Tanjy ?

— J'ai comparé mon agenda avec son dossier. La nuit où elle a été agressée, j'avais une séance de thérapie de groupe.

— Merci. Je dois parfois jouer les méchants flics, vous savez.

— Je comprends.

— Eric a-t-il dit autre chose ? Il vous a parlé de sa visite à l'Ordway, pendant le week-end ?

— L'Ordway ? fit Tony. Non. Quel rapport avec tout ça ?

— Je ne sais pas encore…

Stride secoua la tête, poursuivit :

— Je suis frustré, Tony. Oubliez que Tanjy et Maggie étaient vos patientes. Considérez simplement les faits concernant les viols, tels que vous les connaissez. Donnez-moi un profil.

Tony se gratta la barbe.

— Je n'ai pas assez d'informations.

— Moi non plus. Mais il vous est arrivé de travailler avec bien moins que ça. Aidez-moi à sortir de là.

— Eh bien, mettons tout ça au conditionnel, car je risque de vous entraîner dans une mauvaise direction. Notre homme est sans doute quelqu'un de très intelligent et prévoyant. Il a un ego démesuré, et il a besoin de contrôler ses victimes. Il aime jouer, comme un chat joue avec une souris. Il observe ses victimes avec beaucoup de soin. Il les choisit, les étudie, il attend de tout savoir à leur sujet avant d'entrer en scène.

— Vous pensez qu'il y a eu d'autres agressions, dont nous ne savons rien ?

— C'est possible. Vous savez comme moi que beaucoup de viols ne sont jamais déclarés. Notre suspect semble choisir des femmes vulnérables sur les questions sexuelles. Cela accroît ses chances qu'elles n'aillent pas voir la police.

— « Vulnérables sur les questions sexuelles » ? Comment ça ?

— Comme Tanjy avec ses fantasmes de viol.

— En d'autres termes, des femmes qui ont des secrets à protéger.

— C'est cela.

— Comment sait-il qu'elles ont des secrets ?

— Aucune idée. Quand vous aurez la réponse à cette question, vous n'aurez sans doute aucun mal à l'identifier.

— Connaît-il ces femmes ? Est-il possible qu'il entretienne déjà des relations personnelles avec elles ?

— C'est possible. Ce n'est pas le profil classique, mais le fait qu'il connaisse bien ses victimes laisse à penser qu'il pourrait de fait avoir des liens avec elles.

— Il agirait seul ?

— Voilà une question bizarre, fit Wells, surpris. Les violeurs agissent presque toujours seuls.

Stride le savait. Cela ne l'empêchait pas de continuer à creuser l'hypothèse du complice.

— Est-ce qu'il risque de frapper encore ?

Wells acquiesça.

— Les violeurs recommencent toujours, jusqu'à ce qu'ils trouvent une autre manière de satisfaire leur pathologie. Une autre manière de diriger leur tension sexuelle. Mais je ne crois pas que ce soit le cas ici.

— Pourquoi ?

— Le laps de temps séparant les agressions est trop court. Le coupable agit très vite. Je dirais qu'on a affaire à un sociopathe. Pas de conscience, pas de sentiment de culpabilité, pas d'hésitation. Beaucoup de prédateurs veulent arrêter, et se livrent un combat intérieur pour contenir leur propension à la violence. Ils parviennent parfois à résister pendant des mois, voire des années, avant de repasser à l'acte. Pas celui-ci. Il aime ça. En fait, je dirais que ce violeur est terriblement dangereux.

— Pourquoi ça ?

— Vous l'avez dit, lieutenant. Cet homme a probablement tué Tanjy et Eric. Il a placé la barre un peu plus haut. Il ne s'agit plus seulement de viol, mais de meurtre. Il est bien possible que tuer ses victimes lui fournisse un frisson supplémentaire.

25

Dans la 1re Rue, au centre-ville, un nuage de vapeur brûlante montait des grilles d'égout. Serena se hâta de gagner le trottoir en face avant le déferlement des voitures, dont le flot était dense en cette fin d'après-midi. Elle entra dans la petite pizzeria qui se trouvait au coin opposé. Elle salua les hommes en tee-shirt qui transpiraient derrière le comptoir, à côté du four, et se choisit un box au fond. Elle déboutonna son manteau, ôta son écharpe.

Elle alluma son ordinateur portable et chercha un réseau Wi-Fi. Une jeune serveuse s'approcha de sa table. Serena commanda un Coca light. On la connaissait. Stride et elle adoraient la pizza et venaient là deux ou trois fois par mois.

Elle lança Internet Explorer. Le signal était faible. Jonny lui avait parlé de la visite d'Eric à l'Ordway, quelques jours avant son assassinat. Elle passa en revue les dépêches d'actualité pour savoir s'il y avait eu récemment des incidents dans le quartier de Rice Park proche du théâtre. Notamment des agressions sexuelles. Elle trouva des articles sur la réfection d'une rue, sur le carnaval d'hiver et sur des comédies musicales de Broadway, mais rien sur les raisons de la présence d'Eric. La seule façon de le découvrir était d'aller là-bas elle-même. Elle avait prévu de le faire le lendemain.

Elle lança une recherche sur « Nicole Castro », ce qui lui en apprit beaucoup plus. Six ans plus tôt, le procès pour meurtre de l'ancienne coéquipière d'Abel Teitscher avait fait les gros titres des journaux. Serena examina les photos de Nicole. Une femme flic de près de quarante ans, grande et athlétique. Nicole était noire, avec une peau très sombre. Des cheveux frisés et épais. Des yeux noirs, un regard plein de défi. Un cliché la montrait sur les marches du palais de justice, entourée par des flics en uniforme, la bouche grande ouverte, comme si elle criait en direction des médias.

Nicole avait un petit garçon de douze ans, à l'époque. Serena se demanda ce qu'il était devenu. Son père était mort et sa mère avait été condamnée à vingt-cinq ans de prison pour l'avoir tué. Le gosse était mignon, il feignait d'être dur, mais on voyait qu'il était ému, sur la photo, s'accrochant au bras maternel. Il devait avoir dix-huit ans, maintenant…

Le portable de Serena sonna. C'était Maggie.

— Salut !

— Salut, fit Maggie. Stride te l'a dit, hein ?

— Oui. Je suis vraiment désolée, Maggie.

— Il ne comprend pas pourquoi je n'en ai pas parlé.

— Les hommes ne comprennent jamais ça.

— Le fait de le lui dire, même aujourd'hui, me donne l'impression d'être sale, dégueulasse.

Serena comprenait cela. Ce n'était pas uniquement le fait d'en parler à quelqu'un. C'était le fait qu'elle, Maggie, en parle à Stride. Qu'elle se mette complètement à nu devant lui.

— Tu veux venir me retrouver chez Sammy ? On pourrait bavarder un peu.

Quelqu'un avait mis au four une pizza aux poivrons. L'arôme piquant se répandit dans le restaurant. Serena réalisa qu'elle avait faim.

— Je n'ai plus envie de parler, dit Maggie. Je veux simplement mettre la main sur ce fils de pute.

— On dirait bien que tu descends ce fleuve égyptien qu'on appelle le Déni…

Serena attendait que Maggie se défende, mais elle n'en fit rien :

— Ouais, je sais, mais entretenir ma colère vaut toujours mieux que m'enfermer dans ma chambre. Je t'appelais pour te dire que j'en ai appris un peu plus sur la visite d'Eric à l'Ordway.

— Ah bon ?

— Je me suis débrouillée pour parler au responsable de la sécurité. Eric a pratiquement été mis à la porte du théâtre. Il cherchait une femme qui travaillait là. Il pensait qu'elle était placeuse. Il refusait de dire ce qu'il lui voulait, et ils ont fini par avoir les jetons. Ils lui ont ordonné de se calmer, sans quoi ils le ficheraient dehors.

— Tu sais qui est cette femme ?

— Non, Eric ne connaissait pas son nom.

— D'accord, je vérifierai cela demain. Tu es sûre qu'une part de pizza ne te tente pas ?

— Non merci.

Par la vitrine du restaurant, Serena vit un homme de haute taille vêtu d'un trench-coat brun traverser la rue. Il venait dans sa direction.

— Ta Némésis vient me retrouver.

— Qui cela ?

— Abel Teitscher.

— Pourquoi le vois-tu ? Tu n'espionnes pas pour son compte, hein ?

— Je veux lui parler de Nicole Castro.

— Ah oui, Archie m'a dit qu'elle avait appelé. Je crois que tu perds ton temps. Nicole raconte à tout le monde qu'elle a été victime d'un coup monté, mais les preuves étaient là.

— Un peu comme pour toi, en quelque sorte…

— Ouais, d'accord. J'ai compris.

— On se reparle à mon retour. Appelle Tony. Tu as besoin d'aide.

— On ne te dit jamais que tu es une emmerdeuse ?

— Si, tout le monde me le dit.

Serena raccrocha et ferma son ordinateur. Abel Teitscher entra dans la pizzeria. Il parcourut la salle des yeux, la cherchant du regard. Elle lui fit signe. Il hocha la tête, sans sourire. Il était triste et sérieux, comme Duluth en janvier. Elle l'avait croisé plusieurs fois dans le bureau de Jonny, à l'hôtel de ville. Une certaine animosité opposait les deux hommes, mais elle plaignait Teitscher. Elle connaissait l'histoire de son divorce et savait qu'il s'était forgé une carapace pour maintenir les autres à distance. C'était un homme intelligent, amer et solitaire. Elle-même était passée par là.

Ils se serrèrent la main. Teitscher avait la poigne solide. Il s'assit en lissant son manteau sous lui, mais sans l'ôter. Le message était clair : il ne s'attarderait pas. Elle sentait qu'il se méfiait de ce qu'elle allait lui demander.

— Vous avez faim ? demanda-t-elle. On pourrait commander quelque chose…

Abel secoua la tête. Serena soupira. Une odeur de saucisse se mêlait à celle des poivrons, maintenant. Ça allait la rendre folle.

— Vous courez, n'est-ce pas ? demanda-t-elle.

Il acquiesça.

— Moi aussi. Vous avez l'allure des gens qui courent beaucoup.

Elle s'efforçait d'être aimable. Le visage de Teitscher lui rappelait le sol durci et craquelé de la Vallée de la Mort. Ses cheveux gris d'un centimètre de long recouvraient le sommet de son crâne. Il faisait vieux, mais il était dur et sec.

— Qu'est-ce que vous voulez ? lui demanda-t-il. S'il s'agit de Maggie, vous savez que je ne peux rien dire.

— Il ne s'agit pas de Maggie.

— Ah ? fit-il, surpris.

— J'espérais que vous pourriez me parler de Nicole Castro.

— Pourquoi ?

— Je dois aller dans les Villes jumelles demain. Elle m'a demandé de passer la voir.

— Elle vous a dit qu'elle était victime d'un coup monté ?

Serena acquiesça.

— Des conneries.

— Vous avez l'air sûr de vous. Vous avez fait équipe ensemble, pourtant ?

— C'est pour ça. Je n'aime pas qu'on me raconte des salades. En outre, elle affirme que j'ai planté des preuves à charge, ce qui est parfaitement con. Et malhonnête.

— Donnez-moi un peu le contexte, lui dit Serena. Si elle me bourre le mou, au moins je saurai ce qui se passe.

Abel s'appuya contre la paroi du box.

— Nicole était une fille bien. Nous avons fait équipe pendant cinq ans. Elle était nettement plus jeune que moi, mais on s'entendait bien. À dire vrai, je n'étais pas vraiment chaud à l'idée d'avoir une équipière noire. Je savais qu'une Noire part du principe que vous allez lui manquer de respect, ce qui vous oblige à surveiller tout ce que vous dites. On ne fait pas un très bon boulot en fermant le bec. Vous vous en êtes sans doute rendu compte.

Serena sourit.

— Nicole était aussi inquiète à l'idée d'avoir comme coéquipier un Blanc de près de cinquante ans. On se disputait de temps en temps. La vie avec un équipier, c'est comme une vie de couple, vous le savez bien. Mais on faisait aller.

— Comment ses problèmes ont-ils commencé ?

— Primo, elle avait épousé un connard. Le genre de mec qui s'imagine que tout lui est dû parce qu'il a une belle gueule. Nicole ne l'a jamais avoué, mais je sais qu'il l'avait frappée à plusieurs reprises…

Abel ôta ses lunettes et fixa le plafond.

— Elle n'a vraiment pas eu de chance. Nicole revenait de Superior, par le pont de Blatnik, un samedi soir. Elle a repéré un type, côté Minnesota, qui venait de garer sa voiture et courait comme un dingue sur le pont. C'était en juillet, et il portait un long manteau. Nicole s'est mise en travers pour arrêter la circulation. Elle est descendue de voiture. Le type lui a dit qu'il avait une bombe, fixée sur son torse, et qu'il allait faire sauter le pont, et lui du même coup.

— Oh merde.

— Elle lui a ordonné de lever les mains, mais il ne voulait rien entendre. Il répétait qu'il allait le faire, qu'il allait tout faire sauter. Quand il a ouvert son manteau et glissé la main dessous, Nicole lui a mis deux balles dans la tête.

Serena pouvait imaginer ce que Nicole avait vécu, pendant ces quelques secondes, sur le pont. Elle avait fait face à la même situation, à Las Vegas, le jour où un homme avait décidé de commettre un « suicide par flic » en pointant son arme sur Jonny et sur elle. Cette fois-là, c'est elle qui avait tiré.

— Ça m'a l'air d'être un tir justifié.

— Oui, mais quand on a commencé à analyser le déroulement des faits il est apparu que le type était un malade mental. Il n'y avait pas de bombe.

— Elle ne pouvait pas prendre le risque.

— Ça, nous le savons tous les deux. Mais allez expliquer cela à des gens qui n'étaient pas sur le pont. Il y a autre chose. Plusieurs personnes ont affirmé que le type lui avait lancé des insultes racistes. Certains politicards ont prétendu qu'elle l'avait tué parce qu'il était raciste.

— Génial.

— Il y a eu une enquête. Nicole a été mise en congé. Il a fallu attendre six mois avant qu'elle soit blanchie et qu'elle puisse reprendre le boulot. Six mois ! Elle s'est effondrée. Elle ne sortait pas de chez elle, écoutant les chaînes de télé la massacrer soir après soir. Elle a fait une dépression nerveuse.

— Qu'est-ce qui s'est passé, avec le mari ?

— Le salaud a commencé à coucher avec une jeune serveuse de bar à cocktails. Une fille de dix-huit ans.

— Nicole avait repris le boulot ?

Abel hocha la tête.

— Ouais. Elle disait qu'elle allait bien, mais elle était fragile. Sa thérapie ne servait à rien. Et puis elle n'avait pas un boulot passionnant. Stride était réticent à la charger trop vite, et il lui confiait surtout des affaires anciennes. Il avait raison. Elle s'effondrait. On l'entendait parler à son mari au téléphone, c'était dingue, comme si on écoutait une étrangère. Bon Dieu, je l'ai moi-même entendue le menacer. Nicole disait qu'elle le tuerait s'il ne mettait pas fin à sa liaison.

— Et alors ?

— C'est moi qui ai reçu l'appel. Quelqu'un avait senti une odeur infecte émanant d'un appartement, non loin de Lincoln Park. J'y suis allé. J'ai découvert les cadavres du mari et de sa jeune maîtresse. Ils étaient morts depuis au moins deux jours. Nicole n'avait même pas signalé sa disparition.

— C'est son arme à elle qui avait servi ?

— Non, mais ça ne valait guère mieux. C'était l'arme du mari. Il la rangeait dans la boîte à gants de sa voiture, qui était garée devant l'immeuble. Nicole a prétendu qu'elle était restée chez elle, à boire, la nuit des meurtres. Mais elle n'a pas pu produire de témoins. Elle a expliqué qu'il disparaissait parfois pendant plusieurs jours, et qu'elle n'avait eu aucune raison de s'inquiéter quand il n'était pas rentré ce jour-là. Mais elle savait qu'il était chez la fille. Elle m'a aussi juré – elle m'a juré, à moi ! – qu'elle n'était jamais entrée dans cet appartement. Sauf que des témoins ont attesté qu'ils l'avaient vue à plusieurs reprises dans sa voiture, devant l'immeuble. Comme si elle les surveillait. Et nous avons trouvé deux de ses cheveux dans la chambre où gisaient les cadavres. Correspondance ADN parfaite.

Serena émit un sifflement.

— Cela fait beaucoup de preuves. Qu'est-ce qu'elle vous a dit ?

— Que ce n'était pas elle. Je l'ai crue, jusqu'à ce que nous trouvions les témoins près de l'appartement, et que le rapport du légiste nous parvienne. C'est alors que j'ai compris qu'elle faisait exactement comme tous les criminels. Elle se couvrait.

— Pour vous, ça ne faisait pas l'ombre d'un doute.

— Absolument. Suivez mon conseil, Serena. Faites l'économie de ce voyage.

Serena haussa les épaules.

— Je dois aller là-bas, de toute façon.

— Comme vous voudrez !

L'inspecteur se glissa hors du box. Il enfila ses gants de cuir noir.

— Hé, Abel ! fit Serena. Je sais que vous ne voulez rien entendre, mais Maggie n'est pas Nicole.

— Il me faudrait plus que de la foi pour croire ça.

Il s'en alla. Serena resta seule, les doigts tambourinant sur la table. Elle était découragée. La visite à Nicole Castro lui semblait une perte de temps, désormais. Mais elle ne pouvait pas faire marche arrière, même si elle savait comment ça se passerait. Elle détestait voir un flic gâcher son existence. Ils marchaient tous sur le fil du rasoir, et quand l'un d'eux faisait un pas de travers, on n'avait qu'une envie : détourner les yeux.

La serveuse s'arrêta devant sa table. Il y avait de la sauce tomate sur son corsage.

— Vous voulez une pizza ?

— C'est pas trop tôt !

26

Stride vit de la lumière dans la boutique de mode de Lauren Erickson. Un rayon triangulaire venant du bureau au fond du magasin. Il enfonça la sonnette, entendit un carillon étouffé. Il regarda autour de lui. Superior Street était désertée pour la nuit. Il était presque dix-neuf heures trente, les magasins étaient fermés. Les réverbères illuminaient les congères grises alignées le long des trottoirs.

À l'intérieur de la boutique, il aperçut la silhouette menue de Lauren, découpée dans la lueur qui venait du bureau. Elle traversa le magasin obscur, déverrouilla la porte. Il entra, mal à l'aise, embarrassé de se présenter avec sa chemise de flanelle sale, son jean et ses lourdes bottes pleines de boue. Il avait enquêté tout l'après-midi sur un incendie criminel près de l'aéroport, il sentait la fumée, de la suie s'était incrustée jusque dans les plis de son cou. Lauren portait un corsage rayé à col ouvert et une chaîne en or, un élégant pantalon marron avec une ceinture tressée, et des escarpins de cuir. Ses cheveux blonds tombaient sur ses épaules.

— Ôtez vos bottes, lui dit-elle.

Il les laissa sur le tapis de caoutchouc. Il sentit sous ses pieds l'épaisse moquette bleue.

— Je suis désolé, je ne suis pas présentable…

— Ne salissez pas les robes.

Des cartons de déménagement jonchaient le sol du bureau. Les tiroirs de plusieurs classeurs étaient ouverts, à demi remplis de gros dossiers. Un verre en cristal rempli de vin était posé sur le bureau, près d'une bouteille de pinot noir.

Elle lui montra la bouteille. Il secoua la tête.

— Je sais que vous n'allez pas me croire, reprit-elle, mais la vie à Duluth va me manquer.

Stride se casa sur une chaise en bois conçue pour des femmes dont le postérieur tenait dans un dé à coudre.

— Vous avez raison. Je ne vous crois pas.

— Quand j'étais petite fille, dit-elle, mon père m'emmenait chasser et pêcher. Un jour, j'ai abattu un cerf huit cors. Sa tête a été exposée dans ma chambre pendant des années.

— On ne le dirait pas, à vous voir maintenant, mais vous seriez donc une péquenaude…

— Je dis simplement que c'est chez moi, ici, fit Lauren avec un léger sourire.

— Vous vous en sortirez parfaitement à Georgetown.

— Oh, j'en suis sûre.

Elle fit tourner son vin dans le verre.

— Qui sait, je trouverai peut-être un boulot pour Dan dans la prochaine administration. Quelque chose au département de la Justice.

— J'ai toujours pensé que « sous-secrétaire » était la position préférée de Dan.

Lauren posa son verre sur le bureau, si brutalement qu'un peu de vin se renversa. Puis elle se mit à rire et tamponna les gouttes vermeilles avec une serviette en papier.

— Drôle. Vous êtes drôle. Mais vous ne nous comprenez pas.

— Vous n'êtes pourtant pas difficiles à cerner, l'un comme l'autre. Tout pour le pouvoir.

— Vous avez quelque chose contre l'ambition ? demanda Lauren.

— Oui, si elle consiste à écraser les gens qui se trouvent sur votre chemin.

— Les gens ont généralement ce qu'ils méritent. Regardez Maggie.

— Maggie ne mérite pas ce qui lui arrive.

— Non ? Ce n'est pas un ange. Je le sais depuis qu'elle a eu une liaison avec Dan.

— C'était il y a des années. En outre, je croyais que vous ne vous occupiez pas des liaisons de Dan.

— C'est vrai, en général, parce que Dan sait à qui il doit d'être ce qu'il est. À moi.

— Alors pourquoi détestez-vous toujours Maggie ?

— Elle a demandé à Dan de me quitter pour elle. Je prends cela comme un affront personnel.

— Dan la manipulait. Maggie en a beaucoup souffert.

— Le pauvre petit ange. J'espère que vous l'avez réconfortée, avec vos gros bras puissants.

Stride ne releva pas.

— Vous savez qu'il y a à Washington des requins plus gros que vous. Vous pourriez avoir envie de revenir dans la petite mare, au bout d'un certain temps.

— Je prends le risque. Bon, que voulez-vous, Jonathan ? J'ai des tonnes de travail.

— Je veux parler de Tanjy.

— Encore ?

— Il me faut certaines informations.

— J'ai appris qu'Abel menait l'enquête, maintenant. Que ce n'était plus votre affaire.

— Je n'enquête pas sur le meurtre de Tanjy.

— Ah bon ?

— J'enquête sur le viol dont elle a été victime.

— Quel viol ? demanda Lauren. Vous disiez qu'elle avait tout inventé…

— Non, je pense que c'est vraiment arrivé.

— Pourquoi ?

— Parce qu'il y a une autre victime.

— Vous en êtes sûr ? fit Lauren d'un ton vif.

Stride acquiesça de la tête.

— Qui ?

— Je ne peux pas vous le dire. Mais je pense que celui qui a violé Tanjy l'a assassinée. Et qu'il a assassiné Eric.

Lauren s'appuya sur le dossier de son siège.

— C'est horrible. Je suis désolée…

— Est-ce que vous savez avec qui Tanjy sortait, après Mitch Brandt ? demanda Stride. Je dois parler à tous ceux qui étaient proches d'elle durant cette période.

— Je n'en ai aucune idée, fit-elle en secouant la tête. Tanjy et moi, nous n'étions pas vraiment proches.

— Est-ce qu'elle a dit si quelqu'un la suivait, ou l'épiait ?

— Pas à moi. Vous devriez interroger Sonnie. Elle la voyait tous les jours.

— Tanjy disait qu'elle avait été enlevée alors qu'elle allait du magasin à sa voiture. Vous ne vous rappelez pas avoir vu des gens suspects à la boutique, à l'époque ? Ou dans les accès au parking ?

— À la boutique ? Non. Il n'est pas rare de voir des sans-abri sur la rampe d'accès de Michigan Street, vous le savez. Mais je ne me souviens pas de quelqu'un en particulier.

— Vous connaissiez la fascination de Tanjy pour le viol ? Vous l'avez entendue en parler ?

— Vous plaisantez ? Non, jamais.

— Et les hommes qui venaient à la boutique ? Quelqu'un qui aurait manifesté un intérêt pour Tanjy ?

Lauren haussa les épaules.

— Les hommes lui faisaient tout le temps du gringue.

— Mais personne en particulier ?

— Personne qui aurait été assez proche d'elle pour que ça semble bizarre.

— Parfait, dit Stride.

C'étaient les réponses auxquelles il s'attendait.

— Vous avez une idée de l'identité du violeur ? demanda Lauren.

— Pas encore.

— Il n'y a que deux victimes ?

— Je ne sais pas.

Lauren se mordit la lèvre. Stride vit qu'elle savait quelque chose.

— Qu'y a-t-il ?

Elle hésita.

— Rien.

— Allons, Lauren, oubliez ce qu'il peut y avoir entre nous. C'est différent, là.

— Bon, ça n'a vraiment pas beaucoup d'importance. Mais je crois que je sais qui est l'autre victime.

— Ah bon ?

Stride se contracta. Il s'attendait à entendre le nom de Maggie.

— Elle est venue ici, il y a quelques semaines. Elle a parlé à Sonnie. Elle avait l'air d'avoir été battue.

— Qui ça ? fit Stride en plissant les yeux.

— La grosse fille qui tient le coffee shop Java Jelly, un peu plus bas dans la rue. Katrina Kuli.

27

Serena arriva à la maison d'arrêt du Minnesota, à Shakopee, en début d'après-midi. C'était la seule prison de l'État avec un quartier pour les femmes. Quelque cinq cents détenues y purgeaient leur peine, condamnées pour des crimes allant de l'escroquerie au meurtre. Les visites ne commençaient qu'à quinze heures trente, mais Stride lui avait facilité les choses. Il avait obtenu du directeur qu'il autorise une rencontre privée entre Serena et Nicole Castro. Après être passée sous le détecteur de métaux et s'être soumise à une fouille au corps effectuée par une gardienne, elle put se rendre au parloir.

D'habitude, les salles étaient bondées. Des mères rendant visite à leur fils. Des femmes rendant visite à leur mari. Des hommes et des femmes qui pleuraient en touchant les mains d'enfants qui grandissaient loin d'eux. Ce jour-là, le parloir était désert.

Serena le préférait ainsi, sans la douleur de la séparation et de la culpabilité qui plane sur ce genre d'endroit, comme la fumée de cigarette au-dessus d'une table de black jack. Le décor était purement fonctionnel : murs blancs et tubes au néon au plafond. Des rangées de chaises de plastique gris se faisaient face sur une moquette beige résistante. Les détenues étaient d'un côté, les visiteurs de l'autre. Derrière une cloison de Plexiglas se trouvaient les cabines interdisant tout contact, où les détenues qui n'avaient pas le droit au parloir libre devaient utiliser un téléphone, séparées de leur visiteur par une épaisse paroi de verre.

Serena remarqua la petite demi-sphère, au plafond, où étaient dissimulées les caméras vidéo. Un œil dans le ciel, comme dans les casinos. Tout ici était scruté, filmé, classé. Il n'y avait aucune place pour l'intimité.

La gardienne lui montra la chaise numérotée où elle était censée s'asseoir. Cela pouvait sembler un peu exagéré, car le parloir était désert, mais Serena savait que les prisons fonctionnaient selon des règles précises. Tout était défini par le règlement, y compris la manière de se couper les ongles. Les murs et les barreaux empêchaient les détenus de sortir. Les règles maintenaient l'anarchie et le chaos à l'extérieur.

Serena attendit dix minutes. Une autre gardienne fit entrer Nicole. Elles se serrèrent la main, puis Nicole s'assit en face d'elle. Elle portait une combinaison kaki et des tennis. Elle se tortillait sur sa chaise en se frottant les doigts avec le pouce, comme si c'était un tic nerveux. Ses pieds martelaient le sol. Elle examina Serena d'un regard aigu, observateur. Un regard de flic.

— Ouah, dit-elle. Très jolie. Je m'étonne qu'elles ne se soient pas offert le plaisir d'une *véritable* fouille au corps.

Serena ne sourit pas.

— Quoi ? Je suis une meurtrière, alors je n'ai pas le droit d'avoir le sens de l'humour ? fit Nicole.

— Je croyais que le problème, c'était justement que vous n'étiez pas une meurtrière.

— Façon de parler. Comment va Stride ?

— Bien.

— Quel mec ! Sa femme est morte, et il trouve le moyen d'aller se chercher une bimbo à Las Vegas…

— Bon, salut, fit Serena en se levant.

Nicole se leva à son tour. Son hostilité avait disparu.

— Hé, doucement ! Excusez-moi. OK ? Je vous en prie, ne partez pas.

Serena se rassit. Elle reconnaissait à peine la femme aperçue sur les photos qu'elle avait glanées sur Internet. La prison l'avait vieillie. Ses cheveux rebelles étaient coupés court et grisonnaient. Elle avait maigri. Serena savait qu'elle avait un peu plus de quarante ans, mais son visage au teint marbré accusait dix ans de plus. Nicole remarqua son regard.

— Ce n'est pas exactement un établissement de santé, ici.

— Je sais.

— Je pensais vraiment ce que je vous ai dit. Je suis heureuse que vous soyez avec Stride. La mort de Cindy a failli le tuer. Eux deux, c'était du sérieux.

— Oui, c'est vrai.

— Je lui ai fait du gringue, autrefois. Il ne vous l'a pas dit ? Je venais d'entrer dans la police. Il m'a envoyée paître.

— Il était marié.

— Oh, parce qu'il n'était pas marié quand vous l'avez connu ? Allons, ma petite… Cela dit, je ne vous juge pas. Les gens font ce qu'ils font, qu'est-ce que ça peut me faire ? Je n'ai pas eu beaucoup de chance avec les hommes. Je vous envie.

— Nous avons peu de temps, Nicole. Vous devriez peut-être me dire ce que vous avez à me dire.

Nicole haussa les épaules.

— On voit bien que vous avez été flic. Tout pour le boulot. Écoutez. Est-ce qu'on ne vous a jamais emmerdée, à Vegas, à cause de votre allure ? Est-ce que les gens n'ont jamais pensé que vous étiez incapable de faire votre boulot, à cause de votre physique ?

— Si, bien sûr.

— Alors, imaginez que vous êtes noire, et inspecteur de police dans Duluth la Blanche. Ça, c'était moi.

— Ce n'est pas parce que vous êtes noire que vous êtes ici, répliqua Serena.

— Non ? Collez du cirage sur votre joli petit visage, et vivez ma vie pendant un an. Vous me direz ce que vous en pensez. Le fait est qu'on m'a toujours traitée autrement. Tout le monde attendait que je me mette à déconner. Et quand c'est arrivé, ils étaient tous là, prêts à me sauter dessus. Si j'avais été un flic blanc, vous ne croyez pas qu'ils auraient creusé un peu plus pour savoir ce qui s'était vraiment passé ? Bon Dieu non ! J'étais noire. J'étais donc coupable.

— Je connais Jonny. Il n'est pas comme ça.

— Ouais, c'est vrai, le lieutenant a essayé. Mais dans un endroit comme Duluth, le racisme, c'est aussi naturel que de boire de l'eau. Aussi normal que de respirer. On est raciste sans même s'en rendre compte. Stride comme les autres. Il passait son temps à me harceler pour des choses que les flics blancs font tout le temps.

— Par exemple ?

— Il m'arrivait de manquer un service, lorsque mon petit garçon était malade. Pour les Blancs, c'est ce qu'on appelle un problème de responsabilité parentale. Dans mon cas, c'était la preuve que j'étais une feignasse de flic noire.

— Cela n'explique pas la présence de vos cheveux dans l'appartement où votre mari et sa maîtresse ont été assassinés.

— Non. Je vous explique ça pour que vous compreniez le contexte.

Serena se pencha vers elle. La chaise en plastique était très inconfortable.

— Écoutez, j'ai lu les journaux. J'ai parlé à Abel. J'ai parlé à Jonny. Ce que je comprends, c'est que vous avez passé six mois d'horreur. Vous avez fait un tir justifié sur le pont, après quoi tout le monde s'est retourné contre vous. Chaque jour, vous vous interrogiez sur ce qui s'était passé, revivant indéfiniment le moment où vous aviez pressé la détente. Croyez-moi, je sais ce que c'est. J'ai connu ça. Puis votre mari a entamé une liaison avec une petite pute de dix-huit ans. Vous êtes là, en congé forcé, vous êtes dévorée par la honte et la culpabilité, vous essayez d'élever votre petit garçon, et vous avez l'impression que le monde entier s'est ligué contre vous. J'ai bien compris le contexte ?

Nicole se mordit la lèvre, s'essuya les yeux du revers de la main.

— Oui. OK. C'est tout à fait mon histoire.

— Vous étiez fragile.

— Oui, mais je faisais face. On m'aidait. J'étais heureuse de reprendre le collier. Stride m'avait chargée d'examiner des dossiers anciens, parce qu'il jugeait que je n'étais pas prête à retourner dans la rue, mais ça m'allait. Je passais dix heures par jour au téléphone et sur Internet, et il m'arrivait de résoudre des affaires gelées depuis des années. Ça m'a redonné confiance en moi, vous voyez ?

— Et votre mari ?

— C'était un connard. Rien à faire contre ça. J'allais le quitter.

— Vous ne les avez pas surveillés, lui et sa maîtresse ?

— Si, d'accord, c'est arrivé plusieurs fois. Je me complaisais là-dedans, c'est vrai. L'apitoiement sur moi-même. Mais c'était terminé. Je ne suis pas allée là-bas cette nuit-là. Je ne les ai pas tués.

— Qui, alors ? demanda Serena.

— Merde, je ne sais pas. La fille se camait. Sans doute qu'elle dealait un peu. Mais personne ne s'est penché sur la piste de la drogue.

— Vous avez dit que vous n'étiez jamais allée dans son appartement.

— C'est vrai.

— Comment vos cheveux ont-ils atterri là-bas ?

Nicole pointa un doigt accusateur vers Serena.

— Quelqu'un les y a mis, voilà comment.

— Qui aurait fait cela, d'après vous ?

— Je sais exactement qui l'a fait. C'est ce salaud d'Abel Teitscher. Il m'a entubée.

— Pourquoi Abel aurait-il fait ça ?

— Il n'a jamais accepté de faire équipe avec moi, et il était persuadé que j'étais coupable. C'était la seule manière de résoudre l'affaire. Vous savez aussi bien que moi que les flics ne sont pas des saints. Il ne vous est jamais arrivé de donner un petit coup de pouce, quand vous étiez sûre de tenir le coupable et que les preuves étaient un peu faibles ?

— Non.

— Eh bien, c'est très noble de votre part, mais ici, dans le monde réel, ce sont des choses qui arrivent.

Serena soupira.

— Quel est le rapport avec Maggie ?

— Vous rigolez ? Deux flics du même bureau se font agrafer pour le meurtre de leur mari ? Vous ne trouvez pas ça louche ?

— Votre affaire est close depuis six ans. Cela fait un bail.

— Et moi je vous dis qu'il doit y avoir un lien. C'est de nouveau Abel qui est chargé de l'enquête, hein ? Il avait une dent contre moi, à l'époque. Aujourd'hui, il a une dent contre Maggie.

— Ce n'est pas le style d'Abel, lui dit Serena. C'est un emmerdeur, mais il est réglo.

— Ouais… j'ai dû laisser pas mal de cheveux dans la voiture d'Abel. Mais, si on en a retrouvé dans cet appartement, il n'y a qu'une explication. C'est que quelqu'un les y a mis.

— Vous n'êtes pas en train de me dire qu'Abel a tué votre mari et sa maîtresse… Ou le mari de Maggie… Si ?

Nicole haussa les épaules.

— Je dis que tout est possible. Peut-être qu'il a vraiment une dent contre les femmes flics.

— Allons, Nicole…

— Écoutez… Quand j'étais inspecteur, je n'aimais pas les coïncidences. Celle-ci est énorme, non ? Deux femmes flics dont les maris sont assassinés.

Serena se leva.

— Si je trouve quelque chose qui relie les deux affaires, je vous appelle.

— Ouais, d'accord.

Elle tendit la main. Nicole la serra, l'air renfrognée.

— C'est tout ce que je peux faire, dit Serena.

Nicole croisa les bras.

— Mon fils est à l'université, maintenant, vous le saviez ? Une université d'État, près de chez sa grand-mère, dans le Tennessee. Quand tout va bien, je le vois deux ou trois fois par an. Il a dix-huit ans. Presque dix-neuf. Je regrette les six ans où je ne l'ai pas vu grandir.

— Je suis désolée.

— Je n'ai pas tué mon mari. Mon fils le sait.

— OK.

— Saluez Stride de ma part.

Serena acquiesça. Nicole se dirigea en traînant les pieds vers la porte qui menait aux cellules. Elle marchait tête baissée. Serena la regarda sortir. Puis elle quitta la prison, heureuse de s'éloigner de l'odeur d'antiseptique et de ces murs qui engendraient la claustrophobie.

En montant dans sa voiture, elle se dit que tout le monde avait raison. Elle perdait son temps avec Nicole.

Elle espérait avoir plus de chance à l'Ordway.

Depuis un an, elle était venue plusieurs fois à Saint Paul. Duluth était à peine à deux heures et demie de route par l'Interstate 35, et nombre des affaires qu'on lui confiait plongeaient leurs racines dans les Villes jumelles. Minneapolis était la plus grande des deux, avec ses gratte-ciel d'acier, ses restaurants branchés et ses cadres dynamiques. Saint Paul était plus lente, plus calme et plus petite, et ne revendiquait qu'une poignée de start-up qui auraient paru ridicules dans beaucoup d'autres villes. Les maisons en pierre du début du XXe siècle dominaient dans le centre. L'administration de l'État était le plus grand pourvoyeur d'emplois de bureau, et la vie de la cité s'organisait autour des deux monuments surmontés d'un dôme qui se dressaient au sommet de la colline : la cathédrale et le Capitole. Des deux villes, Serena préférait Saint Paul.

Elle trouva une place dans un parking payant près de Rice Park. Le parc n'était pas plus grand qu'un pâté de maisons, avec une fontaine en son centre et un ensemble de statues hétéroclites, dont celles de Francis

Scott Fitzgerald et de personnages des « Peanuts », la bande dessinée de Charles Schultz. Saint Paul n'oubliait pas ses fils, qu'ils soient écrivains ou dessinateurs. L'Ordway se trouvait à quelques pas de là. Les autres bâtiments donnant sur le parc étaient classiques et sévères : l'énorme bibliothèque municipale, le Landmark Center, surmonté de son beffroi et de ses lucarnes vertes, et le vénérable hôtel Saint-Paul.

C'était la fin de l'après-midi, et il faisait déjà sombre. Les réverbères étaient allumés. Des lumières blanches clignotaient dans les arbres, les sculptures de glace scintillaient en attendant l'ouverture du carnaval d'hiver. Serena se dirigea vers l'Ordway, où les préparatifs allaient bon train avant une représentation des *Producteurs* de Mel Brooks. Un portier en cape et haut-de-forme lui tint la porte ouverte. Elle était venue tôt. Dans le grand hall, on passait l'aspirateur, on mettait en place les affiches et les tee-shirts à vendre, et on se préparait à accueillir la ruée des abonnés.

Elle repéra un homme de la sécurité, en chemise blanche. Dans la cinquantaine, petit et trapu, il se rappelait avoir parlé à Maggie, la veille.

— J'espérais obtenir des informations des placeuses, lui dit Serena.

— Aucun problème, répondit-il d'une voix aimable. Mais vous avez une demi-heure, pas une minute de plus. Dès que les invités commencent à arriver, tout le monde doit être à son poste.

— Savez-vous qui était de service, samedi dernier ?

L'homme de la sécurité lui désigna un jeune homme d'une vingtaine d'années posté près d'une corde de velours, devant la zone d'attente des places d'orchestre.

— Voyez ça avec Dave.

Serena le remercia.

Dave était un garçon de la campagne plutôt bavard, étudiant en géologie à l'université du Minnesota, qui profitait de son emploi de placeur pour voir les spectacles gratuitement. Il semblait mal à l'aise dans son smoking noir, avec son nœud papillon de travers. Serena ne put s'empêcher de le lui redresser.

— Merci, fit Dave. Je déteste m'habiller en pingouin, mais le patron insiste.

— Allons, fit Serena en souriant, vous savez bien qu'une femme ne résiste pas à un homme en smoking.

— Ah bon ? fit le gamin en rosissant.

— Absolument.

Elle lui demanda s'il se rappelait le passage d'Eric, le week-end précédent. Il hocha énergiquement la tête.

— Oh, ce mec-là ? Tout à fait. Il avait l'air d'un capitaine de drakkar, vous voyez ce que je veux dire ? Un Viking qui venait de quitter son fjord.

— Vous lui avez parlé ?

— Il m'a mitraillé de questions pendant dix minutes. C'était un peu gênant, parce que je devais travailler, vous voyez ?

— Je suis navrée de devoir faire un peu la même chose.

— Oh, hé, non, vous, ça ne me dérange pas.

— Qu'est-ce qu'il voulait savoir ?

Dave repoussa ses longs cheveux bruns derrière ses oreilles.

— Il parlait d'un blog qu'il avait trouvé sur Internet. Il essayait de retrouver la trace de la femme qui l'écrivait.

— Un blog ?

— Oui, je crois que c'était un truc comme « la Femme en rouge », « la Femme en noir », « la Femme qui attend »… En tout cas, il y avait le mot « femme » dans le nom.

— Vous savez qui était l'auteur du blog ?

— Non… Le mec, là, le Viking, il disait que c'était sans doute une femme de près de quarante ans. Mais il y a tout un tas de femmes de cet âge-là qui travaillent ici. Alors il s'est mis à les interroger une par une.

— Est-ce qu'il a dit pourquoi il la cherchait ?

— Non. Quand il s'est mis à parler aux femmes les unes après les autres, elles ont commencé à flipper. Comme si c'était un obsédé ou un truc dans ce genre, vous voyez. Les types de la sécurité lui ont demandé de laisser tomber, sans quoi ils allaient le jeter dehors.

— Ça l'a arrêté ?

Dave secoua la tête.

— Pas vraiment. Je l'ai vu à l'entracte, il était encore en train de parler aux placeuses. Pour parler franchement, la plupart n'étaient pas contre. C'était un beau mec, vous voyez ? Une seule s'est vraiment inquiétée.

— Qui cela ?

— Helen.

— Elle est là, ce soir ?

— Je ne l'ai pas vue depuis un moment. Vous devriez demander au service du personnel, ils connaissent son planning. Cela dit, elle ne devait pas être trop fâchée. Quand je suis sorti du théâtre, cette nuit-là, je l'ai vue qui discutait avec le Viking dans le parc, en face.

— Vous les avez vus ensemble ? Helen et Eric ?

Dave acquiesça.

— Vous êtes un amour, lui dit-elle.

Elle abandonna le gamin, qui avait viré à l'écarlate, et retourna vers le gardien près de l'entrée. Elle l'interrogea à propos de la placeuse. Elle s'appelait Helen Danning. Célibataire, presque quarante ans, discrète.

— Quand revient-elle travailler ?

Le gardien secoua la tête.

— Jamais.

— Pourquoi ?

— Elle a démissionné la semaine dernière. Jeudi, elle a téléphoné au bureau pour annoncer qu'elle quittait la ville. Sans préavis, sans explications. Rien.

— Elle a dit où elle allait ?

— On ne sait même pas où il faut envoyer sa dernière paie.

Serena fronça les sourcils.

— Vous savez où elle habitait ?

— Je crois qu'elle avait un appartement à Lowertown. Près du marché. Elle m'a dit un jour que c'était agréable de traverser simplement la rue, le samedi matin, pour acheter des tomates fraîches.

— Vous êtes sûr que c'est jeudi qu'elle a téléphoné pour annoncer son départ ?

— Oui, je me rappelle bien. Il a fallu trouver quelqu'un en urgence pour la remplacer le week-end.

Serena le remercia encore. Elle regarda l'heure en sortant du théâtre. Il se faisait tard, et elle devait rentrer à Duluth. Mais il fallait tout de même faire le détour par Lowertown. Elle n'aimait pas la chronologie des événements. Samedi, on avait vu Eric dans le parc, en conversation avec Helen Danning.

Mercredi, Eric était assassiné.

Jeudi, Helen quittait la ville à la hâte.

28

Quand Katrina Kuli lui ouvrit la porte, Stride se rappela leur première rencontre, au coffee shop Java Jelly. Cette fois-là, elle dissimulait ses ecchymoses sous un épais maquillage, et elle faisait mine d'ignorer la plaie qu'elle avait au cou. Il s'en voulait de n'avoir pas compris plus tôt. Elle lui tint la porte ouverte, attendit avec raideur qu'il entre chez elle.

— Je suis content que vous m'ayez rappelé, dit-il.

Katrina verrouilla la porte.

— Je ne porte pas plainte. Je ne veux pas que tout cela soit rendu public.

Elle lui désigna un futon jaune près des fenêtres du salon. Il s'assit. Elle s'assura que les stores étaient fermés, puis s'installa avec précaution devant lui, sur un fauteuil rembourré. Il vit qu'elle faisait la grimace lorsqu'elle respirait.

— Vous avez toujours mal ?

— Deux ou trois côtes fêlées, fit-elle en haussant les épaules. On ne fait rien pour ça, maintenant. Il faut le supporter avec le sourire.

— D'autres blessures ?

— Des bosses, des coupures, des bleus. Ça cicatrise.

— Je veux simplement être sûr que vous vous soignez.

— Je me soigne.

— Vous avez quelqu'un à qui parler ?

— On m'a donné quelques noms, dit Katrina. Je n'ai appelé personne pour le moment. Je croyais que je serais hystérique, vous savez, mais je ne ressens pas grand-chose. C'est bizarre.

— Cela arrive parfois. J'ai parlé à beaucoup de femmes qui ont vécu cela. Certaines deviennent très émotives, d'autres totalement insensibles. C'est normal. N'essayez pas de faire face toute seule. Appelez une des personnes dont on vous a donné le nom, d'accord ?

— Ouais. D'accord.

Elle portait une ample chemise de flanelle et un pantalon de jogging gris. Son visage rond était pâle et ses cheveux retombaient sur son front. Elle passait régulièrement le doigt sur la plaie à son cou, doucement, comme si elle avait pu disparaître depuis la dernière fois qu'elle l'avait touchée. Ses mains tremblaient, et le tatouage en forme de fil de fer barbelé frémissait.

— C'est arrivé quand ? demanda Stride.

— Le mois dernier.

— Ici ?

Elle acquiesça.

— Comment est-il entré ?

— Il est monté par l'escalier de service.

— J'aimerais qu'une de nos équipes scientifiques passe l'appartement au peigne fin.

— Il n'y aura pas de traces d'ADN. J'ai nettoyé.

— Il y a peut-être des cheveux, des empreintes digitales, des résidus…

— Écoutez, il portait des gants et il avait un bas sur le visage. Croyez-moi, il n'a rien laissé derrière lui. J'aimerais simplement ne plus penser à tout ça.

— Vous avez une idée de son identité ?

— Non, et je ne veux pas le savoir.

Stride se pencha en avant, les coudes en équilibre sur les genoux.

— Pourquoi ne voulez-vous pas porter plainte ?

— Vous plaisantez ? Si une crevette comme Tanjy a été maltraitée par les médias comme elle l'a été, imaginez ce qu'ils feraient d'une fille comme moi. Je vois d'ici les blagues qu'ils imagineront. « On n'est pas encore sûr d'inculper le suspect de viol. Est-ce que le fait d'avoir un rapport sexuel avec un animal de ferme est un crime ? »

— Personne ne dirait cela. Par ailleurs, la réponse est oui : avoir un rapport sexuel avec un animal est un crime.

— Bon, vous voyez ce que je veux dire…

— Vous en avez parlé à quelqu'un, depuis que c'est arrivé ?

Elle acquiesça.

— J'en ai parlé à Sonia, à la boutique de vêtements.

— Pas à Maggie ?

— Surtout pas à Maggie.

— Pourquoi ? Vous m'avez dit que vous étiez amies, toutes les deux.

— On ne s'est pas parlé depuis un moment, fit Katrina. En outre, elle est flic.

Stride repensait à ce que Tony Wells lui avait dit. Ce prédateur jetait son dévolu sur des femmes sexuellement fragiles.

— Il y a autre chose, n'est-ce pas ? demanda-t-il.

— Comment ça ?

— Je veux dire que ce type ne choisit pas ses victimes au hasard. Il prend des femmes qui ont quelque chose à cacher…

— Il y a d'autres victimes ? le coupa Katrina.

— Oui, et elles ont retenu la leçon de Tanjy, exactement comme vous. Ne parlez pas du viol, si vous tenez à garder votre secret…

Katrina bondit de son fauteuil. Elle jeta un coup d'œil dans la nuit, à travers les stores. Elle se retourna vers Stride et le fixa, les bras croisés.

— Si je vous le dis, le monde entier sera au courant.

— Pas nécessairement. Mais je ne peux rien promettre.

Katrina fit une drôle de moue, en signe de défi.

— Ce que je fais de ma vie privée, c'est mes oignons.

— Je comprends.

— Vous avez raison, dit-elle enfin. Je n'ai pas dénoncé cette agression parce que ça aurait mis en lumière certaines choses me concernant. Des choses embarrassantes.

Stride attendait.

— J'étais une fille alpha, poursuivit Katrina.

— Qu'est-ce que c'est que ça ?

Elle hésita, puis vint s'asseoir à l'autre extrémité du futon.

— Je crois que je ne devrais pas vous en parler. Si vous ne savez pas ce que c'est, ça signifie que vous n'êtes pas au courant, pour le club. Je pourrais attirer des ennuis à des tas de gens.

— Katrina, vous avez été violée.

— Je sais.

— Dites-moi de quoi il s'agit. Si c'est illégal…

Elle secoua la tête.

— Ce n'est pas illégal. Je ne crois pas, en tout cas. Immoral, peut-être. Je faisais partie d'un club échangiste, en ville. J'étais la fille alpha pour la soirée.

Stride pensa à Las Vegas, à la brève période qu'il y avait passée. La ville vivait du sexe. Les désirs les plus vils étaient sollicités par des publicités affichées sur les taxis, et vantés sur les trottoirs par des aboyeurs. La seule différence entre Vegas et n'importe quelle autre ville, c'était que Vegas ne dissimulait pas son goût de la luxure. La ville n'avait pas inventé le péché. Elle en vivait. Tous les désirs pouvaient être satisfaits dans le désert, d'où que vous veniez. Même d'endroits comme Duluth.

— Comment vous êtes-vous retrouvée dans ce club ?

— C'est Sonia qui m'a recrutée.

Stride ne fut pas surpris de voir Sonia Bezac apparaître au milieu de cette histoire.

— Elle est membre du club ?

— C'est Delmar et elle qui l'ont créé. Ça se passe chez eux. Une chambre, en bas, qu'ils appellent le temple.

— Combien de personnes sont dans le coup ?

— Je ne sais pas exactement. Il y en avait au moins une dizaine quand j'étais la fille alpha. Sept ou huit hommes, peut-être. Et quelques femmes.

— Qu'est-ce qu'une fille alpha ?

Katrina se tortillait sur le canapé.

— Écoutez… je n'en avais pas honte. Je l'ai fait parce que je suis une nana excessive, et que j'aime tenter des expériences…

— Je ne vous juge pas.

— Ouais… on va le savoir très vite. La fille alpha est différente à chaque fois. Fondamentalement, elle est là pour faire l'amour avec tous ceux qui ont envie d'elle. Parfois des hommes qui aiment le faire en public. Des femmes que leur mari aime regarder en train de le faire avec d'autres femmes. Parfois, c'est le mari et la femme en même temps. Il y a aussi des couples qui aiment simplement jouer les voyeurs et s'envoyer en l'air ou se masturber en matant…

— Ça m'a tout l'air d'une invitation aux MST.

— Préservatifs obligatoires. Personne ne vient sans protection. Même les maris et femmes qui baisent entre eux doivent utiliser un préservatif quand ils sont au club.

— J'ai du mal à comprendre pourquoi vous vous imposez cela, fit-il en choisissant soigneusement ses mots.

— Mais vous ne me jugez pas, hein ? Nous sommes des échangistes, et alors ? Je vous l'ai dit, la plupart des gens ne comprennent pas. C'est pour cela que ça reste secret. C'est pour cela que je n'en parle pas autour de moi, tout comme les autres.

— Je ne trouve pas cela érotique, mais déshumanisant.

— C'est votre droit. Moi, j'aimais ça. De toute ma vie, je n'ai jamais pris autant mon pied que cette nuit-là. Vous n'avez aucune idée des combats que doit livrer une fille comme moi avec l'image de son corps. Cette nuit-là, tous les hommes avaient envie de moi. Un paquet de femmes, aussi. Je ne me suis jamais sentie aussi désirable.

Stride avait soudain hâte de rassembler les informations qu'il était venu chercher et de s'en aller.

— Cela se passait quand ?

— Le mois dernier. En décembre.

— Le club se réunit souvent ?

— Je ne suis pas sûre. Une fois par mois, peut-être.

— Vous pensez que le violeur connaissait le club ?

— Bon Dieu, il m'a attaquée le lendemain de cette soirée. Ça ne risque pas d'être une coïncidence, hein ?

— Est-il possible qu'il s'agisse de quelqu'un qui se trouvait à cette soirée d'orgie ?

— Je ne sais pas. Peut-être.

— Qui d'autre était là ?

— Je ne sais pas.

— Vous voulez dire que vous n'avez reconnu personne ?

— Tout le monde porte un masque. Cela fait partie du jeu. L'anonymat.

— Ainsi, quand vous y allez, vous ne savez pas qui d'autre sera présent ?

— Non. À part Sonia et Delmar, évidemment.

Elle tressaillit, serra les lèvres. Elle fixait le sol.

— Qu'y a-t-il ?

— Je connaissais quelqu'un d'autre, ce soir-là, avoua-t-elle.

— Qui cela ?

— Le mari de Maggie. Eric. Il était facile à reconnaître. Avec ses longs cheveux blonds.

Stride pensa à Maggie. « Tu crois que je n'ai pas de secrets… »

— Est-ce que Maggie savait qu'Eric fréquentait le club ? demanda-t-il, connaissant parfaitement la réponse.

— Oh oui… Elle était au courant.

— Vous en êtes sûre ?

— Nous en avons parlé avant que je le fasse.

Stride secoua la tête. Il n'en croyait pas ses oreilles.

— Qu'est-ce qu'elle vous a dit ?

— Elle m'a dit que je pouvais faire ce que je voulais. Nous ne nous sommes pas parlé depuis. Je lui ai téléphoné après la mort d'Eric, mais elle ne m'a jamais rappelée. J'imagine que je ne dois pas lui en vouloir.

— Êtes-vous en train de me dire que Maggie fréquentait le club ? demanda Stride, horrifié.

— Attachez votre ceinture, lieutenant. Le mois précédent, la fille alpha, c'était elle. Maggie.

29

Serena détestait conduire de nuit, l'hiver, dans le Minnesota.

Il était presque onze heures du soir, et la nationale allant vers le nord était une longue étendue déserte. Elle se trouvait encore à une heure de Duluth. De chaque côté de la route, les conifères formaient des tours sombres, et le paysage au-delà se confondait en une masse noire. Elle avait peur des daims qui pouvaient surgir des bois à tout moment. Tous les cinq ou six kilomètres, elle apercevait une carcasse sur le bas-côté, et quand les pleins phares éclairaient le terre-plein central, elle voyait des traces de sabots coupant à travers la neige.

Elle dénicha une station de radio spécialisée dans la country, mais le signal était instable. Elle parvint à saisir des fragments de Miranda Lambert, Alan Jackson et LeAnn Rimes, qu'elle accompagna à tue-tête. Cela l'aidait à se sentir moins seule dans la voiture. L'amour de la country était une des choses qu'elle avait en commun avec Stride. On aime ça ou pas. La plupart des gens gémissaient quand elle passait un disque de Terri Clark, ou quand elle leur racontait qu'elle pouvait rouler six heures d'affilée pour assister à un concert de

Sara Evans à Des Moines. Elle n'essayait même pas de leur expliquer. Si « No Place That Far » ne vous mettait pas les larmes aux yeux, il était inutile de tenter de comprendre.

Le portable posé sur le siège passager sonna.

— Merde, qu'est-ce que c'est que cette musique ? fit la voix de Maggie.

Serena se mit à rire et éteignit la radio. Comme Tony Wells, Maggie était une fan de hard rock et de heavy metal.

— C'est Garth Brooks, espèce de mécréante. Si tu prononces un seul mot contre lui, je serai forcée de te raser la tête.

— Diable ! Une remarque innocente et aussi sec, vous, les fans de country, vous sortez les fusils à pompe et vous lâchez les chiens… Où es-tu ?

— Sur la 35, vers le nord. Pas loin de Finlayson.

— Attention aux daims.

— J'essaie.

— Tu as parlé à Stride ?

— Pas ce soir. J'ai essayé un peu plus tôt, mais je suis tombée sur sa boîte vocale.

— Il veut qu'on se voie, tous les trois, demain, dit Maggie. Il pense avoir compris comment certaines choses sont liées.

— Tu sais ce qu'il a trouvé ?

Maggie répondit sèchement :

— Je sais, j'ai fait une connerie. J'aurais dû lui en parler moi-même. Je ne crois pas qu'il y avait de lien avec ce qui m'est arrivé, mais peut-être que je me faisais des idées.

Serena laissa le silence s'installer, attendant que Maggie continue. Mais elle ne disait plus rien.

— Tu as envie de m'en parler ?

— Je préfère qu'il le fasse lui-même. Je me sens déjà assez stupide comme ça.

— Comme tu voudras. Tu veux savoir ce que j'ai trouvé à l'Ordway ?

— Et comment !

Serena lui raconta ce qu'elle savait sur la visite d'Eric au théâtre, et la décision soudaine de Helen de quitter la ville le lendemain du meurtre d'Eric.

— Je suis allée au restaurant où tu m'as dit qu'Eric avait dîné. Le serveur a reconnu Helen Danning. Il les a vus tous les deux ensemble.

— Il a entendu de quoi ils parlaient ?

— Quel que soit le sujet de la conversation, Helen n'était pas contente. Elle est partie au milieu du repas.

— Et elle a disparu…

— Pour de bon, dit Serena. Sans laisser d'adresse. Sa concierge m'a autorisée à jeter un coup d'œil à son appartement. Elle a laissé ses meubles, mais elle a emporté tout ce qu'elle pouvait entasser dans sa voiture. J'ai piqué une grande tasse à café. Quelqu'un a peut-être laissé des empreintes.

— Tu as fait quoi ?

— J'ai piqué une tasse. Pourquoi ?

Maggie ne répondit pas.

— Tu es là ? demanda Serena.

— Ouais. Ouais. Je viens d'avoir une impression bizarre, comme si j'avais oublié quelque chose d'important. J'avais le doigt dessus, et c'est parti. C'était quoi, cette histoire de blog ?

— Apparemment, Eric a retrouvé Helen grâce à son blog. La Dame Quelque Chose. Ça ne te dit rien ?

— Non, rien du tout. Les flics ont embarqué les ordinateurs d'Eric. Guppo pourra peut-être sortir une liste des sites qu'il a visités. Je verrai ce que je trouve sur Internet.

— Tu as une idée de la place que Helen occupe dans cette histoire ? demanda Serena.

— Je crois qu'Eric lui a dit quelque chose qui lui a foutu les jetons. Quand il a été assassiné, elle s'est enfuie.

— Ou bien c'est elle qui lui a dit quelque chose.

— Pas bête. Bon, à demain. Prudence sur la route.

Serena raccrocha. Elle était à nouveau seule dans le cocon silencieux de la voiture. Elle remarqua des phares dans le rétroviseur. Une voiture se trouvait à sept ou huit cents mètres derrière elle, semblant régler sa vitesse sur la sienne. Serena se demanda si le conducteur roulait délibérément dans son sillage. Elle le faisait parfois, lors de longs trajets nocturnes, elle suivait un semi-remorque qui lui ouvrait le chemin et la débarrassait éventuellement des daims imprudents. Mais à ce moment précis, elle n'aimait pas du tout l'idée qu'ils étaient seuls, tous les deux, sur cette nationale.

Son portable sonna de nouveau. Elle décrocha immédiatement. Ce devait être Maggie qui rappelait. Ou Jonny. Elle se trompait.

— Bonsoir, Serena.

Il lui fallut un instant pour reconnaître la voix qui avait éveillé la peur en elle. Le maître chanteur qu'elle avait rencontré au cimetière, à minuit.

— Vous rentrez tard, lui dit-il.

— Qu'est-ce que vous voulez ?

Elle était certaine que c'était lui, dans l'autre voiture.

— Dans un kilomètre et demi, vous verrez une aire de repos. Allez-y et garez-vous.

— Pourquoi ferais-je cela ?

— J'ai quelque chose pour vous. Quelque chose que vous trouverez très intéressant.

— Quoi ?

— Prenez la sortie et garez-vous.

Il raccrocha.

Serena devait prendre rapidement sa décision. La sortie menant à l'aire de repos était devant elle. Elle tourna brutalement le volant, freina et s'engagea sous les arbres. L'aire était fermée pour l'hiver. La route enneigée était glissante. La voiture laissait des traces profondes dans la neige. Les yeux fixés sur le rétroviseur, elle vit avec stupeur que l'autre voiture l'avait dépassée sans s'arrêter.

Elle descendit. Ses pieds s'enfoncèrent dans quinze centimètres de neige poudreuse. Elle tendit le bras à l'intérieur de la voiture pour éteindre les phares, ouvrit le coffre et y pêcha son Glock, dont le poids la rassura.

S'éloignant de la voiture, elle pivota lentement, formant un cercle complet, le revolver pointé devant elle. Les sapins oscillaient doucement au-dessus d'elle, les branches alourdies par la neige. Ils ressemblaient à des monstres sans visage. Avec un sifflement terrifiant, le vent faisait tomber des arbres une brume argentée et glacée qui lui piquait le visage.

L'aire de repos était plongée dans le noir. Elle vit sur le sol du parking des traces de pneus indistinctes. Des voyageurs qui, comme elle, n'avaient pas tenu compte du panneau « Fermé » et étaient entrés pour se soulager ou dormir un peu. Aucune trace récente. Elle était seule au centre du manteau de neige, minuscule à côté de la forêt, et elle se sentait à la fois invisible et exposée. Le vent émoussait ses sens. Où était-il ?

Dans la voiture, le téléphone sonnait de nouveau. Elle se précipita.

— Où êtes-vous ? demanda-t-elle.

— Tout près.

— Vous avez trop peur pour me laisser vous voir ?

Il rit.

— Je sais que vous tenez un revolver.

Serena pivota, fouilla la forêt du regard. Elle essaya de déceler un mouvement. Elle ne voyait rien d'autre que les grands arbres qui la surplombaient. Elle se sentait toute petite.

— Je m'en vais, dit-elle.

Elle remonta en voiture et verrouilla les portières. Elle démarra.

— Je vous l'ai dit, j'ai quelque chose pour vous, dit-il.

— Quoi ?

— Regardez dans la boîte à gants.

Il est entré dans ma voiture… se dit-elle, effarée.

— Qu'est-ce qu'il y a, dans la boîte à gants ?

— Le secret de Dan. Dites-lui que je veux cent mille dollars, cette fois.

— Vous êtes cinglé. Rien ne vaut autant.

— Vous seriez étonnée de découvrir ce que les gens sont prêts à faire pour dissimuler leurs péchés.

— Quand voulez-vous l'argent ?

— Bientôt. Je vous le ferai savoir.

Elle regarda son téléphone. La communication était coupée.

Elle sortit de l'aire de repos à toute vitesse, en faisant patiner ses roues dans la neige. Après son sentiment d'enfermement, sur l'aire, la grande route obscure lui sembla amicale. Un camion passa en trombe. Elle accéléra pour le rattraper et se coula derrière lui. Qu'il effraie les daims. Qu'il les écrase. Mais elle voyait toujours les traces de sabots, sur le terre-plein central, minuscules et obstinées, comme la preuve qu'ils s'apprêtaient à fondre sur elle.

Elle attendit de se trouver dans le centre-ville, d'être sûre que les bois étaient loin derrière elle, pour se garer et ouvrir enfin la boîte à gants. Il était plus de minuit. Elle trouva une mince enveloppe blanche qu'elle n'y avait jamais vue. Elle alluma le plafonnier et ouvrit l'enveloppe. À l'intérieur, il y avait une photo.

Le cliché avait été pris de nuit. Deux personnes, dont la peau produisait une luminosité peu naturelle. Il lui fallut quelques secondes pour comprendre ce qu'elle avait sous les yeux. Elle vit un corps café au lait, des cheveux longs. Tanjy Powell. Elle était nue. Dehors. Dans un parc. Elle était écartelée contre une clôture, les mains attachées au grillage. Dans l'obscurité, derrière elle, Serena distingua des wagons de marchandises. Tanjy pleurait. Ou peut-être gémissait-elle. Impossible à dire.

Un homme se tenait derrière elle. Il lui appliquait un long couteau sur la gorge. Il avait le pantalon sur les chevilles, révélant des fesses d'une blancheur obscène. Il la pénétrait.

Dan Erickson.

30

Serena se gara à Canal Park, sous le pont basculant. Elle se trouvait à peine à cinq kilomètres de chez elle, mais elle n'était pas prête à rentrer. Elle resta longtemps assise dans sa voiture, les yeux fixés sur la photo. Elle se sentait prise au piège. Le maître chanteur avait l'air de s'amuser. Il aurait pu envoyer directement la photo à Dan. Mais il tenait à ce qu'elle soit coincée entre les deux.

Il fallait qu'elle décide ce qu'elle dirait à Jonny. Si elle gardait la photo pour elle, elle prenait le risque de compromettre une enquête criminelle pour viol et meurtre. Impossible de le mettre dans la boîte, car Jonny ne pourrait pas faire semblant de l'ignorer. Si elle le lui disait, la seule chose qu'il pourrait faire serait s'en servir. La carrière de Dan serait finie.

Que voyait-on sur la photo ? Dan en train de violer Tanjy, ou des relations entre amants pervers mais consentants ? Quelle que soit la vérité, la question que Serena devait se poser était la suivante : jusqu'où Dan Erickson irait-il pour dissimuler son secret ? Avait-il tué Tanjy pour s'assurer de son silence ? Dans ce cas, comment Eric s'insérait-il dans le puzzle ?

Il y avait aussi cette Helen Danning, à l'Ordway. Son départ précipité le lendemain du meurtre d'Eric était une coïncidence trop forte pour qu'on n'en tienne pas compte.

Serena replaça la photo dans la boîte à gants. Elle savait qu'elle ne pouvait pas encore mettre Jonny au courant. Il fallait d'abord qu'elle interroge Dan.

Elle pensa aussi à cet homme de l'ombre. Le maître chanteur qui harcelait Dan. Il avait l'air de connaître de nombreux secrets, de ces choses que les gens sont prêts à protéger à tout prix. Il tirait sur un fil, et la ville tout entière s'effilochait. Qui était-il ? Comment pouvait-il en savoir autant sur l'intimité de ceux qui l'entouraient ?

Sur l'aire de repos, il savait qu'elle avait son arme à la main. Il devait être caché non loin d'elle. Mais il n'y avait pas d'autre voiture à proximité, et il n'avait certainement pas pu se cacher aussi vite. Il avait dû attendre ailleurs, peut-être sur l'aire de repos de l'autre côté de la nationale, puis traverser et chercher un endroit d'où il pourrait l'observer.

Ce qui signifiait qu'il savait qu'elle venait. Il savait où elle était.

Tout à coup, elle comprit. Elle descendit de voiture. Le sol était gelé et humide, mais elle s'agenouilla, chercha sous le châssis. En vain. Elle prit sa torche dans le coffre et se glissa sous la voiture. Elle ne tarda pas à être couverte de graisse. Quelques minutes plus tard, elle se releva. Elle avait trouvé le petit boîtier fixé par un aimant sous un passage de roue. Elle l'examina. Une petite antenne métallique sortait du coin du boîtier. Elle savait ce que c'était, car elle-même s'en servait parfois pour son travail.

Une balise GPS. L'inconnu pouvait la localiser, partout où elle allait.

Serena jeta le boîtier dans les eaux froides et paresseuses du canal.

Jonny ne dormait pas. Il était dans un fauteuil devant la cheminée, un scotch à la main. Il buvait très rarement. Comme Serena était une ancienne alcoolique, ils gardaient très peu d'alcool dans la maison. Une bouteille d'Oban prenait la poussière au fond d'un placard de la cuisine. Elle ne l'avait vu en boire que deux fois. À l'anniversaire de la mort de Cindy. Et le jour où Maggie lui avait annoncé sa troisième fausse couche.

Les vêtements de Serena étaient sales et mouillés. Il la regarda laver ses mains couvertes de graisse, puis se déshabiller et passer un grand tee-shirt blanc. Elle s'assit par terre, au pied du fauteuil, posa la tête sur la cuisse de Stride et contempla les flammes.

— Ça va ? lui demanda-t-il.

— Très bien.

— Tu rentres tard.

— J'ai eu des problèmes avec la voiture.

— Mmmm…

Elle savait qu'il ne la croyait pas.

— Et ce mot que tu as mis dans la boîte… reprit-il. Parle-moi de ce maître chanteur.

— Je ne peux rien dire de plus. Pas encore.

— Je voudrais savoir ce qui se passe avec Dan.

— Tu sais que je ne peux pas te le dire.

Elle lui fut reconnaissante de ne pas insister.

— Tu as vu Nicole ?

— Oui. Tu avais raison, elle se raccroche au moindre fétu de paille.

— De quoi a-t-elle l'air ?

— Vieille.

— Oui. Bien sûr.

Elle lui dit ce qu'elle savait de Helen Danning.

— Je demanderai à Guppo de faire une recherche dans la base de données, dit Stride. Elle a peut-être des amis ou des parents qui pourraient nous aider à la retrouver…

— Maggie m'a appelée. Elle m'a dit que tu avais trouvé quelque chose.

Stride acquiesça :

— Une autre victime de viol.

Serena releva la tête.

— Qui ça ?

— Katrina Kuli. Elle tient un coffee shop sur Superior Street, à deux pas de Silk.

— Elle a un lien avec Maggie ?

— Oh oui…

Il descendit l'Oban d'une gorgée. Il resta silencieux. Serena se glissa devant lui et se pencha sur ses genoux.

— Qu'est-ce qui se passe ? demanda-t-elle.

— Maggie fréquentait un club échangiste.

Impassible, il lui raconta tout ce qu'il savait. Serena se rassit, les yeux écarquillés.

— Ouah…

— Ce n'est pas la Maggie que je connais, dit Stride.

— Tu lui en as parlé ?

— Pas encore.

— Je crois que tu devrais.

— Je veux d'abord parler à Sonia, pour en savoir un peu plus sur ce prétendu club. Savoir si Tanjy était dans le coup, par exemple. Je parie qu'elles ont toutes été des filles alpha, et que c'est cela, le lien entre les agressions.

Elle décelait dans sa voix un mélange de déception et d'incrédulité.

— Depuis quand portes-tu des jugements catégoriques ? Tu as toujours dit que tu te fichais de ce que les gens font dans l'intimité.

— Nous parlons de Maggie, dit-il.

— Je comprends, c'est comme si tu découvrais tout à coup que ta fille n'est plus vierge.

— Très drôle.

— Désolée. L'échangisme, ce n'est pas ma tasse de thé, mais ce que Maggie fait de son corps, c'est son affaire, pas la mienne. Ni la tienne, d'ailleurs.

— Je le sais bien.

Serena fronça les sourcils.

— Tu es sûr ? Depuis dix ans, tu essaies de te convaincre que Maggie n'a pas de sexualité. C'est une femme complexe, jolie, érotique, troublée, drôle et exaspérante. J'ai parfois des angoisses en me disant que tu vas te réveiller un jour, t'en rendre compte et découvrir que tu es amoureux d'elle.

— Tu n'as pas de souci à te faire à propos de Maggie et moi.

— Non ?

Elle se demanda si elle pouvait aller au fond de sa pensée.

— Parfois, quand nous sommes tous les trois, j'ai l'impression que je suis de trop.

— Je n'ai jamais imaginé que tu puisses ressentir ça, fit Stride, l'air vraiment choqué.

— Une femme peut être à la fois dure et parano, Jonny.

— Je pensais que vous étiez amies, toutes les deux.

— C'est le cas, mais ne crois pas que nous ne pouvons pas être rivales.

— Il n'y a aucune rivalité. Il y a toi et moi. Point final.

— Je suis ravie de l'entendre. Mais ce n'est pas si simple, hein ?

— Que veux-tu dire ?

— La seule façon de régler cette histoire est de considérer Maggie comme une femme, pas comme une partenaire. C'est la seule façon de comprendre ce qui se passe. Ça ne te plaira peut-être pas, mais tout sera différent.

— J'essaie simplement de comprendre comment elle a pu faire ce qu'elle a fait.

Serena se leva.

— Elle seule est capable de te l'expliquer. Rappelle-toi seulement qu'il vaut mieux parfois ne pas savoir la vérité sur ses amis.

Elle partit se coucher, le laissant assis devant la cheminée.

31

Stride était dans son Bronco, devant chez Sonia Bezac. Sa vitre était baissée, et il était d'une humeur massacrante. Il tenait sa cigarette à l'extérieur, laissant le vent emporter la fumée. Il était presque neuf heures du matin. La rue sortait droit d'un tableau de Norman Rockwell, avec ses maisons Tudor dressées sur des terrains imposants. Le terre-plein central était planté de conifères assez rapprochés pour couper la vue d'un côté à l'autre de la rue. Les toits étaient couverts de neige. Le quartier abritait une quarantaine de familles, à moins de deux kilomètres de Hunters Park et de l'université. Une enclave tranquille, peuplée de femmes qui s'entretenaient physiquement ou promenaient leur golden retriever, et d'hommes qui buvaient du cognac et paraissaient être leurs pères.

Stride se demandait si le quartier était au courant, pour le club échangiste. Il décida que non. Les voisins croyaient sans doute que Sonia et Delmar organisaient des dîners chic derrière leurs rideaux tirés, et ils auraient été épouvantés s'ils avaient su ce qui se passait vraiment. Épouvantés. Curieux. Excités. Furieux de n'y être pas invités ?

Delmar, l'urologue, apparut soudain à la porte de la maison. Il portait un costume gris et un élégant manteau de laine. Il mesurait six ou sept centimètres de moins que sa femme, mais il était considérablement plus large. Le vent décoiffa la mèche rabattue sur son crâne dégarni. Il la remit en place et se glissa au volant d'une Mercedes noire toute neuve.

Ça rapportait, les prostates.

Delmar s'éloigna dans un ronflement de moteur. Stride écrasa sa cigarette, descendit du Bronco et se dirigea vers le terre-plein central. La porte de la maison s'ouvrit de nouveau pour laisser le passage à Sonia. En la voyant, il ressentit une certaine nostalgie. Il se revit à l'époque où son propre corps était encore jeune et tenaillé par les hormones. À quarante ans passés, il émanait encore de Sonia une forte aura de sexualité. Ses cheveux roux flamboyaient. Elle descendit l'allée de briques gelées à grands pas prudents sur ses talons aiguilles. Sous son manteau ouvert, Stride vit qu'elle portait un corsage de soie vert et une jupe noire.

Il traversa la rue. Elle ralentit le pas, juste un peu, en le voyant. De la douceur apparut sur son visage, très brièvement. Elle avait réalisé qu'il ne souriait pas.

— Rebonjour, dit-elle.

— Il faut que je te parle, Sonia. On peut entrer ?

— Je suis en retard. Je dois ouvrir le magasin. Il m'appartient, maintenant, tu sais.

— Ça ne peut pas attendre.

— Je regarde peut-être trop la télévision, mais il me semble que je ne suis pas obligée de te parler, hein ? Je peux très bien monter dans ma voiture et m'en aller.

— Bien sûr. Dans ce cas, je parlerai à la presse.

— À quel sujet ?

Il se pencha vers elle. Son parfum sentait le jasmin.

— Les filles alpha, murmura-t-il.

Sonia était déjà pâle. Elle n'en blêmit pas moins.

— Très bien.

Elle le précéda jusqu'à la maison. À l'intérieur, elle ôta son manteau et lui montra la direction du salon. Il s'installa sur un canapé citron qui ne s'affaissa pas sous son poids. La pièce était moderne et cossue. Un tableau, au mur, avec des gribouillis de peinture, rouges et bleus. La table basse tout en verre et chrome. Près de la cheminée, une sculpture métallique représentant un nu.

Sonia se débarrassa de ses escarpins et s'assit dans un fauteuil en face de lui. Elle prit un paquet de cigarettes.

— Tu peux fumer, si tu veux.

Elle en alluma une et souffla la fumée vers le ventilateur suspendu au plafond.

— J'ai déjà fumé celle du matin.

— Quelle volonté !

Elle posa un pied sur l'ottomane. Elle avait de longues jambes très fines.

— Le club se réunit à l'étage au-dessous, si c'est ce que tu veux savoir.

— Non, pas du tout.

Elle sourit.

— Et alors, est-ce que vous voulez vous joindre à nous, Serena et toi ? Nous serions très heureux de vous avoir avec nous.

— Non, merci.

— Ce n'est pas une assemblée de sorcières, bon sang !

— Je crois qu'un violeur en série vise votre club.

Sonia ne souriait plus.

— Ce n'est pas drôle.

— Non, ce n'est pas drôle. Tu sais ce qui est arrivé à Katrina, n'est-ce pas ?

— Qu'est-ce qui te fait croire que cela a un rapport avec le club ?

— Katrina a été agressée le lendemain de la dernière soirée. Tu penses que c'est une coïncidence ?

Sonia pointa sa cigarette vers lui.

— Je connais tous les hommes qui étaient là. Il est impossible que ce soit l'un d'eux. Oui, je me suis dit que c'était une coïncidence. Et même…

— Et même quoi ?

— Je me suis même dit que Katrina avait pu tout inventer. Comme Tanjy, tu vois. J'ai pensé qu'elle se sentait peut-être coupable, après sa prestation au club. Cela arrive.

— Il n'y a pas que Katrina, lui dit Stride. Une autre fille alpha a été molestée.

Sonia ferma les yeux.

— D'accord, murmura-t-elle. Qui est-ce ?

— Aucune idée.

— Cela va être rendu public ?

— Probablement.

— Merde, merde, merde !

Elle secoua la tête.

— Tu imagines les conséquences que ça peut avoir pour nous ?

— Essaie de penser aux femmes qui ont été violées, Sonia.

— Oui, bien sûr. J'ai simplement du mal à croire que cela pourrait impliquer le club. Nous sommes très sélectifs.

— Et Tanjy ? Elle a été fille alpha ? demanda Stride.

— Non. J'ai envoyé deux ou trois personnes pour tâter le terrain, mais ça ne l'intéressait pas.

— Tanjy n'avait aucun lien avec le club ?

— Aucun. Est-ce que tu es en train de me dire qu'elle a vraiment été violée ? Cela signifie qu'il doit y avoir un autre lien. Tanjy n'était absolument pas au courant, pour le club.

— Ne t'emballe pas. Deux de vos filles alpha ont été agressées. Ce n'est pas une coïncidence. Explique-moi comment ça fonctionne, Sonia. Comment vous recrutez vos membres. À quel rythme ont lieu les réunions. Ce qui s'y passe.

Sonia posa sa cigarette sur un cendrier fait d'un coquillage turquoise.

— Je ne suis pas sûre du tout de pouvoir te parler de tout cela.

— Toutes les femmes du club sont peut-être en danger, Sonia. Toi y compris.

— Et même… je crois que je ferais mieux de prendre d'abord un avocat.

— Vas-y, et tout va sortir. Tu veux que je demande une assignation à comparaître ? Tu veux vraiment que tout ça se retrouve devant un tribunal ? Tout ce que je te demande, c'est de me donner les informations dont j'ai besoin.

Sonia pencha la tête en arrière et fixa le plafond. Elle avait le cou très fin, comme un cygne.

— Juste entre nous ?

— Pour l'instant, oui.

— D'accord, fit-elle avec une répugnance évidente. Nous avons une vingtaine de membres. Des couples pour la plupart. Quelques célibataires. Personne n'entre sans une invitation personnelle de Delmar et moi. Parrainages uniquement. Nous faisons une enquête de moralité sur tous les nouveaux venus avant de les inviter.

— Il vous est arrivé de mettre quelqu'un à la porte ? Quelqu'un qui se serait conduit de manière incorrecte ?

Elle acquiesça.

— Un jour, un couple a refusé d'utiliser des préservatifs. Je suis très, très stricte à cet égard. Nous ne les avons plus jamais invités. Une autre fois, un type a giflé une fille alpha. Deux hommes l'ont mis dehors sur-le-champ.

— Comment s'appelle-t-il ?

— Wilson Brunt. Mais je ne crois pas que tu trouveras quelque chose contre lui. Il a été muté il y a six mois. Il est dans l'Oregon, maintenant.

Stride nota le nom.

— Depuis combien de temps le club existe-t-il ?

— Un an environ. C'était mon idée.

— Quelle surprise !

— Allez, Jonathan ! Tu ne t'ennuies jamais, toi ?

Sonia fit un geste vers le salon, comme si elle méprisait l'environnement dans lequel elle vivait.

— Nous avons plus de quarante ans. La vieillesse frappe à notre porte. Tu crois que le roux de ces cheveux est naturel ? Tu crois que les bijoux de famille de Delmar se lèvent automatiquement quand je me déshabille ? Tic-tac, tic-tac, cette saloperie de pendule de la mort ne nous quitte pas des yeux. Tu peux acheter une décapotable pour calmer ton démon de midi. Moi, il me faut autre chose…

— Vous vous réunissez souvent ?

— Une fois par mois, en général. Parfois plus souvent.

— De l'argent change de mains ?

— Non !

— De la drogue, ou d'autres substances illégales ?

— Absolument pas. Pas question.

Elle avait le regard fuyant. Il se dit qu'elle mentait.

— Parle-moi des filles alpha.

Sonia haussa les épaules.

— J'ai été la première. J'ai pris six hommes et trois femmes en une nuit. Record non battu.

— J'en suis heureux pour toi, dit-il sèchement.

Leurs regards se croisèrent. Sonia savait ce qu'il pensait, et ça ne lui faisait ni chaud ni froid.

— Au début, les filles alpha étaient les épouses des membres. Puis, de temps en temps, nous avons eu des femmes qui avaient envie d'être fille alpha pour la nuit.

— Comment les trouviez-vous ?

— Par l'intermédiaire des membres. Nous sommes tous très discrets. Nous n'approchons une femme que lorsque nous avons de bonnes raisons de croire qu'elle est libre de toute inhibition, et même dans ce cas nous y allons doucement. Nous ne donnons aucun détail sur le club lui-même tant que la femme n'a pas exprimé clairement son intérêt. Une fille alpha venue de l'extérieur ne connaît jamais les noms des membres. Tout est anonyme.

— Tu veux parler des masques ?

Sonia fronça les sourcils.

— Comment es-tu au courant ?

Stride ne répondit pas.

— Oui, nous portons des masques. En partie pour protéger notre identité. Mais aussi, franchement, parce que beaucoup de femmes nous ont dit qu'elles aiment cela. C'est un petit coup de fouet, un frisson supplémentaire, quand elles ne voient pas les visages.

— Comment ça se passe, exactement ?

— Pourquoi ne pas venir voir ? demanda Sonia.

— Ne fais pas la maligne !

— Je ne fais pas la maligne. Tu es toujours le bienvenu. J'ai demandé à Maggie si ça t'intéresserait. Elle m'a répondu que tu préférerais te tailler les poils du nez avec une lame de rasoir. Oh, merde… fit-elle en réalisant ce qu'elle venait de dire. Je ne donne jamais de noms. C'est juste qu'elle…

— Ne t'inquiète pas. J'étais au courant.

— Oh, mon Dieu, il est arrivé quelque chose à Maggie ?

Stride restait de marbre.

— Oh, merde, je suis désolée, dit Sonia. Je ne peux pas y croire. Elle n'est jamais revenue, après avoir été fille alpha, et je me suis dit que l'expérience l'avait fait flipper…

— C'est toi qui as abordé le sujet. Parle-moi de Maggie et Eric.

Sonia secoua la tête.

— C'est vraiment horrible.

Elle reprit sa cigarette, qui tremblait entre ses doigts.

— Eric a toujours été dans le coup. La première fille alpha de l'extérieur était une athlète tchèque qui se trouvait à Duluth pour lui acheter du matériel olympique.

— Alors Maggie était impliquée depuis le début ?

Il réalisa qu'il retenait son souffle. Il ne voulait pas entendre la réponse.

— Non, elle n'est venue ici que deux fois. La première fois, Eric et elle étaient derrière le mur.

— Ce qui veut dire ?

Sonia hésita.

— Un des murs du temple est entièrement constitué de miroirs. Derrière la partie centrale, il y a une petite chambre d'où tout le monde peut mater. Eric voulait que Maggie voie à quoi ressemble le club.

— Ainsi, personne ne savait qu'ils étaient là ?

— J'étais la seule à le savoir. Ensuite, Eric a persuadé Maggie d'être la fille alpha de la réunion suivante.

— J'aimerais bien savoir comment il s'y est pris, dit Stride, en partie pour lui-même.

— Elle a peut-être vu cela comme une revanche pour toutes ses infidélités.

— Épargne-moi les détails. Qu'est-ce qui s'est passé ensuite ?

— Je l'ai baisée, moi aussi, tu sais.

— J'ai dit, épargne-moi les détails ! fit-il d'un ton cassant.

Sonia semblait satisfaite de l'avoir fait sortir de ses gonds.

— Maggie n'est pas venue à la réunion suivante. Eric était là. Katrina était la fille alpha. Pour Eric, c'était la dernière fois. Il m'a dit plus tard qu'il arrêtait, par égard pour Maggie.

— Quand doit avoir lieu la prochaine réunion ?

— Demain.

Demain, se dit Stride. Ils n'avaient pas beaucoup de temps. Mais ils avaient une chance de faire sortir le violeur de son trou.

— Qui est la fille alpha ?

Sonia hésita encore.

— Dis-le-moi et arrête les conneries, Sonia. J'ai assez de motifs pour demander un mandat.

— Elle s'appelle Kathy Lassiter. Elle est avocate dans un cabinet des Villes jumelles. Elle a une maison sur la rive nord du lac. Elle est venue plusieurs fois à des soirées, mais jamais comme fille alpha.

— Tu connais une certaine Helen Danning ? Elle est membre du club ? Elle a été fille alpha ?

— Non, je n'ai jamais entendu parler d'elle.

— Bien. Explique-moi maintenant comment les informations circulent. Comment quelqu'un peut-il savoir qu'une femme a été fille alpha au club ?

— Je ne vois pas comment on pourrait le savoir, protesta Sonia. Toutes les filles alpha signent un document nous libérant de toute responsabilité légale. Elles signent aussi un accord de confidentialité.

— Tu te fous de moi ?

— Pas du tout. Nous ne voulons pas que quelqu'un, pris d'un soudain accès de culpabilité, décide de nous attaquer en justice, et nous ne voulons pas non plus que des grandes gueules aillent raconter tout cela en ville. Les membres signent des documents semblables quand ils entrent au club. Plus un code de bonne conduite.

— Bonne chance pour faire valoir ces contrats !

— Je ne crois pas qu'on poursuivra jamais quelqu'un, fit Sonia en souriant. Mais le fait de signer ces documents fait comprendre aux gens que nous ne plaisantons pas avec les questions de confidentialité et de responsabilité.

Stride essaya de ne pas rire devant l'ironie de la situation.

— Même dans ce cas, tous les gens qui sont présents à une soirée savent qui est la fille alpha.

— Pas nécessairement. Si elle est étrangère au club, nous ne communiquons pas de noms. Il faudrait qu'ils la connaissent déjà, ou qu'ils la reconnaissent s'ils la rencontrent en dehors du club.

— Ou qu'ils la suivent.

— Oui, c'est vrai.

— Vous gardez des listes des membres, et des participants à chacune des soirées ?

— Absolument, fit Sonia. Tout est dans mon ordinateur personnel, à l'étage. Nous ne voulons pas que le club nous attire le moindre ennui juridique. Nous sommes donc très rigoureux avec les dossiers, contrats, enquêtes de moralité, etc. Et nous gardons tout. Personne ne nous a jamais poursuivis, mais si c'était le cas, nous serions prêts.

— Ton ordinateur est bien protégé ? Vous avez un réseau Wi-Fi ?

— Tu plaisantes ? Certainement pas.

— Une connexion Internet ?

— Oui, mais elle est très bien protégée. J'ai fait installer par Byte Patrol les pare-feu les plus fiables sur le marché. Nous sommes autant que possible à l'abri des pirates. Crois-moi, personne n'a pris d'informations dans notre ordinateur.

— Reste les membres.

— Je te l'ai dit, nous les avons à l'œil, fit Sonia, l'air sombre.

— Je vais avoir besoin des noms.

— Il doit bien exister un autre moyen.

— Non, nous devons interroger tout le monde.

— Écoute… tu m'as dit que deux filles alpha ont été agressées. Tous les membres ne viennent pas à toutes les réunions. Cela dépend de leur emploi du temps. Je peux te donner les noms des hommes qui étaient présents aux deux réunions avec ces femmes. Ça rétrécira le champ des recherches.

Stride acquiesça.

— Je commencerai par là. Mais tu devras quand même me donner la liste complète. Tous les membres. Tous les participants à chacune des réunions. Y compris les filles alpha. Je dois parler à toutes ces femmes, parce que je dois savoir si quelqu'un d'autre a été agressé… Je ne plaisante pas, ajouta-t-il en voyant que Sonia hésitait. J'irai au tribunal, et si nécessaire je balancerai toute l'affaire aux médias.

Sonia se leva.

— J'en ai pour quelques minutes, fit-elle d'un ton sec.

— J'ai tout mon temps.

Dix minutes plus tard, Sonia redescendait avec quelques feuilles de papier.

— Tout est là. Je t'en supplie, sois discret. Delmar va me tuer si tout cela apparaît au grand jour.

— Je ferai au mieux, Sonia.

Il trouva les listes des participants aux deux réunions où Maggie et Katrina avaient été les filles alpha. Il lui fallut quelques secondes pour les comparer. À part Delmar, le mari de Sonia, quatre hommes seulement figuraient sur les deux listes.

Trois qu'il ne connaissait pas.

Le quatrième était l'ancien amant de Tanjy. Mitchell Brandt.

32

En montant les marches du palais de justice, Serena n'avait plus le même sentiment d'être épiée. Elle se disait que la neutralisation de la balise GPS lui permettrait d'échapper momentanément aux regards indiscrets du maître chanteur.

La photo qu'il lui avait donnée se trouvait maintenant dans une grande enveloppe brune adressée à Dan Erickson, avec la mention « Personnel et confidentiel ». Elle n'était pas sûre de faire ce qu'il fallait en laissant Jonny dans l'ignorance, mais elle ne voyait pas d'autre solution. Elle ne pouvait pas détruire la vie de Dan s'il n'avait rien d'autre à se reprocher que des pratiques sexuelles singulières. Le problème, c'était que Tanjy était morte. Une photo comme celle-là le placerait d'office en tête de la liste des suspects, surtout s'il essayait de la cacher. En tout cas, Dan était son client. Il la payait. Tant qu'elle n'en savait pas plus, elle n'avait pas le droit de l'exposer.

Serena donna l'enveloppe à la secrétaire de Dan, en lui demandant de la lui remettre immédiatement. Une minute plus tard, la secrétaire la fit entrer dans le bureau de Dan. Serena ferma la porte derrière elle et cliqua le verrou. Dan était debout derrière son bureau d'acajou, la photo à la main. Il avait l'autre poing serré. Il introduisit l'enveloppe et la photo dans le broyeur installé près du mur. L'appareil détruisit les preuves en ronronnant. Dan jeta un coup d'œil dans la corbeille pour s'assurer que le papier était bien réduit en confettis, avant de se tourner vers Serena.

— Bordel, où avez-vous trouvé ça ? Qu'est-ce que vous essayez de me faire ?

Serena leva les mains.

— Le chantage est une sale affaire. Je vous avais dit que ça ne s'arrangerait pas.

— C'est lui qui vous a donné ça ?

Elle hocha la tête.

— Où l'a-t-il trouvée ?

— Vous devriez le savoir mieux que moi.

— C'est une catastrophe. Vous comprenez ? Un désastre. Combien veut-il ?

— Cent mille dollars.

— Le fils de pute.

Il tendit vers elle un doigt accusateur.

— Vous êtes en cheville, tous les deux ? Vous essayez de m'avoir ?

Serena repoussa sa main d'un coup sec.

— Ne m'insultez pas. Vous avez de la chance que je ne l'aie pas montrée à Jonny au lieu de venir vous voir. J'ai d'ailleurs l'intention de tout lui raconter si vous ne parvenez pas à me convaincre que vous n'êtes pour rien dans le meurtre de Tanjy.

— C'est dingue !

— Alors parlez-moi de Tanjy et vous. La photo est authentique ? C'est bien vous deux, là-dessus ?

— Ouais, fit Dan en passant brusquement la main dans ses cheveux blonds.

— Vous l'avez violée ?

— Bon Dieu, non. Le viol, c'était son fantasme, vous vous rappelez ? Ce n'était qu'un jeu. Nous sommes allés là-bas, au milieu de la nuit, et nous avons pris des photos.

— Est-ce que j'ai besoin de vous dire combien c'était stupide ?

La colère le rendait cramoisi.

— Non. Je connaissais les risques. Mais Tanjy en valait la peine.

Serena n'avait pas envie d'entendre les détails.

— Comment avez-vous fait connaissance, tous les deux ?

— Je l'ai rencontrée dans la boutique de Lauren. Le courant est passé entre nous.

— Lauren le savait ?

— Personne ne le savait, grogna Dan.

— Si, quelqu'un le savait. Vous auriez pu détruire votre carrière. C'est toujours possible, d'ailleurs.

— C'est pourquoi j'ai rompu. C'est fini depuis des mois.

— Malgré le supersexe ?

Dan ouvrit la partie inférieure d'un meuble dans lequel était encastré un petit réfrigérateur. Il prit une bouteille de Bombay Gin dans le freezer, s'en versa une dose dans un verre à whisky, ajouta des glaçons. Il en but une longue gorgée. Il tendit la bouteille à Serena, qui refusa d'un signe de tête.

— Toute cette histoire de faux viol a été un vrai cauchemar. Quand ses fantasmes de viol ont été exposés dans les journaux, je ne pouvais pas continuer à coucher avec elle.

— Après avoir rompu, vous n'aviez pas peur qu'elle rende publique votre liaison ?

— Si, mais elle n'était plus très crédible. Personne ne l'aurait crue.

— Sauf qu'elle avait des photos, de toute évidence.

Dan secoua la tête.

— Je suis allé chez elle. J'avais la clé. J'ai effacé toutes les photos de son appareil numérique et de son disque dur.

— Merde, Dan… vous savez pourtant qu'il est facile de reconstituer des fichiers effacés !

— Pas pour Tanjy. C'était une jolie fille, mais elle ne connaissait absolument rien à la technique. Il fallait toujours que quelqu'un lui montre comment faire. Croyez-moi, elle n'aurait jamais pu retrouver ces fichiers.

— Quelqu'un l'a fait.

Dan fit un geste brusque. Il renversa un peu de gin.

— Personne ne savait qu'il y avait des photos ! Personne d'autre que nous deux ne savait que nous étions allés dans le parc cette nuit-là !

— Faux.

— Qu'est-ce que vous racontez, bon Dieu ?

— Tanjy a vraiment été violée. Ça s'est passé à Grassy Point Park, exactement comme sur la photo. Vous croyez que c'est une coïncidence ?

— Mais toute cette histoire de viol n'était qu'un mensonge. Tanjy avait tout inventé…

— Jonny a déjà retrouvé deux autres victimes. Nous pensons qu'Eric aidait Tanjy à découvrir qui l'avait agressée. C'est pour ça qu'on les a tués.

— Le viol était son fantasme, répéta Dan.

— Tanjy vous l'a dit ?

— Non, fit-il après avoir hésité. Elle a toujours juré que c'était vraiment arrivé.

— Vous auriez dû l'écouter.

— Je voulais simplement prendre mes distances. J'étais mort de trouille à l'idée que les médias pouvaient découvrir notre liaison.

Serena hocha la tête.

— Vous savez que si je dis à Jonny que vous couchiez avec Tanjy, vous serez un bon suspect pour les deux meurtres.

— Je n'ai tué personne. Et je n'ai violé personne !

— Où étiez-vous, le lundi soir où Tanjy a disparu ?

— J'étais à Saint Paul. Je suis allé informer le procureur de l'État de mon départ pour Washington. J'ai dormi là-bas.

— Où cela ?

— À l'hôtel Saint-Paul.

— Vous connaissez une certaine Helen Danning ?

— Non.

— Elle était placeuse à l'Ordway. Juste en face de votre hôtel, de l'autre côté du parc. Eric l'a rencontrée brièvement avant d'être assassiné.

— Je ne la connais pas.

Serena le regarda. Dan détourna les yeux et vida son verre.

— Vous avez une idée de l'identité de ce maître chanteur ?

— J'aimerais bien. Je lui ferais passer l'envie de continuer.

— Je ne crois pas que ce soit quelqu'un avec qui vous auriez envie de jouer les gros bras, Dan. Quand vous a-t-il contacté, la première fois ?

— Mardi dernier.

— Mardi ! Le lendemain de la disparition de Tanjy… Vous n'avez pas trouvé cela bizarre ?

— Je ne savais pas encore qu'elle avait disparu.

— Vous savez ce que ça veut dire. Ce type a peut-être violé et tué Tanjy. Et il vous a piégé pour vous faire porter le chapeau.

— Il est exclu que ça soit rendu public, fit Dan.

— Ça le sera, tôt ou tard.

— Vous allez en parler à Stride ?

Serena hésita. Il fallait qu'elle vérifie la version de Dan.

— Pas tout de suite.

Dan eut l'air soulagé.

— Mais ça ne vaut que jusqu'à ce qu'on soit sûrs de ce qui se passe, ajouta Serena. Dès que j'aurai des indices probants, je devrai parler à Jonny. Si ce type est vraiment coupable de viol et de meurtre, il faut l'arrêter. Même si la vérité sur vous et Tanjy doit apparaître au grand jour.

— Ce n'est pas possible ! s'exclama Dan Erickson.

— Eh bien si. Ça ne se présente pas au mieux, pour vous.

33

Maggie rédigea le mail sur son ordinateur portable :

HD,

Si c'est vous, il faut que nous parlions. Je crois que vous savez ce qui est arrivé à mon mari après qu'il vous a retrouvée. Je crois que c'est pour cela que vous êtes partie. J'ai besoin de votre aide. Contactez-moi, je vous en prie.

M.

Elle enfonça la touche « envoi », et le mail disparut. Le pseudonyme du blogueur qu'elle avait trouvé était « La Dame En Moi ». Le contenu du blog avait disparu, mais Maggie avait trouvé sur un autre blog un billet dans lequel une femme qui signait « La Dame En Moi » affirmait qu'elle avait vu *Les Misérables* sur scène au moins soixante fois quand elle était placeuse au théâtre Ordway. Ce devait être Helen Danning. Elle avait fait disparaître toute trace de son passé avant de quitter la ville, effaçant tous les billets et commentaires sur son propre blog, mais il y avait encore un lien électronique permettant de lui envoyer des mails. Maggie ignorait si l'adresse était toujours active, et si Helen la consultait encore. Mais elle devait essayer.

Ses lunettes en demi-lune reposaient sur l'extrémité de son nez. Ses pieds nus se balançaient sous le fauteuil. Une bouteille de Coca light était posée près d'elle. De l'autre côté, un sachet de chips au cheddar à demi plein. Elle avait le bout des doigts de la main droite orange, et elle devait les lécher avant de toucher le clavier. Elle passait en revue des pages et des pages de résultats de ses recherches sur le nom « Helen Danning », mais elle était encore loin de trouver qui elle était, ou la raison pour laquelle Eric avait eu tant de mal à la retrouver.

Des phares balayèrent les fenêtres. Le Bronco de Stride venait de se garer dans l'allée. Quelques minutes plus tard, elle entendit la porte, et des pas lourds résonnèrent dans la cuisine.

— Je suis là ! cria-t-elle.

C'était la maison de Stride. Elle en avait la clé. Après la mort de Cindy, elle avait pris l'habitude de l'utiliser comme une sorte de résidence secondaire, où elle passait souvent avec des beignets, du café et quelques DVD. Parfois, Stride se joignait à elle. Cela définissait assez bien les relations désinvoltes qu'ils entretenaient. Elle avait pris un peu de recul pendant le second mariage de Stride. Mais quand il était revenu de Las Vegas avec Serena et qu'ils avaient acheté une maison sur la Pointe, Maggie avait repris peu à peu ses anciennes habitudes. Personne ne s'en plaignait. La plupart du temps, ils passaient leurs soirées à discuter d'affaires en cours. Il était ainsi plus facile d'admettre sa présence.

Elle savait qu'elle se servait de cet endroit comme d'une échappatoire pour s'éloigner d'Eric. Et pour être près de Stride, malgré Serena.

Elle ne leva pas les yeux quand Stride entra dans le salon. Elle occupait pourtant son siège.

— Des chips ? fit-elle en lui tendant le sachet.

— Non, merci. Abel sait que tu es là ?

— Non. C'est Guppo qui me sert de baby-sitter ce soir. Je lui ai promis de lui rapporter un sachet de tacos en rentrant, et il a accepté de regarder ailleurs.

— Il fait honneur à son insigne, dit Stride.

— Ouais. J'ai appris que Pete McKay avait perdu une voiture de patrouille.

Stride acquiesça.

— Il avait reçu un appel d'urgence du collège. Il a entendu des pétards derrière un bâtiment. Quand il est revenu, sa voiture avait disparu. Génial.

— Les mômes sont plus malins que les flics, maintenant.

— Ne m'en parle pas.

— Je crois qu'on devrait offrir à McKay une trottinette équipée d'une sirène.

— Je lui dirai que l'idée vient de toi.

Leur badinage arracha un sourire à Maggie, mais elle savait que cela ne durerait pas. Stride s'assit sur l'âtre de brique de la cheminée. Il portait encore son blouson de cuir noir, et il sentait le froid de l'hiver et la fumée. Maggie savait ce qui l'attendait.

— C'est l'heure du sermon, papa ? fit-elle avant de poursuivre avec une voix grave : « Vous me décevez beaucoup, ma petite demoiselle… »

— Allons, Mags…

— Tu sais maintenant ce que fait ta petite fille pendant le week-end, hein ?

— Je ne suis pas d'humeur à plaisanter.

Maggie ôta ses lunettes d'un geste brusque.

— Hé, c'est moi, Maggie, OK ? Je plaisante à propos de tout. Je me fiche de savoir ce que tu penses de moi, maintenant, c'est bien assez difficile pour moi de me voir en train de jouer les bimbos dans un club échangiste.

Il lui jeta un regard qui donna l'impression à Maggie qu'il la voyait pour la première fois. Il avait les traits tirés.

— Ne me dis pas que tu portais une perruque blonde, dit-il.

Maggie se mit à rire.

— Et un soutien-gorge avec des seins coniques. Comme Madonna.

Stride eut un vrai sourire. Elle était soulagée.

— J'imagine que tu veux savoir pourquoi, dit-elle.

— Tu ne me dois aucune explication. C'est ta vie.

— Mais tu veux tout de même que je t'explique.

Il haussa les épaules.

— Bien sûr, que je voudrais savoir pourquoi tu as fait ça. Je ne peux pas faire semblant de comprendre, Mags. Pas pour ce qui te concerne.

— Pourquoi ? Parce que je ne suis pas censée avoir un sexe ? Je ne suis pas censée en jouir ?

— Ce n'est pas du tout ce que je veux dire.

— Alors vide ton sac ! Tu n'as pas besoin d'édulcorer les choses avec moi.

— Le sexe, c'est une chose… Ici, on parle de femmes qui écartent les jambes devant des étrangers. Avec des foutus masques dorés.

— Et qu'est-ce que ça fait de moi ? Une putain ?

— Non, bien sûr que non.

— Alors quoi ?

Il avait l'air frustré.

— Je déteste simplement l'idée que toi, tu fasses ce genre de choses.

— Dis-moi pourquoi.

— Parce que tu mérites mieux que ça. Parce que tu es spéciale. Parce que je crois qu'une femme ne peut faire ça que si elle se déteste, et je ne peux pas imaginer que ce soit ton cas.

Maggie fixait le plafond pour éviter son regard.

— Récemment, il a bien dû m'arriver de me haïr un peu…

— Tu aurais dû m'en parler.

— Te raconter que mon mariage s'effondrait ? Te parler de mon mari qui me trompait ? T'expliquer que j'essayais de sauver notre vie sexuelle ? Non, je ne crois pas. Il y a des choses dans ma vie que je ne partagerai jamais avec toi.

— Alors peut-être que je devrais laisser tomber. Ce ne sont pas mes oignons, après tout.

— Non, c'est vrai. Mais puisque tu es au courant, je te le dirai quand même, parce qu'il n'y a vraiment pas grand-chose à dire. Je me sentais vide, et je cherchais quelque chose pour combler ce vide. Je croyais que ça nous rapprocherait, Eric et moi, mais ça n'a pas été le cas. Et aussi, oui, c'est vrai, j'étais intriguée. Je me suis dit, pour une fois dans ma vie, qu'est-ce que ça peut foutre ? C'était une erreur, si c'est ce que tu veux entendre.

— Tu n'as pas besoin de dire ça.

— Eh bien, c'est vrai.

Il décida de changer de sujet :

— Serena t'a dit ? Katrina a été violée, elle aussi. Juste après la dernière soirée.

Maggie était soulagée de pouvoir passer à autre chose.

— Ouais, elle me l'a dit. Je l'ignorais. Je me sens vraiment minable de ne pas l'avoir appelée.

— Ce type est malin, dit Stride. Il table sur le fait que les femmes, dans ce club, ne prendront pas le risque d'en parler en public.

— Quand aura lieu la prochaine soirée de Sonia ?

— Demain.

— Le fils de pute, dit Maggie.

— Exactement. Il va falloir agir vite.

Tous les deux levèrent les yeux au même moment. Quelqu'un était entré par la porte de derrière. Serena. Elle portait un grand sac de courses qu'elle posa sur le comptoir de la cuisine. Elle se débarrassa de ses chaussures d'un coup de pied et les rejoignit. Elle s'assit sur le tapis, les jambes croisées.

Maggie remarqua qu'elle s'était assise si près de Stride que leurs vêtements se touchaient.

— Vous allez bien, vous deux ? demanda Serena.

Stride acquiesça, sans dire un mot. Maggie sentit qu'il était froid, tout à coup, comme s'il élevait un mur autour de Serena et lui, pour l'exclure. Cela lui fit de la peine.

— Qu'est-ce que j'ai raté ? demanda Serena.

— On vient de baiser, fit Maggie. C'est le moment qui suit l'orgasme.

C'était une blague idiote. Elle vit que Serena était gênée, et elle s'en voulut.

— Pardonne-moi, c'était stupide.

— Humour de fille alpha, murmura Serena.

Touché. Maggie savait qu'elle l'avait bien cherché.

Elle lança le sachet de chips à Serena, qui se mit à en grignoter. Leurs regards se croisèrent. La froideur disparut. Elles décidèrent, sans un mot, de signer une trêve.

— Tu as un peu plus d'infos sur Helen Danning ? demanda Serena.

Maggie leur parla du blog vide qu'elle avait trouvé, au nom de La Dame En Moi. Stride sortit de sa poche une feuille de papier froissée.

— Voici ce que Guppo a trouvé. Elle a trente-six ans, née en Floride, arrivée dans le Minnesota à l'âge de dix ans. Elle est allée à l'université, mais elle a abandonné au début des années 1990, au bout de deux ans, sans passer son diplôme. Depuis lors, elle occupe des emplois de bureau. Elle n'a pas de casier, et il n'existe aucun dossier criminel à son nom. Elle conduit une Corolla, plaque NKU 167. J'ai lancé un avis de recherche de véhicule dans tout l'État.

— Ses parents ?

— En retraite, en Arizona. Je n'ai pas pu les joindre. Elle a une sœur, qui enseigne l'anglais quelque part en Asie du Sud-Est.

— Est-ce qu'il existe un lien entre cette femme et tout ce qui se passe en ce moment ? demanda Serena.

Stride secoua la tête.

— Je n'ai rien trouvé.

— J'ai demandé à Guppo, à titre de service personnel, d'essayer de reconstituer des pages cachées de ce blog, dit Maggie. Il trouvera peut-être des choses qui nous aideront à comprendre pourquoi Eric s'intéressait à cette femme.

— Remontons en arrière, leur dit Stride. Reprenons au début. Le point de départ, pour ce que nous en savons en tout cas, c'est le viol dont Tanjy a été victime, d'accord ? D'après ce qu'elle nous a dit, ça s'est passé début novembre. J'ai parlé à deux ou trois femmes qui ont été des filles alpha avant cette date. Il ne leur est rien arrivé.

— J'ai été agressée près de trois semaines après Tanjy, dit Maggie. Pendant les deux premières semaines de décembre, Eric et moi, nous avons discuté pour savoir si je devais porter plainte. Il essayait de me convaincre, j'ai toujours refusé.

— Vous parliez de ce qui était arrivé à Tanjy ? demanda Serena.

— Oui. Eric pensait que je devais lui parler. Je ne voulais pas. Par la suite, il doit avoir décidé de lui parler lui-même. J'ai examiné les factures de son téléphone portable. Il l'a appelée pour la première fois un samedi, à la mi-décembre. J'ai retrouvé la trace de plusieurs coups de fil au cours des quelques semaines qui ont suivi.

— Alors nous travaillons sur l'hypothèse qu'Eric a trouvé un lien qui l'a mené au violeur, dit Stride.

Maggie acquiesça.

— Nous savons qu'Eric a interrogé Tony sur la pathologie du violeur. Le soir de son assassinat, il a dit à Tony qu'il allait voir quelqu'un. Il a parlé à Tanjy deux jours plus tôt, et elle est morte elle aussi. Il a parlé à Helen Danning pendant le week-end. Après la mort d'Eric, elle a quitté la ville.

— Je ne comprends pas comment Helen Danning s'inscrit dans le puzzle, dit Stride. Mais nous savons qu'un prédateur sexuel s'en prend à des femmes dans la ville, et ce type a fait une fixation sur le club échangiste. Il y a une nouvelle fille alpha, Kathy Lassiter, qui sera en danger à partir de demain. Si nous mettons la main sur le violeur et que nous relions les pointillés, nous pourrons peut-être le lier également aux deux meurtres.

— Sauf que Tanjy n'était pas membre du club, fit remarquer Maggie.

— Exact. Mais Mitchell Brandt y était, lui. Et il a été son amant. Eric devait le savoir.

— Mitch ? demanda Maggie, étonnée. Tu le connais ?

— Un peu, oui.

Maggie ne dit pas à Stride qu'elle se souvenait de lui à cause du club. La plupart des hommes, au club, étaient petits et avaient du ventre, et elle s'était dit qu'ils prenaient du Viagra avant la soirée, pour être prêts. Mitch était différent. Elle se rappelait une lueur dans son regard, un petit sourire et des mains puissantes, et une sensation très douce. Elle avait le sentiment très inconfortable que Stride lisait dans ses pensées.

— Je ne dis pas que Mitch est impliqué, dit ce dernier, mais c'est lui qui fait le lien entre Tanjy et le club échangiste.

— Tu as trouvé quelque chose dans son passé ? demanda Serena.

— Rien d'intéressant. J'ai appelé la SEC[1], pour savoir s'il y avait eu des plaintes déposées contre lui par ses clients à la Bourse. Ils ne m'ont pas beaucoup aidé.

— Qu'est-ce qu'on fait, maintenant ? demanda Maggie.

— Nous surveillons le club, dit Stride. Sonia a proposé d'annuler la réunion de demain. Je crois que c'est la dernière chose à faire. C'est notre meilleure chance de coincer ce type. Nous mettrons la fille alpha sous

1. La « Securities and Exchange Commission » est l'organisme fédéral de réglementation et de contrôle des marchés financiers américains. C'est en quelque sorte le « gendarme de la Bourse ». (*N.d.T.*)

surveillance après la soirée, en espérant qu'il agisse vite.

— En admettant que cette femme accepte de servir d'appât, dit Serena.

— Je lui parlerai.

— Et Abel ? demanda Maggie. Nous ne pouvons pas monter une opération de surveillance sous l'écran radar. Il doit être mis au courant.

Stride acquiesça :

— Ouais. Le moment est venu de savoir si nous pouvons compter Abel dans notre camp.

— Autre chose, fit Serena. Vous ne pensez pas que nous devrions avoir quelqu'un à l'intérieur du club ?

Il y eut un long silence.

— Tu parles sérieusement ? demanda Stride.

— Oui. Il faut que nous sachions comment ils réagissent à la fille alpha. Si Mitchell Brandt est notre homme, je veux voir comment il se comporte.

Stride secoua la tête.

— Je ne peux pas envoyer un flic dans un truc de ce genre.

— Ça ne peut pas être moi, dit Maggie. Pas avec tout ce qui se passe.

— OK, fit Serena. Alors c'est moi qui irai.

— Pas question, dit Stride.

— Allons, Jonny. Je ne serai pas dans la chambre. Tu as dit qu'il y avait une cloison en verre sans tain.

Maggie fronça les sourcils.

— Exact.

— Il n'empêche que je n'aime pas ça, dit Stride.

— Je serai seule derrière la cloison. Il n'y a aucun risque.

— Aucun risque ? Nous ignorons qui est ce type, et comment il connaît le club. Il pourrait être n'importe où.

— C'est vrai, reprit Serena, mais nous avons un avantage sur lui. Il ne sait pas que nous sommes à ses trousses. Pour une fois, nous avons une longueur d'avance.

« Il ne sait pas que nous sommes à ses trousses. »

Il se trouvait à moins de deux kilomètres de là, dans la solitude glaciale de la camionnette. Il écoutait.

Le brouillard rendait les vitres opaques. La nuit et la présence des arbres au bout de la Pointe conspiraient pour rendre la camionnette presque totalement invisible. Le vent soufflait en rafales depuis le lac. Le véhicule frémissait sur ses quatre roues, les parois d'acier protestaient. Cela lui rappelait le jour où il se trouvait à l'arrière de la voiture de patrouille et où l'ouragan s'approchait en hurlant. L'époque où il était détenu.

Il les écoutait mettre au point la surveillance du club et souriait en pensant au piège qu'ils étaient en train de mettre en place.

Le lendemain soir, tous les démons qu'il avait enfermés allaient enfin se libérer.

Demain soir, Serena serait la seule à tomber dans le piège.

34

Très tôt le lendemain matin, Stride se trouvait dans son bureau de l'hôtel de ville. La lumière était éteinte dans le reste du service. Il rattrapait un peu de paperasse en retard en buvant un café. Il leva les yeux en entendant quelqu'un toussoter. Abel Teitscher se tenait dans l'encadrement de la porte. Il portait un costume marron et des chaussures noires poussiéreuses. Il avait les mains enfoncées dans les poches. Son visage parcheminé évoquait une vieille carte du Far West, avec ses cours d'eau et ses routes.

— Votre message disait que vous vouliez me voir.

— Exact. Asseyez-vous, Abel.

Teitscher ferma la porte et prit la chaise en face du bureau de Stride.

— Vous êtes venu pisser dans ma piscine, attaqua-t-il aussitôt.

Stride ne prit pas la peine de discuter :

— Ouais, on pourrait dire ça.

— Je ne vous couvrirai pas, lieutenant. Si vous perdez votre boulot, ne venez pas me le reprocher.

— Je ne vous le reprocherai pas.

Teitscher se rembrunit.

— Ce qui m'agace vraiment, c'est que vous me manquez totalement de respect.

— Ce n'est pas mon intention, Abel.

— Non ? Vous me discréditez, vous sabotez mon boulot, vous compromettez toute cette foutue enquête. Est-ce que vous feriez ça à quelqu'un d'autre dans ce bureau ?

— Bon, écoutez, Abel, ce n'est pas vous. C'est l'affaire. Vous voulez écouter ce que j'ai à dire, ou vous avez encore un autre sermon à me balancer ?

Teitscher haussa les épaules. Il essuya ses lunettes sur sa cravate.

— Allez-y.

— Je sais que les preuves contre Maggie sont fortes. Vous avez fait du bon boulot et personne ne vous remerciera jamais pour ça. C'est comme ça que ça se passe. Ce que j'essaie de vous dire, en tant que flic et collègue, c'est qu'il existe un autre mobile plausible au meurtre d'Eric, un mobile qui n'a aucun rapport avec Maggie…

Voyant qu'Abel s'apprêtait à réagir, il l'arrêta d'un geste.

— Je ne vous demande pas de me croire. Je vous demande de m'écouter et de garder l'esprit ouvert.

— Vous parlez comme un avocat de la défense, dit Teitscher.

— Écoutez-moi simplement jusqu'au bout.

Teitscher lui fit signe de continuer. Stride lui raconta toute l'histoire. Il lui expliqua tout ce qu'il avait trouvé. Il ne lui cacha rien. Le viol de Maggie. Le club échangiste et les filles alpha. Helen Danning. Il exposa les faits. Puis il lui fit part de ses soupçons : d'une manière ou d'une autre, la série de viols avait mené droit aux meurtres de Tanjy et d'Eric. Quand il se tut, il vit qu'Abel s'efforçait de concilier les faits avec ce qu'il avait trouvé de son côté.

— Un club échangiste ?

— Exact.

— Vous en avez la confirmation formelle ? Vous avez des preuves ?

— J'ai les noms, les dates, les formulaires, tout. Un vrai *Who's Who* de la bonne société de Duluth.

Teitscher eut un sourire qui exposa ses dents jaunes.

— Comment dit-on, déjà ? « Les riches sont différents » ? Eh bien, c'est une sacrée blague… Tout ce fric, et voilà le genre de saloperies qui les attirent !

— Je suis de votre avis, mais ça ne change rien, dit Stride.

— Pourquoi me racontez-vous tout cela maintenant ? Pourquoi ne pas attendre d'avoir résolu l'affaire, en me faisant passer pour un crétin ?

— J'ai besoin de votre aide.

— Je n'en ai pas l'impression, fit Teitscher en fronçant les sourcils.

— La prochaine réunion du club a lieu ce soir. J'ai besoin de votre aide pour mettre en place une équipe de surveillance. Il faut que nous sachions qui entre et qui sort. Et il faut surveiller la nouvelle fille alpha vingt-quatre heures sur vingt-quatre. Kathy Lassiter. Si nous nous y prenons correctement, elle pourrait nous mener au violeur. Je vous demande de vous occuper personnellement de l'opération de surveillance.

— Qu'allez-vous faire ?

— Je dois parler à cette demoiselle Lassiter. Je dois la convaincre de nous laisser mettre sa vie en danger pour attraper ce type.

Teitscher se grattait le menton.

— Vous ne m'avez toujours pas convaincu, à propos de Maggie.

— Je m'en doute.

— Mais je serais un très mauvais flic si je ne tenais pas compte de ce que vous me dites. Et je suis un sacré bon flic, quoi que vous en pensiez.

— Je sais que vous êtes un bon flic.

Teitscher se leva.

— OK. Allons-y pour l'opération de surveillance.

— Merci, Abel. Pour le moment, je crois que nous devrions garder pour nous les détails sur le club échangiste et le violeur. Moins il y aura de gens au courant, plus il sera facile d'éviter une fuite.

— Vous avez raison. Parfait.

Stride le regarda sortir du bureau. Il se réjouissait d'avoir conclu une trêve dans la guerre qui les opposait, et d'avoir un rôle officiel à jouer dans l'enquête. C'était bien son seul motif de satisfaction. Il était mort d'angoisse en pensant à ce qui l'attendait, comme s'il s'était emmêlé dans la toile de son parachute et que le sol se rapprochait de lui à toute vitesse. Il avait presque envie que Kathy Lassiter refuse de prêter son concours, ce qui entraînerait l'annulation de la soirée et de la décision de Serena de s'introduire dans le club. La sécurité des deux femmes l'obsédait.

Le téléphone le fit sursauter. Il était tôt. Le numéro de l'appelant était précédé du code 312. Chicago.

— Stride.

— Vous vous levez tôt, lieutenant. Ça me plaît.

— Qui êtes-vous ?

— Philip Proutz. De la SEC, la commission de surveillance des opérations de Bourse, direction régionale du Midwest, Chicago. Je travaille sur des enquêtes liées à la conformité des opérations boursières.

— Je vois.

Proutz sentit qu'il était sur ses gardes.

— Si vous voulez vous assurer de mon identité, vous pouvez chercher notre numéro sur notre site Internet, et me rappeler.

— Sans vouloir vous offenser, monsieur Proutz, c'est ce que je vais faire…

Deux minutes plus tard, ils étaient de nouveau en ligne.

— Eh bien, que puis-je pour vous, monsieur Proutz ?

— Vous avez appelé notre bureau hier, lieutenant, avec une demande d'informations sur un certain Mitchell Brandt, courtier à Duluth. J'aimerais connaître la raison de votre demande.

— Je ne suis pas vraiment en mesure d'en discuter avec vous pour le moment, répliqua Stride.

— Vous savez que si votre enquête a un lien avec les activités boursières de M. Brandt, nous sommes sur le terrain fédéral. C'est notre bébé.

— Cela n'a rien à voir, fit Stride après avoir hésité une seconde.

— Ah ? fit Proutz, surpris. Connaissez-vous une firme qui s'appelle Infloron Medical ?

— Jamais entendu parler. Maintenant, c'est vous qui excitez ma curiosité, monsieur Proutz.

— J'imagine, oui. Je me disais que si nous travaillions sur la même affaire sous des aspects différents, nous pourrions nous faire gagner mutuellement un peu de temps. Infloron Medical est une entreprise cotée en Bourse, dont le siège se trouve dans les Villes jumelles. Elle fabrique un produit, le Zerax, qui favorise la régénération des tissus chez les grands brûlés. Ce produit a été approuvé récemment par la FDA[1]…

— Continuez, dit Stride.

— La valeur de l'action Infloron a plus que doublé depuis l'agrément de la FDA, l'été dernier. Nous enquêtons sur des achats massifs d'actions juste avant l'annonce de la décision de la FDA. Nous pensons que Mitchell Brandt a fait des transactions importantes, grâce à des informations confidentielles. Un délit d'initié.

1. La « Food and Drug Administration », organisme chargé de la surveillance des denrées alimentaires et des médicaments. Elle a, entre autres pouvoirs, celui d'autoriser la commercialisation des médicaments sur tout le territoire des États-Unis. (*N.d.T.*)

35

Serena se trouvait dans le cabinet de Tony Wells. Debout devant la baie vitrée, elle contemplait le bois de bouleaux derrière la maison. Elle vit qu'il y avait beaucoup de traces de daims dans la neige. Ils étaient partout, laissant des pistes pour qu'on les suive.

— Quel endroit magnifique, Tony, murmura-t-elle sans se retourner.

Tony occupait le fauteuil de cuir près du divan. Il sirotait son café en attendant qu'elle cesse d'aller et venir. Il ne l'incitait pas à parler. Il portait un costume marron, des chaussures marron cirées et une cravate marron.

— Merci de me recevoir ainsi, sans rendez-vous, ajouta-t-elle.

— Vous avez dit que c'était important.

Serena acquiesça. Elle se disait que, si elle attendait assez longtemps sans bouger, elle finirait par voir des daims passer entre les arbres. C'était déjà arrivé. Elle avait vu des daims, des opossums, des lapins, et même un renard, une fois. L'animal couleur rouille, avec sa queue touffue, était beaucoup plus petit qu'elle ne s'y attendait.

Elle finit par s'asseoir sur le divan. Elle jouait avec ses cheveux. Tony ne disait rien.

— Qu'est-ce qui se passerait si vous portiez des vêtements d'une autre couleur que le marron ? demanda-t-elle.

— Ma tête exploserait.

— Maggie plaisante souvent à ce sujet, vous savez, fit-elle en souriant.

— Ça fait dix ans que ça dure…

— C'est censé apaiser vos patients ?

— Mes patients ? fit Tony. Non, c'est censé m'apaiser, moi. Le marron est mon armure. C'est un secret professionnel, alors ne le dites à personne.

— Même pas à Maggie ?

— Surtout pas à Maggie.

Serena tambourinait du bout des doigts sur le bras du canapé.

— Je dois faire quelque chose, cette nuit, qui me met assez mal à l'aise, dit-elle enfin.

— Oui…

— J'aimerais avoir un conseil sur la manière d'y faire face.

— D'accord.

Il ne la dirigeait jamais. Cela la mettait hors d'elle, parfois. Elle aurait préféré qu'il lui donne une direction. Elle aurait un peu moins l'impression que le fardeau de décider où ils allaient reposait toujours sur ses épaules. C'était stupide, bien sûr. C'était le principe même de la thérapie.

— Mais avant cela je voudrais parler d'autre chose. Il s'agit d'Eric.

Tony attendait. Quand il buvait son café, la partie inférieure de son visage disparaissait derrière sa grande tasse noire. Serena ne voyait que ses yeux de chien de chasse.

— Est-ce qu'il a jamais dit qu'il voyait une certaine Helen Danning ?

— Non.

— Avez-vous jamais soigné une certaine Helen Danning ?

— Non.

— Eh bien c'était facile. J'essaie de gagner du temps, vous avez remarqué ?

Tony ne répondit pas.

— N'êtes-vous pas censé me tirer les vers du nez ? demanda-t-elle.

— Comment ? Avec du sérum de vérité ?

— Oui, oui, je sais, fit-elle en soupirant. D'accord. Je vais vous parler d'une chose que vous savez déjà si d'autres patients vous en ont parlé. Mais si vous le saviez déjà, vous ne me le diriez pas. Il y a dans cette ville un club échangiste. Un endroit où des personnes seules et des couples se réunissent pour baiser entre eux et avec des femmes qui se présentent comme « volontaires ».

— D'accord.

— Ce soir, je dois surveiller le club, dans le cadre d'une enquête. Je ne serai pas là comme participante, seulement comme observatrice.

— Comment vous sentez-vous par rapport à cela ?

— Nerveuse, avoua Serena. Beaucoup plus que je ne l'ai dit à quiconque. Je crains de dérailler. Si je vois un homme chevaucher une inconnue, j'ai peur d'avoir des flash-back de Blue Dog vautré sur moi.

— Vous avez déjà… « déraillé » ?

— Non. Je gère.

— Alors pourquoi pensez-vous que vous allez « dérailler » ce soir ?

— Ce sera tellement plus réel. Ce n'est pas comme une image mentale que je peux repousser. Ces gens vont se trouver là, devant moi.

— C'est logique, dit Tony. Vous êtes une jeune fille de quinze ans. Vous n'exercez pas le moindre pouvoir sur ce qui va vous arriver, vous n'avez pas le choix. Vous êtes absolument sans défense. Exact ?

Serena roula des yeux.

— Non.

— Vous n'avez pas quinze ans ? Vous exercez un contrôle sur votre vie ?

— Vous êtes un vrai salaud, Tony.

— J'imagine que les gens qui fréquentent ce club le font parce qu'ils le considèrent comme un exutoire érotique. Vous, vous trouvez cela érotique ?

— Pas particulièrement, mais je suis curieuse, c'est vrai.

— Alors ?

— Alors je me sens un peu coupable.

— Qu'est-ce qui vous gêne le plus ? Votre nervosité ou votre sentiment de culpabilité ?

— Je ne sais pas. C'est plus ou moins la même chose, non ?

Tony hocha la tête.

— Je vais vous donner un cachet qui fera disparaître totalement vos sentiments et vos émotions à ce sujet.

Elle le regarda.

— Quel genre de cachet ?

— Ça n'a pas vraiment d'importance. Quel genre voulez-vous ? Aspirine ? Vitamine à croquer ?

— Très drôle.

Tony haussa les épaules.

— D'après ce que vous dites, vous ressentez exactement ce que je m'attends à vous voir ressentir devant ce genre de choses. Je ne peux pas vous aider à ne rien ressentir du tout. Le seul problème, c'est la manière dont vous gérez ces sentiments, et la question de savoir si vous les contrôlez ou s'ils vous contrôlent. Je comprends qu'à quinze ans vous n'étiez pas en position de les contrôler. Heureusement.

— Je n'ai plus quinze ans.

Tony écarta les mains.

— Je sais ce que vous êtes en train de me dire, fit Serena. Croyez-moi, ce n'est pas si facile.

— Je n'ai jamais dit que c'était facile.

— Autrefois, aux pires moments, je m'échappais. Un endroit dans ma tête que j'appelais la pièce du néant. C'est là que j'allais, et je ne ressentais rien. C'était ma manière de gérer la situation.

— Mais ?

— Mais au bout d'un moment je ne pouvais plus en sortir. J'étais coincée. J'avais l'impression que je passerais ma vie dans cette pièce vide. Ce n'est qu'après avoir rencontré Jonny que j'ai pu me sortir de cet endroit. Ce qui me terrifie, aujourd'hui, c'est l'idée d'y retourner.

Tony se pencha en avant, les coudes sur les genoux.

— Vous pouvez fuir ce que vous êtes, Serena, mais tôt ou tard vous allez devoir faire face de nouveau au passé. Ce jour-là, vous serez la seule à pouvoir décider s'il est réellement derrière vous.

Stride roulait sur la rive nord, sur la nationale qui longeait le lac entre Duluth et Two Harbors. Le temps était magnifique. Il avait oublié à quoi ressemblait le soleil et aurait été bien en peine de dire quand il avait mis ses lunettes noires pour la dernière fois. La surface du lac lui renvoyait le reflet éblouissant du soleil. C'était calme, il y avait peu de circulation. Sans la température glaciale, cela aurait pu être l'été. Mais, à cette époque de l'année, il faisait encore plus froid lorsque le soleil se montrait.

La maison de Kathy Lassiter se trouvait à une quinzaine de kilomètres au nord de la ville. C'était une grande et solide bâtisse datant de plusieurs décennies. Au rez-de-chaussée et à l'étage, des fenêtres donnaient sur le lac. La maison était d'un beau bleu cendré qui miroitait au soleil. Elle trônait au milieu d'un terrain de plusieurs hectares recouvert de bois épais. Stride se gara sur l'allée de terre, derrière l'Audi de la propriétaire. Avant même d'arriver à l'entrée, il vit la porte s'ouvrir. Une femme en sortit, vêtue d'un survêtement polaire bordeaux et argent, ses cheveux bruns rassemblés en queue de cheval. Elle portait des chaussures de jogging fluorescentes.

— Madame Lassiter ?

Elle descendit l'allée au pas de gymnastique.

— Je peux vous aider ?

Stride se présenta. Légèrement surprise, elle exigea un document officiel.

— De quoi s'agit-il ? demanda-t-elle en examinant son insigne. Un problème juridique ?

Il se rappela que Kathy Lassiter était associée dans un cabinet d'avocats de Minneapolis.

— Non, mais c'est urgent. Nous pouvons entrer ?

— C'est l'heure de mon jogging. Mais je dois m'échauffer, d'abord. Si nous traversions la route ? Vous me direz ce que vous avez à me dire.

De l'autre côté de la nationale, ils trouvèrent un petit parc donnant sur le lac. Il y avait un banc de pique-nique à demi enseveli sous la neige, et une plage de galets battue par les vagues. La neige crissait sous leurs pas. En l'absence de vent, les branches des grands conifères qui les entouraient étaient parfaitement immobiles.

Kathy Lassiter posa lestement sa jambe gauche sur le banc et fit une flexion qui amena son visage presque à hauteur de son pied. Elle empoigna son mollet et tourna la tête vers Stride. Elle avait des yeux bruns, vifs et intelligents. La quarantaine et pas le moindre maquillage. Des joues rouges, un nez épaté.

— Que voulez-vous, lieutenant ?

Elle avait une voix d'avocate, sèche, impatiente.

Il alla droit au but :

— Je suis au courant, pour le club, cette nuit.

Sans cesser ses étirements, elle haussa les épaules.

— Oui. Et alors ?

— Je me trompe, ou vous serez ce qu'ils appellent une fille alpha ?

— Cela ne vous regarde pas.

Elle posa le pied par terre et fit pivoter son torse vers la gauche.

— Je ne viole aucune loi. Au fait, vous pouvez me dire quand a été créée cette nouvelle police de la morale ?

— Deux filles alpha ont été agressées après leur… leur performance dans ce club échangiste.

Kathy Lassiter s'immobilisa, les bras croisés. Elle avait le souffle régulier.

— Vous êtes sûr ?

— Oui.

Elle recommença ses étirements. Cette fois, elle était pensive.

— Vous me suggérez de renoncer ?

— Je ne vous en voudrais pas, c'est sûr.

— Mais vous avez autre chose en tête…

— C'est vrai. Si nous annulons la soirée, nous alertons le coupable. Il pourrait se mettre en quête d'autres victimes.

— En d'autres termes, vous espérez qu'il essaiera de s'en prendre à moi.

— Nous vous protégerons. Vous serez sous surveillance vingt-quatre heures sur vingt-quatre.

— Ce ne sera pas facile. Je fais deux allers et retours par semaine entre Duluth et Minneapolis, où se trouve mon bureau.

— Vous êtes avocate d'affaires, n'est-ce pas ?

— Oui. Spécialisée dans les problèmes de gouvernance dans les compagnies émergentes.

— Longues journées, mais bon salaire.

— La paye est correcte, répliqua-t-elle, mais si vous voulez faire fortune, oubliez le salariat.

Stride regarda, de l'autre côté de la route, sa belle résidence secondaire.

— On ne va pas loin, de nos jours, avec quatre cent mille dollars par an ?

— Puisque vous posez la question : c'est vrai. Vous devriez voir ce que les cadres d'une start-up peuvent tirer d'une offre publique initiale. Mais je sais qu'un avocat ne suscite guère la sympathie d'un flic qui cotise pour sa pension…

— Ne vous inquiétez pas, je n'ai pas envie d'échanger mon boulot contre le vôtre. En tout cas, les navettes vers les Villes jumelles ne posent aucun problème. Nous travaillerons avec la police locale, et la police des autoroutes vous aura à l'œil, discrètement.

— L'homme que vous recherchez a tué quelqu'un ?

— Nous pensons qu'il a peut-être commis deux meurtres pour protéger son identité. Il n'a pas tué de fille alpha, mais je ne vous cache pas que ça peut être dangereux. Je comprendrais parfaitement si vous décidiez de ne pas vous mêler de tout cela.

— Vous pensez que je serais en sécurité si je renonçais à la soirée ?

— Je n'en sais rien. Nous ne savons pas encore précisément qui est cet homme, ni la manière dont il trouve les informations. Peut-être sait-il déjà qui vous êtes.

— Que j'y aille ou pas, je suis marquée…

— J'en suis désolé.

Elle se redressa, puis s'assit sur le banc.

— Je suis déçue, lieutenant. J'attendais cette soirée avec impatience. Le club a toujours représenté pour moi un péché véniel, inoffensif. Quand vous passez votre vie à remplir des formulaires pour la commission boursière et à vous inquiéter pour la loi Sarbanes-Oxley, il ne vous reste pas beaucoup de temps pour une vie sociale. Ne parlons pas de vie sexuelle. Je suis divorcée. Mon fils est à l'université. Une avocate en chaleur, dans la quarantaine, n'a pas beaucoup de débouchés.

— Ça signifie que vous allez renoncer ?

Elle secoua la tête.

— Non, je vais le faire. Mais ce ne sera pas ce que j'espérais. Promettez-moi qu'il n'y aura pas de caméra vidéo ni de mouchards. Je ne veux pas prendre le risque de me voir sur Internet parce qu'un flic aura revendu en douce mes débuts dans le porno…

— Vous avez ma parole.

— Parfait. Je veux également examiner les détails de l'opération de surveillance. Rien ne doit se faire sans mon accord.

— Bien sûr. L'inspecteur Abel Teitscher passera vous voir pour vous en parler. Gardez tout cela pour vous, aussi.

Kathy Lassiter hésita.

— Cela pose un problème ? demanda Stride.

— Pas du tout. Mais je connais les gens du club. Ils sont inoffensifs.

— L'homme que nous cherchons n'est peut-être même pas membre du club. Mais nous ne savons pas qui parle à qui. Les secrets ont tendance à voyager.

— C'est vrai, dit-elle.

Elle se leva, se dirigea vers le bas-côté de la nationale et commença son jogging.

36

Stride surveillait la rue obscure par les vitres fumées de la Cadillac. Elle lui était prêtée par un avocat qui habitait non loin de chez lui, sur la Pointe. Il s'en servait de temps en temps, quand il avait besoin d'une voiture de luxe qui se fonde dans le paysage, pour planquer dans certains quartiers. Teitscher se tenait raide comme un piquet sur le siège voisin. Ses cheveux gris taillés court frôlaient le toit de la voiture. Il ne cillait pas. À intervalles réguliers, il lissait sa moustache avec l'index. C'était le seul indice de sa nervosité.

Stride était nerveux, lui aussi. Préparer une opération de surveillance sur un plan était une chose – avec des épingles pour signaler l'emplacement des voitures et des marqueurs multicolores pour repérer les itinéraires de fuite. Attendre là, au milieu des ombres où n'importe qui pouvait se cacher, en était une autre. Vous pouvez déployer un cordon autour de n'importe quel terrain, quelqu'un parviendra toujours à se faufiler. Sur le terrain, il est impossible de tout voir et d'être partout à la fois.

Encore une heure.

Un flic s'installerait chez Kathy Lassiter pendant qu'elle serait à la soirée. Une voiture banalisée la suivrait, sans jamais la perdre de vue, sur le trajet du club et retour. Pendant quelques jours, une autre voiture avec deux inspecteurs resterait vingt-quatre heures sur vingt-quatre à cinquante mètres de sa maison. Ils avaient installé au rez-de-chaussée une alarme programmée qui se déclencherait en cas d'intrusion et préviendrait simultanément la voiture et le commissariat. Si quelqu'un essayait de s'introduire dans la maison, ils y seraient en moins de trente secondes.

Une demi-douzaine de voitures étaient en planque dans les rues autour du club, et plusieurs flics en civil patrouillaient à intervalles réguliers. Si le violeur venait de l'extérieur, il se trouvait probablement à proximité, en un lieu d'où il pouvait surveiller les allées et venues de sa prochaine fille alpha.

Ils étaient garés à proximité de la maison de Sonia Bezac. Plusieurs maisons avaient encore leurs illuminations de Noël : des lignes multicolores clignotaient dans les arbres et le long des gouttières. Les jardins étaient parsemés de bonshommes de neige informes. Les apparences étaient trompeuses. Il n'y avait rien de féerique dans ce quartier où une dizaine d'hommes et de femmes s'apprêtaient à faire l'amour à une inconnue, alors qu'un violeur en série rôdait dans les parages.

Stride s'imagina roulant de nuit sur une route isolée, apercevant par endroits les fenêtres éclairées d'une ferme paisible, se surprenant à envier la vie tranquille de ses occupants. Ce n'était qu'illusion, il le savait. Les gens n'étaient pas différents à la campagne. Là aussi il y avait des maris alcooliques, des personnes âgées promises à une mort lente, des suicides d'adolescents.

Il avait envie d'une cigarette. Ses doigts se crispèrent. Il ne parvenait pas à repousser sa peur. Ni le sentiment que quelque chose leur avait échappé.

— Qu'est-ce que les gars de la SEC vous ont dit, à propos de cette affaire de délit d'initié ? demanda Teitscher.

— Ils ont reçu un tuyau anonyme, mais ils ne sont pas parvenus à établir un lien entre Mitchell Brandt et quelqu'un d'Infloron Medical ou de la FDA. Ils ne savent pas comment il a été prévenu à l'avance de la décision de la FDA.

— Il y a loin, du délit d'initié au viol.

Stride hocha la tête. Son téléphone sonna. « Je suis pressée, mais j'ignore pourquoi », disait la chanson. Il était pressé, lui aussi, ce soir-là, et il avait l'impression de courir sur place. Il aurait voulu sauter directement à la fin.

C'était Serena.

— Je me gare juste avant le coin.

— Tu peux encore renoncer, lui dit Stride.

— Tu as besoin de moi à l'intérieur, Jonny.

— Je sais.

— Je signerai peut-être pour être la prochaine fille alpha.

— Sonia serait ravie. Fais gaffe, d'accord ?

— Promis.

Elle raccrocha. Une minute plus tard, il la vit dans son rétroviseur. Elle tournait le coin. Serena dépassa la Cadillac sans tourner la tête vers les vitres fumées. Elle portait un jean noir, des talons hauts et une veste matelassée sans manches. Elle avait l'air détendue, insouciante, mais Stride savait que ses yeux surveillaient les fenêtres et les espaces sombres entre les maisons.

Elle monta l'allée jusqu'à la porte de la maison des Bezac et attendit sur le seuil, sans cesser de surveiller autour d'elle. La porte s'ouvrit, la lumière se déversa sur le perron. Stride aperçut Sonia.

Serena disparut à l'intérieur de la maison.

Sonia accueillit Serena avec un sourire gêné. Elle la fit entrer, jeta un regard rapide dans la rue avant de fermer la porte derrière elle. La maison était élégante, l'éclairage tamisé. Sonia portait un kimono de soie rose à motif floral fermé par une ceinture. Elle avait des talons hauts. Les deux femmes étaient toutes les deux très grandes.

— Je n'aime pas les espions, dit Sonia.

— Personne ne saura.

— Je suis sûre qu'aucun membre de mon club n'est un violeur.

— Dites ça à Maggie et à Katrina, fit Serena d'un ton sec. Et estimez-vous heureuse que ça ne vous soit pas arrivé à vous.

Sonia rougit.

— Je vous conduis en bas.

Elles traversèrent une cuisine ultramoderne et prirent un escalier qui descendait vers une buanderie et une pièce de rangement. Le sol en ciment était froid. Une odeur de moisi suintait des murs. Sonia déverrouilla une petite porte qui ressemblait à l'entrée d'un placard à balais. Surprise, Serena se retrouva dans une petite chambre très élégante. Les murs étaient recouverts d'un papier peint doré avec un motif de carrés bordeaux entrelacés, il y avait un lit pour deux avec un dessus-de-lit froissé. Elle vit aussi une coiffeuse et un miroir, un secrétaire, et un placard encastré dans la cloison.

Un des murs de la pièce était entièrement en verre. Il donnait sur une grande pièce, somptueuse, éclairée par des bougies. Le temple.

Le regard de Serena était attiré par la chambre sombre. Elle se sentit exposée.

— On ne voit pas à travers le miroir, n'est-ce pas ? On ne saura pas que je suis ici ?

— Non. La plupart des membres ignorent l'existence de cette pièce. C'est une sorte de salle VIP.

— L'autre chambre est sonorisée ?

Sonia acquiesça.

— Vous entendrez tout ce qui se passe.

Serena voyait son propre reflet dans la vitre.

— Je déteste ça, murmura-t-elle.

— Tentez le coup. Vous serez peut-être surprise.

— Cela m'étonnerait.

— Vous êtes une espionne très séduisante, dit Sonia. Jonathan a bon goût.

Serena ne répondit pas.

— Il vous a dit, à propos de nous deux ?

— Oui.

Serena essayait d'imaginer Jonny adolescent, trente ans plus tôt, ivre mort dans une voiture avec cette femme. Elle-même n'était encore qu'une petite fille, à l'époque. C'était le bon temps, à Phoenix, avant que sa mère ne devienne l'esclave de la cocaïne et que son père ne les abandonne. Avant Blue Dog.

— C'est un passionné, dit Sonia.

— C'est pour cela qu'il est très bon dans tout ce qu'il fait.

— Je vais dissoudre le club, vous savez. Ce sera notre dernière réunion.

— Ah bon ?

— C'est devenu trop dangereux.

Serena savait qu'elle parlait des risques encourus par Delmar et elle pour leur réputation. Pas des risques que prenaient les filles alpha.

— Les membres sont au courant ?

— Non. Je me suis dit que vous préféreriez que je ne leur dise pas.

— Absolument.

Sonia jaugea sa silhouette.

— Il est vraiment dommage que vous ne soyez pas des nôtres, ce soir. Vous pourrez toujours nous rejoindre de l'autre côté, si l'envie vous…

— Non, merci.

— Comme vous voudrez. Personne ne saura ce que vous faites ici. Si ça vous excite, il y a des vibromasseurs dans le secrétaire…

— Lâchez-moi, Sonia. Rien de tout ça ne m'excite.

— Vraiment ? Quand vous portez un masque, c'est différent. Tout change.

Sonia ouvrit un tiroir d'où elle sortit un masque doré, féminin, à figure de chat. Elle passa l'élastique autour de sa tête, de sorte qu'il était caché par ses cheveux bouclés. Elle l'ajusta doucement des deux mains.

Serena se vit à côté d'elle dans la vitre. Cheveux rouges et cheveux noirs. Sous son masque, Sonia était devenue une étrangère. Quelqu'un de totalement différent.

Sonia lui passa un bras autour de la taille. Serena se demanda si cette inconnue allait l'embrasser.

— Vous n'avez pas envie de tenter le coup avec moi ? demanda Sonia.

— Je passe mon tour.

— Personne ne le saura. Je ne le dirai pas à Jonathan, si vous ne le lui dites pas.

— Ça ne m'intéresse pas, Sonia.

— Non ? Les femmes font les meilleurs amants. Je parie que vous le savez.

Serena se pencha et lui murmura à l'oreille, avec un sourire :

— Foutez-moi la paix.

Sonia se rembrunit. Elle eut un sourire forcé. Ses yeux, sous le masque, brûlaient de rage. Elle tourna les talons et sortit, laissant Serena seule dans la planque.

37

Maggie aurait voulu effacer de son esprit le souvenir du club, mais elle n'y parvenait pas. Pas ce soir.

Elle regarda sa montre et sut qu'au même moment la réunion battait son plein. Serena était dans la chambre secrète, Kathy Lassiter sur le lit, comme Maggie elle-même durant cette fameuse nuit de novembre. Elle se rappelait exactement comment cela s'était passé. Le temple ouvert, obscur, les meurtrières occultées par du chatterton et doublées par des rideaux. Elle se rappelait l'épaisse moquette sous ses pieds nus, l'air chaud de la ventilation. La pièce était éclairée par une douzaine de bougies dont la flamme vacillait dans des récipients de verre. Elles dégageaient dans l'atmosphère un arôme où elle avait décelé des traces de gingembre et de thé vert, de sauge, de lilas et d'orange. Des haut-parleurs invisibles déversaient des flots discrets de musique new age. Le bruit de l'océan, des harpes et des chants d'oiseaux. Il y avait des sièges en bois, des petites tables sur lesquelles on avait disposé des bouteilles de shiraz et des verres en cristal où se reflétaient les flammes des bougies. Des peaux d'ours luxueuses. Des sex-toys. Des préservatifs dans un récipient comme des confiseries. Sur les murs, des photos de nus suggestives.

Le grand lit circulaire placé au milieu de la pièce était drapé d'une soie rouge qui descendait jusqu'au sol. L'étoffe était douce et glissait sur sa peau nue. Elle était restée seule une dizaine de minutes avant que les autres ne la rejoignent. La fille alpha est toujours la première, avait dit Sonia. Faites ce que vous voulez. Buvez du vin. Écoutez la musique. Dormez. Caressez-vous. Maggie s'était contentée de penser à s'enfuir le plus loin possible.

Elle avait fini par accepter de suivre Eric dans son monde, parce qu'il semblait en avoir tellement envie... « Fais ça pour moi, montre-moi que tu aimes ça. Avec d'autres. » Cela avait été le dernier fantasme de son mari. Avec le recul, elle avait du mal à croire qu'elle l'avait fait. L'humiliation la faisait rougir.

Ils étaient si pathétiques, lorsqu'ils ôtaient leurs vêtements. C'était comme sur la plage, quand la nudité met tout le monde à égalité. Les mannequins gagnent beaucoup d'argent parce qu'elles ont des qualités rares. Le club échangiste offrait un défilé de bourrelets, de cellulite, de seins affaissés et de doubles mentons. Il y avait aussi des corps agréables à regarder, mais toute cette peau nue donnait la nausée, et un sentiment de laideur générale. Maggie s'était demandé une fois de plus ce qu'elle faisait là, comment elle avait pu croire que cela la rapprocherait d'Eric.

Elle avait gardé presque tout le temps les yeux fermés. Elle se souvenait de la douceur des lèvres et du souffle d'une femme, de l'odeur d'ail et des mains froides d'un homme, des halètements et de la transpiration, de gémissements. Une fois, elle avait ouvert les yeux et vu Eric, debout dans la pénombre, captivé, qui tenait son sexe en érection. Elle avait refermé les yeux. Le temps s'étirait en longueur. Il y avait eu d'autres sensations, des doigts brutaux, des langues laissant sur sa peau des traces humides, des hommes qui venaient et repartaient très vite.

Elle aurait aimé faire semblant de s'être simplement embarquée sur les montagnes russes et de s'accrocher pour rester en vie, mais c'était un mensonge. Certains passages l'avaient excitée. Sonia était incroyablement douée. Mitchell Brandt, aussi. À plusieurs reprises, elle avait cessé de s'inquiéter de ce qui se passait autour d'elle, tant elle s'impliquait dans ce qu'on lui faisait. Assez pour grimper sur les hauteurs et redescendre. Elle se sentait coupable, mais elle ne pouvait reculer. D'une certaine manière, elle avait aimé cela.

C'était l'une des raisons pour lesquelles elle n'avait pas signalé le viol, quelques semaines plus tard. Serena lui avait parlé des questions des hommes qui n'y connaissaient rien. « Vous aimiez ce que Blue Dog vous faisait ? » Si elle en parlait, le club serait exposé, on saurait ce qu'elle avait fait cette nuit-là, et à un moment ou à un autre, quelqu'un finirait par s'interroger. Est-ce qu'elle avait aimé cela ? Est-ce qu'elle avait envie d'être violée ?

— Va te faire foutre, Eric, dit-elle à voix haute.

Elle lui en voulait de lui avoir laissé ces souvenirs-là. Dans son esprit, elle était incapable de dissocier le club du viol, et elle tenait Eric pour responsable des deux. L'espace d'un instant, elle se réjouit de sa mort, regretta de ne pas avoir elle-même pressé la détente, cette nuit-là.

Maggie aurait préféré se trouver dans la rue, au lieu d'être là, seule chez elle, à ruminer ses erreurs. Elle aurait voulu être aux côtés de Stride, dans la voiture, à la place d'Abel Teitscher. Elle aurait voulu être sur place pour traquer ce salaud, l'arrêter et voir à quoi ressemblait son visage. Elle aurait voulu savoir ce qu'Eric avait trouvé, et comment il l'avait trouvé.

Et qui était Helen Danning.

À la pensée de Helen Danning, Maggie regarda son Blackberry sur la table basse. Le voyant rouge clignotait. Elle avait reçu un mail.

Personne ne lui avait écrit récemment. Depuis que l'accusation de meurtre planait au-dessus de sa tête, elle n'existait plus.

Avec un frisson, Maggie alluma le portable et activa sa messagerie. Elle avait un nouveau message. L'adresse d'expéditeur était « La Dame En Moi ».

Maggie ouvrit le message. Succinct :

Ne cherchez plus à me retrouver.

HD

38

Serena regardait Mitchell Brandt. Elle comprit soudain que quelque chose allait de travers. Les muscles de son torse et de ses jambes tremblaient sous l'effet de la tension. Il serrait et desserrait nerveusement les poings. Son masque empêchait Serena de distinguer son regard, mais elle voyait bien qu'il ne quittait pas Kathy Lassiter des yeux. Il ignorait les autres femmes présentes dans le temple – alors que plusieurs d'entre elles se caressaient, usaient de vibromasseurs ou faisaient l'amour avec leur partenaire sur les tapis disposés dans la pièce. Brandt se concentrait sur Kathy Lassiter, comme s'ils étaient seuls tous les deux dans le temple.

Serena eut un mauvais pressentiment. Brandt avait l'air d'un pur-sang qui renâcle et gratte le sol, impatient de voir la barrière s'ouvrir devant lui. Kathy Lassiter avait déjà enlacé un autre homme, mais elle fixait Brandt, à moins de deux mètres derrière elle, et quelque chose d'électrique et d'effrayant passait entre eux.

La nudité qui s'étalait devant elle avait très vite perdu tout intérêt. Au début, même cachée derrière la vitre, elle était embarrassée. Au bout d'un moment, elle y fut totalement indifférente. Le malaise laissa la place à l'ennui. Il y avait trop de sexe pour que ce soit excitant. Elle avait l'impression de s'être égarée sur le tournage d'un porno à petit budget.

Un homme nu se dirigea soudain vers le miroir et se dressa juste en face d'elle, détournant son attention. Machinalement, elle recula d'un pas. Elle retint son souffle. L'homme avait environ quarante-cinq ans, il était grand et maigre, avec une touffe de poils gris sur la poitrine. Il rentra son ventre et toucha son sexe. Serena avait envie de fermer les yeux.

Sonia s'approcha de lui. Sa peau blanche était luisante de transpiration. Elle avait été la première à faire l'amour avec Kathy Lassiter, et Serena l'avait vue se donner à deux hommes successivement, avant de se joindre aux ébats d'un couple marié. Sonia semblait à bout de souffle et euphorique. Elle buvait énormément. Comme la plupart de ses invités.

— Imagine qu'il y a quelqu'un de l'autre côté du miroir, dit-elle à l'homme. Imagine que quelqu'un nous regarde.

Serena vit qu'elle souriait.

— Bon Dieu, oh oui ! répondit l'homme.

— Allez, en scène, lui dit Sonia.

Elle lui mit les mains sur les épaules et le poussa en arrière. Il n'eut pas besoin d'encouragement supplémentaire pour se laisser tomber sur le tapis. Sonia le chevaucha devant la glace, jetant vers Serena un regard concupiscent. Elle émit un gémissement et se pencha en avant, au point que son visage déformé touchait presque la surface de la vitre.

— Quelle salope ! murmura Serena.

Elle eut envie de cogner sur la cloison pour que tout le monde sache qu'elle était là.

Elle parvint à détourner le regard de l'accouplement frénétique qui se poursuivait devant elle. Derrière Sonia, une autre scène se jouait.

Kathy Lassiter était seule sur le lit, à présent, à plat ventre, appuyée sur les coudes. Mitchell Brandt, nu, s'approcha et se tint au-dessus d'elle. La femme se mit à quatre pattes, avança sur les draps froissés et commença à le sucer. Brandt n'eut aucune réaction. Sa passivité obligea la femme à redoubler d'efforts. Elle aurait pu tout aussi bien consacrer ses attentions à une pierre. Brandt avait les yeux baissés vers son crâne. Serena frissonna en voyant l'impassibilité de son visage.

Soudain, Brandt empoigna les épaules de Kathy Lassiter et s'écarta d'elle. Il la repoussa si violemment qu'elle alla atterrir à l'autre bout du lit, les cheveux en désordre. Son masque glissa et Serena vit ses yeux. Elle était désorientée, et elle avait peur. Brandt grimpa sur le lit et s'approcha d'elle, à genoux. Elle recula.

Serena fit deux pas vers la porte, en essayant de comprendre s'il s'agissait d'un jeu.

Près du miroir, Sonia continuait de s'ébattre avec son partenaire. Les autres la regardaient. Personne ne faisait attention à Brandt et Lassiter.

Brandt bondit comme un fauve et saisit les poignets de Kathy Lassiter. Il la releva brutalement. Il lui arracha son masque, qu'il jeta sur le sol. Dans le même mouvement, il saisit ses hanches à deux mains, la souleva en la prenant à bras-le-corps et la serra violemment contre lui. Il chuchota à son oreille.

Serena vit ses lèvres bouger. Kathy Lassiter secoua énergiquement la tête et lutta pour se libérer, mais Brandt tint bon et lui bloqua les bras. Elle voulut parler, mais il lui ferma la bouche avec un baiser brutal.

Serena hésitait. Quand elle vit la femme se tortiller sous la poigne de Brandt, elle comprit qu'ils ne jouaient pas. Elle ne pouvait pas laisser cela continuer.

— Arrêtez ! cria-t-elle.

Les gens présents dans la pièce entendirent la voix étouffée et levèrent les yeux, confus et horrifiés. Brandt, lui, ne montra aucune intention de s'arrêter.

Serena se rua hors de la planque. Elle remonta l'escalier quatre à quatre. Traversant la maison en trombe, elle trouva l'escalier principal menant à la cave et la porte de chêne donnant accès au temple. Elle fracassa le battant, qui vola hors de ses gonds, et se précipita dans la chambre aux parfums.

Une dizaine de personnes se mirent à crier et à se couvrir avec les mains avant de plonger au sol. Sonia avait le visage déformé par la rage.

Serena fonça sur Brandt, qui poussa Kathy Lassiter sur le dos et se jeta sur elle de tout son poids. Les poumons de la femme se vidèrent comme un ballon qui se dégonfle. Il continuait à lui chuchoter des mots à l'oreille. Elle avait les yeux retournés. Elle essayait de parler, mais ne produisait que des sons étouffés.

— Écartez-vous d'elle ! hurla Serena en se ruant vers le lit.

Serena agrippa l'épaule de Brandt, mais on eût dit un poids mort. Elle le frappa à la tempe, entendit ses jointures craquer sur le crâne de l'homme. La douleur lui fit faire un bond, et il bascula à côté de Kathy, la libérant de son poids. Serena le frappa à nouveau, de la paume cette fois, sur le front. Brandt tomba en arrière avec un grognement, glissa sur le drap de soie et atterrit sur le sol. Il se releva en chancelant et fit quelques pas maladroits en arrière. Paralysés, les membres du club se serraient le long des murs et sur le sol. Serena surveillait Brandt. Elle se plaça entre Kathy Lassiter et lui. Il leur jetait à toutes les deux des regards meurtriers, le visage déformé par la rage. Puis il reporta son attention sur les autres, comme s'il remarquait leur présence pour la première fois.

— Allez tous vous faire foutre ! siffla-t-il.

Il sortit de la chambre en toute hâte. Un homme tenta de le retenir, mais il le repoussa brutalement, l'envoyant en arrière. Une des tables basses se renversa sous le choc, des bouteilles se vidèrent sur le sol. Le shiraz coula, comme du sang, des morceaux de verre acérés jonchaient le tapis. Brandt ouvrit brutalement la porte du temple, la claqua derrière lui. On l'entendit monter lourdement l'escalier.

— Ça va ? demanda Serena à Kathy Lassiter.

— Bien sûr que ça va, répondit la femme avec un regard noir. Qui êtes-vous, bon sang ?

— Une amie du lieutenant Stride.

— Vous n'auriez pas dû intervenir.

Serena eut un mouvement de recul.

— Quoi ?

— Vous auriez dû rester en dehors de tout ça, répéta-t-elle.

— Il vous agressait, protesta Serena. Il aurait pu vous tuer.

— Qu'est-ce que vous en savez ?

Sonia s'approcha d'elles. Elle était d'une pâleur mortelle. Visiblement, elle était furieuse.

— Comment osez-vous… siffla-t-elle. Foutez-moi le camp !

Serena l'ignora.

— Qu'est-ce qu'il vous a dit ? demanda-t-elle à Lassiter.

— Il n'a rien dit du tout.

— Je l'ai vu qui chuchotait…

— Il n'a rien dit du tout !

Serena posa ses lèvres tout contre son oreille.

— Je peux faire venir la police immédiatement.

— Non, fit Kathy Lassiter en secouant la tête. Il faut que je sorte d'ici.

— Laissez-moi vous aider, reprit Serena.

— Je n'ai pas besoin d'aide !

— Vous êtes sûre que vous n'avez pas besoin d'un médecin ?

— Je dois simplement m'en aller.

— Attendez ! Il est peut-être encore dans la maison.

— Non, fit Kathy Lassiter, il est parti. Il ne reviendra pas.

39

— Voilà Mitchell Brandt, dit Stride.

Il posa son café sur le tableau de bord de la Cadillac et se pencha en avant pour mieux voir.

— Il semble bien pressé, remarqua Teitscher.

Brandt claqua la porte d'entrée de la maison de Sonia Bezac et descendit vers le trottoir en courant. Son manteau ouvert tournoyait derrière lui. Il portait un jean noir et sa chemise déboutonnée pendait hors du pantalon. Ils aperçurent sa poitrine nue. Il traversa la rue, fit un écart pour éviter les phares d'une voiture, qui klaxonna énergiquement. Il s'engouffra dans une Porsche sombre.

— Je n'aime pas ça, dit Stride.

— On ne devrait pas l'arrêter ?

— Non, voyons d'abord où il va.

Teitscher appela Guppo par radio. Il se trouvait dans une voiture banalisée, au-delà du carrefour.

— Brandt se tire. Suivez-le sans vous montrer.

La Porsche démarra comme une fusée et disparut dans les zigzags de la rue escarpée qui descendait vers le lac. Une Chevrolet s'engouffra à sa suite, quelques secondes plus tard.

— Vous voulez entrer dans la maison ? demanda Teitscher.

— Pas encore.

Ils attendirent un quart d'heure. Les autres membres du club surgissaient de la maison, seuls ou par deux, dissimulant leur visage. Un vrai défilé.

Serena fut l'une des dernières à sortir. Elle s'éloigna de la maison d'un pas rapide. Sa veste matelassée était ouverte, elle avait l'air inquiète. Elle jeta un coup d'œil aux gens qui étaient à proximité puis s'engouffra à l'arrière de la Cadillac. Elle s'écroula contre le dossier du siège en cuir et lâcha un long sifflement.

— Qu'est-ce qui s'est passé ? demanda Stride.

Serena se pencha vers le siège avant, les coudes sur le dossier.

— Brandt a pété les plombs.

— Comment ça ?

— Il a agressé Kathy Lassiter devant tout le monde.

— Quelqu'un l'a arrêté ?

— Moi. Lassiter prétend qu'elle va bien, mais Brandt était hors de lui. Quand je suis intervenu pour les séparer, il a fichu le camp.

— Nous l'avons vu. Guppo est sur sa piste.

Teitscher surveillait toujours la porte d'entrée de Sonia.

— Qu'est-ce qui a fait craquer Brandt ?

— Je ne sais pas. Il était à cran. Pas un instant il n'a quitté Lassiter des yeux.

— Et toi ? demanda Stride. Ça va ?

— Ça va, mais tu sais ce qu'on dit qu'il faut faire, quand on est nerveux ? Il suffit d'imaginer quelqu'un tout nu, ça détend immanquablement ! Eh bien, ça ne marche pas quand ils sont *vraiment* nus.

Stride ne put s'empêcher de rire.

— Bande de pervers, lâcha Teitscher d'un ton sec.

— Tu crois que Brandt est notre homme ? demanda Stride. Il aurait pu attaquer les autres femmes ?

— Je ne sais pas… On avait plutôt l'impression qu'il en voulait à Lassiter.

— Il s'est passé quelque chose entre eux ?

Serena secoua la tête.

— Non, c'est le problème, justement, il ne s'est rien passé. Ça semblait personnel.

— Personnel ? Comme s'ils se connaissaient ?

— Oui, je crois…

Teitscher regarda Stride.

— Que savons-nous sur Lassiter ?

— Pas grand-chose, répondit Stride.

Il était furieux contre lui-même.

— Elle est avocate, non ? demanda Serena. Il y a peut-être une bio sur le site Internet de son cabinet…

Stride prit son ordinateur portable. Dès que la page d'accueil du cabinet d'avocats s'afficha, il chercha les biographies des associés et fit apparaître celle de Kathy Lassiter. Il y avait une photo et un résumé de sa carrière, de ses compétences et de ses spécialités. Quand il eut fini sa lecture, il jura et claqua le couvercle du portable.

— Kathy Lassiter est avocat-conseil d'Infloron Medical.

— Tu crois qu'elle a informé Brandt de l'approbation de la FDA ? demanda Serena. Et qu'il s'en serait servi pour commettre un délit d'initié ?

— Ou bien c'est elle qui l'a dénoncé. Proutz, à Chicago, m'a dit qu'ils avaient reçu un tuyau anonyme.

— Que voulez-vous faire ? fit Teitscher.

— L'arrêter. Il a agressé Lassiter. On peut se servir de ça pour le choper.

— On doit être certains que le filet de protection autour de Lassiter est sûr, ajouta Serena. Brandt pourrait décider de repartir à sa poursuite. Et s'il n'est pas notre suspect, elle aura deux hommes à ses trousses.

Teitscher fixait la porte de la maison de Sonia.

— Nous avons un problème…

— Lequel ? demanda Stride.

— Lassiter n'est pas ressortie.

Serena se pencha vers le siège avant.

— Qu'est-ce que vous racontez ? Elle aurait dû être parmi les premiers à franchir cette porte…

— Je n'ai pas quitté la porte des yeux, dit Teitscher en secouant la tête. Lassiter n'est pas ressortie.

40

Sonia leur ouvrit. La masse informe de ses cheveux roux évoquait un nid de serpents endormis. Elle portait un peignoir lâchement attaché à la taille. Une odeur de sexe émanait de son corps.

— Qu'est-ce que vous voulez, encore ? Vous n'en avez pas fait assez ?

— Où est Kathy Lassiter ? demanda Stride.

Sonia haussa les épaules.

— Vous devriez le savoir. Les espions, c'est vous.

— Elle est toujours à l'intérieur, insista Teitscher.

Il plissait le front, et son regard exprimait la réprobation. Il avait les yeux fixés sur le profond décolleté qu'offrait le peignoir de Sonia. Celle-ci lut sa pensée.

— Vous croyez que je l'ai attachée sur un lit, quelque part ? Désolée, inspecteur. Elle est partie.

— Pouvons-nous regarder dans la maison ? demanda Serena.

Sonia fit la moue.

— Pour ce qui me concerne, vous pouvez aussi bien rester dehors et vous les geler sur place.

— Sonia ! gronda Stride.

— Oh, merde, d'accord. Allez-y.

Elle leur ouvrit la porte en grand et ils se glissèrent à l'intérieur. Outre son parfum et l'odeur de sexe, Stride remarqua que son haleine sentait l'alcool. Elle tanguait un peu. Ses seins pointaient sous la soie du peignoir.

— Je vais voir à l'étage, dit Serena.

Teitscher se tenait dans le vestibule, mal à l'aise. Son téléphone sonna. Il décrocha. Stride vit son visage se décomposer. Teitscher raccrocha brutalement et son poing se crispa sur l'appareil.

— C'était Guppo. Brandt a grillé un feu rouge, et Guppo est resté bloqué. Il a été semé.

— Merde ! s'exclama Stride.

Ils perdaient le contrôle de la situation. Teitscher fit un geste du pouce vers la porte d'entrée. Stride acquiesça.

— Allez-y. Lancez un avis de recherche sur Duluth et Superior. Prévenez également la police de la route, pour le cas où il irait vers le sud par l'Interstate.

Teitscher s'en alla.

Stride passa le salon en revue. La lumière était tamisée, la pièce déserte.

Sonia le rejoignit.

— Je te l'ai dit, elle n'est pas là.

— Elle ne s'est pas envolée, fit Stride d'un ton sec.

Il passa devant elle et se dirigea vers l'autre bout de la maison. Il ne trouva aucune trace de Kathy Lassiter dans les chambres du bas.

— Où est Delmar ?

— Il dort, répondit Sonia.

— Seul ?

Sonia ricana.

— À moins que Serena n'ait envie de lui donner une chance. Peut-être n'aura-t-il pas besoin de Viagra, avec elle.

Stride était à bout de patience.

— Montre-moi le sous-sol.

— Il n'y a plus personne pour s'amuser, en bas.

— Montre-le-moi, c'est tout.

Sonia haussa les épaules et descendit un escalier menant à une porte de chêne massive. Stride entra dans le temple, Sonia sur ses talons. Il trouva un interrupteur, qui inonda la pièce d'une lumière fluorescente.

Stride plissa les yeux, et Sonia protégea les siens de la lumière. Il jeta un regard panoramique sur la chambre, consterné. Les draps du lit circulaire étaient souillés. Des emballages de préservatifs jonchaient le sol, au milieu des taches de vin et des débris de verre. L'odeur de sexe était très forte. L'espace d'un instant, il imagina Maggie allongée sur le lit, sentit monter en lui une fureur irraisonnée.

Il ne lui fallut que quelques secondes pour s'assurer que personne ne se trouvait dans la pièce. Quand il se retourna, Sonia était si près de lui qu'il pouvait sentir son souffle. Elle s'appuya contre son torse.

— Embrasse-moi, murmura-t-elle. J'ai envie qu'on m'embrasse.

Il écarta ses mains.

— On t'a assez embrassée pour aujourd'hui.

Sonia pivota, l'air rêveur.

— Oh non, tu te trompes... On m'a beaucoup baisée, mais personne ne m'a embrassée. Toi, tu embrasses bien.

— Tais-toi, Sonia. Où est Kathy Lassiter ?

— Je ne sais pas.

— Tu mens.

Sonia haussa les épaules.

— Embrasse-moi, et je te le dirai peut-être.

Stride lui saisit l'épaule et serra, peut-être un peu plus fort que nécessaire.

— C'est ça, frappe-moi, dit-elle. Je sais que tu en as envie.

Il écarta brusquement la main, comme si la peau de Sonia était brûlante.

— Ce n'est pas un jeu, Sonia. Elle court peut-être un réel danger. Bon Dieu, qu'est-ce que vous auriez fait si Serena n'avait pas été là ? Vous seriez tous restés là, à regarder Brandt la violer ?

— Serena a mal compris. Ce n'était qu'un jeu sexuel qui a un tout petit peu dérapé. C'est ce que m'a dit Kathy.

— Quand ?

— Après.

— Tu lui as parlé, dit Stride. Tu sais donc où elle est. Je t'écoute.

Sonia l'ignora. Elle défit la ceinture de son peignoir, qu'elle laissa tomber comme une serviette sale. Elle était nue.

— Ça te rappelle quelque chose ?

Oui, en effet. Il se rappelait son corps dans le moindre détail, jusqu'à la tache de rousseur sur le sein gauche et la cicatrice que lui avait laissée une appendicectomie. Il repoussa ses souvenirs.

— Dis-moi immédiatement où se trouve Kathy Lassiter ou je t'emmène en ville le cul nu, en état d'arrestation. Alors aide-moi, Sonia, je ne plaisante pas.

Il lui lança son peignoir. Elle le serra contre sa poitrine.

— Remontons au rez-de-chaussée, fit Stride. Enfile ton peignoir.

Sonia obtempéra, attacha la ceinture, laissant ses seins en liberté. Elle s'empara de la ceinture de Stride et s'agenouilla devant lui. Il s'écarta brusquement, examina ses yeux. Elle avait les pupilles dilatées.

— Qu'est-ce que tu as pris ?

Elle gloussa.

— Un tout petit peu de coke, chuchota-t-elle.

— Combien ? Combien tu en as pris ? Tu veux aller à l'hôpital ?

Sonia tira la langue.

— Allons, Jonathan. En souvenir du bon vieux temps ? Je mouille, tu bandes, alors pourquoi pas, merde ?

Stride sentit que sa main se raidissait, devenait aussi dure qu'une matraque. À cette seconde précise, il haïssait Sonia, et il détestait le fait qu'elle ait un lien avec son passé. Il ramena la main en arrière. Il sut qu'il allait la gifler et la regarder trébucher, sa joue portant la trace écarlate de ses doigts.

— Non, Jonny.

Il se retourna. Serena était là, à côté de lui. Elle secouait la tête, incroyablement calme.

Il jura. Il la regarda s'agenouiller devant Sonia, qui lui sourit du coin des lèvres, ferma les yeux et bascula en arrière.

— Où est Kathy Lassiter ? demanda Serena d'une voix douce.

— Je te l'ai dit, elle n'est pas ici.

Sonia ouvrit les yeux et agita un doigt vers Stride.

— Elle a pris ma voiture. Elle ne voulait pas que vous la trouviez.

— Bon sang, mais pour aller où ? demanda Stride.

— Pour retrouver Mitchell Brandt. Elle a dit qu'elle devait l'arrêter avant qu'il ne fiche tout en l'air.

41

Serena resta longtemps assise dans le noir avant de démarrer. Elle plissa le nez. Une légère odeur de poisson s'était incrustée sur les sièges en cuir. Elle mit cela sur le compte du poisson fumé qu'elle avait acheté la semaine précédente. Elle ouvrit la vitre pour la chasser, mais l'odeur avait déjà pénétré ses narines et n'en sortait plus. Le vent traversa la voiture en sifflant, apportant des flocons de neige.

Jonny était parti. L'avis de recherche pour Mitchell Brandt et Kathy Lassiter avait été diffusé dans toute la ville, mais elle ne participait pas à la chasse. La frustration la taraudait. C'était dans ces moments-là qu'elle regrettait d'avoir renoncé à son insigne, quand elle se sentait privée de la montée d'adrénaline. Elle avait dû regarder la voiture de Stride s'en aller sans pouvoir le suivre. Elle détestait cela.

Elle s'inquiétait pour Jonny. Il était entouré par les mensonges et les secrets, et elle se sentait coupable parce qu'elle était à l'origine de certains de ces mensonges. Elle se demanda une fois de plus si elle ne commettait pas une erreur terrible en le maintenant dans l'ignorance.

L'inconnu qui se cachait dans l'obscurité n'était-il qu'un maître chanteur ? Ou s'agissait-il d'un prédateur beaucoup plus nuisible ? Un homme qui commettait des viols ? Un homme qui tuait ?

Un homme qui la suivait, elle.

La sensation était revenue, et elle était très mal à l'aise. Quelqu'un l'épiait. Elle ignorait où il se trouvait, mais il était à proximité, de nouveau. Son malaise s'accrut quand elle réalisa que les rues étaient désertes. Tous les flics étaient partis, elle se retrouvait seule. Qu'est-ce qu'il voulait ?

Serena bondit en entendant la sonnerie de son téléphone.

C'est lui.

Mais c'était Dan Erickson :

— Il veut l'argent cette nuit. Je l'ai.

— Nous devrions prévenir la police, suggéra Serena. Immédiatement.

— Je vous ai engagée parce que vous étiez flic à la criminelle, répliqua Dan, furieux, d'une voix rauque. Vous m'avez dit que vous pouviez vous charger de ce type. Vous me dites maintenant de foutre ma vie en l'air en rendant tout cela public ? !

— Nous ne savons pas à qui nous avons affaire.

— Je m'en fous. Je veux en finir. Il affirme que c'est son dernier coup. Il va quitter la ville.

— Il vous dit ce que vous avez envie d'entendre, fit Serena.

— Vous ne m'écoutez pas. Nous allons faire ça à ma manière. Si ce type sent la moindre odeur de flic, la photo de Tanjy et moi sera envoyée à la presse. Vous comprenez ce que ça signifie ?

— Absolument.

— Alors venez chercher l'argent.

— Où a lieu la livraison ?

— Il a dit qu'il vous le ferait savoir.

— Je n'aime pas ça.

— Ce n'est pas de vous qu'il s'agit, fit Dan avant de raccrocher.

Serena jeta le téléphone sur le siège. Son volant était glacé. Dan avait raison. C'était un boulot, elle ne pouvait pas en faire une affaire personnelle. Elle avait un travail à accomplir, point final. Faire la livraison. Comme la fois précédente.

Elle tourna la clé de contact.

Avec la violence d'une bombe, un vacarme épouvantable éclata dans la voiture. Les haut-parleurs se mirent à déverser du rap, si fort, si agressif, qu'elle en ressentait le rythme dans sa poitrine. Machinalement, elle se couvrit les oreilles des deux mains, pensa à tourner le bouton, le fit si brutalement que le morceau de plastique se brisa et lui resta dans la main.

Le silence était revenu dans la voiture. Serena haletait.

Elle comprit ce qui se passait. Il était venu dans sa voiture.

Elle avait l'impression que des fourmis grouillaient sous ses vêtements. Quand elle se rappela que sa vitre était toujours baissée, elle la referma à la hâte. Elle examina les sièges arrière et avant pour s'assurer que rien n'avait disparu. Tout était à sa place.

Il jouait avec elle.

« Ce n'est pas de vous qu'il s'agit. »

Elle démarra sans quitter le rétroviseur des yeux, mais il n'y avait personne derrière elle. Il n'était pas venu sans raison. Elle regarda la boîte à gants. Avant même de l'ouvrir, elle savait qu'il lui avait laissé un message. Encore un. Elle commençait à penser comme lui.

Elle se gara le long du trottoir et ouvrit enfin la boîte à gants. Il y avait une enveloppe blanche, et un message à l'encre rouge.

Sous le grand pont. Apportez l'argent. Une heure.

42

Stride se trouvait à proximité de Lincoln Park, un rectangle de végétation qui s'élevait au-dessus de l'autoroute et qui était un des hauts lieux de la délinquance et du trafic de drogue. Même l'hiver ne décourageait ni les vendeurs ni leurs clients. Stride fit le tour du parc puis commença à parcourir lentement les rues résidentielles du quartier.

Tout en conduisant, il passa plusieurs coups de fil. Il appela l'inspecteur qui attendait dans le noir devant chez Kathy Lassiter. Elle n'était pas rentrée. Des flics en uniforme passaient au peigne fin le périmètre autour de la maison et les bois derrière celle-ci. Ils n'avaient trouvé aucune trace de Mitchell Brandt ni de quiconque. Stride appela l'équipe en planque devant l'appartement de Brandt, obtint la même réponse. Les voitures de patrouille cherchaient inlassablement la Porsche de Brandt et la Mercedes de Sonia dans les rues de Duluth et de Superior. Jusque-là, Brandt et Kathy Lassiter étaient parvenus à leur échapper.

Son portable sonna.

— Philip Proutz, lieutenant. Mon bureau m'informe que vous essayez de me joindre.

— Exact. Nous avons un problème, et j'aurais besoin de certaines informations.

— Il s'agit de Mitchell Brandt ?

— Oui, mais pas seulement. Il y a aussi Kathy Lassiter.

Il y eut un long silence. Puis :

— Et si vous me parliez un peu de votre problème ?

— J'en déduis que vous savez qui elle est, dit Stride.

— Oui.

— Elle est le principal avocat-conseil d'Infloron Medical, n'est-ce pas ? Elle serait donc l'une des premières personnes informées des demandes de cette compagnie auprès de la FDA ?

— Bien sûr, fit Proutz, qui semblait peiné. Ne me dites pas qu'elle est en relation avec Mitchell Brandt.

— Nous pensons qu'ils se connaissent. Ils sont tous deux membres d'un club échangiste clandestin, ici, à Duluth.

— Un club échangiste ? gémit Proutz.

— Lassiter savait-elle que vous meniez une enquête sur d'éventuels délits d'initiés concernant les actions d'Infloron ? Et que Brandt était un possible suspect ?

— Non, nous ne savions pas où la piste nous mènerait. Nous n'alertons pas les compagnies, ni leurs avocats, avant d'avoir un minimum d'informations.

— Vous ne soupçonniez pas Lassiter d'être une source possible de la fuite sur l'approbation de la FDA ?

— Pas du tout. Elle aurait été tout en bas de notre liste. Pensez ce que vous voulez des avocats, lieutenant, mais il est rare que des avocats-conseils soient personnellement impliqués dans ce type d'activité criminelle. Mais nous nous sommes penchés sur elle et sur son cabinet, je peux vous l'assurer.

Stride se dit qu'ils auraient eu du mal à trouver la connexion, à moins d'avoir accès aux listes de Sonia.

— Serait-il possible que Lassiter soit votre informateur anonyme ? demanda-t-il.

— En tout cas, ce n'est pas elle qui nous a appelés. L'appel téléphonique qui nous a alertés sur les activités boursières de Mitchell Brandt était le fait d'un homme…

Stride essaya d'en déduire qui d'autre aurait pu découvrir le lien entre Brandt, Kathy Lassiter et Infloron Medical. N'importe quel membre du club échangiste devait les connaître tous les deux, mais Stride ne voyait pas comment ils auraient pu prendre connaissance d'un projet de délit d'initié dont les journaux n'avaient jamais parlé.

— Je vous ai montré mon jeu, lieutenant. Si vous faisiez de même ? demanda Proutz. Qu'est-ce qui se passe ?

— Brandt et Lassiter ont disparu.

— Vous pensez qu'ils ont quitté la région ?

— Je ne sais pas. Je suis inquiet pour la sécurité de Lassiter. Brandt l'a agressée, ce soir. Est-ce que quelqu'un aurait pu l'informer de votre enquête ?

— Je ne vois pas comment ce serait possible. Mon équipe connaît l'importance de la confidentialité dans ce type d'affaires. À moins que la fuite ne vienne de quelqu'un de chez vous, lieutenant.

Stride énuméra mentalement les possibilités. Lui-même. Serena. Maggie. Teitscher. Personne d'autre n'était au courant.

— C'est peu probable. Dites-moi… Si Lassiter disparaissait, est-ce qu'il vous serait difficile de monter une accusation de délit d'initié contre Brandt ?

— Ce ne serait pas impossible, mais assez difficile, avoua Proutz. Tout dépend de la manière dont ils ont dissimulé leurs traces. Si nous ne pouvons pas prouver comment une fuite a pu avoir lieu, il sera difficile de prouver que Brandt disposait d'informations confidentielles quand il a effectué les transactions. En général, nous jouons un conspirateur contre les autres, en proposant des arrangements.

Ce qui voulait dire que Brandt avait une bonne raison de faire en sorte que personne ne revoie plus jamais Kathy Lassiter.

— Je vous tiendrai informé, monsieur Proutz.

— Merci.

Stride raccrocha. Le téléphone sonna aussitôt. Cette fois, c'était Teitscher.

— Vous n'êtes pas à proximité d'Enger Park, par hasard ? demanda-t-il.

Stride se trouvait sur Lincoln Park Drive, et il roulait vers le nord. Enger et Lincoln se touchaient, près d'un pont qui surplombait la Highway 53.

— Moins de cinq minutes, dit-il. Pourquoi ?

— Un automobiliste du quartier a appelé le 911. Il a entendu une femme hurler près de la tour Enger.

43

Deux voitures étaient garées dans la neige, sur le bas-côté de la route en lacets qui contournait le pied de la colline d'Enger Park. La Porsche de Brandt et la Mercedes de Sonia.

Stride gara son Bronco derrière elles, en bloquant le passage. Avant de descendre du véhicule, il prit son Ruger dans la boîte à gants. Un fin croissant de lune allait et venait derrière les nuages qui se déplaçaient rapidement. La forme de la tour en pierre bleue de cinq étages qui surplombait la colline se découpait à contre-jour. Il sentit la tempête de neige qui se préparait à l'ouest. Entre deux rafales de vent, il entendit quelqu'un qui courait au loin, mais le bruit se déplaça, et il ne parvint pas à en localiser la source.

Enger Park était le point le plus élevé de la ville. Un endroit magnifique et serein. Stride le détestait. Les pentes du terrain de golf se trouvaient en face, de l'autre côté de la route, recouvertes d'une belle épaisseur de neige, et croisaient les pistes de ski.

Pour Stride, ce n'était jamais l'hiver à Enger Park. C'était toujours le mois d'août, dix ans plus tôt. À l'apogée d'une vague de chaleur qui donnait l'impression que tout le Minnesota avait fondu et descendait le

Mississippi pour venir se répandre dans l'air humide du golfe. Même à deux heures du matin, cette fameuse nuit, alors qu'il se trouvait sur le fairway avec Maggie, sa chemise était trempée. La fille se trouvait à leurs pieds : noire, tatouée, mutilée, sans nom. Le simple fait de la regarder le mettait hors de lui. Et sa colère n'avait fait que croître, alors que les mois passaient et que l'enquête, comme l'eau des lacs, refroidissait. Quel que soit le temps passé depuis lors, quelle que soit la saison, la fille était toujours là, elle hantait le parc à jamais. Il n'avait jamais cessé de la voir dans ses rêves.

Il prit le temps d'examiner le terrain de golf. Mitchell Brandt et Kathy Lassiter n'étaient visibles nulle part. Il sortit sa torche, éclaira la neige autour des deux voitures garées côte à côte. Grâce aux traces de pas, il put reconstituer ce qui s'était passé. Brandt avait contourné la Porsche à grands pas, par l'arrière. Kathy Lassiter se tenait près de la portière de la voiture de Sonia, côté conducteur. Ils s'étaient battus, et les traces devenaient un vrai labyrinthe. On voyait la forme d'un corps à l'endroit où l'un des deux était tombé, et de petites taches de sang dans la boue.

Les traces de Kathy Lassiter montraient qu'elle avait couru vers le haut de la colline. Celles de Brandt suivaient sa piste. Stride sortit son revolver et leur emboîta le pas, sur le chemin qui montait vers la tour en serpentant. Des bouquets de jeunes arbres s'élevaient tout autour de lui. Des câbles électriques pendaient au-dessus de sa tête, et il entendait l'électricité crépiter sur les lignes avec un bruit de friture.

Un peu plus haut, une voix féminine retentit soudain :

— Non !

Puis :

— Arrête ! À l'aide !

Stride quitta le sentier et prit sous les arbres en direction du sommet. La neige collait à ses cuisses, il traçait son chemin à travers les branches souples qui s'accrochaient à son blouson de cuir et lui griffaient le visage. La forêt rendait claustrophobe. Il ne voyait rien d'autre que les arbres enchevêtrés qui lui barraient la route. Il n'entendait que sa propre respiration, et le craquement des branches sous ses pieds. Cinq minutes s'écoulèrent et il continuait à monter. Puis dix minutes. C'était beaucoup trop long. Il sortit du couvert des arbres et déboucha dans une petite clairière. Il dut s'arrêter pour reprendre son souffle, les mains sur les genoux.

Il se jura de ne plus jamais toucher à une cigarette.

Il aperçut deux silhouettes qui couraient près de la tour. Elles étaient encore loin.

— À l'aide ! cria de nouveau la femme.

Stride leva son arme et tira en l'air. La détonation fit un bruit d'enfer, l'écho se répercuta des deux côtés de la colline. La plus grande des deux silhouettes s'immobilisa. Stride reprit sa course.

Il trouva un vague sentier. Il avançait plus vite, désormais. Le sentier serpentait entre les bouquets d'arbres et montait régulièrement. Ses bottes glissaient sur le sol, ses genoux le brûlaient et ses poumons le torturaient, mais la tour était de plus en plus large à mesure qu'il approchait du sommet. Non loin de lui, il entendit un piétinement. Il dirigea le rayon de sa torche sur sa gauche, découvrit un daim mâle en train de bondir. Ses bois étaient d'un blanc immaculé. L'animal disparut, aérien et élégant, sous le couvert des bois. Quelques mètres plus loin, Stride sentit que le sol était à nouveau horizontal.

Il s'immobilisa, reprit son souffle, attendit que ses vertiges disparaissent. Puis il sortit sans bruit de sous les arbres. Il se trouvait dans les jardins d'hiver entourant le mémorial. La tour se dressait à vingt mètres au-dessus de sa tête. La lune faisait briller la pierre marbrée, les fenêtres noires dessinaient comme un damier. Là où la pente commençait, il voyait la ville qui encerclait le lac sombre. Il fit un tour complet sur lui-même, examinant le parc désert. Arbres dénudés, bancs de pique-nique, grilles recouvertes de neige, trous à feu, pistes de cervidés et traces de pas. Ni Brandt ni Lassiter n'étaient en vue. Stride tendit l'oreille, en quête d'un mouvement. Rien. Kathy Lassiter avait cessé de crier.

Une fois de plus, il revit en pensée la fille d'Enger Park. Démembrée, sans nom. Silencieuse, elle aussi.

— Ne faites pas l'idiot, Brandt ! s'écria-t-il.

Les mots furent emportés par le vent. Il s'approcha de la tour, frôla la pierre du bout des doigts. Il éteignit sa torche et attendit que ses yeux s'habituent à l'obscurité, puis il entreprit de contourner lentement la tour, son arme pointée vers les arbres. À chacun des angles de l'octogone, il s'arrêtait un instant.

Très loin, en bas, les sirènes s'approchaient. Brandt devait les entendre, lui aussi.

Il faillit trébucher sur Kathy Lassiter, écroulée contre la pierre, sur le flanc nord de la tour. Ses cheveux bruns retombaient en désordre sur son visage. Du sang formait une tache sombre et coulait sur sa joue et son oreille.

Stride se pencha sur elle et posa deux doigts sur son cou. Elle était à peine consciente. Mais vivante. Il la retourna sur le dos. Elle bougea un peu, en gémissant. Elle agita les bras, ouvrit les yeux. Elle ne le voyait pas nettement. Elle se mit à hurler en voyant sa silhouette penchée sur elle et martela de coups de poing la poitrine de Stride. Il lui attrapa les poignets, tenta de la calmer.

— Tout va bien, lui dit-il, tout va bien.

— Non !

Il comprit trop tard que ce n'était pas lui qu'elle regardait, mais quelque chose derrière lui.

Une lanière de cuir froide s'enroula autour de son cou. Il sentit qu'on le tirait en arrière, le cuir mordait sa peau et se resserrait sur sa trachée. Son arme tomba dans la neige, le canon en avant. Il essayait d'inspirer, mais l'air ne passait pas. Son corps céda à la panique. Il mit la main à sa gorge et essaya de glisser les doigts sous la ceinture, mais Brandt maintenait une prise mortelle. Il s'écorchait avec ses propres ongles. Une partie de son esprit était totalement détachée – comme s'il assistait à son propre enterrement –, et il ne ressentait aucune douleur. Il trouvait cela bizarre. Pas de douleur.

Son pied trouva un point d'appui et il se jeta en arrière, heurtant brutalement la poitrine de Brandt. Ils s'écroulèrent tous les deux, tombèrent lourdement l'un sur l'autre. Stride sentit que Brandt relâchait sa prise. Il put enfin respirer. Il arracha la ceinture et la jeta au loin. Coincé sous lui, Brandt jura et l'éjecta d'une violente poussée. Il commençait à courir lorsque Stride lui saisit la cheville, le faisant tomber face contre terre.

Brandt était rapide. Stride essaya de saisir en même temps ses menottes et la main droite de Brandt, mais avant qu'il ait le temps d'y parvenir, celui-ci pivota et le frappa à la tempe. Étourdi par la violence du coup, Stride empoigna le manteau de son adversaire et s'y accrocha quand il tenta de se relever.

Un éclair, suivi d'une détonation assourdissante. Une balle s'enfonça dans le sol, tout près d'eux, soulevant un nuage de neige fondue. Stride et Brandt se plaquèrent tous les deux à terre. Quand Stride releva la tête, il vit Kathy Lassiter debout devant eux. Elle vacillait et tenait d'une main incertaine le propre revolver de Stride. Horrifié, il suivit l'axe mouvant du canon… d'où une flamme jaillit de nouveau. Il sentit le souffle de la balle qui lui frôla la joue et ricocha sur le pied d'un banc de pique-nique métallique.

— Arrêtez ! hurla-t-il.

Il croyait qu'elle visait Brandt, mais il se rendit compte qu'elle pouvait aussi bien les viser tous les deux.

Elle tira de nouveau. Cette fois, la balle était partie vers le ciel. Elle tituba, recula de deux pas en fermant les yeux. L'arme glissa entre ses doigts. Elle tomba à genoux, bascula en avant. Le sang coulait abondamment de sa blessure à la tête.

Brandt se releva, se mit à courir en dérapant dans la boue. Stride bondit vers lui, mais il le manqua, glissa et retomba dans la neige. Il en avait plein la bouche. Il la recracha et se remit à la poursuite de Brandt, qui avait dix mètres et dix ans d'avance sur lui. Il vit que la distance qui les séparait s'allongeait. Brandt était arrivé sous les arbres, il descendait la colline maintenant, allait de plus en plus vite. Les sirènes étaient presque au-dessus d'eux.

Stride vit les phares de deux voitures de patrouille qui luttaient pour avancer dans la neige durcie, sur la route d'accès qui montait vers la tour en serpentant. Brandt les vit également. Il changea de direction, coupa à travers la colline en s'éloignant des voitures garées en contrebas. Les arbres se faisaient de plus en plus épais.

Stride devait tendre les bras devant lui pour écarter les branches qui menaçaient de lui griffer le visage, tout en essayant de ne pas perdre Brandt de vue.

Celui-ci surgit du bois, prit une piste étroite, accéléra encore. Stride se dit que c'était fichu, qu'il l'avait perdu. Soudain, Brandt décolla, les jambes écartées, et retomba lourdement dans la neige. Stride vit le rocher gelé sur lequel il avait trébuché et sauta lestement par-dessus. Un instant plus tard, il avait comblé son retard et se jetait sur Brandt, qui se débattait pour se relever. Il s'installa solidement sur le dos de Brandt, qui céda enfin. Stride lui porta un coup violent sur le crâne – plus violent que nécessaire – puis il lui passa les menottes, qu'il serra au maximum. Enfin, il ôta sa propre ceinture et lui attacha les chevilles.

Il le prit par l'épaule et le fit pivoter. Brandt avait les traits déformés par la haine. Il en était presque méconnaissable, comme s'il portait un masque.

Stride se fit la réflexion que dans cette affaire tout le monde portait un masque.

44

Stride monta à l'arrière de la voiture de patrouille. Sa volonté d'arrêter de fumer avait du plomb dans l'aile. Il baissa sa vitre à mi-hauteur, alluma une cigarette, souffla la fumée à l'extérieur. Il était trempé, il avait froid et il avait mal partout. Il passa le doigt sur son cou, à l'endroit où sa peau était brûlée. Là où Brandt avait serré la ceinture, on aurait dit qu'il avait un tatouage. Brandt se trouvait à côté de lui, sur le siège arrière. Il fixait le monde extérieur en silence.

Les novices réagissaient toujours ainsi quand la réalité reprenait le dessus.

Le reflet du gyrophare d'une ambulance clignotait comme un stroboscope à l'intérieur de la voiture. Partout, il y avait des flics et des voitures de patrouille. Stride tira une autre bouffée. Cette fois, il souffla la fumée dans la voiture. Brandt toussa.

— Lassiter va s'en sortir, dit Stride.

La bouche de Brandt se crispa, mais il ne dit rien.

— Il y a quelque chose qui m'échappe, Mitch. Vous êtes courtier, vous vous faites combien, deux ou trois cent mille dollars par an ? C'est une somme, ici. Pourquoi risquer de tout perdre ?

Pas de réaction.

Stride s'enfonça dans son siège en soupirant.

— Lassiter m'a dit qu'il n'est pas facile de faire fortune quand on est salarié, et elle gagnait sans doute deux fois plus que vous. On n'en a jamais assez, hein ?

Il guetta une réaction sur le visage de Brandt. Mais le jeune courtier était toujours maussade et silencieux.

— Ou bien était-ce pour le frisson que procure la chasse ? demanda Stride. Peut-être avez-vous fait ça pour savoir si vous étiez capable de vous en sortir ?

Brandt restait muet.

— Pas de problème, vous n'êtes pas obligé de me répondre. Prenez un avocat, et commencez à négocier avec le procureur. Nous vous tenons déjà pour agression et tentative de meurtre, ce qui représente six ou neuf ans de votre vie. On va devoir manœuvrer le FBI, évidemment, parce qu'ils veulent vous envoyer dans une prison fédérale pour l'affaire Infloron Medical…

Brandt tourna brusquement la tête.

— Oui, nous sommes au courant, pour le délit d'initié. Vous et Lassiter. La SEC est également au courant, mais vous le saviez, hein ? C'est pour ça que vous poursuiviez Lassiter, cette nuit.

Stride jeta sa cigarette par la fenêtre, d'une pichenette.

— Mais le délit d'initié va devoir attendre un peu. Quand nous aurons ajouté les viols à la liste des charges, votre crime apparaîtra comme une broutille. Là, je parle d'une peine de vingt-cinq ans à perpète. Ça sent le sapin tout d'un coup, non ?

Brandt réagit enfin :

— Bon Dieu, mais de quoi vous parlez ?

— Ne jouez pas au con avec moi, Mitch.

— Je n'ai jamais violé personne.

— Non ? C'était un jeu, cette nuit, chez Sonia ?

Il vit que Brandt hésitait.

— Ouais. Nous sommes au courant, aussi, pour le club.

— Vous ne pouvez pas qualifier ça de viol.

— Et les autres ?

— Quelles autres ?

— Les filles alpha, dit Stride.

— Laissez-moi vous offrir un scoop : c'est pour ça qu'elles viennent au club. Pour baiser. Personne ne viole personne.

Stride haussa les épaules.

— Et Tanjy ?

— Quoi ?

— Vous mettez en scène un viol avec elle, à Grassy Point Park, et une fois qu'elle vous a largué, elle se fait vraiment violer, au même endroit. Sacrée coïncidence. Les histoires de viol ont l'air de vous poursuivre, hein, Mitch ?

— Tanjy a inventé ce viol, rétorqua Brandt.

Stride secoua la tête.

— Non, ce n'est pas vrai. Ça vous faisait bander, de vous en prendre à elle de cette façon, en sachant que si elle en parlait personne ne la croirait ? Qu'est-ce qui s'est passé, ensuite ? Vous avez commencé à aimer le pouvoir que ça vous donnait ? Après avoir violé Tanjy en toute impunité, vous vous êtes dit que les filles alpha feraient n'importe quoi pour protéger leurs secrets ? Même quand vous les auriez violées ?

— Vous êtes complètement dingue. Je ne sais pas de quoi vous parlez !

— Je parle des deux filles alpha qui ont été agressées après les soirées au club. Exactement ce que vous avez essayé de faire à Kathy Lassiter ce soir. Et peut-être que vous ne le savez pas, mais cette affaire me tient à cœur.

Brandt se bagarrait avec ses menottes.

— C'est faux !

— On n'aura pas beaucoup de mal à clôturer le dossier, Mitch. Nous avons une douzaine de témoins directs de l'agression contre Kathy Lassiter. Vous êtes l'un des rares à avoir assisté aux soirées du club échangiste avec les filles alpha qui ont été violées. Vous étiez assez costaud pour arriver à vos fins. Et vous m'avez dit que vous avez joué à simuler des viols, avec Tanjy, à plusieurs reprises, en la menaçant d'un couteau. C'est exactement ce que vous avez fait aux autres femmes…

— Allez vous faire foutre ! Vous êtes fou !

Brandt donna un coup de tête dans la vitre, avec une telle violence que son front se mit à saigner. Du sang s'étala sur le carreau. Stride sortit de sa poche une poignée de mouchoirs en papier et se pencha sur Brandt pour lui tamponner le front.

— Le club était un secret, Mitch, reprit-il. Personne d'autre n'était au courant, pour les filles alpha. Que pensera le jury, d'après vous ? Vous croyez vraiment que les jurés verront quelqu'un comme Delmar Bezac dans la peau d'un violeur ? C'est vous, l'étalon de la bande.

Il se pencha pour murmurer à l'oreille de Brandt :

— Eric Sorenson avait compris, hein ? Il est venu vous voir, et vous a accusé d'avoir violé sa femme. Vous deviez l'arrêter. Et arrêter Tanjy.

Stride était si près de Brandt qu'il sentait l'odeur de sa transpiration.

— Vous ne savez rien du tout, dit Brandt. Vous ne savez rien de ce qui se passe dans cette ville.

— Alors mettez-moi au parfum.

— On m'a piégé. Exactement comme Maggie.

— Ben voyons.

— Écoutez, quoi que Lassiter vous dise, c'était son idée à elle. Nous nous sommes connus au club. C'est elle qui est venue me voir avec ce projet autour d'Infloron Medical et de l'approbation de la FDA. Quand j'ai découvert qu'elle négociait un accord amiable avec la SEC pour me mettre tout cela sur le dos, j'ai perdu les pédales.

Stride secoua la tête.

— Vous aviez tout faux, Mitch. La SEC ne savait rien de Kathy Lassiter. C'est vous qu'ils avaient dans le collimateur, pas elle. Ils ont reçu un tuyau anonyme.

Il vit les yeux de Brandt changer d'aspect, comme ceux d'un caméléon.

— Vous me bourrez le mou, dit Brandt.

— Non. Quelqu'un vous a piégé.

— Le salopard, répliqua Brandt, faisant siffler l'air entre ses dents.

— J'ai l'impression que vous savez qui c'est.

Brandt ferma les yeux.

— Allez vous faire foutre, je veux parler à mon avocat. J'ai quelque chose à négocier, et je veux savoir ce que ça vaut avant de dire un mot de plus.

— Qu'est-ce que vous avez à négocier ?

— Vous m'avez dit que vous poursuiviez un violeur, hein ?

— Je n'ai peut-être pas été suffisamment clair… Il est possible que le type que nous cherchons ait tué deux personnes. Pour le moment, je crois que vous avez le profil idéal. Si ce n'est pas vous, vous feriez mieux de me dire pourquoi, et m'aider ainsi à le trouver.

— Si vous l'épinglez, je veux en tirer profit. Passer un accord.

— Je vous promets qu'on mettra une plaque à votre nom à l'hôtel de ville. Qui est-ce ?

— Je ne sais pas.

— Alors vous n'avez rien à négocier.

— Écoutez… je ne sais rien de lui. Mais c'est bien lui que vous cherchez.

Stride attendait.

— Je l'ai payé, reprit Brandt. Nous avions un accord, et maintenant il fout ma vie en l'air. Comme si, pour lui, ce n'était qu'un jeu.

— Donnez-moi son nom.

— Je vous l'ai dit, je n'en sais pas plus, répéta Brandt. Vous dites que j'étais le seul à connaître les filles alpha, mais ce n'est pas vrai. Lui aussi était au courant de tout.

— Mais de qui parlez-vous, bordel ?

— Du fils de pute qui me fait chanter.

Le sang continuait à couler du front de Brandt. Stride l'épongea à nouveau et laissa tomber la boule de mouchoirs en papier sur le plancher de la voiture. Il s'écarta de Brandt, entendit la voix de Serena. Un mot, alors qu'il sombrait dans le sommeil après avoir fait l'amour avec elle. Un mot, dans la boîte.

Chantage.

— Je saigne encore, protesta Brandt.

— Vous n'en mourrez pas. Dites-m'en plus.

— Ce type sait des choses. Je ne sais pas où il les a trouvées. Il m'a contacté, il y a deux ou trois mois. Il savait tout ce qu'il y avait à savoir sur Infloron et le délit d'initié. Les dates, les transactions, les montants. Il m'a saigné à blanc.

— Et les filles alpha ?

— Il était également au courant. Il connaissait leurs noms. Hier soir, il m'a rappelé. Il savait que Kathy Lassiter serait la fille alpha. Il m'a dit qu'elle avait comploté derrière mon dos avec l'organisme de surveillance de la Bourse. Il m'a dit que je ferais mieux de m'occuper d'elle. C'est sans doute lui, ce salaud, qui a appelé la SEC.

— Vous avez tenté de le doubler ? demanda Stride.

— Non ! Ce fils de pute a simplement décidé de me baiser.

Stride descendit de la voiture et claqua la portière. Il leva les yeux vers la silhouette de la tour, au sommet de la colline. Il pensait à la fille d'Enger Park, à Maggie et à Serena. Il pensa aussi au viol, au meurtre, au chantage. Il essaya de classer tout cela dans sa tête, il n'aimait pas du tout le chemin que cela prenait.

Quelqu'un faisait chanter Mitchell Brandt. S'il avait bien compris ce que Serena lui avait suggéré, Dan Erickson était lui aussi victime du maître chanteur. D'un homme qui était également au courant pour le club échangiste et les filles alpha. Ce qui faisait de lui le premier suspect pour la série de viols et pour les meurtres d'Eric et de Tanjy.

Il ressentit une bouffée de colère. Il se demanda ce que Serena savait exactement, et pourquoi elle ne lui avait rien dit.

Après avoir opéré des mois dans l'obscurité, le maître chanteur avait dû se rendre compte que le temps passait. La police était au courant pour les viols, maintenant. Stride finirait par résoudre l'affaire, ce n'était qu'une question de temps.

Ce qui voulait dire que Dan Erickson se trouvait sur le chemin de l'ouragan. Ainsi que Serena.

45

Serena trouva une place pour se garer sous le grand tablier du pont de Blatnik, qui franchissait Superior Bay en direction du Wisconsin. Les piles de béton en Y évoquaient une rangée de soldats venus de la ville, qui s'enfonçaient dans l'eau en suivant une rangée de lumières blanches. À chaque fois qu'une voiture lancée à toute vitesse empruntait le pont, le cadre d'acier se transformait en caisse de résonance et produisait un grondement sourd.

Serena descendit de voiture. La partie gelée du port se trouvait à sa droite. De l'autre côté de la route, là où elle faisait une boucle pour revenir vers la ville, se trouvaient les étendues obscures donnant sur les silos de la zone portuaire. Là, pendant la belle saison, l'activité industrielle de la ville battait son plein, grâce aux dizaines de navires de minerai que l'on chargeait et déchargeait. Pour l'heure le port était abandonné, bloqué par les glaces. Il attendait le printemps et le dégel.

Il neigeait, pour l'heure. Les flocons zébraient le ciel, formant devant les lumières du pont comme un champ d'étoiles filantes. Serena tenait fermement son Glock d'une main et, calée sous le bras, une boîte à chaussures pleine de billets de cent dollars, fermée avec de l'adhésif. La route, le parc, la surface gelée, les bâtiments du port et les terrains qui les séparaient des voies de chemin de fer, tous les environs étaient déserts.

Les talons de Serena s'enfonçaient dans quinze centimètres de neige molle, et elle avait déjà les pieds glacés. Elle n'avait pas eu le temps de se changer après avoir trouvé le message, seulement d'aller chercher l'argent chez Dan et de reprendre l'autoroute pour se rendre au port.

Elle trouva un endroit dégagé, près de la pile du pont, où la neige était tassée. C'était là qu'elle attendrait. Elle sautait impatiemment d'un pied sur l'autre. Elle était gelée.

Le passage d'un double semi-remorque sur le pont fit longuement vibrer le béton. Le grondement lui arracha un frisson, comme si le pont s'écroulait autour d'elle.

Son téléphone sonna. Elle posa la boîte dans la neige, à ses pieds, sortit son portable de sa main libre.

— Où es-tu ? fit la voix de Stride.

Serena regarda prudemment le parking désert. La neige était de plus en plus violente, et elle avait du mal à voir.

— Je suis en mission. Je ne peux pas parler.

— Ça a un rapport avec le chantage de Dan ?

— Oui, fit-elle après une hésitation.

— Dégage immédiatement, dit-il. Brandt était lui aussi victime d'un chantage. Le coupable sait tout sur le club et les filles alpha. C'est peut-être notre suspect.

— Alors ça nous donnera peut-être une chance de l'arrêter, dit Serena.

— Tu ne vas pas faire ça toute seule.

— J'ai été flic pendant dix ans. Je suis capable de prendre soin de moi.

— Tu aurais dû me dire ce qui se passait, avec Dan.

— Je ne pouvais pas, tu le sais bien.

— Mais où es-tu, bon sang ?

Elle eut envie de ne pas le lui dire, puis pensa qu'elle était stupide et entêtée.

— Rices Point. Sous le pont.

— Tu es devenue complètement folle ?

— C'est lui qui a choisi l'endroit.

— Fous le camp au plus vite. Il risque de s'en prendre à toi.

— Ce qui l'intéresse, c'est une boîte à chaussures pleine de fric qui…

— J'envoie une voiture.

— Ne fais surtout pas ça ! Tu vas lui faire peur et il va disparaître.

— Alors je viens moi-même.

Le portable fit entendre un bip. Un autre appel. Elle savait qui c'était.

— Non, Jonny. Pas encore. Donne-moi une demi-heure. Si je ne te rappelle pas, lance la cavalerie.

Elle raccrocha sans attendre sa réponse. Elle prit l'autre appel. La voix du maître chanteur avait quelque chose de vaguement familier. Serena aurait voulu savoir ce qu'elle lui rappelait. C'était l'un de ces souvenirs qui reviendraient en leur temps, qu'on ne pouvait pas presser. Cette voix la ramenait aux pires heures de son passé. La vibration qu'elle ressentait dans sa colonne vertébrale ne venait pas de la circulation sur le pont, cette fois, mais de la terreur qui l'envahissait.

— On a pris son pied, hier soir ?

Serena ne répondit pas.

— J'essayais de vous imaginer, là-dedans. Vous étiez nue, comme tous les autres ?

— Allez vous faire foutre.

— Est-ce que tout ce sexe vous a excitée ? Vous vous êtes caressée ?

— Je m'en vais, dit Serena. Avec votre argent.

— Non, absolument pas. Vous restez exactement là où vous êtes.

— Regardez bien…

Serena se baissa pour prendre la boîte à chaussures, en espérant qu'il la verrait. Elle attendit. Elle voulait savoir ce qu'il allait faire.

— Dites-moi à quoi ça ressemblait, reprit-il.

— J'ai l'impression que vous le savez déjà.

— Vous avez envie d'être une fille alpha ?

— Non, merci.

— Dommage, dit-il. Vous pourriez faire comme votre amie Maggie. Ou Katrina. Elles ont été des filles alpha.

Quand elle comprit ce que cela signifiait, tout son corps se raidit.

Elle serra encore plus fort son revolver, mais ne répondit pas.

— Vous avez peur de moi, maintenant, fit-il.

— Et pourquoi donc ?

— Vous savez ce que je leur ai fait.

Elle restait là, gelée, et laissait la neige la recouvrir de blanc.

— Oui.

— Je vais vous faire la même chose. Je voulais simplement que vous le sachiez dès maintenant.

— Espèce de salaud.

— Bien pire, Serena. Ce sera bien pire.

Il raccrocha. Elle courut vers sa voiture, trébucha, tomba, se releva. Elle jeta un coup d'œil derrière elle, puis se retourna, regarda attentivement de tous les côtés, persuadée qu'elle allait le voir se précipiter sur elle. Là-haut, la grosse caisse gronda de nouveau. Elle hurla, se mordit la langue pour se calmer, sentit le goût du sang. La neige était de plus en plus abondante, les flocons comme des abeilles dérangées dans leur ruche.

Dans sa course, elle laissa tomber la boîte à chaussures pleine d'argent. Elle jura et se baissa pour la ramasser. Quand elle se redressa, elle fut aveuglée par un faisceau de lumière blanche. Elle entendit le bruit familier d'une sirène et reconnut le gyrophare rouge d'une voiture de la police de Duluth. Elle n'avait jamais été aussi heureuse de constater que Jonny ne lui avait pas obéi.

Elle était paralysée par la lumière, tel un daim au milieu de l'autoroute. Elle réalisa aussi qu'elle tenait un revolver et une boîte pleine d'argent liquide.

Le flic le vit aussi. Il s'adressa à elle, par le mégaphone de la voiture, avec un fort accent sudiste :

— Jetez votre arme.

Elle obéit.

— Posez cette boîte.

Elle obéit de nouveau.

— À terre, les bras loin du corps.

Serena avait les bras en l'air. Elle s'agenouilla, puis posa les paumes à plat sur la neige et s'allongea sur le sol. Elle essaya de tendre le cou pour apercevoir le policier, mais elle était aveuglée par le projecteur. Elle entendit la portière qui s'ouvrait. Puis le flic hurla de nouveau dans son micro :

— Ne bougez pas !

Absolument immobile, elle retenait son souffle.

— OK, dit-elle en le voyant s'approcher d'elle. Je m'appelle Serena Dial. Je suis la coéquipière du lieutenant Stride.

— Fermez-la.

Il était furieux, et sous la colère il y avait sans doute de la peur. Elle ne répondit pas, pour éviter de l'énerver. Elle vit de longues jambes musclées. Il pointait son arme sur elle, la main à la hanche. Il passa derrière elle. Elle restait là, allongée, immobile. Comme si un ours venait la renifler et qu'il fallait faire semblant d'être morte. Il ramassa le revolver tombé dans la neige, en ôta le chargeur et le mit dans sa poche.

Il enfonça un genou dans sa colonne vertébrale, ce qui lui arracha une grimace. Il prit un de ses poignets sans ménagement, le tordit derrière son dos et lui passa une menotte. Il fit de même de l'autre côté. Elle sentait l'odeur de ses mains.

— Debout.

Il n'avait pas encore rangé son arme dans son étui. Il la tira vers lui. Elle se retrouva à genoux, puis se leva avec précaution, en évitant le moindre mouvement brusque.

— Qu'y a-t-il dans la boîte ?

— De l'argent. Écoutez, vous devriez appeler Stride. Il est au courant.

— Montez dans la voiture.

Il la poussa en avant. Ils se dirigèrent vers la voiture de police. L'homme ramassa la boîte. Serena marchait à deux ou trois pas devant lui. Ses sens lui murmurèrent soudain un mot bizarre.

Poisson.

Une forte odeur de poisson écrasait le doux parfum de la neige. Les doigts du flic, qui la tenait par le cou. Ses mains sentaient le poisson.

L'odeur qu'elle avait sentie dans sa voiture, en sortant du club de Sonia.

Exactement la même odeur.

Les pensées se succédèrent dans son esprit, le soulagement disparaissant sous l'inquiétude. Même en admettant que Jonny n'ait pas tenu compte de son refus et lui ait quand même envoyé une voiture, celle-ci était arrivée trop vite. Serena pensa soudain à une remarque que Jonny avait faite, la veille : « Pete McKay s'est fait voler sa voiture de patrouille alors qu'il répondait à un appel d'urgence au collège. »

Elle avait commis une erreur monumentale. L'homme qui se trouvait derrière n'était pas un flic. Son accent était faux. *C'était lui*. Il lui avait dit ce qu'il allait lui faire, et elle l'avait laissé s'approcher d'elle, la désarmer et lui passer les menottes.

Elle ne regarda pas derrière elle, ne modifia en rien sa démarche. Elle savait qu'elle ne disposait que de quelques secondes pour réagir. Dès qu'ils seraient dans la voiture, elle serait coincée. Là-haut, sur le pont, elle vit les phares d'un camion qui venait de la ville, à toute allure. Elle savait qu'il annonçait un vacarme de tous les diables. Elle se tendit.

Le pont se mit à gronder. L'homme derrière Serena sursauta. Elle entendit le froissement de ses vêtements quand il tourna la tête pour regarder derrière lui. Serena partit à toute allure.

Elle courait ventre à terre dans la neige, fonçant vers les terrains vagues pleins de hautes herbes menant vers la zone portuaire, aussi vite qu'elle le pouvait malgré ses mains entravées dans son dos. L'homme se ressaisit, voulut se lancer à sa poursuite, perdit l'équilibre.

Serena ne se retourna pas, même lorsqu'elle l'entendit tomber. Elle atteignit la route, la traversa en trombe, plongea dans les taillis. Quand elle risqua un coup d'œil en arrière, il était hors de vue.

Progresser dans la neige était aussi difficile que courir dans l'eau. Elle était épuisée par l'effort, et seul le flux du sang dans ses veines empêchait ses pieds de geler sur place. Elle passa sous les câbles téléphoniques qui pendaient, dépassa le squelette de béton d'un pont qu'on avait démoli des années auparavant et dont les vestiges évoquaient un bombardement.

Il se trouvait de nouveau derrière elle. Elle l'entendait qui traçait son chemin dans les mauvaises herbes. Elle sortit du champ une centaine de mètres plus loin, pour se retrouver au milieu d'un dédale de rails enneigés qui serpentaient vers le centre de la zone portuaire. Des wagons rouillés étaient abandonnés pour la saison. Épuisée par l'effort nécessaire pour courir avec les bras derrière le dos, elle trébucha, glissa sur un bloc de glace. Elle s'écorcha le visage sur un objet dur et aigu. Elle perdit de précieuses secondes à se retourner, à se débattre pour se remettre sur pied, et elle le vit alors derrière elle, une ombre qui jaillit soudain du champ. Il se dirigeait vers elle, comblant rapidement la distance qui les séparait.

Elle ignorait combien de temps s'était écoulé, et elle pria pour que Jonny inonde le quartier de policiers.

Les voies la conduisaient vers le port. Elle se retrouva dans un monde peuplé de géants endormis. Des grues se dressaient vers le ciel, leurs crochets se balançant comme des pendus au bout des câbles d'acier. Devant les monceaux de déchets, de ferraille et de minerai de fer couverts de neige, elle se sentait toute petite. Des silos de béton de plus de trente mètres de haut s'élançaient au-dessus du sol. Il lui fallait absolument se perdre dans ce dédale immense, où il n'y avait d'autre bruit que le sifflement du blizzard. Elle scruta l'obscurité, tendit l'oreille pour essayer de le repérer, mais il s'était fondu dans le paysage. Il avait disparu. Il pouvait être n'importe où.

Elle avait beaucoup de mal à marcher. Ses pieds ne la porteraient plus bien longtemps. Elle les sentait à peine et pouvait difficilement remuer les orteils. Elle avait le visage couvert de plaies, et elle sentait le goût du sang sur ses lèvres. Les menottes lui déchiraient les poignets.

Elle dut s'arrêter, incapable de faire un pas supplémentaire. Elle se trouvait près d'une crevasse dont l'éboulis formait un tas de terre et s'efforça d'y pénétrer, furieuse de ne pas voir à l'extérieur, espérant qu'il ne passerait pas devant elle. Elle s'accroupit, se mit en boule, mais elle vacillait sur ses pieds gelés et s'effondra d'un bloc, à découvert. Il neigeait toujours, l'averse blanche la frigorifiait, commençant à l'ensevelir. Elle tenta de se redresser, mais elle était à bout de forces. Elle ne pouvait rien faire, sinon rester allongée sur le sol en priant pour que les géants la protègent.

Alors, son portable se mit à sonner. Un bruit épouvantable. Les mains liées derrière le dos, elle était condamnée à écouter les sonneries qui *lui* indiquaient sa position.

Quand il la trouva enfin, elle entendit le crissement de ses pas sur la neige, lents et assurés. Elle distingua sa silhouette qui se découpait au-dessus d'elle. En riant, il contempla la femme étendue à ses pieds, la prit par le col et la souleva. Il tenait négligemment son revolver, crosse en avant. La lutte était finie.

— C'est le moment de payer ses dettes, dit-il.

Le revolver fit un aller et retour. Serena vit la lueur orange du soleil se précipiter sur elle et lui brûler les yeux. Puis elle ne vit plus rien.

TROISIÈME PARTIE

Points chauds

46

Après le deuxième verre de shiraz, Helen Danning avait la tête qui tournait. En général, elle évitait l'alcool. Mais après quelques jours chez Evelyn, elle se sentait détendue. Assise sur un fauteuil râpé, elle fredonnait en écoutant la bande originale de *Damn Yankees*. Elle avait vu presque toutes les représentations de la pièce, à l'Ordway, avec Jerry Lewis dans le rôle du diable. Il faisait d'ailleurs un diable génial.

Helen venait de se limer les ongles des mains. Elle étendit les jambes pour faire subir le même sort à ses pieds. Elle était très maniaque en matière d'ongles, de maquillage, de rouge à lèvres, de cheveux aussi. Tout devait être impeccable et parfaitement à sa place. Elle repassait tous ses habits, y compris les chaussettes et les sous-vêtements, sitôt sortis du séchoir. Dans sa cuisine, les plans de travail étaient toujours désinfectés et étincelants, elle ne laissait jamais une assiette sale dans l'évier. Evelyn était beaucoup moins tatillonne. Elle aimait vivre dans un certain désordre, mais ne protestait pas quand Helen nettoyait sa maison de fond en comble.

Evelyn accompagnait à tue-tête le refrain que diffusaient les haut-parleurs.

Helen se mit à rire.

— J'aime te voir comme cela, lui dit Evelyn. T'entendre rire. Te voir détendue.

— Je suis un peu saoule, répondit Helen.

— Bien.

Evelyn enfila une veste doublée, que recouvraient des bandes d'adhésif réfléchissant métallisé.

— Tu vas courir ? lui demanda Helen. Il est tard.

— Je sais, j'étais trop occupée par mon dernier chef-d'œuvre !

Evelyn essuya une tache de peinture sur sa joue.

— Ça glisse, dehors, fit Helen.

Les vitres étaient recouvertes de neige.

Evelyn haussa les épaules.

— J'ai l'habitude. De toute façon, le mauvais temps s'est installé. La tempête vient du nord. Duluth sera bientôt sous la neige.

— J'ai faim, dit Helen.

— Je n'en ai pas pour longtemps. Nous dînerons après.

Evelyn soupira : devant la maison, son golden retriever s'était mis à aboyer furieusement.

— Ce chien aboie à chaque fois qu'un foutu daim se balade dans les bois… Edgar ! Fiche la paix à Bambi ! Un matin, je l'ai trouvé nez à nez avec un élan, et l'élan regardait le chien comme s'il était débile.

En chaussettes, Evelyn se dirigea vers le canapé, repoussa les jambes de Helen et s'assit à côté d'elle. Tout en enfilant ses chaussures de jogging, elle regarda son amie d'un air pensif.

— Tu as répondu à cette femme qui t'a envoyé le mail ? La femme d'Eric ?

Helen fronça les sourcils.

— Je lui ai demandé de me laisser tranquille.

— Tu es sûre que c'était la meilleure chose à faire ?

— C'est un flic. Je ne veux rien avoir à faire avec les flics.

— C'est aussi une femme dont le mari a été assassiné… Tu peux peut-être l'aider. Tu ne crois pas que tu devrais ?

— Je ne veux pas me retrouver au milieu de cette histoire.

— Tu y es déjà.

— Comment ça ?

Evelyn sortit un morceau de papier de la poche de son jogging. C'était un numéro de téléphone, précédé du 218.

— On m'a appelée au magasin, aujourd'hui, dit-elle. Quelqu'un de la police de Duluth.

Helen se tendit.

— Oh, mon Dieu !

— Ils sont à ta recherche, ma puce.

— Tu ne lui as rien dit, hein ?

— Bien sûr que non. Mais il savait que nous sommes amies. Il m'a donné son numéro pour que je te demande de l'appeler.

Helen se leva brusquement.

— Je dois m'en aller.

Evelyn lui posa la main sur la poitrine pour la calmer.

— Hé là ! Réfléchis une seconde. Pourquoi tu ne l'appellerais pas ? Quel mal pourrait faire un coup de téléphone ? Je sais que tu en as vu de toutes les couleurs avec les flics, à la fac, mais là c'est différent.

— Evelyn, je veux simplement être loin de tout ça. Je veux vivre ma vie sans que personne vienne m'embêter, tu comprends ?

— C'est trop tard, lui dit Evelyn. Tu es peut-être la seule personne qui puisse les aider à arrêter ce type.

— Tout ce que je veux, c'est que tout ça soit derrière moi.

— Je sais. Écoute, bois un bon verre de vin et réfléchis, d'accord ? On pourra en parler tout à l'heure, au dîner.

— Je ne serai peut-être plus là quand tu reviendras.

— Tu manquerais mes spaghettis aux épinards et mes boulettes de viande sans viande ? Arrête !

— J'ai peur.

— Tu ne devrais pas. Je te l'ai déjà dit, tu es en sécurité ici. Attends-moi. Je reviens dans quelques minutes.

— Tu ne pourrais pas laisser tomber le jogging, juste pour ce soir ? demanda Helen.

— Je pourrais le laisser tomber tous les soirs, mais je ne le fais jamais. Ce ne sera pas long.

Elle partit en dansant vers la porte d'entrée. Dehors, le chien aboyait toujours.

— Edgar ! Tu n'aimes même pas le gibier ! Stupide animal.

Dès le départ d'Evelyn, Helen se leva pour baisser la musique. Elle posa son verre de vin sur le bord d'une étagère. Surexcitée, elle se mit à faire les cent pas.

Elle repensa à Eric Sorenson, le bel homme aux longs cheveux blonds. Quand il était venu au théâtre, elle ne l'avait pas cru. Elle n'avait pas voulu écouter son histoire. Il avait fallu qu'il lui raconte ce qui était arrivé à sa femme pour qu'elle accepte de dîner avec lui après le spectacle. Cela avait été une erreur. Elle ne voulait pas s'impliquer. Depuis l'âge de vingt ans, elle avait tout fait pour oublier l'agression subie à la fac. La dernière chose qu'elle souhaitait, c'était que cet inconnu ramène tout à la surface.

Puis, trois jours plus tard, c'était là, à la une des journaux. L'homme qui s'était trouvé devant elle, à cette table, était mort. Assassiné. Sa femme était le suspect numéro un.

Sa femme, qui avait envoyé un mail sur le blog de Helen. *J'ai besoin de votre aide*.

Helen n'avait surtout pas envie de l'aider. Elle ne voulait pas qu'on l'entraîne dans cette histoire. Elle vivait seule depuis longtemps, dans un monde qu'elle voulait immaculé, se perdant soir après soir dans les comédies musicales. Elle voulait qu'on lui fiche la paix, elle voulait être en sécurité, elle voulait oublier. Mais Evelyn avait raison. Il était trop tard pour ça. Elle était impliquée jusqu'au cou, qu'elle le veuille ou non.

Elle vida son verre, remonta le volume de la chaîne, se réinstalla dans le fauteuil, ferma les yeux et écouta la fin de *Damn Yankees*. Jusqu'au moment où le diable est floué et où le protagoniste reprend possession de son âme.

Quand le disque s'arrêta, Helen se demanda si cela pouvait arriver dans la vie réelle. S'il était possible de semer le diable, ou s'il finissait toujours par vous rattraper.

Elle regarda le papier et le numéro de téléphone qui était inscrit dessus.

Appeler la police. Cela semblait très simple, mais Evelyn ne se rendait pas compte de ce qu'elle demandait à Helen. Et pour quoi ? Elle ne pouvait rien prouver du tout. Pour ce qu'elle en savait, Eric avait été assassiné par sa femme. Elle n'avait vraiment rien à leur dire.

Helen décrocha le téléphone, en sentit le poids dans sa main, le reposa. Elle avait du mal à respirer. Si le flic répondait, elle n'était pas sûre de pouvoir lui parler. Elle ne saurait pas quoi dire. Elle avait la bouche sèche.

Elle s'éloigna du téléphone, le contempla de l'autre extrémité du salon. Elle ne devait rien à Eric. Elle ne devait rien à sa femme. La seule personne à qui elle devait quelque chose, c'était elle-même.

Alors fais-le pour toi, se dit-elle.

Elle retourna au téléphone et composa le numéro avant de recommencer à tergiverser. Elle retint son souffle en écoutant les sonneries. Au bout d'un instant, quelqu'un décrocha.

— Allô ?

Helen était tétanisée.

— Oh ! lâcha-t-elle enfin. C'est la police de Duluth ?

— Non.

— Je suis au domicile d'un policier ?

— Non. Vous avez fait un faux numéro.

— Excusez-moi, fit Helen.

Elle raccrocha, puis recomposa le numéro avec précaution, récitant les chiffres à voix haute en regardant le papier. Elle entendit la sonnerie. Attendit.

— Allô ? fit la même voix.

Cette fois, elle ne répondit pas. Elle réfléchissait à toute vitesse. Son cœur battait.

— Qui est là ? fit l'homme d'une voix forte.

Comme Helen ne répondait pas, il jura et raccrocha. Elle entendit la tonalité.

Elle posa doucement le combiné sur son support. Elle transpirait, son ventre se durcit. Elle avait la chair de poule.

Si Evelyn était là, elle lui dirait : « Ressaisis-toi, ma puce. J'ai mal copié le numéro, voilà tout. »

Sauf qu'Evelyn ne commettrait pas une telle erreur.

Où était-elle, d'ailleurs ? Elle devrait être rentrée, maintenant. Evelyn ne courait jamais plus d'une demiheure, le soir. Helen consulta la pendule sur la cheminée. Elle avait écouté de la musique pendant une heure.

« Ressaisis-toi, ma puce. Je suis un peu en retard, voilà tout. »

Evelyn s'était peut-être fait une entorse. Peut-être avait-elle trouvé un animal blessé sur la nationale, et elle essayait de le secourir. Elle faisait sans arrêt ce genre de chose.

Peut-être.

Helen recula lentement, sans un bruit, jusqu'à ce que sa main frôle le mur côté nord, puis elle s'immobilisa, fixant les ombres dans le couloir qui menait aux chambres à coucher. Elle se mordit violemment la lèvre supérieure.

Le chien n'aboyait plus. Pourquoi ?

Le daim était peut-être parti. Peut-être Edgar s'était-il endormi.

Tu as bu, se dit-elle. Tu es parano.

Helen suivit le mur vers la véranda de derrière, qui surplombait le fleuve. Quand elle atteignit le fauteuil où elle s'était assise un peu plus tôt, elle tendit la main derrière elle et éteignit la lampe, plongeant la maison dans l'obscurité. Elle contourna les meubles en osier, puis posa la main sur la vitre glacée et regarda à l'extérieur par la double porte. Le Mississippi se trouvait quelque part dans le noir, au-delà du saule pleureur dont les branches balayaient le sol. Elle ne voyait nulle part la moindre lumière. Elle se dit une fois de plus qu'elle détestait l'obscurité et les espaces découverts, et qu'elle préférait de très loin les endroits illuminés et pleins de monde.

Tu dois partir. Maintenant.

Il est ici.

Helen ouvrit la porte de la véranda et se glissa à l'extérieur, dans l'air vif. La terrasse en bois était couverte de glace. Elle faillit tomber en descendant les deux marches à la hâte. L'herbe gelée craquait sous ses pieds.

Sa voiture se trouvait à deux pas, à côté de la vieille cabane à outils d'Evelyn.

Elle devait simplement aller d'un point à un autre.

Elle devait simplement monter dans sa voiture et s'en aller. Elle pourrait appeler Evelyn quand elle serait sur la route. Evelyn serait en sécurité chez elle, furieuse qu'elle soit partie. Rien n'était arrivé à Evelyn. Helen imaginait qu'une menace flottait autour d'elle. La présence du diable.

Elle pouvait aller à Duluth, trouver la femme d'Eric et mettre fin à toute une vie de fuite.

Vingt mètres à découvert, vingt mètres d'obscurité la séparaient de la voiture. Et puis elle serait libre.

Elle se rappela que le CD de la bande originale de *Show Boat* se trouvait dans le lecteur. Elle sourit à l'idée de l'écouter en conduisant. En courant vers la voiture, elle pensait à ce Noir qui chantait « Ol' Man River ».

Quand elle sentit des mains la saisir à la gorge, elle se souvint à quel point elle avait peur de la mort.

47

Minuit. Dan Erickson, un verre de gin à la main, en pantalon noir et chemise blanche, sa cravate desserrée, les cheveux en désordre, vint ouvrir. Quand il vit Stride devant sa porte, il fit la grimace. Son regard trahissait son inquiétude. Stride lui posa les deux mains sur la poitrine et le poussa violemment en arrière. Dan glissa sur le parquet, le gin et les glaçons se répandirent sur le sol, le verre en cristal roula et alla s'arrêter contre le mur.

— Qu'est-ce qui vous prend ? s'exclama-t-il tout en récupérant son équilibre.

— Il l'a enlevée, espèce de salopard de fils de pute ! hurla Stride. Il a enlevé Serena, et je veux savoir qui c'est !

Dan repoussa les cheveux qui lui tombaient sur les yeux.

— Je ne comprends pas…

— Ne jouez pas au con avec moi ! N'y pensez même pas, pas un instant ! Quelqu'un a mis vos couilles dans son viseur, et vous avez engagé Serena pour vous sortir de là…

— Elle vous a dit ça ?

— Quoi, vous voulez vous faire rembourser ? Il est temps de vous mettre à table, Dan. Si ça vous fait perdre tout ce que vous avez, je m'en tape. Vous allez me dire ce qui se passe.

— Je n'ai pas à vous dire quoi que ce soit.

Stride secoua la tête, s'approcha.

— Lauren a peut-être de l'eau glacée dans les veines, mais pas vous, Dan. Je ne pense pas que vous ne vous intéressiez qu'au pouvoir et au fric.

— Je suis sûrement plus superficiel que vous ne semblez le penser…

— Peut-être. Je m'en contrefous. Ce que je suis en train de vous dire, c'est que la vie que vous connaissez est *terminée*, d'une façon ou d'une autre. Tout va ressortir. Vous pouvez me parler maintenant et m'aider à sauver la vie de Serena. Vous pouvez aussi la fermer, et la presse va vous bouffer tout cru dès demain. Je vous écoute.

Dan s'appuya contre le mur, puis il s'engagea dans le couloir, et Stride le suivit. Une porte en noyer donnait sur une pièce sombre. Sur le bureau de Dan, l'ordinateur était allumé. Il se laissa tomber dans son fauteuil, les yeux au plafond, jambes écartées et bras ballants. Une photo de Lauren et lui était fixée au mur. Ils souriaient tous les deux.

— Je suis navré, pour Serena.

— Je m'en fous, dit Stride.

Dan se redressa.

— Vous savez pourquoi je suis si bon pour envoyer les gens en prison ? Je sais comment pensent les criminels. Je comprends ce qu'on ressent quand on poursuit quelque chose qu'on désire, sans se soucier des conséquences.

— Vous me faites perdre mon temps, Dan.

— Je voudrais simplement que vous compreniez. Mais en fait, vous ne comprenez pas. Vous êtes trop discipliné, Stride. Trop rigide. Toujours en train de contrôler la situation.

— Épargnez-moi ces conneries, Dan.

— Vous n'avez jamais laissé une femme vous mener par le bout de la queue, hein ? Eh bien, moi c'est toute ma vie.

Stride entendit un mouvement derrière lui. Lauren était là, debout dans la lumière pâle de l'entrée. Elle écoutait. Leurs regards se croisèrent. Il n'avait jamais vu ses yeux bleus si glacés. Elle entra tranquillement, les mains dans les poches de son jean délavé. Elle portait une chemise de flanelle bleu marine hors du pantalon, les deux boutons du haut défaits, et des bottes en daim.

— Qu'est-ce qui se passe ? demanda-t-elle.

Dan lui lança un regard furieux. Stride comprit, en voyant son expression, ce que c'était que de vivre une vie entière de soumission sous la coupe d'une femme riche.

— Ça ne te regarde pas.

— Ah bon ? Je t'ai entendu parler de ta queue, Dan. Alors ça me regarde, évidemment.

— Très drôle.

— Ce n'est pas drôle du tout, rétorqua Lauren. Qu'est-ce que tu as fait ?

Dan gardait le silence. Lauren tourna vers Stride un regard interrogateur.

— On le fait chanter, fit Stride. Il a engagé Serena pour qu'elle fasse l'intermédiaire. Le maître chanteur l'a kidnappée cette nuit.

— Oh, mon Dieu !

— Ce type fait sauter toutes les mines qu'il a enterrées, Dan, reprit Stride. Mitchell Brandt payait votre maître chanteur pour une histoire de délit d'initié, et ce type a décidé de le baiser. Vous êtes le prochain sur la liste. Vous ne comprenez pas, Dan ? Ce mec est capable de tout. Nous pensons qu'il a déjà ajouté le viol et le meurtre à son business d'extorsion de fonds.

— Combien tu l'as payé ? demanda Lauren à son mari.

Dan ne répondit pas.

— *Combien ?*

— Cent dix mille dollars.

— Espèce de con ! aboya Lauren.

— Qu'est-ce qu'il a sur vous ? demanda Stride.

Dan hésita. Il regarda Lauren.

— Dis-le-lui, fit-elle. Dis-le-*nous* !

Dan haussa les épaules.

— Tanjy…

— Vous l'avez violée ? demanda Stride. C'est vous qui l'avez tuée ? C'est ça, le fin mot de l'histoire ?

— Non ! Nous couchions ensemble.

Stride secoua la tête.

— Pourquoi cela valait-il autant d'argent ?

— Vous savez à quoi ressemblaient les fantasmes de Tanjy. Nous avons fait des choses que personne n'aurait comprises. Il avait des photos de nous deux. Si cela avait été rendu public, c'était la catastrophe.

— Vous avez tué Tanjy pour la faire taire ?

— Non, non, ce n'est pas du tout cela.

Le visage de Lauren était un masque de granit.

— Tu réalises ce que ça signifie. Tout va apparaître dans les journaux.

Elle regarda Stride.

— J'ai raison ?

Stride hocha la tête.

— Washington, c'est foutu, dit-elle à Dan. Nous sommes ruinés.

— Cela n'aurait jamais dû faire surface, protesta Dan.

— Pour qui te prends-tu ? Pour JFK ? Pour Bill Clinton ? Tu crois que tu peux t'en sortir, quoi que tu fasses ? Je n'arrive pas à croire que tu aies pu me faire ça. Tout est fini, Dan. Tu t'en rends compte ? Tu viens de foutre notre vie en l'air.

— Je suis désolé, fit-il.

— Est-ce que ça en valait la peine, au moins ? demanda Lauren. Est-ce *qu'elle* en valait la peine ?

Dan lui jeta un regard noir.

— Oui, elle en valait la peine.

Stride se dit que c'était peut-être la première fois de sa vie qu'il lui disait la vérité.

Lauren traversa la pièce et lui donna une gifle qui résonna comme un coup de feu. Une gifle qui sanctionnait la fin d'une existence. La fin de tout. Lauren et Dan étaient tombés dans le gouffre. Elle fit demi-tour et sortit de la pièce. Cinq secondes plus tard, la porte d'entrée claqua, si fort que la vieille maison trembla sur ses fondations.

— Il faut que nous trouvions cet homme, répéta Stride. Je dois savoir qui c'est.

— Je n'en ai aucune idée.

— Alors nous allons rester là tous les deux et nous allons essayer de comprendre comment il a fait pour foutre votre vie en l'air, comment il a foutu en l'air la vie de Mitchell Brandt, et comment il pouvait être au courant pour Sonia et ce foutu club. Et ne me dites pas que vous ne connaissiez pas l'existence du club.

— Si, j'étais au courant. Stride, je ne voulais pas vous le dire… il y a autre chose. Je ne pense pas que ça nous aidera à le trouver, mais il vaut mieux que vous le sachiez.

— Allez-y.

— Ce type est obsédé par Serena. Il était obsédé par elle depuis le début…

— Quoi ? fit Stride. Qu'est-ce que vous racontez ?

Tout d'un coup, il avait du mal à respirer normalement.

— Je veux dire que ce n'est pas par hasard que j'ai engagé Serena pour faire l'intermédiaire. Cela faisait partie de l'accord. Du prix à payer. Quand il m'a contacté la première fois, il ne voulait pas seulement l'argent. Il voulait Serena.

48

Le silence s'installa, lourd de tension. Ils se regardaient. L'ordinateur, sur le bureau de Dan, ronronnait doucement. Ils entendirent la grosse voiture de Lauren sortir du garage et quitter la propriété.

— J'étais loin de me douter qu'une chose comme ça pouvait arriver, finit par dire Dan.

— L'alarme aurait dû retentir dans votre tête, mais vous n'avez pas fait gaffe. Vous ne pensiez qu'à sauver vos fesses.

— Ouais, fit Dan en haussant les épaules. Peut-être.

— S'il arrive quelque chose à Serena, je vous détruirai.

— Prenez un ticket.

— C'est tout ce que vous avez à dire ?

— Écoutez… je ne pensais pas que ça irait si loin. Vous savez aussi bien que moi que la plupart des maîtres chanteurs ne sont pas violents. Au fond, ce sont des lâches. Je me suis dit que ce type avait peut-être le béguin pour Serena, ou, bon Dieu, j'ai pensé qu'ils étaient peut-être de mèche. Elle n'est pas d'ici. Je n'avais aucune idée de ce qu'elle était.

Stride ne le croyait pas, mais ça n'avait pas d'importance. Pour le moment. Il mit sa colère de côté.

— Vous avez une idée de l'identité de ce type ?

— Non, je vous l'ai dit.

— Et Serena ?

— Si c'était le cas, elle ne m'a rien dit.

— Comment vous a-t-il contacté ?

— La première fois, c'était au téléphone, dit Dan. Il m'a appelé chez moi.

— Quand cela ?

— Mardi dernier.

— Que vous a-t-il dit ? demanda Stride.

— Il connaissait ma liaison avec Tanjy.

— Que voulait-il ?

— Il voulait dix mille dollars, sans quoi il en informerait la presse et Lauren.

— Il vous a dit pourquoi il voulait que Serena soit dans le coup ?

— Non. Il m'a dit qu'il savait que je ne voudrais pas faire moi-même le sale boulot, et qu'il connaissait quelqu'un qui pourrait jouer les intermédiaires. J'ignore comment il la connaissait, et pourquoi il voulait que ce soit elle.

— Comment était-il au courant, pour Tanjy et vous ?

— Aucune idée.

— Qu'est-ce qui s'est passé ensuite ?

— Je l'ai payé. Point final. Serena s'est occupée de la livraison. Quelques jours plus tard, il lui a donné une photo très crue de Tanjy et moi, à Grassy Point Park. Cette fois, le prix a grimpé.

— Comment s'est-il procuré cette photo ?

— Comme je l'ai dit à Serena, je l'ignore. Tanjy en avait fait une série, mais je les avais effacées de son ordinateur. Ce type n'avait aucun moyen de les retrouver.

— Les photos étaient archivées ailleurs ? Dans votre ordinateur ?

— Non. Tanjy les avait prises avec un appareil numérique. C'est moi qui les ai transférées sur son PC. Pour autant que je sache, c'est tout. Je suis sûr qu'elle ne les aurait pas transmises à quelqu'un d'autre. Je les ai fait disparaître en novembre, quand cette histoire de viol a éclaté et que nous nous sommes séparés, Tanjy et moi.

— Elle aurait pu les restaurer.

— Tanjy ? Cette fille avait besoin d'un mode d'emploi pour allumer son PC.

— Alors quelqu'un d'autre les a restaurées. Sauf si ce type les a trouvées *avant* que vous ne les effaciez.

— Dans ce cas, pourquoi attendre avant de me faire chanter ?

Stride hocha la tête. Il ne comprenait pas la logique de tout cela, mais il sentait qu'il était à deux doigts de quelque chose d'important. Le maître chanteur devait avoir accès à l'ordinateur de Tanjy.

— Et si cet homme était un hacker ? Un pirate. Il pourrait intercepter des mails, ou forcer une connexion Internet, ou se connecter sur un réseau Wi-Fi…

Stride pensa à tout ce que le maître chanteur connaissait aussi, et il sentit l'adrénaline monter en lui. Mitchell Brandt et ses transactions d'initié. « Les dates, les transactions, les montants », avait dit Brandt. Le club échangiste. Sonia, qui conservait dans son ordinateur portable toutes les informations concernant le club. Des photos de Tanjy et de Dan. Archivées dans l'ordinateur de Tanjy.

— Impossible qu'il se soit introduit de l'extérieur dans le PC de Tanjy, ajouta Dan. Ce doit être quelqu'un qui se trouvait dans son appartement.

Stride repensa à sa première visite à l'appartement de Tanjy. Il se rappela le môme qui vivait en face de chez elle, et qui passait ses journées à la reluquer de la fenêtre de sa chambre. Comment s'appelait-il, déjà ? Doug ? Duke ? Si Stride avait pu entrer chez elle simplement en débloquant une fenêtre, combien de fois ce môme avait-il fait la même chose ? Avait-il allumé l'ordinateur de Tanjy et découvert une mine d'or ?

Stride était excité, mais il ne tarda pas à repousser cette idée. Même si le môme avait un lien avec Tanjy, cela n'expliquait pas comment il aurait su ce que cachaient Mitchell Brandt et Sonia Bezac.

Il repensa à ce que Dan venait de dire.

— Pourquoi êtes-vous si sûr que ce type ne la piratait pas de l'extérieur ?

— J'avais fait en sorte qu'elle se fasse installer un pare-feu dernier cri, répondit Dan. Je connaissais le genre de trucs qu'elle gardait dans son ordinateur, et je n'avais pas envie que quelqu'un mette la main dessus.

— Mais vous disiez qu'elle était nulle en informatique.

— Elle a fait venir Byte Patrol. Ce sont eux qui ont installé son pare-feu.

Stride s'immobilisa. Autour de lui, le monde s'arrêta de tourner.

— Byte Patrol ? Les techniciens dans les camionnettes violettes ? Avec les chemises violettes ?

— Ouais. On les voit un peu partout en ville.

Stride se repassa tout, chaque détail, un par un. Ils se détachèrent de la masse d'informations qu'il avait recueillies, tombèrent comme des pièces de monnaie dans le plateau d'une machine à sous. Les cerises étaient alignées, il touchait le pactole.

Il était dans la chambre de Tanjy. Il revit le dossier violet fluo posé à côté de l'ordinateur.

Il était dans le salon, chez Sonia qui lui parlait du système de sécurité antipiratage de son ordinateur. Installé par Byte Patrol.

Il interrogeait Mitchell Brandt. Celui-ci lui parlait du logiciel de recherche qu'il utilisait. Un logiciel développé par Byte Patrol.

Il était à Silk. Sonia était en train d'engueuler un technicien en chemise violette. L'homme avait l'air d'un ours, ses grosses pattes courant sur le clavier. Stride essaya de se rappeler à quoi il ressemblait, mais il ne se souvenait que d'une chose : l'instant où ce technicien avait croisé son regard et lui avait adressé un clin d'œil.

L'homme de Byte Patrol savait exactement qui était Stride. Il riait de sa propre plaisanterie. Il connaissait tout ce qui était caché dans les ordinateurs. Il tirait les ficelles et vendait des secrets dans toute la ville. Il avait violé Maggie.

Stride repensa à Eric, qui était allé parler à Tony Wells. « Comment savoir si un homme ordinaire peut être un prédateur sexuel ? »

C'était l'homme qu'Eric avait vu ce soir-là. L'homme qui tenait Serena.

49

En sentant la douleur, Serena sut qu'elle était éveillée. Elle avait mal au crâne, et l'impression que quelqu'un s'était servi d'elle comme d'un punching-ball. Quand elle essaya de tourner la tête, une douleur lancinante lui parcourut la colonne vertébrale, et tout son corps se crispa. Elle ouvrit les yeux. Elle se trouvait dans le noir, mais le monde tournoyait quand même. Elle essaya de bouger les mains, découvrit qu'elles étaient attachées. Ses pieds aussi. On l'avait épinglée, comme un papillon capturé par un collectionneur. Elle était allongée sur un matelas aussi rêche que de la toile de jute, qui lui grattait la peau. Il puait le moisi et le sang. Elle sentit une bouffée de poisson étripé répandant sa laitance, ses arêtes et ses viscères. Elle essaya de parler, puis de crier, mais elle était bâillonnée, et elle avait dans la bouche un goût de coton mouillé amer. Elle parvint à émettre un couinement, si pitoyable que le vent eut l'air de se moquer d'elle.

Le blizzard était un monstre tout proche, tumultueux et féroce. Les parois métalliques claquaient et vibraient sous l'effet du vent. Elle entendait un sifflement évoquant un millier de serpents. C'était la tempête de neige, aussi violente qu'une tornade. Elle ignorait où elle se trouvait. Elle aurait pu aussi bien être à l'extérieur, car elle n'était absolument pas protégée du vent et du froid qui traversaient les cloisons. En sentant l'air glacé sur sa peau, elle comprit qu'elle était nue. Elle avait la chair de poule. Ses orteils se recroquevillèrent, elle serra les poings. Une goutte d'eau glacée tomba du plafond et coula sur sa cuisse.

Elle se maudissait d'avoir été aussi stupide. De n'avoir rien dit à Jonny. De n'avoir pas couvert ses arrières. Elle était prisonnière, maintenant, et elle ne se berçait pas de faux espoirs de délivrance. Elle savait que ce qui l'attendait allait être une pure horreur. Le genre d'horreur qui vous prouve qu'il n'est pas de Dieu capable de vous sauver. Le genre d'horreur qu'elle avait déjà connue, jadis.

Il se trouvait dans la pièce, avec elle. À des intervalles de quelques secondes, elle entendait le bois grincer quand il bougeait sur son siège bancal. Elle ne pouvait pas le voir, mais elle sentait son regard. Elle avait envie de lui parler. Elle voulait que ça commence, elle voulait en avoir fini, mais il la laissa pendant de longues minutes se débattre dans le monde aveugle et glacé où elle se trouvait, comme s'il savait que l'attente était pire que tout. Elle avait l'impression d'être une petite fille qui faisait la queue pour un tour de manège horrifique, l'estomac noué par la peur.

Elle se dit que ça n'avait pas d'importance. Ce n'était que de la douleur. Longtemps auparavant, elle avait appris comment se cacher au fond de son cerveau pour échapper à la douleur. Comment déconnecter ses émotions jusqu'à ce qu'elle ne sente plus rien du tout. Pas de douleur. Pas de colère. Pas d'amour. Elle essaya de se rappeler comment elle faisait, le moyen de retrouver cet endroit. Mais elle constata qu'elle résistait, qu'elle ne voulait pas y retourner. Le néant était une torture en soi, une chambre silencieuse dont elle avait essayé, pendant des décennies, de s'enfuir.

Elle tira sur ses liens pour se libérer, sentit le lit bouger sous elle. Elle savait qu'elle gaspillait ses forces. Il se mit à rire. C'était le premier son qu'il émettait. Puis elle l'entendit qui se levait. Elle sentit son odeur quand il s'approcha d'elle. Elle se tortilla pour lui échapper, mais il n'y avait nulle part où aller. Il se pencha sur elle. Elle sentit son souffle sur son visage. Elle tordit le cou. Il lui empoigna la mâchoire, l'obligea à tourner la tête vers lui.

— Il y a longtemps que j'attendais ça, dit-il.

Elle tenta de repousser sa voix et les échos de la terreur qu'elle éveillait en elle. Elle se concentra sur la tempête, imagina la neige qui ensevelissait tout, de l'autre côté de la cloison, en se demandant si le vent allait la soulever et l'emporter au loin.

Il fit glisser un objet froid et coupant sur sa peau. Il commença par le cou, traça une ligne en travers de sa gorge. Elle savait que c'était la pointe d'un couteau. Il pressait suffisamment pour la faire sursauter, mais pas assez pour déchirer la peau. Le couteau explora son corps comme une bête curieuse. Il dessina un cercle autour des seins, puis des aréoles, puis perça un de ses mamelons, exactement en son centre – une piqûre d'épingle qui fit perler une goutte de sang.

Les larmes coulèrent sur ses joues.

Le couteau continua à descendre. Il frôla son nombril, fit un détour par ses cuisses, contourna les rotules, remonta après un détour par la plante des pieds et se dirigea sur son entrejambe. L'homme posa la lame à plat sur son bas-ventre. Serena se tendit et chercha cet endroit lointain, la chambre du néant, mais il était perdu au fond de son cerveau. Elle était incapable de le retrouver.

— Il faudra que je pense à signer mon œuvre, dit l'homme. Pour que Stride sache qui c'était, quand il te trouvera.

Elle secoua la tête d'avant en arrière, violemment, ignorant la douleur qui s'emparait de son crâne, tentant de se décoller du lit pour se projeter vers lui. Son hurlement mourut dans le tissu trempé qui lui obstruait la bouche. Il attendit qu'elle soit à bout de forces. Elle finit par s'écrouler, épuisée, étourdie.

Une des grosses mains de l'homme s'enfonça alors dans son ventre. Elle expulsa par le nez l'air qu'elle avait dans les poumons. Puis il tendit la peau entre ses doigts.

— Non ! gémit-elle.

Mais elle n'émit aucun son. Seul était audible le bruit de la tempête. Les protestations, les supplications, les prières n'existaient que dans sa tête.

La pointe du couteau pénétra la chair. Les tissus s'ouvrirent, millimètre par millimètre. Le sang perla. L'homme commença à tailler.

À un moment, elle s'évanouit. Quand elle reprit conscience, elle avait le ventre à la fois brûlant et glacé, douloureux. Son sang était devenu dur comme la glace. De l'autre côté du mur, la tempête faisait toujours rage. Les odeurs et les sons étaient les mêmes, mais quelque chose avait changé. Le chiffon que l'homme lui avait enfoncé dans la bouche avait disparu. Elle pouvait bouger la mâchoire, respirer l'air fétide.

Serena hurla. Elle comprit que l'endroit où elle se trouvait était exigu, car son cri se répercuta d'une paroi à l'autre, douloureux, métallique. À l'extérieur, ce n'était qu'un murmure comparé au vacarme du vent. Elle continua à hurler, jusqu'à ce que sa gorge lui fasse mal. Quand elle s'arrêta enfin, il ne se passa rien. Personne n'accourut pour la sauver. Le blizzard ne lui accordait aucune attention.

— Tu peux hurler, dit-il alors. Personne ne t'entendra.

— Pourquoi moi ?

— C'est toi que je voulais, depuis le début.

— Pourquoi ? répéta-t-elle.

— Tu n'as pas deviné ?

Quelque chose dans la manière dont il avait prononcé ces mots lui fit comprendre pour la première fois qu'elle n'était pas là par hasard. Elle n'avait pas croisé le chemin d'un maniaque pour tomber accidentellement dans son collimateur. C'était entre elle et lui, depuis le début. C'était personnel.

— Qui êtes-vous ?

— Je crois que tu le sais.

Il avait raison. Elle le connaissait. Il y avait quelque chose de familier chez cet homme, quelque chose dans sa voix qui remuait des souvenirs. Elle fouilla dans son passé, mais il y avait tant de noms… C'est ainsi, quand on est flic. Les noms se mélangent. La plupart du temps, ça n'avait pas d'importance : combien de criminels regrettent d'être pris par un gros flic de cinquante ans ? Mais quand vous êtes une femme, quand vous êtes belle, quand vous êtes de Las Vegas, le passé s'accroche et ne vous laisse jamais en paix.

Sa poisse. Sa malchance.

Tout à coup, elle sut. Malchance. *Tommy Luck.*

Tommy Luck, qui balafrait sa maîtresse avec la pointe de son couteau. Tommy Luck, qui avait tapissé cet horrible mur, dans son appartement, de dizaines de photos d'elle prises à son insu – des images torturées, les yeux crevés, le cou tailladé, le corps maculé de peinture rouge, percé aux endroits où il avait frappé, obstinément, avec un pic à glace. Oh, Dieu, pourquoi n'avait-elle pas surveillé ça ? Il avait été condamné à vingt ans, mais plus ils en entassaient dans les prisons, plus ils devaient en libérer.

Il était sorti. Il était de retour. Tommy Luck.

Elle aurait dû s'écouter, des années plus tôt, quand il était sorti une première fois de prison. Le suivre. Le tuer. Elle aurait pu l'effacer. Et effacer toute la douleur qu'il avait infligée à tous ceux qui avaient croisé son chemin. Maggie. Tanjy. Eric. Tous les autres.

C'était sa faute. Elle aurait dû le tuer, jadis, quand elle en avait eu l'occasion.

— Tu sais, hein ? demanda-t-il.

Elle resta silencieuse.

— Je veux que tu me voies, pour ce qui va se passer maintenant. Je veux que tu me regardes dans les yeux. S'il le faut, je collerai tes paupières pour qu'elles restent ouvertes. Tu dois regarder ce que je vais te faire.

Elle sentit de nouveau la lame, sur son visage cette fois, qui lui écorcha la pommette quand il coupa son bandeau. Elle ne put s'en empêcher : elle ouvrit les yeux, alors même que son cerveau lui ordonnait de les laisser fermés. Une seule ampoule éclairait la pièce, mais, après l'obscurité totale, elle était éblouie. Elle cligna des yeux et tourna la tête. Il se dressait au-dessus d'elle, énorme. Sa silhouette maléfique s'interposa entre elle et la lumière.

50

Ils enfoncèrent la porte de l'appartement avec un bélier. Il était deux heures du matin, mais Stride savait qu'il n'était pas là.

Il se faisait appeler William Deed, et les gens qui le connaissaient l'appelaient Billy. Mitchell Brandt et Sonia Bezac leur avaient confirmé que Billy Deed était bien le technicien de Byte Patrol qui avait travaillé sur leurs ordinateurs respectifs. Le patron de la firme, qu'ils avaient emmené avec eux jusque chez Deed, venait de vérifier, c'était bien Deed qui avait configuré l'appareil de Tanjy Powell et y avait installé un pare-feu.

Il n'existait aucun dossier criminel au nom de William Deed dans les bases de données de l'État. Le numéro de sécurité sociale qu'il avait donné lorsqu'on l'avait embauché était faux.

Stride se passa les mains dans les cheveux et essaya de retrouver son calme. L'adrénaline coulait à flots dans ses veines, comme s'il avait bu une demi-douzaine de tasses de café serré. Son cœur avait des ratés. La terreur lui nouait l'estomac, des remontées acides lui donnaient des haut-le-cœur. Il ne fallait pas qu'il pense à Serena maintenant. Sans quoi il deviendrait dingue. Il fallait penser exclusivement à William Deed et au meilleur moyen de mettre la main sur lui.

Max Guppo sortit de la chambre de Deed. À cinquante ans, l'inspecteur pesait cent vingt-cinq kilos et avait sur le crâne la mèche la plus laide de tout le nord du Midwest. C'était aussi le meilleur technicien scientifique de l'équipe de Stride. Ils travaillaient ensemble depuis que Stride était dans la police. Personne n'avait envie d'être enfermé avec Guppo dans une camionnette pour les besoins d'une planque. Mais pour retrouver les empreintes latentes et les indices cachés, c'était un magicien. Et il connaissait l'informatique aussi bien que n'importe qui chez Byte Patrol.

— Il y a des tas d'empreintes, dit-il à Stride.

Une ligne de transpiration doublait le contour de sa lèvre supérieure.

— Pour la plupart, j'ai pu les relever. Je vais au bureau pour les scanner et les introduire dans le système.

— Appelle l'agent de service à Saint Paul et demande que quelqu'un du labo aille vérifier immédiatement dans la base de données. Si on ne trouve rien dans les archives de l'État, envoie tout ça aux fédéraux et mets la pression à tout le monde.

— C'est fait, répondit Guppo. J'ai réveillé mon pote qui dirige le labo au bureau central, il est déjà en route. Il m'a promis qu'il s'en occuperait personnellement.

— Tu es génial.

— Ne vous inquiétez pas, lieutenant. Je vous rappelle dans moins d'une heure, même si je dois aussi réveiller l'agent spécial de service.

Guppo quitta l'appartement à la hâte. Quand il se dépêchait, le sol tremblait. Stride savait que Guppo et les autres membres de l'équipe travailleraient toute la nuit sur cette affaire. Ils le faisaient toujours en cas d'enlèvement. Pour le moment, leur loyauté était son seul réconfort.

Quelques minutes plus tard, Teitscher arriva à l'appartement. La neige trempait son trench-coat.

— Vous avez quelque chose ? demanda Stride.

Quand il vit son expression, il sut que les nouvelles étaient mauvaises. Son cœur eut de nouveau un raté.

Sous sa moustache, Teitscher fit la grimace.

— Nous avons retrouvé la voiture de patrouille de Pete McKay sur la rampe d'accès d'un parking.

— Vous l'avez examinée ?

— Oui. Je ne tournerai pas autour du pot, lieutenant. Nous avons trouvé des taches de sang dans le coffre. Très peu. Personne n'a saigné à mort dans cette voiture, d'accord ?

Stride avait envie d'une cigarette. Ses nerfs étaient à vif, ses mains tremblaient. Il se rappela qu'il ne devait pas penser à Serena, pour ne pas spéculer sur ce qui avait pu lui arriver. Il devait se concentrer sur Deed. Sur l'enquête.

— Vous pensez qu'il a changé de voiture… commença-t-il.

— Ouais. Je crois aussi que Serena est vivante.

Teitscher ne donna pas d'explications. Mais Stride savait ce qu'il voulait dire. Si Serena était morte, Deed aurait laissé son cadavre dans le coffre de la voiture.

— Il y a des caméras sur cette rampe ? demanda-t-il.

— Non, mais ce type a sorti une des camionnettes violettes de Byte Patrol. Nous ne l'avons pas retrouvée. Nous avons appelé tout le monde et lancé un avis de recherche d'urgence sur la camionnette. Des patrouilles de la police des autoroutes sont en planque sur les trois axes au sud-ouest, la 35, la 61 et la 169, pour le cas où il déciderait de prendre la direction des Villes jumelles. La frontière canadienne est également en état d'alerte.

— Et le Wisconsin ?

— Ouais, on couvre la 35 dans le Wisconsin. K-2 a réquisitionné le personnel de repos, et nous couvrons toute la ville. Les médias sont aussi sur le coup. Je sais que ça ne servira pas à grand-chose avant les journaux télévisés du matin, mais le public sera alerté. Dès qu'il cessera de neiger, les hélicoptères pourront décoller.

Stride ne pouvait se débarrasser du sentiment que, le lendemain, il serait trop tard.

— Il a sans doute un autre véhicule, dit-il.

— Sans doute.

Stride se tourna vers le patron de Byte Patrol, qui examinait le contenu de l'ordinateur de Deed. Un dénommé Craig, à peine plus de trente ans, qui portait un sweat-shirt rouge de l'université de Duluth et un jogging gris sur des baskets miteuses. Il avait l'air à moitié endormi. C'était un grand type maigre, avec de longs cheveux roux crépus et une barbe de bûcheron.

— Hé ! fit Stride. Vous savez si Deed avait une autre voiture ? Vous l'avez déjà vu au volant d'un autre véhicule que votre camionnette ?

Craig se frotta les yeux.

— Non, la plupart du temps il la garde après les heures de travail.

— L'art de se cacher sans se dissimuler, dit Teitscher. Ces camionnettes sont tellement visibles que personne n'y fait attention.

— S'il s'en sert toujours, nous aurons peut-être de la chance, répliqua Stride. Tenez-moi au courant. Rapport toutes les demi-heures.

— D'accord. Lieutenant, vous vous foutez sans doute de mon opinion, mais cette histoire me rend malade.

— Merci, Abel.

— Je ne dis pas que j'avais tort à propos de Maggie. Mais tout cela a l'air plus compliqué que je ne le pensais.

— Vous avez fait exactement ce que j'aurais fait à votre place, le rassura Stride.

— Maggie m'a appelé. Elle voulait participer aux recherches. J'ai probablement eu tort, mais j'ai accepté.

— Elle l'aurait tout de même fait, fit Stride en haussant les épaules.

— Je sais.

— Faites gaffe, Abel, les gens vont finir par raconter que vous êtes un tendre.

— Ouais, ça pourrait bien se terminer comme ça.

Après le départ de Teitscher, Stride reprit son examen de l'appartement, en quête d'indices sur Deed. Il se trouvait au sixième étage d'une tour assez morne, dans le quartier des prêteurs sur gages et des armuriers, tout au sud de Superior Street. Quand il regardait par la fenêtre, Deed pouvait voir un réseau de bretelles et de voies d'accès, là où l'autoroute déversait son trafic dans les rues de la ville. C'était un endroit bon marché, anonyme, qui permettait de s'enfuir rapidement.

Dans la seule chambre de l'appartement de Deed, Stride trouva peu d'indices à même de l'aider à se faire une idée de sa personnalité. Il se nourrissait de plats de poulet tout préparés, de tacos, de chips au guacamole, de poisson congelé, pour l'heure enveloppé dans du papier aluminium et dont la forte odeur avait imprégné la cuisine. L'appartement était loué meublé, et Deed y avait apporté peu d'éléments personnels, à part l'ordinateur dernier cri. Ils ne trouvèrent ni magazines, ni relevés bancaires, ni reçus d'aucune sorte. Ils n'avaient rien, sauf une description du suspect : grand, lourd, fort, une quarantaine d'années, des cheveux noirs qui lui tombaient sur le cou, des yeux sombres et un nez aquilin. Il portait des jeans et des chemises en toile, quand ce n'était pas le tee-shirt violet de Byte Patrol.

Quelque chose dans l'appartement turlupinait Stride. Mais il était incapable de mettre le doigt dessus.

Il approcha une chaise de Craig, qui pianotait sur le clavier en fixant l'écran de ses yeux chassieux.

— Qu'est-ce que vous avez trouvé ?

— Assez pour faire fermer ma boîte, répliqua Craig. Ce salaud a placé des chevaux de Troie et des mouchards dans tous les ordinateurs auxquels il a eu accès pour le compte de Byte Patrol.

— Ce qui veut dire ?

— Ce qui veut dire qu'il pouvait s'introduire dans leurs systèmes, se balader sur leurs disques durs et retrouver tout ce qu'ils avaient composé sur leur foutu clavier. Il savait tout.

— Il va falloir me donner des noms.

— Ouais, bien sûr. Je vous imprime une liste. Ils vont tous me poursuivre en justice.

— Quoi d'autre ? demanda Stride.

— Qu'est-ce que je dois chercher ?

— Tout ce qui peut nous aider à trouver ce type. Où il va. Où il fait ses courses. Ce qu'il fait. Il doit bien avoir une planque quelque part…

— Ce que j'ai trouvé ne nous aidera pas beaucoup. C'est surtout du porno hard-core. Vraiment dégueulasse. Et beaucoup de bondage, aussi.

— Des sites d'intérêt local ? Sur des gens, des endroits, des entreprises de Duluth ? Des blogs, des pages de MySpace, ce genre de choses ?

— Je n'ai rien vu.

— Est-ce qu'il aurait visité un blog appelé « La Dame En Moi » ? Mentionné quelque part une certaine Helen Danning ?

Craig joua du clavier pendant quelques secondes.

— Je n'ai pas l'impression, non.

— Des relevés bancaires ?

— Non, fit Craig en bâillant.

— Je vous empêche d'aller vous coucher ? demanda Stride.

— Il est trois heures du matin. Je devrais être au lit.

— Ouais, c'est vraiment pas la joie. J'ai réveillé une juge au milieu de la nuit pour qu'elle me donne un mandat de perquisition, et elle non plus n'était pas contente. C'est vraiment moche de vous tirer du lit simplement parce que ce fils de pute qui travaille pour vous a kidnappé une femme, qu'il a peut-être déjà violée et assassinée. Alors continuez à chercher, et *trouvez-moi quelque chose*, bordel de merde !

— Ouais, ouais, d'accord, excusez-moi.

Craig retourna à son clavier.

Le portable de Stride fit entendre sa chanson. Le refrain semblait se moquer de lui. « Je suis pressée, et j'ignore pourquoi. » Lui, il savait pourquoi il était pressé.

Il se leva et s'approcha de la fenêtre pour répondre.

— Rien dans la base de données de l'État, dit Guppo. Ce n'est pas quelqu'un d'ici.

— Et les feds ?

— Ils y travaillent en ce moment même. Ils m'ont assuré qu'ils en faisaient une priorité absolue.

— Merci.

Stride raccrocha.

À califourchon sur une chaise, il examina de nouveau l'appartement austère. Bon Dieu, se dit-il, il y a quelque chose. Quelque chose d'évident, et qui lui échappait.

Il se leva pour aller explorer une seconde fois le contenu de la poubelle. Il examina les restes d'emballages alimentaires. Un paquet de bacon. Un carton à œufs vide, des coquilles d'œuf. Le papier qui avait enveloppé du bœuf haché, acheté dans une supérette. Stride avait déjà envoyé un agent au magasin, pour le cas où quelqu'un se rappellerait quelque chose au sujet de Deed. Où il allait, quelle voiture il conduisait, qui l'accompagnait.

— Hé, lieutenant ! s'écria Craig. Je crois que vous devriez jeter un coup d'œil là-dessus…

Stride regarda par-dessus son épaule.

— Qu'est-ce que c'est ?

— Des photos. Des tonnes de photos. Presque toutes de la même femme…

Craig fit glisser la souris et cliqua sur une icône. Une série de vignettes s'afficha sur l'écran noir.

— Je peux les faire défiler en diaporama, proposa Craig.

— Allez-y.

La première photo s'ouvrit, plein écran. Le cœur de Stride fit un bond. Serena. Il reconnaissait le quartier, au centre de Saint Paul. Rice Park, non loin de l'Ordway. Une autre photo apparut. Encore Serena. Près du palais de justice de Duluth. Stride s'obligea à visionner les photos jusqu'au bout. Plus de soixante clichés, presque tous de Serena. Des photos volées, au téléobjectif. Quelques-unes avaient été prises près de chez eux, sur la plage, ou à travers les vitres de la maison.

Cet homme préméditait depuis longtemps d'enlever Serena.

Soudain, Stride désigna une image, au centre de la série. Il n'y avait rien d'autre apparemment qu'un éclair blanc.

— Qu'est-ce que c'est que ça ?

— Un raté, dit Craig. L'appareil a dû se déclencher accidentellement.

— Agrandissez-la.

Craig ramena l'image en plein écran. Stride se pencha pour l'examiner de près. L'éclair était bien celui du flash. Mais il distinguait autre chose. Comme des taches brunes et des ondulations sombres.

— Qu'est-ce que c'est ? répéta Stride.

Craig regarda de plus près.

— Je ne suis pas sûr…

— On dirait du bois.

— Non, c'est trop lisse pour du bois.

— Du lambris en simili, je veux dire. De la camelote.

Stride regarda les murs de l'appartement. Il n'y avait de lambris nulle part. Il fit le tour de la chambre et de la salle de bains. Il ne trouva pas de panneaux ressemblant à ceux de la photo.

— Est-ce que vos camionnettes sont isolées avec ce revêtement ? demanda-t-il.

Craig secoua la tête.

— Dans ce cas, où a-t-il pris cette photo ?

Stride se disait que Serena se trouvait là où était le lambris. Dans la planque de Deed.

Il essayait d'établir mentalement la liste des endroits où l'on trouvait ce genre de revêtement, lorsque Guppo le rappela :

— Dites-moi que vous l'avez trouvé, dit Stride.

— Oui, mais il y a un problème.

— Quoi ?

— Tout colle parfaitement, fit Guppo. Il est fiché dans l'Arizona, au Texas et en Alabama. Drogue, meurtre, extorsion, et deux accusations de viol, qui ont été abandonnées parce que les femmes ont renoncé.

— Ça pourrait être notre homme. Quel est le problème ?

— Le problème, c'est qu'il est mort.

— Quoi ?

— Les autorités de l'Alabama affirment qu'il est mort. Il avait témoigné dans une affaire de drogue, et des flics l'escortaient pour le ramener à la prison d'État, à Holman. Ils ont été pris dans un ouragan et ils sont morts tous les trois.

— Un ouragan ?

— Ouais.

Sa terreur changea de nature, devint insupportable. Stride connaissait la suite. Il était là, à l'automne, quand Serena avait reçu le coup de fil de la police de l'Alabama. Il se rappelait le soulagement sur son visage. Elle se sentait libérée. Libre.

— Ils ont retrouvé les deux flics, continuait Guppo. La voiture aussi, complètement détruite. Et aucun signe de lutte. Ils en ont déduit que la crue avait emporté le prisonnier, jusqu'à la mer.

C'était logique. Et faux. Il n'avait pas été emporté jusqu'à la mer. Il s'était échappé, et il était remonté vers le nord à la vitesse de la lumière. Stride se souvenait du portrait que Serena lui avait fait de cet homme prétendument mort, qui avait torturé son passé. Brillant, impitoyable, séduisant, calculateur. Exactement le genre de prédateur qui joue avec ses proies avant de les dévorer. Un trafiquant de drogue.

Un maître chanteur. Un violeur. Un tueur.

— Comment s'appelle-t-il ? demanda Stride.

Il connaissait déjà la réponse.

— Vous avez le choix, dit Guppo. William Deed, Billy Deed, alias BD Henry, alias Billy « Dog » Ketcher, alias Blue Dog.

51

Elle s'était trompée. Elle s'était affreusement trompée. Ce n'était pas Tommy Luck qui se dressait au-dessus d'elle. Ce n'était pas un revenant des années à Las Vegas. C'était pire. Un fantôme d'une époque bien plus lointaine, de son enfance, un fantôme remonté tout droit de l'enfer.

— Vous êtes mort, fit Serena, le souffle coupé.

Blue Dog souriait.

— Ouais. Je suis l'homme invisible. Je n'existe pas.

— La police de l'Alabama m'a appelée, insistait-elle alors qu'elle avait sous les yeux la preuve qu'elle se trompait. Elle m'a dit que vous aviez été tué dans une tempête…

— Tu ne connais pas les prisons du Sud. Ils entassent tellement de détenus dans chaque cellule qu'un homme de moins est une bénédiction. Je suis sûr qu'ils se sont dit que la tempête leur avait rendu un fier service.

Serena était noyée par le flot des souvenirs. Des images qu'elle tenait enfermées depuis si longtemps dans un coin sombre de son cerveau s'étaient soudain libérées, comme des rats fuyant leurs cages. Elle se trouvait à nouveau à Phoenix, dans l'appartement de

Blue Dog. Elle avait quinze ans. La chaleur estivale était infernale, elle avait la peau si sèche qu'elle saignait quand elle se grattait. Sur les murs, les cafards la surveillaient. Sa mère aussi, qui ne valait guère mieux qu'un cafard, les yeux hagards, égarés par la coke. Blue Dog, lui, avait les yeux noirs et limpides. Il vendait de la drogue mais n'en consommait pas. Il la violait en souriant, déchirant son corps comme un clou pénètre le bois. Le même sourire que maintenant.

Il vit que la mémoire lui revenait.

— On a eu du bon temps, tous les deux, hein ?

— Allez vous faire foutre.

— Oh oui, c'est mon idée. Depuis dix ans, je n'ai fait que penser à toi. Seule l'idée de te payer ce que je te dois m'a maintenu en vie, à l'intérieur.

— Moi, j'ai payé toute ma vie pour ce que vous m'avez fait, dit Serena. On devrait être quittes.

— Peut-être, fit Blue Dog. Mais tu aurais dû renoncer, et tu ne l'as pas fait. Tu m'as poursuivi.

C'était vrai. Serena se souvint de cet été-là, dix ans plus tôt. Elle avait dû aller à Phoenix, recueillir des informations pour une affaire sur laquelle elle travaillait à Vegas. Pendant son séjour, tous ses souvenirs d'adolescence étaient remontés à la surface. Elle avait fini par se saouler pendant trois jours dans un bouge au sud de la ville. Elle avait repris conscience dans un motel près de l'aéroport, aux côtés d'un homme qu'elle ne connaissait pas. Là aussi, il y avait des cafards sur les murs. Elle avait consulté un psy, lequel lui avait expliqué qu'elle avait des problèmes à résoudre, à propos de sa mère et de Blue Dog. Elle payait quelqu'un cent dollars de l'heure pour s'entendre dire qu'elle était mouillée quand elle marchait sous la pluie.

C'était ce même thérapeute qui lui avait demandé si elle avait jamais joui avec Blue Dog. Le salaud.

Alors elle avait décidé de mener sa propre thérapie. Elle avait pris un mois de congé sans solde et suivi la piste de Blue Dog de l'Arizona au Texas, et jusqu'en Alabama, où elle l'avait retrouvé en train de s'adonner aux mêmes vieux trucs. Il avait monté un réseau de vente de crack et se livrait au chantage, à Birmingham. Il couchait avec une Noire qui ne devait pas avoir plus de seize ans. Serena avait prévenu la police de l'Alabama, et ils étaient arrivés chez Blue Dog juste à temps pour le voir descendre un dealer avec qui il était en bisbille. Il lui avait tiré une balle dans la tête, quasiment sous leurs yeux, avant qu'ils aient le temps de descendre des voitures et de l'arrêter.

Il avait vieilli, Serena pouvait le voir à son visage et aux mèches grises dans ses cheveux longs. Mais c'était le même homme. Très grand, près de deux mètres, costaud comme un ours. Le même orgueil, aussi. Il ressentait toujours ce besoin de contrôler le monde, de mettre les femmes à genoux, de prouver qu'il était plus malin et plus dur que tous les autres.

C'était le seul avantage qu'elle avait sur lui. Elle le connaissait, elle savait comment il fonctionnait. Il n'était pas un étranger pour elle.

La première chose à faire, c'était gagner du temps. Le faire parler. Serena savait que la moitié de la ville devait être en état d'alerte et que Jonny la chercherait partout. Plus elle lui donnerait de temps pour la trouver, plus elle avait de chances de s'en sortir vivante. En même temps, elle ne se faisait guère d'illusions. Elle savait qu'il allait la tuer.

— Où sommes-nous ?

Elle vit qu'ils se trouvaient dans une sorte de cabane. L'ampoule qui pendait au plafond dessinait des ombres sur les murs. Elle vit du lambris bon marché, un évier et un minifrigo. Le sol était jonché de bouteilles de bière vides. L'endroit était exigu, à peine plus de deux mètres sur quatre. Elle apercevait aussi deux fenêtres dans le mur du fond, occultées par de l'adhésif gris. À sa gauche, une porte avec une vitre en losange, occultée elle aussi. À chaque rafale de vent, toute la structure tremblait.

— Tu espères toujours que quelqu'un va te retrouver ? N'y compte pas trop.

Ses yeux se mirent à danser. Il commençait à être excité par la nudité de Serena. Il approcha une chaise, se pencha sur elle et se remit à jouer sur sa peau avec le couteau. En le sentant si près d'elle, elle frissonna. Elle était toujours frigorifiée, et elle haïssait l'idée que le froid durcissait ses mamelons. Il les effleura de la pointe de sa lame, puis se pencha et lécha le sang.

Continue de le faire parler, se dit Serena.

— Si ce n'était qu'une affaire à régler entre vous et moi, pourquoi avoir impliqué tant de gens ?

Blue Dog haussa les épaules.

— Qui ça, des enculés du genre Dan Erickson, ou Mitch Brandt ? Je te l'ai déjà dit, ces gens sont exactement comme moi. Ils ont tous des secrets.

— Comment avez-vous découvert leurs secrets ?

Tout en l'interrogeant, elle essayait de comprendre comment elle était attachée. Elle se trouvait sur un lit de camp, à moins de trente centimètres du sol. Elle avait les jambes écartées, liées aux pieds métalliques du lit avec du ruban adhésif. Son corps s'étendait sur les deux tiers de la longueur du lit. Ses bras pendaient de part et d'autre. Elle tira et constata qu'ils étaient attachés avec du tissu, pas de l'adhésif. Un tissu extensible, peut-être un tee-shirt en coton, était enroulé autour de ses poignets, noué solidement, puis attaché aux deux autres pieds du lit, à une trentaine de centimètres en arrière. Il y avait un peu de jeu dans les liens de ses bras. Elle baissa la main, et vit qu'elle pouvait poser la paume sur le sol. Elle sentit le contact du métal glacé.

— À Holman, il y avait un jeune pirate informatique, dit Blue Dog. Il était au trou pour avoir violé des garçons. Un vrai malade.

Il parlait sans la moindre trace d'ironie.

— Sans protection, ce genre de mec ne survit pas longtemps. J'ai fait en sorte que personne ne lui cherche des noises.

— Une vraie Mère Teresa, dit Serena.

Blue Dog se mit à rire.

— De toute façon, il aurait fini par faire des pipes. Tant qu'à sucer une queue, autant que ce soit la mienne.

— Je ne savais pas que vous étiez devenu pédé.

Le sourire de Blue Dog s'effaça. Il enfonça la pointe de son couteau de deux centimètres dans le gras de l'épaule droite de Serena. Elle fit un bond en hurlant. Le sommier tangua. Il retira la lame, essuya le sang sur le matelas. Une vague de douleur la submergea.

— Tu ferais mieux d'être polie, sans quoi la nuit sera longue.

— Ce sera le cas de toute façon, non ?

— Ouais, c'est vrai. Mais il y a long et long.

Serena ferma les yeux. Elle laissa pendre sa main gauche et explora le sol, en quête d'un objet coupant dont elle pourrait se servir pour s'attaquer au tissu qui liait son poignet au sommier. Elle sentit des miettes et des petites flaques d'eau glacée, en provenance du plafond, mais rien de consistant.

— Et qu'est-ce qu'il a fait, ce type ? demanda-t-elle. Continue à le faire parler.

— Il m'a appris tout ce qu'il savait sur les ordinateurs. J'ai découvert qu'il y avait beaucoup plus de fric à gagner que tout ce que j'avais jamais gagné dans la rue. Le vrai fric, il se trouve dans ce que les gens veulent cacher.

— Le chantage.

— Exact. Quand je suis arrivé ici, j'ai commencé à te surveiller. Mais un homme doit gagner sa vie. Je n'étais pas pressé. J'ai trouvé d'autres moyens de relâcher la pression.

— Dans ce cas, pourquoi vous attaquer à moi maintenant ?

— Le moment est venu pour moi de quitter la ville, dit Blue Dog. Les flics s'approchent un peu trop. Mais toi et moi, on a des affaires à régler.

Sous le lit, à l'insu de Blue Dog, Serena tendit les doigts le plus loin possible. Elle frôla le bord d'un objet métallique, qui glissa hors de sa portée dès qu'elle le toucha.

Blue Dog tendit le bras derrière lui et fit apparaître un revolver. C'était un petit Smith & Wesson très léger, qui avait l'air d'un jouet dans sa main. Cinq balles. Serena se demanda si elle vivrait assez longtemps pour savoir ce qu'il comptait faire des quatre dernières.

— J'ai beaucoup réfléchi à la manière dont j'allais m'y prendre, dit-il.

Il posa le canon du revolver sur le genou droit de Serena.

— Tu sais ce que ça fait, quand on reçoit une balle juste là ? Ça fait si mal qu'on a envie de crever. D'abord, je me suis dit que j'allais t'en foutre une dans chaque genou avant de te baiser.

Serena se tortilla, en essayant de déplacer le lit.

— Puis je me suis dit que dans ce cas tu ne me sentirais pas quand je serais en toi. Ce serait dommage.

Il lui appuya le revolver sur le front. Le canon était tiède, après avoir séjourné dans son pantalon.

— J'ai pensé aussi à t'obliger à me sucer…

— Si vous me mettez quelque chose dans la bouche, vous ne le reverrez plus, dit Serena.

Blue Dog se mit à rire.

— Ouais, c'est ce que je crains.

— Vous ne vous en sortirez pas.

— On verra ça. Tu crois qu'on est encore sur la planète Terre ? Je vais te prouver que tu te fais des idées.

Il pointa le revolver sur le plafond et sans hésiter tira en l'air. L'onde de choc se propagea dans le cerveau de Serena. Un nuage de poussière et de peinture lui tomba dessus, un filet d'eau coula sur sa poitrine, par le trou que la balle venait de percer dans le toit. L'écho résonnait encore dans ses oreilles. Son crâne palpitait, comme si Blue Dog avait appliqué deux fils électriques sur ses tempes.

Personne ne viendrait la secourir. Il n'y avait pas le moindre bruit, à l'exception des rugissements et des sifflements ininterrompus du blizzard. L'eau glacée la fit frissonner.

— Compris ? Il n'y a que toi et moi.

Blue Dog se leva. Il ramassa par terre une cravate démodée qu'il agita devant le visage de Serena. Elle était très large, avec des rayures obliques noires et jaunes.

— Elle n'est pas belle ? Je l'ai trouvée dans la ferme où je me suis caché pendant l'ouragan.

Il la passa autour du cou de Serena et commença à serrer.

Puis il déboutonna son pantalon.

— Tu te souviens de lui ?

Serena savait qu'elle n'avait plus beaucoup de temps. Elle tâtonna de nouveau pour mettre la main sur l'objet métallique, mais elle le manqua. Elle ne savait même pas ce que c'était, ni si elle pourrait s'en servir pour couper le tissu qui la maintenait attachée au lit.

Blue Dog grimpa sur le lit, et son poids fit gémir les ressorts. Le lit se déplaça de quelques millimètres. Il se laissa aller sur elle de tout son poids, saisit les deux extrémités de la cravate et commença à tirer. La boucle se serra autour du cou de Serena. Plus bas, entre ses jambes écartées, elle sentit qu'il s'efforçait de la pénétrer.

— Je vais regarder tes yeux, et je vais adorer ça, dit-il.

Le temps commençait à s'écouler, infini.

Les doigts de Serena étaient à plat sur le sol. Elle tendit la main de toutes ses forces. Cette fois, elle sentit l'objet métallique glisser sous sa paume. Elle s'en empara, pria.

Un gros hameçon de pêche. Tranchant comme une lame de rasoir.

52

Maggie sillonnait les rues de Duluth, de plus en plus désespérée. Le temps n'arrangeait rien. Les essuie-glaces évacuaient la neige du pare-brise, mais la tempête était si violente que ses phares ne lui permettaient pas de voir au-delà des tourbillons de poudre blanche. La voiture dérapait dans les rues enneigées. Le cadran lumineux du tableau de bord lui indiqua qu'il était presque quatre heures du matin. Encore plusieurs heures avant le lever du soleil, et même alors il se dissimulerait derrière un manteau impénétrable de nuages noirs. La tempête continuerait à hurler, à enfouir la ville sous des dizaines de centimètres de neige, et le vent qui venait de la toundra canadienne formerait aussitôt des congères hautes comme des maisons.

À cette heure de la nuit, au plus fort de la tempête, les rues étaient désertes. Les voitures en stationnement n'étaient que de vagues formes blanches. Quand elle croisait une camionnette qui semblait avoir la taille et la forme de celle qu'elle cherchait, elle devait descendre de voiture et ôter la neige à la main pour vérifier qu'il ne s'agissait pas du véhicule manquant de Byte Patrol.

Sur le côté sud de Portland Square, sur la 4e Rue, elle vit de la lumière à l'étage d'une maison, face au parc. Elle réalisa que c'était l'appartement de Katrina. Elle devait avoir allumé toutes ses lampes. Maggie savait pourquoi. Des semaines après, il lui arrivait de se lever au milieu de la nuit, d'allumer dans toutes les pièces et de s'asseoir dans la cuisine, le revolver sur la table, à portée de la main. C'était totalement irrationnel. Le genre de chose qu'on fait sous l'empire de la peur.

Elle prit à gauche, fit le tour de la place et se gara devant l'immeuble de Katrina. Quand elle descendit, elle fut presque assommée par le vent. Évitant les congères sur le trottoir, elle courut se mettre à l'abri sous la porte cochère de Katrina. Elle sonna.

La voix de Katrina crépita dans l'interphone :

— Qui est là ?

— Maggie.

— Oh, salut. Monte.

Maggie monta l'escalier quatre à quatre, en laissant des traces humides sur les marches. En arrivant à l'étage, elle vit que Katrina l'attendait sur le palier. Elle portait un tee-shirt extra-large qui lui retombait au milieu des cuisses. Elle avait les jambes nues.

— Désolée de venir si tard, lui dit Maggie.

— J'étais debout.

— Oui, c'est ce que je me suis dit.

Katrina hocha la tête.

— Je regardais la télé. Je sais ce qui est arrivé à ton amie Serena. C'est inquiétant.

— Oui.

— C'est le même homme qui…

— Oui, c'est ce que nous pensons.

— Tu entres ?

— Quelques minutes, oui.

Maggie ôta son manteau et le suspendit près de la porte. Quand elle accrocha son bonnet et ses gants, la neige fondue goutta sur le tapis. Katrina alluma la cheminée au gaz. Elle dégageait un peu de chaleur quand Maggie s'installa sur le futon jaune, près de l'âtre, Katrina en face d'elle. Les deux femmes se regardèrent.

— Écoute… je suppose que je devrais m'excuser, dit Maggie.

— Pourquoi ?

— Pour n'avoir jamais raconté ce qui m'est arrivé. Nous aurions peut-être arrêté ce type avant qu'il s'en prenne à toi.

— Ce n'est pas ta faute.

— Comment vas-tu ? Comment te sens-tu ?

— Comme une boîte de lait vide. Rien à l'intérieur.

— Ce ne sera pas toujours comme ça.

— Tu as ressenti la même chose ?

Maggie hocha la tête.

— J'étais complètement déboussolée. Je pleurais sans arrêt.

— Dis-moi une chose. Tu as fait l'amour depuis que c'est arrivé ?

Maggie secoua la tête.

— Moi non plus. Le simple fait de penser au sexe me donne envie de vomir. J'ai l'impression qu'il m'a volé ça, le salaud.

— Laisse le temps faire son travail. Je suis désolée, j'aurais dû dire quelque chose.

— Laisse tomber, lui dit Katrina. Tu ne dois rien à personne, sinon à toi-même.

— Stride ne comprend pas, dit Maggie.

— C'est un homme. Ça ne lui est pas arrivé, à lui. Tu ne peux pas vivre en fonction de ce qu'il pense.

— Ce n’est pas le cas.

— Non ? C’est nouveau.

— C’est mon filet de sécurité. Tu le sais. Quand ça allait mal avec Eric, je me suis retournée vers Stride. C’est sans risque, puisque je sais qu’il ne s’intéresse pas à moi.

— N’en sois pas si sûre.

— Je t’en prie. Pour lui, je ne suis qu’une gosse. De toute façon, je ne me vois pas me mesurer à Serena.

— Alors commence à vivre dans le monde réel. Qu’est-ce que tu veux vraiment ?

— Je n’en ai aucune idée.

— Bien sûr que si.

— Comment cela ?

— Depuis deux ans, tu n’as envie que d’une chose. Ce n’est pas Stride, ce n’était pas non plus Eric.

— Un enfant, dit Maggie.

— Bingo.

— Eh bien, je me suis assise sur ce rêve. Trois échecs, c’est plié.

— C’est ta voyante qui te l’a dit ?

Maggie secoua la tête.

— Non. C’est juste que les montagnes russes, c’est fini. Espérer comme une folle et produire des hormones, et avoir l’impression que ma vie est foutue quand je le perdrai pour la quatrième fois ? Non merci. En outre, il me manque la moitié de l’équation, maintenant. Le mari.

— Tu pourrais adopter.

— Ouais, bien sûr. Une immigrante chinoise qui vit seule. Une femme flic qu’on a soupçonnée du meurtre de son mari. Je vais me retrouver au sommet des listes.

— Penses-y, c’est tout.

— Ouais, c’est ça, j’y penserai.

En réalité, elle y avait déjà pensé. Elle avait même donné quelques coups de fil.

— Tu veux boire quelque chose ? demanda Katrina.

— Je pourrais boire une bouteille, mais non, merci, pas maintenant.

— Tu travailles ?

Maggie acquiesça.

— Pas officiellement. Presque tout le monde est dehors pour essayer de trouver ce fils de pute. Sauf qu'on ne sait pas où chercher.

— J'espère que vous l'aurez. En ce qui me concerne, ils peuvent faire l'économie du procès et l'asseoir directement sur la chaise électrique. Je te dirais même où ils peuvent mettre les électrodes !

— Ouais.

— Tu fais des cauchemars ?

— Tout le temps, fit Maggie.

— Moi aussi. Je le revis à chaque fois, mais c'est comme si je regardais un film, tu vois ? Comme si ça arrivait à quelqu'un d'autre.

— J'ai pas mal refoulé tout ça, avoua Maggie. En général, j'ai une excellente mémoire, mais j'ai élevé une muraille autour de ce qui s'est passé cette nuit-là.

— Tu as de la chance. Tu sais, je n'aurais jamais dû faire ce truc de fille alpha. Je voyais bien que tu n'étais pas à l'aise avec ça.

— Je pensais que ce n'était pas à moi de te dire ce qu'il fallait faire.

— Oui, mais j'aurais dû me douter à quel point ce serait bizarre. Je n'ai jamais vraiment réalisé qu'Eric serait là, tu comprends ? Bon Dieu, je ne sais pas à quoi je pensais. J'ai été stupide. Je n'aurais jamais pensé que tu traverserais ce que j'ai traversé. Quand ça m'est arrivé, je n'ai pas fait le lien avec le club…

Katrina eut un sourire amer.

— Le pire, pour moi, ce n'est pas le côté sexuel. C'est d'avoir perdu tout appétit pour le fish & chips.

— De quoi parles-tu ? demanda Maggie.

— Au supermarché, je ne peux même plus passer devant le rayon poissonnerie. L'odeur me ramène tout en mémoire.

— Je ne comprends pas, fit Maggie, interloquée.

— Ne me dis pas que tu manges encore du poisson, après ce que tu as vécu ?

— En fait… non, tu as raison. Pendant des semaines, je n'ai pas pu en avaler. Mais… quel est le rapport avec ce qui est arrivé ?

— Dis donc, tu as vraiment refoulé ! Tant mieux pour toi. Je n'aurais pas dû en parler. Ce que je veux dire, c'est que les mains de cet homme sentaient le poisson. Même à travers les gants. Tu sais, cette odeur humide, saumâtre, comme s'il vivait sous l'eau. Dégueulasse.

Le souvenir se rua dans le cerveau de Maggie, et elle sentit qu'elle étouffait. Elle porta les mains à ses lèvres. Elle ferma les yeux, pressa les paupières. L'odeur lui revint, comme si elle revivait les événements.

— Oh, mon Dieu !

— Maggie, je suis désolée… Je…

Maggie serra les poings.

— Non, ça va, ça va… C'est important.

Maggie sortit son portable. Stride décrocha à la première sonnerie.

— Le poisson, dit-elle.

— Quoi ?

— Le poisson. Les mains de l'homme sentent le poisson. Je suis chez Katrina. Elle vient de me rappeler l'odeur de ses mains. Ça doit vouloir dire quelque chose. Peut-être a-t-il un appareil à fumer le poisson, ou bien il travaille dans une conserverie !

La ligne restait silencieuse.

— Tu es là ? demanda Maggie.

— Du lambris, dit Stride.

— Je ne te suis plus…

— Il avait une photo, dans son ordinateur, où on voyait du lambris. Comme dans un camping-car, ou quelque chose qui y ressemble. Il avait du poisson dans son freezer… il ne l'avait pas acheté, car il était enveloppé dans du papier alu. Il l'avait pêché !

— Il est dans une *cabane de pêche* ! s'écria Maggie.

— Exactement. Ça ne peut pas être autre chose. Il est sur un des lacs.

— Mais lequel ?

— Le corps de Tanjy a été retrouvé dans Hell's Lake, dit Stride. Il y a de fortes chances qu'il l'ait jetée dans le lac où lui-même a une cabane.

— Tu es dans le coin ?

— J'étais en train de vérifier les entrepôts près de l'aéroport. Je peux être là-bas dans dix minutes.

— Je serai juste derrière toi.

53

Serena pressa l'hameçon contre l'étoffe qui attachait sa main au pied du lit. Il s'enfonça comme dans du beurre. Elle poussa vers le bas, et le tissu se déchira avec un gémissement. Blue Dog l'entendit et se jeta de tout son poids sur l'épaule de Serena. Elle libéra son bras d'une poussée avant qu'il ait le temps de l'immobiliser. Elle glissa la main derrière son dos, vers la ceinture dans laquelle il avait glissé son revolver. Elle l'en arracha, le fit pivoter, la crosse se calant dans sa paume, ses doigts se positionnèrent sur la détente et le chien, elle le releva, fit feu dans le même geste.

Le canon était pointé sur le flanc de Blue Dog, mais il avait déjà bougé quand elle pressa la détente. Il hurla sous l'effet de la douleur, plongea, atterrit lourdement sur le sol et se mit à ramper en arrière pour s'éloigner d'elle. Elle tira de nouveau. La balle toucha la vitre d'une des fenêtres du fond, qui s'effondra dans un bruit de verre.

Il traversa la cabane en hâte, la main au côté. Un filet de sang coulait entre ses doigts. Elle le suivait avec le revolver, mais ne tira pas. Il ne lui restait que deux balles et elle n'était pas sûre de bien viser de la main gauche.

— Tu es très forte, dit-il.

— Si vous partez maintenant, je ne tire pas, dit Serena. Foutez le camp, c'est tout.

— Non, je ne crois pas.

Elle avait mal au crâne, des élancements lui vrillaient les tempes, au point que sa vue était instable. Elle avait envie de fermer les yeux mais c'était exclu. Elle sentit un liquide tiède sur sa peau. Son épaule saignait, là où il l'avait piquée avec le couteau. Serena vit aussi que son ventre était couvert de traînées rouges. Dès qu'elle essaya de bouger, elle ressentit une douleur atroce au niveau de l'abdomen.

Elle fit pivoter le revolver d'avant en arrière, de gauche à droite, jusqu'au moment où la tête lui tourna. Elle ne pourrait pas le tenir levé très longtemps, et il le savait. Il attendait, patiemment.

— Lâche-le, et je te promets de faire vite, dit Blue Dog.

— Allez vous faire foutre ! N'approchez pas ou je vous fais sauter la cervelle !

— Tu saignes, lui dit-il.

— Vous aussi.

Elle suivit son regard vers une étagère au milieu de la cabane. Elle vit son propre revolver, et le chargeur posé juste à côté.

— Allez-y, prenez-le ! lui dit-elle.

Elle savait que s'il venait plus près elle pourrait l'abattre.

Il se baissa pour ramasser une bouteille de bière qui traînait sur le sol. Elle était pleine. Il la fit tournoyer en la tenant par le goulot, comme s'il se préparait à lancer un lasso. La mousse commençait à s'échapper sous la capsule. Serena serra le revolver et le maintint en direction de l'étagère, sachant que c'était là qu'il irait. Blue

Dog partit de l'autre côté en zigzaguant et lança brusquement la bouteille vers le lit. Elle passa à quelques centimètres au-dessus de la tête de Serena et s'écrasa contre le mur. Un torrent de bière et de morceaux de verre se déversa sur elle. Elle sursauta et, machinalement, ferma les yeux. Cela ne dura qu'une seconde, mais c'était une seconde de trop. Elle l'entendit plonger vers le revolver.

Elle n'avait pas le choix. Il fallait qu'elle tire. À cause du recul, le revolver brûla sa peau nue. Elle manqua Blue Dog, qui se jeta au sol avant d'atteindre l'étagère. Il était assez malin pour savoir qu'il n'avait pas le temps de faire une autre tentative sans se trouver dans sa ligne de tir. Il recula à toute allure, comme un gros insecte. Malgré la bière qui lui coulait sur le visage, elle s'efforçait de garder les yeux ouverts.

Il se trouvait de nouveau au fond de la cabane, mais il s'était calmé. Il ne pouvait pas se déplacer indéfiniment, et elle ne pourrait pas rester éternellement sur ses gardes. Tôt ou tard, l'un d'eux allait céder.

— Une balle, dit Blue Dog. Il te reste une seule balle.

— Ça devrait suffire.

Mais elle savait que le temps jouait contre elle. Elle regarda autour d'elle, en quête d'une autre arme. Ses yeux se posèrent sur le couteau dont il s'était servi pour la torturer. Il était par terre, hors de sa portée. Si elle libérait sa main droite, elle pourrait tendre le bras et s'en emparer. Elle savait que l'hameçon se trouvait quelque part sous elle. Il lui serait facile de tendre le bras et d'arracher le tissu qui la retenait encore. Mais pour cela, elle devrait poser son arme.

Il sourit, comprenant son hésitation.

— Tu n'as plus beaucoup de temps, fit-il avec désinvolture.

— Vous n'avez pas l'air très en forme, vous non plus.

— Je sais qu'il t'arrivait de t'éclater avec moi. Un homme sent ces choses-là.

— Ouais, c'est ça, je m'éclatais. Bien sûr. Espèce de salaud.

— Certaines femmes prennent leur pied. Comme Tanjy.

— Elle prenait son pied avec des fantasmes. Je vous assure qu'elle n'aimait pas quand c'était pour de bon.

— Elle n'était pas censée aimer ça. C'était censé être un châtiment.

— Quoi ?

Il agit brusquement, la prenant par surprise. Il feignit de foncer sur le revolver, puis bondit dans l'autre direction et plongea sur toute la largeur de la cabane. Ses doigts se tendirent vers l'interrupteur. Avant que Serena ait le temps de tirer, il actionna le bouton, se laissa retomber sur le sol et roula sur lui-même.

La lumière était éteinte. Elle ne voyait strictement rien, pas même le revolver qu'elle tenait devant elle. Elle ne pouvait que tendre l'oreille. Où était-il passé ?

La tempête redoublait de violence. Le vent s'engouffrait par le carreau brisé au fond de la cabane. L'eau gouttait toujours par le trou dans le plafond, au-dessus d'elle. Elle fixa l'obscurité, essayant de se rappeler la disposition des lieux pour anticiper son attaque. Elle tendit l'oreille en quête du moindre grincement, du moindre craquement sur le sol métallique, mais elle n'entendait rien d'autre que le blizzard. Il attendait, quelque part. Sans bouger.

Une balle.

Elle prit un risque énorme. Si elle ne le voyait pas, cela voulait dire qu'il ne la voyait pas non plus. Elle posa le revolver sur sa poitrine et tâtonna sur le lit, pour retrouver l'hameçon. Elle entendit soudain un grincement. Elle pointa son revolver sur les ténèbres. Il s'approchait d'elle en rampant. Elle n'avait pas beaucoup de temps. Elle chercha l'hameçon, avant de réaliser qu'il avait dû retomber par terre pendant leur lutte. Elle reposa l'arme sur sa poitrine et passa la main sur le sol. Elle trouva l'hameçon. Très vite, elle le ramassa. Elle posa le revolver à côté d'elle, puis pivota sur elle-même, tendant le bras gauche pour atteindre le tissu qui lui attachait la main droite.

Le sommier grinça. Elle espérait qu'il ne se rendrait pas compte de ce qu'elle était en train de faire. Son poignet droit était beaucoup plus loin qu'elle ne l'avait cru, et tout son corps lui faisait mal. La plaie à l'épaule était plus douloureuse que jamais. Des morceaux de la bouteille de bière l'avaient blessée. Elle sentit que sa tête tournait.

Quelque part, pas loin, il fit deux pas. Elle n'eut pas le temps de réagir. Elle entendit le cliquetis terrifiant du chargeur de son propre revolver.

Sa voix retentit dans le noir :

— Devine ce que j'ai là ?

Il fallait qu'elle se déplace, très vite. Elle se tordit de nouveau, demanda l'impossible aux muscles de son dos. Ses doigts tremblaient tellement qu'elle faillit lâcher l'hameçon. Elle tira tant qu'elle put sur le lien de sa main droite. Elle ignorait la distance qui lui restait à parcourir, mais c'était inutile. Elle ne pourrait jamais y arriver. Elle ne pourrait pas se libérer.

Blue Dog tira. La détonation ébranla la cabane. La balle passa à moins de quinze centimètres de la tête de Serena. Derrière elle, elle entendit ricocher des fragments de métal. Elle ramassa l'autre revolver et visa l'endroit où elle avait vu un éclair. Mais elle l'entendit se déplacer.

— J'ai un chargeur plein, lui dit-il.

Il tira de nouveau, et se déplaça encore avant qu'elle ait le temps de répliquer. Cette fois, la balle lui traversa le haut de la cuisse et s'écrasa contre le mur. Elle hoqueta, avec l'impression que sa jambe prenait feu. Il savait où elle était. Elle ne pouvait aller nulle part.

L'attente silencieuse se prolongea. Elle se tendit, l'arme à la main.

Il tira trois fois de suite, très vite, faisant pleuvoir des débris métalliques et de la neige sur la tête de Serena. Avant qu'elle se rende compte qu'il tirait en l'air pour distraire son attention, il avait franchi les quelques pas qui les séparaient. Il arriva par la droite, à la vitesse de l'éclair. Son épaule heurta le bras gauche de Serena. Elle sentit tous ses espoirs l'abandonner : elle lâcha le revolver, qui glissa sur le sol. Il l'écrasait de tout son poids. Les morceaux de verre lui entraient dans la chair. Elle sentait son haleine sur son visage. Il lui enfonça son arme dans le crâne.

— Tu as perdu.

Elle passa la main sur le sol en espérant que le revolver serait à sa portée, mais elle ne le trouva pas. Elle faillit hurler de rage, sachant qu'il y avait une balle dans le canon, une balle qu'elle aurait pu tirer dans le crâne de ce sadique, pour lui faire payer l'humiliation et la douleur qu'il lui avait infligées. Et mettre fin aux cauchemars et aux souvenirs. Mais il avait raison. Elle avait perdu.

C'était insupportable. Elle avait envie de retrouver la pièce vide, au fond de sa tête, et de s'y enfouir. Chaque sensation blessait un peu plus sa raison. Le poids de cet homme, son odeur. Les vagues brûlantes de la douleur. Le vertige. Le froid, le verre, le métal et la glace. L'obscurité, comme si tout cela se passait dans l'espace, sans lien avec le monde…

Boum boum boum.

Au plus profond de sa conscience, quelqu'un tambourinait. Elle crut un instant que c'étaient les battements de son cœur paniqué, mais cela continuait, comme un martèlement. C'était réel, et totalement inattendu. Blue Dog se redressa, stupéfait, se détourna d'elle.

Quelqu'un cognait à la porte. Ce ne pouvait être qu'une seule personne. Jonny. Il venait la chercher.

Blue Dog s'approcha prudemment de la porte. Le sol vibrait sous ses pas. Serena savait qu'il tenait fermement son revolver. Il y eut une longue pause, puis les coups reprirent, comme si l'on cognait sur la porte avec un objet lourd.

Elle entendit une voix :

— Billy ! Ouvrez cette porte !

Son cœur flancha. Ce n'était pas Jonny. Une voix familière, mais trop éloignée, étouffée par la tempête. Pas un flic. Pas les secours. Elle ne voyait pas Blue Dog, mais elle sentait presque qu'il se détendait, qu'il souriait. Il déverrouilla la porte, ouvrit brusquement. La nuit était plus claire que l'obscurité totale qui régnait à l'intérieur. Un triangle pâle apparut dans l'ouverture, et la silhouette de Blue Dog se découpa à contre-jour. Des tourbillons de vent et de neige pénétrèrent dans la cabane.

Il dit quelque chose, n'acheva jamais sa phrase.

Il y eut une flamme orange. Le bruit d'un fusil à pompe, si violent qu'il fit taire la tempête pendant une seconde. La fumée sentait le pain brûlé. Serena sentit quelque chose sur son visage. Cette fois, ce n'était pas la neige. C'était le sang de Blue Dog.

54

Stride descendit à toute vitesse la route coupe-feu qui serpentait à travers la forêt, en direction de Hell's Lake. Les roues du Bronco arrachaient la neige du sol. Les bouleaux se serraient de part et d'autre de la route, et les cimes des pins se balançaient au-dessus de lui, transformant la piste en un tunnel sombre.

Il savait qu'il n'était pas loin du lac. Brusquement, la forêt s'ouvrit devant lui. Le ciel, gris et furieux, crachait des monceaux de neige. Son Bronco quitta d'un bond le chemin de terre et atterrit sur l'épaisse couche de glace qui recouvrait le lac, laissant derrière lui le couvert des arbres. Des rafales de vent soufflant à quatre-vingts kilomètres à l'heure le prirent par surprise et faillirent renverser la voiture.

Les cabanes de pêche formaient un village fantomatique dont les ombres apparaissaient et disparaissaient dans le faisceau de ses phares. Il dut ralentir pour ne pas heurter les premières. Il y en avait de toutes les formes et de toutes les tailles. Certaines n'étaient pas plus grandes que des containers à ordures. D'autres semblaient assez spacieuses pour qu'un homme désireux de s'isoler puisse y vivre et y dormir. Cette nuit-là, elles étaient toutes plongées dans l'obscurité. Stride en fit le tour. Il ne vit aucune voiture garée à proximité. Personne ne voulait rester coincé dans la tempête s'il tombait à court de propane ou si le vent brisait une fenêtre. Stride se sentait tout petit, et le monde lui semblait immense et violent.

Le lac avait la forme d'une amibe telle qu'on la voit au microscope, avec des avancées de terre comme des péninsules, et une large partie centrale où les courants sous-marins formaient des îles d'une glace moins épaisse, prête à s'ouvrir sous les pas des visiteurs imprudents et à les engloutir. Il s'étendait sur des kilomètres. De là où il se trouvait, au milieu de la tempête, Stride n'en voyait qu'une petite partie. Il avait l'impression de ramper, alors qu'il poussait le Bronco vers le moindre monticule blanc pouvant cacher une cabane.

Son téléphone sonna.

— Je suis sur le lac, dit-il à Maggie. Je suis venu par la route coupe-feu, au sud-ouest.

— J'arrive par l'est. Je vais longer la rive pour te rejoindre.

— C'est un vrai cauchemar, ici. Fais gaffe aux trous de glace.

— Toi aussi. La cavalerie est en route ?

— Une demi-douzaine de voitures vont arriver.

— On peut resserrer les recherches ? demanda Maggie.

— Le corps de Tanjy a réapparu sur la rive sud. J'espère qu'elle a été immergée dans ce coin-là.

— Gardons le contact.

Stride jeta le téléphone sur le siège du passager. Il fonçait droit sur la grande étendue glacée, en collant au rivage qui s'incurvait vers le prochain bras d'eau. La neige l'aveuglait, mais il aperçut un groupe de cabanes, à la faveur d'une brève éclaircie, à quatre ou cinq cents mètres devant lui. Il poursuivit dans cette direction. Au plus fort de l'obscurité, il discerna un carré de lumière jaune. Quelqu'un était chez lui.

La lumière venait de la fenêtre d'un mobile home garé là comme une baleine échouée. Stride se gara à côté du véhicule et sauta de sa camionnette, revolver en main. En quelques secondes, il se transforma en bonhomme de neige, une couverture blanche et humide adhérait à ses cheveux, à sa peau et à ses vêtements. Il se rua vers la porte de la caravane, tendit l'oreille. Il n'entendait rien d'autre que les rugissements du vent autour de lui.

Il donna un coup de poing sur la porte.

— Police !

Quelques secondes plus tard, la porte s'entrouvrit. Stride pointa son revolver sur l'ouverture... et s'empressa de le retirer quand il découvrit le vieil homme qui le contemplait, surpris et effrayé. Il portait une chemise à carreaux rouge, un jean informe et des chaussons usés. Ses cheveux gris ébouriffés lui tombaient sur le front.

— Qui êtes-vous, bordel ?

— Police, monsieur ! cria Stride.

C'était le seul moyen de se faire entendre.

— Je ne quitterai pas le lac.

— Je peux entrer une minute ?

— Et si vous me faisiez voir votre insigne ?

— C'est le *blizzard*, monsieur, alors fichez-moi la paix !

— OK, OK, allez-y. Attention, vous faites entrer la neige...

Il ouvrit la porte en grand et Stride grimpa les marches métalliques. L'intérieur du mobile home était jonché de boîtes de conserve, de canettes de bière et de matériel de pêche. Un vieux téléviseur en noir et blanc posé sur une étagère diffusait un film des années 1950, l'écran barré de lignes zigzagantes. Il faisait glacial. Stride voyait que son souffle produisait de la vapeur.

Le vieil homme mesurait à peine plus d'un mètre cinquante.

— Vous ne me ferez pas quitter le lac, grommela-t-il. Je me fous de la tempête. J'en ai vu des bien pires que ça.

— Je ne suis pas là pour vous expulser. Même si vous êtes dingue de rester ici par une nuit pareille.

— Bon, d'accord, je suis dingue. Qu'est-ce que vous voulez ?

— Je suis à la recherche d'un homme qui possède peut-être une cabane de pêche sur le lac. Il mesure près de deux mètres, et est bâti comme un rugbyman. Des cheveux noirs, très longs.

Le vieil homme hocha la tête. Il grogna et s'éclaircit la gorge.

— Je l'ai vu. Difficile de le manquer.

— Où cela ? fit Stride, impatient. Où est sa cabane ?

— Je ne sais pas exactement. Pas sur cette partie du lac. J'ai vu sa camionnette violette se diriger du côté de la péninsule, au nord-est.

— Toujours sur la rive sud ?

— Ouais, je crois. S'il campait sur la rive nord, il n'aurait guère de raisons de traîner par ici. Ce n'est pas la porte à côté. Sauf si vous avez envie de traverser par le milieu et de finir le chemin à la nage.

Il gloussa.

— Merci, lui dit Stride. Prenez soin de vous.

— Y a intérêt. Je suis trop jeune pour mourir.

Stride sortit du mobile home en toute hâte et rejoignit le Bronco.

Il appela le 911 et donna la position de sa balise GPS. Il leur expliqua où il allait et leur demanda de remuer tout le personnel disponible. Dès qu'il eut reçu la confirmation de l'opérateur, il jeta de nouveau son téléphone sur le siège passager et se concentra sur le lac.

Il abandonna le reste des cabanes de pêche de ce bras d'eau et accéléra en reprenant le chemin de l'espace dégagé. Ses roues projetaient de véritables paquets de neige de part et d'autre de la voiture, comme si des flots s'ouvraient devant lui. Il essayait de ne pas perdre de vue la tache sombre de la terre ferme à l'est, mais la tempête soufflait de plus en plus fort, et son univers se réduisait aux quelques mètres à l'avant de la camionnette. Cela ne l'empêcha pas de pousser le Bronco encore plus vite, pied au plancher. Le châssis fumait et vibrait sur la glace inégale.

Trop vite.

Il perdit le contrôle. La camionnette fit volte-face. Elle dérapa pendant un temps infini, dans un mouvement circulaire élégant. Les roues quittèrent le sol, menaçant de faire chavirer le Bronco. Stride le sentit pencher, mais il se redressa, retomba sur ses roues dans une secousse épouvantable, s'arrêta enfin. Stride enfonça de nouveau l'accélérateur. La camionnette toussa, colla à la neige et repartit en avant.

Il était perdu. Il ne voyait strictement rien. Il n'avait absolument aucune idée de l'endroit où il se trouvait, ni de la direction qu'il suivait désormais. Il baissa sa vitre, pencha la tête à l'extérieur sans cesser de conduire. Le vent et la neige lui cinglaient le visage.

Il ne distinguait plus le lac, le ciel, les bois. Il crut apercevoir la tache sombre de la prochaine péninsule, à l'est. Il prit dans cette direction, mais il était désorienté par le bouillonnement furieux qui cernait le Bronco. La terre disparut, comme si elle n'avait été qu'une illusion depuis le début.

Il était très loin, beaucoup trop loin, quand il réalisa qu'il roulait dans la mauvaise direction et qu'il s'éloignait de la terre ferme. Sous ses roues, quelque chose se modifia. Ce qui était, quelques instants plus tôt, une épaisseur de glace incassable de soixante centimètres n'était plus si solide. Plus il avançait, plus le sol tremblait et se déplaçait. Il savait qu'il aurait dû s'arrêter, faire demi-tour, s'éloigner au plus vite. Il était en train de patiner sur un point névralgique, comme s'il essayait de marcher sur l'eau. Quand il vira pour prendre une autre direction, le premier craquement résonna sous ses roues comme un coup de feu.

La glace était en train de céder.

La camionnette fit une embardée.

La secousse projeta Stride en avant. Le nez de la camionnette frémit et plongea en avant. Il se battit avec sa ceinture, ouvrit la portière et sauta, heurtant violemment le sol glacé. Il roula sur lui-même puis continua à ramper. Il entendait les craquements se multiplier autour de lui, derrière lui. Il s'efforça d'aplatir son corps, nageant pratiquement dans la neige vers la sécurité que lui offrait, un peu plus loin, la glace plus épaisse. Il voyait à présent les drapeaux rouges et les balises d'avertissement qu'il avait dépassés, et manqués, dans la tempête.

Il se releva. La glace semblait assez solide pour supporter son poids.

À vingt mètres de là, il regarda son vieux Ford Bronco, son compagnon de dix ans, disparaître sous la glace, emportant son passé et son téléphone portable. Des fissures s'ouvraient dans la glace, dessinant une toile d'araignée. Les roues avant s'enfoncèrent dans les eaux du lac, qui se libérèrent de leur prison comme un monstre marin et s'apprêtèrent à engloutir le véhicule. Le Bronco résista, flotta un instant. Cela ne dura pas. L'eau glacée se rua à l'intérieur et le moteur noyé produisit une épaisse vapeur. L'avant de la camionnette plongea, puis elle pencha d'un côté, coula entre les grosses plaques de glace en soulevant une grande gerbe et disparut.

La tempête faisait rage.

Stride était seul au milieu du lac.

55

Blue Dog chancela, recula de deux pas et heurta le mur derrière lui. Une étagère métallique s'écroula sous son poids. Quelqu'un entra dans la cabane et referma la porte. Pendant quelques instants, l'obscurité fut si profonde que Serena eut l'impression de porter un masque. Puis l'ampoule au plafond s'alluma, diffusant une lumière pâle qui la força à fermer les yeux.

Dès qu'elle put les rouvrir, elle vit Lauren Erickson, un fusil à pompe calé contre l'épaule droite et pointé sur la tête de Blue Dog. L'arme était énorme entre ses bras minces. Mais elle la tenait fermement. Le canon ne tremblait pas.

Le regard de Lauren s'attarda sur Serena. Elle avait les lèvres serrées sous l'effet de la colère – et d'autre chose, qui aurait pu être la culpabilité ou le regret. Elle se tourna de nouveau vers Blue Dog, qui serrait son épaule blessée. La plaie était un magma d'os, de muscle et de sang.

— Espèce de stupide connard, fit Lauren d'une voix sèche. Vous aviez l'argent. Vous auriez pu quitter la ville, et tout aurait été parfait.

— Ça n'a jamais été une question d'argent. Elle et moi, ajouta-t-il avec un signe de tête vers Serena, nous avons une affaire à régler.

Serena les interrompit d'une voix calme :

— Lauren, détachez-moi.

Blue Dog pointa le doigt vers le visage de Lauren.

— Vous savez que vous ne pouvez pas faire ça. Si elle franchit cette porte, toute l'histoire va sortir au grand jour.

— Lauren, je me fous de ce que vous avez fait, lui dit Serena. Regardez-moi. *Regardez-moi.* Vous ne pouvez pas être complice de quelque chose comme ça.

Lauren regarda Serena, attachée sur le lit de camp. Nue. Le corps couvert de sang.

— Je suis navrée que vous soyez embarquée dans cette histoire, lui dit-elle.

— Ça n'en vaut pas la peine, dit Serena. Peu importe ce que vous avez fait. Nous pouvons arranger les choses.

Lauren secoua la tête.

— Nous sommes bien au-delà de ça.

Elle colla le double canon du fusil à pompe sur le front de Blue Dog.

— Lauren, ne tirez pas, insista Serena. Sinon, vous ne pourrez pas revenir en arrière. Appelez la police. C'est lui qu'elle recherche. Vous pourrez négocier un accord.

Lauren recula d'un demi-pas.

Blue Dog se mit à rire, et ses poumons firent un bruit étrange.

— Un accord ? ! Vous croyez que vous pourrez passer un accord ? Pas après avoir tué Tanjy.

Serena ferma les yeux, jura mentalement.

— Fermez-la ! siffla Lauren.

— Vous ne voulez pas que Serena sache quelle sorte de salope vous êtes ? fit Blue Dog.

Il regarda Serena en souriant.

— C'est moi qui ai parlé à Lauren de la liaison de Dan. Je lui ai parlé des fantasmes de viol de Tanjy. Ces trucs de malades qu'ils faisaient tous les deux. J'avais même des photos. Je voulais simplement de l'argent contre mon silence, mais Lauren a eu une bien meilleure idée…

— *Fermez-la !* répéta Lauren.

— Elle m'a payé pour que je ne parle pas de Dan aux journaux. Puis elle m'a payé encore plus cher. Elle m'a *engagé*.

Serena vit l'horreur dans les yeux de Lauren. La cabane frémit, alors que les rafales, dehors, cognaient contre les parois. Il faisait de plus en plus froid.

— Pour quoi faire ? demanda Serena.

Qui commençait à comprendre.

— Pour violer Tanjy Powell, dit Blue Dog. Elle ne voulait pas seulement que Tanjy et Dan se séparent. Elle voulait détruire cette petite garce. C'est moi qui m'en suis chargé.

— Oh, mon Dieu, murmura Serena.

— C'était une petite pute perverse, dit Lauren en crachant ses mots.

— Ouais, et Dan n'avait jamais assez de sa chatte, hein ? Mais vous avez arrangé ça.

Blue Dog souriait de nouveau.

— C'est alors que Tanjy a appelé pour dire qu'elle savait qui l'avait violée. Ça vous a vraiment foutu les jetons, hein ? Si Tanjy me connaissait, elle pouvait remonter jusqu'à vous, aussi.

— *Fermez-la !* hurla Lauren.

— Mais vous saviez ce qu'il fallait faire, hein ? Je parie que quand vous lui avez balancé ce coup derrière la nuque, avec votre torche, ça vous a foutu l'orgasme de votre vie !

Lauren était perdue dans ses pensées. Elle tremblait, folle de rage. Entre ses mains, le fusil à pompe s'abaissa. Elle ne vit pas la main droite de Blue Dog se déplacer, tâtonnant par terre derrière lui. Serena hurla pour la prévenir, mais Lauren n'eut pas le temps de réagir. Le revolver de Serena apparut dans la main de Blue Dog. Sans cesser de sourire, il tira deux fois, deux balles dans la même seconde, deux balles qui entrèrent et ressortirent – la première perça un tunnel dans le cou élégant de Lauren, la seconde lui traversa la clavicule.

Blue Dog se décolla du sol avec des gestes lents, incapable de remuer le bras gauche. Lauren fit volte-face pour s'enfuir, mais elle semblait avoir les pieds trop lourds, comme ceux d'un clown. Il s'approcha d'elle par-derrière, la dominant de toute sa taille. Il lui passa l'avant-bras autour du cou, la prit à bras-le-corps et la souleva. Elle eut des mouvements désordonnés, comme une poupée, fit pivoter le fusil vers le haut en se débattant pour se libérer. Elle avait les yeux exorbités, ses lèvres formaient un rond parfait, dans un cri d'agonie silencieux. Blue Dog la tenait dans une poigne irrésistible, expulsant la vie qui restait en elle.

Lauren avait toujours le doigt sur la détente. Horrifiée, Serena, qui suivait des yeux les mouvements incontrôlés du canon, constata tout à coup qu'il était pointé sur sa poitrine. Elle eut un mouvement de recul, essaya de se tourner, mais elle ne pouvait aller nulle part. Elle n'avait aucune issue. Elle fixait le doigt de Lauren qui se crispait, et elle vit la détente qui commençait à bouger. Elle inspira à fond, ne ferma pas les yeux…

Soudain le fusil n'était plus là, il était pointé sur le plafond, sur les murs, sur la porte. Lauren ruait, battait des bras. Blue Dog la fit pivoter. Le fusil se leva de nouveau, pointé sur le mur du fond, loin de Serena. Le canon cracha une balle. Le recul les projeta tous les deux en arrière.

Le projectile perça la paroi métallique.

Avec un tintement aigu, très désagréable, comme une note unique jouée sur un piano désaccordé, la balle fit un trou dans la cuve de propane installée derrière la cabane.

Stride levait ses mains gantées devant ses yeux, mais il les voyait à peine. Il était transformé en yéti, couvert d'une neige lourde, luttant contre les rafales de vent qui lui pinçaient la peau.

Il avait enveloppé sa tête, ses oreilles et son cou dans sa longue écharpe grise. Les flocons durcis s'y agglo-méraient. Des glaçons s'accrochaient à ses sourcils. Sa veste de cuir était aussi raide que du carton. Il s'arrêta. Il n'entendait rien d'autre que le rugissement ininter-rompu de la sorcière blanche. Il se demanda de qui elle annonçait la mort imminente : Serena, lui, ou tous les deux.

Il plissa les yeux pour regarder l'horizon. Un peu plus tôt, la tempête s'était levée un instant, et il avait cru voir la rive du lac bordée d'arbres. Mais il avait aussi bien pu tourner en rond. Ses traces disparaissaient au fur et à mesure de sa progression.

Il faillit percuter la cabane avant de la voir. Quand une rafale souleva de nouveau le rideau de neige, il constata qu'il se trouvait au milieu d'une sorte de hameau au milieu du bras d'eau, à un jet de pierre de la forêt.

Il chercha de la lumière, sans succès. Il se demanda à quelle distance se trouvait Maggie, et ce qu'elle pensait en voyant qu'il ne lui répondait pas.

Un grondement de tonnerre le balaya soudain comme une vague. Mais ce n'était pas le tonnerre. C'était le bruit d'un fusil à pompe. Il se tourna en tous sens, essayant d'estimer d'où venait le coup de feu. Il chercha des véhicules mais ne vit que des montagnes couleur ivoire.

À cent mètres de là, une cabane de pêche explosa. La nuit s'illumina, une boule de feu fut projetée à trente mètres de haut. Stride se mit à courir.

56

Dans la cabane métallique, c'était l'enfer.

Serena eut l'impression d'avoir été projetée dans l'espace, et de retomber sur terre après avoir quitté son orbite. Sous la force de l'explosion, la cabane se disloqua, les parois firent entendre un bruit déchirant. Les fenêtres en losange dans le mur du fond implosèrent, des flammes en jaillirent, semblables à des langues de dragon. Des taches noires apparurent sur le métal gris, dont la peinture sembla bouillonner.

Le choc avait séparé Lauren et Blue Dog. Le fusil gisait par terre, déchargé, inoffensif. Lauren, poussée par le souffle, avait heurté violemment la porte, l'arrachant du mur, avant de disparaître à l'extérieur. L'impact avait frappé Blue Dog au milieu du dos, le projetant à quatre pattes contre la paroi. Il secoua la tête, comme pour s'éclaircir les idées. Ses cheveux lui retombaient sur le visage. Il se releva en chancelant. Sa silhouette se découpait sur la lueur des flammes. Sa tête touchait presque le toit de la cabane. Son bras gauche pendait à son côté, inutile, mais il tenait toujours le revolver de Serena de la main droite.

Blue Dog leva son arme, la pointa sur la tête de Serena. Elle voyait le blanc de ses yeux et son sourire grimaçant. De la cendre tomba sur sa blessure, ce qui le fit grimacer.

— Tu veux que j'en finisse vite ? demanda-t-il. Brûler vif, c'est une fin horrible.

Serena avait presque envie qu'il tire.

— On se reverra en enfer ! cria-t-il.

Il tourna les talons et sortit d'un bond.

Elle était seule, prise au piège. Elle avait l'impression de se trouver déjà en enfer, avec ces flammes gigantesques et cette odeur âcre de métal en fusion. Le froid avait laissé la place à une chaleur insupportable. La paroi du fond était presque totalement carbonisée, et le feu, de plus en plus proche, jouait avec le vernis des autres parois. La fumée était épaisse. Serena se couvrit la bouche et le nez de son bras libre, mais le nuage gris atteignit tout de même son visage. Elle eut un haut-le-cœur, ses yeux la brûlèrent.

Elle se jeta de tout son poids vers la droite. Le lit bascula sur son châssis et retomba. Elle fit un autre essai, s'efforçant de retourner le sommier : les deux mains au sol, elle pourrait faire levier pour se redresser en arrière et passer la porte en utilisant le matelas et le sommier pour se protéger du feu. Elle bascula encore. Le lit de camp se souleva de quelques centimètres avant de retomber avec un bruit sec. Elle donna un grand coup de poing contre la cloison, mais le lit restait collé au sol.

La cabane vacilla. L'extrémité la plus éloignée, où le feu faisait rage, s'inclina. Serena entendit un sifflement, comme si elle avait réveillé un nid de serpents. Elle comprit que le sifflement était produit par la vapeur d'eau que produisaient les flammes en s'attaquant à la solide couche de glace. La cabane commençait à sombrer, elle voyait se former une mare glacée où elle allait se noyer si le feu ne l'atteignait pas le premier.

La force des flammes jaillissant des fenêtres diminuait à mesure que la cuve de propane s'enfonçait dans l'eau. Mais le feu, à présent, se nourrissait de la cabane, grignotait le bois et l'isolation, faisait exploser des bouteilles vides, remontait vers le lit de camp. Il transformait le cadre de la porte en un rectangle orange vif, et projetait en tous sens une pluie de flammèches qui percèrent dans le matelas des trous noirs et fumants. Quelques-unes mordirent sa chair comme des rats affamés. Elle ne put retenir un hurlement. C'était un avant-goût terrifiant de ce qui l'attendait – mourir carbonisée, réduite en cendres.

Elle mit la main gauche par terre et poussa de toutes ses forces, dans l'espoir futile de s'éloigner un peu du feu. Sa main se posa sur un objet dur et froid. Le revolver, qui avait glissé pendant la bagarre, se retrouvait à sa portée. Elle le ramassa et le contempla.

Une balle.

Mettre la main sur le revolver maintenant, c'était une mauvaise blague. Elle n'en avait plus besoin.

Sauf pour une chose.

Serena regarda l'incendie qui approchait, telle une armée invincible. Les flammes léchaient le plafond, des fragments de métal brûlant tombaient autour d'elle.

Devant son visage, la fumée était aussi épaisse que du brouillard. Elle était aveuglée. Elle voulut gonfler ses poumons, mais il n'y avait rien à inspirer, sauf les cendres et le gaz, rien à voir que la fumée, rien à entendre que les gémissements mortels de la cabane qui implosait peu à peu, rien à sentir que l'odeur de sa propre chair en train de rôtir.

Elle avait toujours le revolver à la main. Il lui restait une balle. Elle ne raterait pas son coup.

Une balle pour échapper une fois pour toutes à la douleur et aux flammes. Pour s'échapper.

Une balle qui l'aiderait à trouver la chambre du néant, au fond de son âme, cet endroit où elle s'évadait quand elle était petite fille, et à y rester pour toujours.

Serena mit le canon du revolver dans sa bouche.

Venant de l'ouest, Stride courait vers la cabane. La bâtisse, à moitié dévorée par les flammes, s'enfonçait dans le lac, dont les eaux semblaient l'attirer irrésistiblement. De là où il se trouvait, il sentait la vague de chaleur. Il avait déjà vu des incendies provoqués par le gaz. Ils étaient toujours mortels, désastres absolus réduisant le métal, le verre et l'étoffe à des décombres fumants, sans épaisseur – rien d'autre qu'un rectangle noir sur le sol. Et c'était toujours très rapide, pas plus de quelques minutes.

Il contourna la cabane à toute vitesse. Il aperçut une voiture couverte de neige, portière entrouverte, et la forme carrée d'une camionnette garée à vingt mètres de la porte de la cabane. Le vent avait éclairci la neige, ce qui lui permit de reconnaître le logo de Byte Patrol : un informaticien avec un ordinateur portable dans une main et un tournevis dans l'autre. Le personnage le regardait en souriant.

Un homme se dirigeait vers l'avant de la camionnette, moitié boitant, moitié courant. Il était grand, énorme, et Stride voyait ses longs cheveux soulevés par le vent flotter en tous sens.

— Arrêtez !

Blue Dog s'immobilisa. Il pivota pour regarder dans sa direction. Il était assez près de Stride pour le reconnaître. Il avait les yeux brillants.

— *Où est-elle ?* hurla Stride.

Avec un sourire, l'autre fit un signe de la tête vers la cabane en flammes. Stride se précipita vers la porte devenue un anneau de feu. À la limite de son champ de vision, il vit Blue Dog lever le bras droit. Machinalement, il plongea et roula sur lui-même. Deux balles ricochèrent sur la glace, tout près de lui. Stride pivota dans la neige, sortit son arme de sous sa veste et répliqua. Ses balles frappèrent le flanc de la camionnette avec un bruit sourd. Blue Dog ouvrit la portière d'un geste brusque. Stride tira de nouveau. Quatre fois, manquant de quelques centimètres la tête de son adversaire et faisant exploser la vitre. Blue Dog se baissa, s'écarta de la camionnette et s'enfuit dans le blizzard. Vers les arbres, en s'efforçant de rester à couvert derrière les deux véhicules.

Stride le laissa partir. Il se redressa tant bien que mal et se mit à cogner sur la paroi métallique de la cabane de pêche.

— Serena !

La chaleur et l'intensité de l'incendie l'obligèrent à reculer. Ses bottes pataugeaient dans trente centimètres d'eau sale, là où la glace fondait. Les parois de la cabane commençaient à s'incurver.

— Serena !

Il s'agenouilla, plongea la tête dans l'eau glacée, puis s'y allongea. Il avait le corps trempé, complètement gelé. L'hypothermie était le moindre de ses soucis, désormais. Il voulait simplement ralentir l'effet des flammes sur sa peau. Le vent le pinçait, la chaleur était insupportable, la sorcière hurlait toujours.

Stride regarda dans la gueule du démon.

Alors qu'il s'apprêtait à bondir dans l'ouverture, il se figea. Par-dessus le tumulte conjugué de la tempête et de l'incendie, il avait entendu un coup de feu.

57

Maggie se dirigeait vers l'incendie.

En doublant l'extrémité en dents de scie d'une péninsule, elle avait vu la cabane de pêche brûler tel un bûcher païen dressé en offrande au dieu de la Tempête. Le feu illuminait toute cette partie du lac. Elle aperçut, à travers la neige que le vent faisait tourbillonner, des cabanes métalliques rectangulaires dressées contre le blizzard, les silhouettes des bouleaux alignés le long de la rive. Naviguant entre les cabanes pour s'approcher de l'incendie, elle aperçut un homme devant la cabane en feu. Même de loin, elle reconnut Stride.

Il s'apprêtait à entrer dans la cabane. Maggie comprit : Serena était à l'intérieur… N'empêche, c'était un véritable suicide. Elle klaxonna frénétiquement pour l'arrêter. Peut-être l'entendit-il. En tout cas, il l'ignora.

— Non ! hurla-t-elle dans sa voiture, en frappant du poing sur le volant.

À cinquante mètres de là, elle vit Stride faire trois pas en avant et plonger dans l'ouverture, au milieu des flammes. Il disparut à l'intérieur de la cabane.

Elle n'entendit même pas la détonation. Une balle traversa son pare-brise et vint se ficher dans son appuie-tête, si près de son crâne que lorsqu'elle leva la main machinalement pour se couvrir l'oreille elle sentit du sang couler sur ses doigts. Le pare-brise était toujours en place, malgré le trou bien rond laissé par la balle, au centre d'un réseau de fêlures en forme de toile d'araignée. Par réflexe, Maggie tourna le volant. Le véhicule pivota, et l'arrière dérapa tandis qu'elle enfonçait la pédale du frein.

Quand elle s'arrêta enfin, une autre balle frappa le bord le plus éloigné du pare-brise, qui vola en éclats, projetant une pluie de morceaux de verre. Maggie vit un homme venir vers elle, le bras droit levé et tirant dans sa direction. La pensée la traversa qu'il ne lui voulait pas de mal, qu'il avait seulement besoin de la camionnette pour s'enfuir. Elle arracha la clé du contact, puis se jeta de tout son long sur le siège et ouvrit la portière côté passager.

Maggie se laissa tomber à plat ventre sur la glace et regarda sous la camionnette. La neige était si violente qu'elle apercevait à peine les jambes de l'homme. Il se déplaçait prudemment, en silence, pas à pas, encore à une quinzaine de mètres de la portière du conducteur.

Elle eut envie de s'enfuir en courant. Mais elle ne pouvait pas faire ça. Elle ne pouvait pas laisser ce type. Pas après ce qu'il lui avait fait.

Il lui fallait une arme. Elle n'avait rien dans les poches, et il n'y avait rien dans la boîte à gants, à part un manomètre pour les pneus. À l'arrière du camion, elle gardait en permanence une radio de détresse, un sac de vingt kilos de sable, une trousse de premiers secours, des câbles de batterie, des élastiques et une pelle. Celle-ci était faite d'une matière plastique résistante conçue pour déneiger les allées. Ce n'était pas le genre d'objet dont elle pouvait se servir pour assommer quelqu'un.

Elle n'avait rien d'autre. Elle décida de bluffer :

— Ne bougez pas ! hurla-t-elle.

Elle vit qu'il s'immobilisait, tout en essayant de localiser le faible son de sa voix.

— Un pas de plus, et je vous fais sauter le crâne.

Il y eut un long silence. Puis Blue Dog tira plusieurs fois, pulvérisant ce qui restait des vitres de la camionnette.

— Si vous aviez une arme, cria-t-il à son tour, je serais déjà mort !

Maggie, à plat ventre, se précipita vers l'arrière de la camionnette. Elle espérait qu'il ne la verrait pas lever le hayon. Elle sortit lentement le sac de sable en prenant soin de ne pas faire bouger le véhicule.

Elle s'accroupit, le souffle court. Elle aperçut sa silhouette, à moins de dix mètres d'elle. Jurant en silence, elle referma le hayon, reprit le sac de sable en grimaçant sous la charge et regagna la portière côté passager. Tout en s'efforçant de rester invisible, elle se glissa dans le véhicule et remit la clé au contact. Puis elle redescendit à reculons, tira le sac de sable à elle et le plaça de côté, juste sous la roue avant droite. Le vacarme de la tempête étouffait tous les bruits alentour.

Maggie retourna vers l'arrière et s'accroupit pour surveiller l'approche de l'homme. Il fit un grand détour pour venir inspecter l'avant de la camionnette. Elle bondit en arrière pour rester hors de vue. Elle le vit lever une jambe, fermer la porte côté passager d'un coup de pied. Elle pria pour qu'il ne voie pas le sac de sable dissimulé derrière la roue.

Il attendait. Il se doutait de l'endroit où elle se trouvait : à l'arrière. La question était de savoir s'il perdrait du temps à la pourchasser, sachant qu'ils pouvaient se tourner autour aussi longtemps qu'elle en aurait envie.

Elle le regarda rebrousser chemin, lentement, jusqu'à l'avant de la camionnette, jusqu'à la portière côté passager. Il hésitait.

Au loin, elle entendit un bruit merveilleux. Des sirènes. Nombreuses.

Il dut les entendre, lui aussi, car il ouvrit la portière côté conducteur, monta et la referma derrière lui. Dès qu'il démarra, Maggie se redressa et courut vers l'avant du véhicule. Elle savait qu'il la verrait arriver dans le rétroviseur extérieur, mais ce n'était pas un problème. Elle voulait qu'il détale. Il enfonça l'accélérateur. La camionnette s'accrocha à la glace, fit un bond en avant… et pila net, trois mètres plus loin : la roue arrière venait de heurter le sac de sable.

Au même instant, Maggie atteignit la portière gauche. Elle l'ouvrit brutalement, saisit par les cheveux Blue Dog, désorienté par l'arrêt subit de son véhicule, et lui cogna le crâne plusieurs fois contre le montant métallique. Avec un gémissement, il tomba hors de la camionnette. Elle chercha le revolver, mais il ne l'avait plus à la main. Elle l'aperçut : il avait glissé à l'autre extrémité du tableau de bord.

Elle n'avait pas le temps de livrer un combat loyal. Elle se pencha vers lui, découvrit qu'il avait une épaule en charpie. Elle martela sa blessure à coups de poing, jusqu'à ce qu'il se mette à hurler, puis lui enfonça ses ongles dans les yeux. Il agitait une main à l'aveuglette pour la saisir. Elle lui prit le poignet, le tordit violemment et lui plia l'index vers l'arrière jusqu'à ce qu'il se brise dans un claquement ignoble. Il laissa échapper un cri étranglé qui se transforma en gargouillis.

— Ce n'est pas comme la dernière fois, hein, espèce de salaud ! siffla-t-elle.

Il avait les yeux fermés, mais elle ne voulait prendre aucun risque. Elle balança son poing gauche comme si elle voulait taper sur un gros clou et le lui enfonça de toutes ses forces dans le ventre. Il ne bougeait plus. Il n'ouvrit même pas les yeux, mais son foie réagit pour lui, et il se mit à vomir, la bile jaillissant de sa bouche en bouillonnant. Il était aussi difficile à déplacer qu'un éléphant, mais elle parvint à le retourner, s'assurant qu'il ne s'étouffait pas.

Elle ôta sa ceinture, lui attacha les poignets. Puis elle se redressa et alla prendre à l'arrière un tendeur dont elle se servit pour lui lier les chevilles.

Ensuite, Maggie récupéra le revolver dans la camionnette et le glissa dans sa poche.

Elle entendit alors un fracas métallique à quelque distance, sur la glace. Elle leva les yeux. Ce qu'elle vit ne lui plut pas du tout.

La cabane était entièrement engloutie dans les flammes. Les murs s'effondraient.

58

Quand elle entendit Jonny crier, Serena comprit qu'il se trouvait à quelques pas, de l'autre côté de la paroi brûlante. En une fraction de seconde, elle changea d'avis. Si le feu la voulait, si le lac la voulait, qu'ils viennent la chercher. Elle vit aussitôt qu'il existait un autre moyen de se servir de sa dernière balle. Sans hésiter, elle tendit le bras gauche, aussi loin que possible de son corps, sa main droite tirant sur le morceau de tissu qui l'attachait au lit, et elle pressa la détente. La balle traversa l'étoffe. La poudre lui avait brûlé le bras droit, mais sa main était à présent détachée du sommier.

Elle était un peu étourdie, car le feu et la fumée neutralisaient l'oxygène dans cet espace clos. En poussant des deux mains sur le bord du sommier, elle parvint à se redresser. Une vague de chaleur effroyable lui frappa le visage. Elle tira frénétiquement sur le lien qui retenait encore sa cheville gauche au sommier. Elle ferma les yeux, incapable de les garder ouverts à cause de la chaleur. Les chairs déchirées de son ventre et de son épaule s'ouvraient davantage, et elle sentait le sang couler sur ses cuisses. Blue Dog avait serré l'adhésif qui résistait, même quand elle essaya de le déchirer avec les ongles. Elle ne pouvait croire qu'elle allait rester coincée, si près de la libération.

Elle avait du mal à respirer. L'odeur de goudron lui emplissait les poumons. Elle renonça et se jeta en arrière, en espérant qu'il y aurait encore de l'air dans la partie basse de la cabane. Mais la fumée était déjà descendue jusque-là. Elle haletait, elle entendait siffler sa respiration comme si elle était extérieure à son propre corps. Elle savait qu'elle ne disposait plus que de quelques secondes avant de sombrer dans l'inconscience.

De ses deux mains désormais libres, elle saisit le sommier et le secoua brusquement vers la droite. Elle sentit le châssis s'incliner d'une vingtaine de centimètres au-dessus du sol avant de basculer de nouveau en arrière. Soufflant de toutes ses forces, grognant sous l'effort, elle fit une nouvelle tentative. Cette fois, le lit de camp se dressa à la verticale et culbuta enfin. Le lit était un poids écrasant sur son dos. Sa peau nue était pressée sur le sol, comme une pièce de viande crue posée sur un gril. Soudain, elle sentit un filet d'air frais, non loin de ses lèvres.

Ses doigts grattèrent le sol. Elle comprit qu'elle se trouvait sur une des trappes qui permettaient aux pêcheurs d'accéder à la glace. Elle sentit un anneau métallique résister sous son ongle, parvint à ouvrir le petit battant. Elle faillit se mettre à chanter de joie quand un courant froid remontant du lac lui caressa le visage. Ses poumons, par réflexe, tentèrent d'expulser les résidus de fumée pour laisser passer l'oxygène. Dès qu'elle eut inspiré plusieurs fois profondément, elle se sentit revivre.

Mais les flammes l'assiégeaient toujours, telle une meute de loups. Elle sentit sur son dos une chaleur qui lui indiqua que le lit lui-même était en feu.

Elle allait connaître une mort atroce.

La cabane vacilla soudain, et elle entendit une voix, à un mètre de l'endroit où elle se trouvait :

— *Serena.*

Jonny. Il était entré.

Stride fit deux pas en avant et arracha quelque chose au mur. Le sifflement de l'air comprimé libérant un torrent de mousse envahit la cabane. Les flammes les plus proches retombèrent, puis moururent. Stride vida l'extincteur, repoussant l'incendie et créant une bulle dans laquelle ils se trouvaient momentanément en sécurité.

Il s'attaqua à l'adhésif autour de ses chevilles. Serena vit le couteau de Blue Dog. Elle l'attrapa et le tendit à Stride.

— Sers-toi de ça, Jonny ! Vite !

Elle sentit qu'il coupait le ruban autour de ses chevilles. Quelques secondes plus tard, elle avait les jambes libres. Il rejeta le sommier loin d'elle, puis le matelas fumant. Elle essaya de se retourner, mais elle n'en avait pas la force. Ses jambes étaient en plomb. Le sang ne recommençait que lentement à circuler.

— Tu peux marcher ?

— Non, fit-elle d'une voix rauque.

Jonny s'accroupit devant elle.

— Monte sur mes épaules. Accroche-toi.

Elle passa les bras autour de son torse et s'agrippa à lui tandis qu'il se relevait. Son poids le fit chanceler.

— Ne lâche pas prise.

La moitié du toit de la cabane s'écroula alors sous leurs yeux. Un véritable mur de feu se dressait maintenant devant eux, comme un rideau de fer. La cabane de pêche vacilla de nouveau, tel un vaisseau en détresse s'enfonçant sous les eaux. L'eau du lac remontait toujours à travers le sol. Fumée et vapeur d'eau se mêlaient. Il n'y avait plus d'issue.

Stride s'accroupit de nouveau et reposa Serena sur le sol brûlant. Elle plongea la tête sous la trappe. Un peu d'air frais soufflait encore sous la cabane, mais la glace était plus fragile, le niveau de la mare continuait à monter et menaçait de déborder. Quand elle releva la tête, elle vit Jonny donner des coups de pied furieux dans la cloison avec le talon de sa botte. Le métal tenait bon, les braises retombaient sur ses vêtements et s'enflammaient.

Repérant dans un coin une foreuse à essence, il traîna jusqu'au mur la machine et son foret, long d'un mètre. Il tira le lanceur, le moteur toussa et crachota. La cabane oscillait toujours, s'enfonçant rapidement. Au-dessus de leurs têtes, le feu faisait rage. Il tira le cordon plusieurs fois. Enfin, le moteur démarra dans un rugissement. Stride appliqua l'engin contre le mur, le métal hurla, puis céda. Il écarta l'outil, perça un autre trou, puis se contorsionna pour pratiquer une déchirure irrégulière jusqu'au sol. De là il repartit jusqu'en haut, découpant dans la tôle un carré d'un mètre de côté.

Il jeta la tarière par terre. Il recommença à donner des coups de pied. Cette fois, il parvint à replier la paroi vers l'extérieur. L'arrivée d'oxygène activa l'incendie, les flammes s'approchèrent davantage. Il n'eut pas besoin de dire à Serena ce qu'elle devait faire. Elle s'accrocha à sa taille, et il se tortilla dans l'ouverture en la tirant derrière lui. Il retomba à l'extérieur dans une gerbe d'eau glacée, continua à ramper jusqu'à ce que Serena soit entièrement sortie de la cabane. Elle se laissa tomber dans trente centimètres d'eau gelée, mais elle reposait encore sur une certaine épaisseur de glace.

Stride tendit le bras en arrière et tira Serena à côté de lui. Le contact de la neige sur ses plaies lui arracha un gémissement de douleur. Elle serait bien restée là, mais Stride ne l'entendait pas ainsi. Il enleva son blouson et l'aida à l'enfiler, puis la hissa de nouveau sur son dos.

Derrière eux, le feu jaillissait par la brèche qu'il avait percée dans la paroi. Le reste du plafond s'écroula dans un bruit terrible, et les cloisons s'effondrèrent à l'endroit précis où ils se trouvaient quelques secondes plus tôt. Une nouvelle tour de flammes s'éleva et retomba, consumant les derniers résidus de métal et de bois. Il ne restait rien de la cabane de pêche.

Serena était incapable de marcher, et elle sentait Jonny sur le point de craquer. Mais elle vit, au loin, qu'on venait à leur secours. Maggie courait dans leur direction en agitant les bras comme une folle. Derrière elle, une demi-douzaine de voitures de police convergeaient vers eux.

Jonny les avait vues, lui aussi. Il tomba à genoux, incapable d'aller plus loin. Serena sentait leurs deux corps pris de tremblements, et se répétait que ce ne serait pas long, que l'aide arrivait, que la chaleur, les couvertures et la morphine seraient là dans quelques minutes. Elle pria pour que ce ne soit pas un mirage.

Quelqu'un d'autre vit arriver les voitures de police.

Un peu plus loin, près de la camionnette de Blue Dog, une Lexus couverte de neige s'anima. L'essuie-glace repoussa la neige. Les roues se mirent en mouvement. Le véhicule s'éloigna à toute vitesse de ces gens, de la police, des décombres de la cabane, et fonça droit sur le centre du lac, où le blizzard ne tarda pas à l'avaler.

— Bon Dieu, murmura Jonny, c'était qui, ça ?

Serena ne répondit pas. Elle avait déjà perdu conscience. Dans ses rêves, la douleur avait disparu, et elle avait chaud.

59

Lauren se trouvait au milieu d'un nuage blanc. Dans cette tempête qui rendait le lac nocturne aussi vaste que l'océan, elle ne voyait rien. Les roues de la Lexus tournaient sans bruit, à cent à l'heure, sur la glace. Elle aurait aussi bien pu voler.

Elle ne se faisait pas d'illusions sur sa survie. Elle agonisait. On ne peut pas perdre autant de sang et rester en vie. Son cœur continuait à pomper, le flot trempait de pourpre sa chemise bleue et gouttait sur les sièges de cuir de la Lexus.

Peu lui importait de mourir là, sur place. Le plus rageant, c'était que personne ne comprendrait. Il ne s'était jamais agi d'argent, de pouvoir, ni de gloire. Elle n'avait pas frappé Tanjy avec la torche par crainte que la vérité n'éclate, mais parce que Dan était amoureux de Tanjy.

Lauren s'était toujours arrangée pour ne rien savoir des liaisons de Dan, parce qu'il finissait toujours par revenir vers elle. S'il avait envie de coucher avec des filles-trophées qui s'imaginaient qu'elles avaient une chance de la supplanter, elle s'en fichait. Simplement, elle ne voulait pas le savoir. Le sexe n'avait jamais eu beaucoup d'importance à ses yeux, alors elle laissait

Dan faire à sa guise. Elle l'aimait, elle l'avait créé. Leur association lui importait plus que tout le reste.

Jusqu'à *Tanjy*.

Jusqu'à cette salope, belle et perverse, qui avait détruit leur existence.

Elle ne comprenait pas comment Tanjy et ses fantasmes immondes avaient pu bouleverser Dan et lui faire oublier ce qu'elle, Lauren, avait fait pour lui. Les gens l'appelaient la reine de glace et plaisantaient sur sa froideur à l'égard de tout le monde, mais ils se trompaient. Quand cet ignoble maître chanteur nommé Billy Deed lui avait montré ce qui se passait entre Tanjy et Dan, le désir de punir Tanjy avait commencé à l'obséder. Le désir de l'effacer. De la faire disparaître.

Pas seulement à cause des photos, même si elle avait du mal à croire que Dan ait pu être aussi imprudent : n'importe lequel de ces clichés aurait suffi pour faire s'effondrer leur univers, pour tout détruire. Il y avait autre chose. Blue Dog avait aussi des mails. C'était ce qui lui avait fait le plus peur. Dan écrivant à Tanjy qu'il l'aimait. Qu'elle l'excitait. Qu'il ne cessait de penser à elle.

Qu'il avait parlé de divorce à son avocat.

Il ne mentait pas. Lauren avait vérifié ses appels téléphoniques et son agenda. Il voyait un avocat des Villes jumelles spécialisé dans les affaires de divorce. *De divorce*. Pour se débarrasser d'une femme comme elle, qui avait fait de lui ce qu'il était, qui avait organisé toute son existence autour de sa carrière à lui, et ce au profit d'une petite cinglée comme *Tanjy Powell*. Lauren ne pouvait pas accepter cela.

Si Tanjy croyait que le viol était si excitant, *elle allait savoir ce que c'était vraiment*.

Elle avait regardé, impassible, Tanjy martyrisée dans le parc, son corps nu attaché à la barrière. Plus tard, quand Tanjy avait été crucifiée par les médias, Dan avait mis fin à leur liaison, et Lauren avait triomphé. Le monde était de nouveau sous son contrôle. Elle n'avait pas ménagé ses efforts pour lui trouver un emploi lucratif loin de Duluth, loin de Tanjy Powell.

Tout allait à la perfection. Jusqu'à ce que Tanjy appelle, cette nuit-là. Suppliant qu'on la laisse parler à Dan. Affirmant qu'elle savait qui l'avait violée.

Lauren était restée calme. Elle se trouvait à un carrefour. Elle ne pouvait pas laisser la vérité éclater, pas plus qu'elle ne pouvait laisser Tanjy reprendre Dan sous sa coupe. Elle avait dit à Tanjy que Dan se trouvait dans leur maison au bord du lac. Elle savait que la jeune femme prendrait la route immédiatement pour lui parler, pour le séduire. Mais c'était Lauren qui l'attendrait.

Pour la tuer. Pas seulement pour protéger le secret. Mais pour l'effacer une fois pour toutes de l'esprit de Dan. Elle savait qu'elle en était capable.

Tanjy. Cette pauvre petite idiote. L'ironie étant qu'elle s'était totalement trompée concernant l'identité de son agresseur. Quand elle avait vu la camionnette de Byte Patrol et Billy Deed s'arrêter derrière elles, elle avait compris, mais bien sûr il était trop tard.

Alors Lauren lui avait dit :

« C'était moi, espèce de petite garce perverse. »

Tanjy avait tenté de s'enfuir, et Lauren avait libéré sa rage, d'un seul geste. Un seul coup avait suffi. Tanjy était tombée. Elle était morte. Lauren ne l'avait pas tuée de sang-froid. Elle était folle furieuse.

Mais il y a toujours un prix à payer. C'était ce que son père lui avait enseigné. Son père, qui savait arrondir les angles, passer des accords avec le diable.

Au moins ne souffrait-elle pas. Plus maintenant. Un médecin expliquerait que c'était lié à une poussée d'endorphines, parce que le corps se préparait à la mort. Mais la paix qu'elle ressentait, là, au volant, était presque de la béatitude.

Elle ne sentait rien, même quand la Lexus dépassa à toute allure les fanions annonçant un des endroits les plus fragiles du lac. Elle ne sentait rien quand l'avant de la voiture brisa la glace plus fine et que le véhicule s'arrêta dans un soubresaut, l'airbag déployé. Rien.

Elle remarqua seulement, en voyant l'airbag se dégonfler, qu'il était taché de rouge foncé, comme si elle avait vidé dessus une bouteille de bordeaux.

La Lexus s'enfonça paresseusement dans l'eau. Théoriquement, elle était insonorisée. Lauren entendait à peine la glace qui se brisait et cédait peu à peu. L'eau glacée s'infiltrait à ses pieds, mais elle ne la sentait pas non plus. Elle savait qu'elle aurait dû ouvrir la portière, mais les signaux émis par son cerveau ne parvenaient plus à ses membres. Une idée lui vint : Tanjy était sortie du lac. Elle allait, elle, y pénétrer. Pour rétablir l'équilibre. Un corps pour un autre.

L'eau lui atteignait la taille. Le ventre. Les seins. Le cou. Elle flottait. La voiture plongea sous la surface. Le lac, la tempête et la neige disparurent à ses yeux. Il n'y avait plus rien que le froid, les mains glacées du diable qui prenaient possession d'elle. Ses poumons résistèrent, comme s'ils se demandaient pourquoi ils devaient mourir sous prétexte que le reste du corps était fichu.

Mais ils ne tardèrent pas à accepter l'inévitable. Lauren inspira, mais il était trop tard.

Une pensée lui traversa furtivement l'esprit. La glace se refermerait au-dessus d'elle avant le matin, et elle se demandait si quelqu'un saurait ce qui lui était arrivé. Elle serait partie, tout simplement.

QUATRIÈME PARTIE

La Dame En Moi

60

La police dut attendre trois jours avant que les médecins de la prison l'autorisent à interroger Blue Dog. Stride lui-même passa une journée à l'hôpital. On le soigna pour hypothermie et des brûlures superficielles. Serena allait devoir rester hospitalisée plus longtemps, peut-être plusieurs semaines, car elle avait inhalé de la fumée et souffrait de brûlures graves, surtout aux jambes. Elle devrait subir des greffes de peau là où les brûlures étaient les plus profondes, et aux plaies sur l'abdomen. Il était trop tôt pour connaître les effets à long terme de la fumée sur ses poumons. Mais elle avait eu de la chance. De la chance d'être encore en vie. De la chance que les dégâts ne soient pas plus importants.

Stride regarda Blue Dog par la fenêtre avant d'entrer. Il sentait que ses muscles se tendaient. Une haine brute courait dans ses veines.

Teitscher, à côté de lui, vit sa réaction.

— Vous êtes trop impliqué dans l'affaire. Vous ne devriez pas entrer dans cette pièce…

— Essayez de m'en empêcher, dit Stride.

Il poussa la porte sans laisser le temps à Teitscher de protester davantage. Les murs de la chambre étaient peints de ce gris neutre typique des administrations, la pièce sentait le désinfectant. Les draps étaient immaculés. Teitscher, les bras croisés, se tint près du lit et contempla Blue Dog. Stride s'appuya contre le mur, les mains dans les poches.

Les jambes de Blue Dog étaient menottées au sommier, ainsi que son bras droit couvert de tatouages. Quand on l'avait ramené du lac, les médecins l'avaient amputé du bras gauche, trop abîmé par la balle du fusil à pompe pour être sauvé. Il était relié à plusieurs intraveineuses de morphine et d'antibiotiques. On avait rasé ses longs cheveux. Une barbe de plusieurs jours lui couvrait le menton, et les tubes fluorescents lui faisaient un teint très pâle. Il avait le torse nu.

— Hé ! cria Stride. Réveille-toi, salopard !

Blue Dog ouvrit des yeux injectés de sang et découvrit la présence des deux hommes dans la chambre. Il s'agita, tira sur ses liens, et la douleur le fit grimacer. Il regarda le moignon enveloppé de pansements qui dépassait sur son côté gauche.

— Ça fait mal, hein ? fit Stride.

— Allez vous faire foutre.

Teitscher sortit de sa poche un petit magnétophone numérique qu'il posa sur la table à côté du lit.

— Nous allons enregistrer cette conversation. Je suis l'inspecteur Abel Teitscher, et voici le lieutenant Jonathan Stride, de la police de Duluth.

— Je sais qui vous êtes. La seule chose que je regrette, ajouta Blue Dog en regardant Stride, c'est que vous ayez sorti cette salope de la cabane. J'aurais voulu l'entendre gueuler quand elle aurait cramé.

Teitscher l'ignora.

— On vous a lu vos droits lors de votre arrestation. Voulez-vous qu'on vous les lise de nouveau ?

— Je connais mes droits.

— Vous voulez un avocat ?

— Pour quoi faire ? Un avocat ne servirait à rien.

— Acceptez-vous de nous parler ?

— Ça me rapporte quoi ? demanda Blue Dog.

Teitscher haussa les épaules.

— Nous avons déjà contacté la police de l'Alabama. Ils sont pressés de vous ramener à Holman. Vous serez jugé pour le meurtre des deux flics que vous avez tués pendant l'ouragan. Vous aurez droit à une piqûre dans le bras. Le droit, bien sûr.

— Allez vous faire foutre !

— Je vous dis simplement comment ça se présente. Avant qu'on vous renvoie dans votre cul-de-basse-fosse, dans le Sud, pour y attendre le jour de votre exécution, vous devrez faire face au tribunal, ici. Nous allons vous juger pour meurtre, tentative de meurtre, viol, agression, chantage, escroquerie… la liste est longue.

— Je ne serai peut-être pas obligé de retourner en Alabama, dit Blue Dog. Vous pourriez me garder ici.

Teitscher secoua la tête.

— Oh, vous voulez dire, dans un État comme le Minnesota, qui n'applique pas la peine de mort ? Où les détenus ne s'entassent pas par paquets de vingt dans une cellule ? Désolé, personne n'a vraiment envie de vous voir traîner par ici. Mais ça peut aller vite, ou ça peut être très lent. On peut vous expédier à Holman dans deux mois. Ou bien les procédures pourraient traîner en longueur. Une année s'écoulera, peut-être plus, avant que nous soyons en mesure de vous renvoyer là-bas. Nous pourrions même être obligés de vous donner une cellule privée, à cause de votre situation médicale. Alors, où voulez-vous passer l'année qui vient ? Dans le Minnesota ou dans l'Alabama ?

Blue Dog lui jeta un regard mauvais.

— Qu'est-ce que vous voulez ?

— Parlez-nous de Lauren Erickson et de Tanjy Powell.

— Comment ça ?

— Vous avez violé Tanjy ?

— Ça, oui. Mais c'était l'idée de Lauren.

— Je parie que c'est vous qui lui aviez glissé l'idée.

— Pas moi, non. Tanjy, j'en avais rien à foutre. Je voulais de l'argent. Je savais que Lauren paierait pour empêcher que les photos de Tanjy et Dan paraissent dans les journaux. C'est Lauren qui a voulu que je me la fasse.

— Pourquoi ? demanda Teitscher.

— Punition. Vengeance. Appelez ça comme vous voulez. Ces photos la rendaient dingue, Lauren.

— Alors qu'est-ce qui a mal tourné ?

— Rien. Ça s'est passé comme Lauren avait prévu. Mais Tanjy a laissé un message pour Dan, il y a deux ou trois semaines, disant qu'elle savait qui l'avait violée. Lauren a eu la trouille et m'a appelé.

— Qu'est-ce que vous avez fait ?

— Lauren m'a demandé de la retrouver à leur maison du lac. Quand je suis arrivé, elles étaient déjà en train de se crêper le chignon. Tanjy m'a vu me garer… elle pensait sans doute que c'était Dan. Elle a voulu s'enfuir, et Lauren l'a frappée. Fort. On l'a mise dans le coffre, et on est allés la jeter dans le lac.

— Et Maggie, et Katrina ? demanda Stride, adossé au mur. C'est vous qui les avez violées ?

— Ouais, c'est moi.

— C'était aussi l'idée de Lauren ?

— Non, elle n'était pas au courant. Elle l'a su plus tard.

— Alors pourquoi avez-vous fait cela ? fit Stride.

— Bon Dieu, pourquoi pas ? Quand je me suis fait Tanjy, j'ai réalisé quel pied c'était. Bordel, c'était comme baiser Serena dans ma tête avant de le faire pour de bon, vous voyez ?

Stride regrettait de n'avoir pas mieux visé, sur Hell's Lake. Le monstre qui se faisait appeler Blue Dog serait déjà mort.

— En plus, c'était sans risque, reprit Blue Dog. Je savais tout ce qui concernait le club échangiste, grâce à l'ordinateur de Sonia. J'ai découvert que ces filles alpha n'auraient pas envie que les médias les traitent comme ils avaient traité Tanjy. Et j'avais raison.

— Et Eric Sorenson ? demanda Teitscher.

— Quoi ?

— Vous avez travaillé sur son ordinateur ?

— Non.

— C'est Tanjy qui lui a parlé de vous ?

— Non.

— Alors comment vous a-t-il trouvé ? Comment a-t-il découvert que c'est vous qui aviez violé Tanjy et Maggie ?

— Il ne l'a pas découvert.

Les paroles de Blue Dog étaient pour le moins inattendues.

— Quoi ?

— Il ne savait absolument rien à mon sujet.

Teitscher et Stride se regardèrent, ahuris. Stride essayait de mettre de l'ordre dans ses pensées.

— Vous êtes en train de nous dire que ce n'est pas vous qui avez tué Eric Sorenson ? demanda Teitscher.

— J'ai appris sa mort à la télévision.

— Vous savez qui l'a tué ?

— Je croyais que sa femme l'avait descendu, comme disaient les journaux, ajouta-t-il en riant à l'adresse de Stride. Peut-être qu'après m'avoir connu elle s'est rendu compte que son mari n'était pas à la hauteur…

— Eric était le mari de Maggie, que vous avez violée, lâcha Stride. Eric l'a découvert. Il est allé vous voir, cette nuit-là…

— Je ne connaissais absolument pas ce gars ! Vous ne me croyez pas ? Vous pouvez vérifier mon alibi.

— Quel alibi ? demanda Teitscher.

— Quand ce mec s'est fait tuer, je me trouvais à Hermantown, avec mon patron. On a travaillé toute la nuit sur le réseau informatique d'un client. Demandez-lui.

— Vous nous avez dit que Tanjy savait que vous l'aviez violée… reprit Stride.

— Non. Je vous ai dit qu'elle croyait savoir qui l'avait violée. Tanjy se trompait, ajouta Blue Dog en souriant.

— Quoi ?

— Lauren me l'a dit quand nous nous sommes débarrassés du cadavre. Tanjy croyait que c'était quelqu'un d'autre. Comique, hein ? Elle a commis une erreur stupide, ça lui a valu de se faire tuer.

— Qui l'avait violée, d'après elle ?

— Lauren ne me l'a jamais dit.

Stride se passa les mains dans les cheveux. Tout était remis en question. Il pensait l'affaire résolue, et il réalisait que les questions qui se posaient au départ n'avaient pas reçu de réponse. Qui avait tué Eric ? Pourquoi ?

— Vous avez déjà rencontré une certaine Helen Danning ?

Blue Dog secoua la tête.

— Jamais entendu parler.

— Vous n'avez jamais fréquenté un blog intitulé « La Dame En Moi », sur un des ordinateurs auxquels vous aviez accès ?

— Jamais.

— Si vous mentez, je vous renvoie à Holman par le prochain vol…

— C'est la vérité, dit Blue Dog.

Stride fit un signe à Teitscher. Les deux hommes sortirent de la pièce.

— Vous pensez qu'il est réglo, pour Eric ? fit Teitscher dès qu'ils furent dans le couloir.

Stride aurait aimé dire non, mais il ne pouvait se mentir.

— Il ne nous donnerait pas un alibi qui ne tient pas.

— Vous savez ce que ça signifie…

— Ce n'est pas Maggie qui l'a tué, le coupa Stride.

— Qui, alors ?

— Lauren a tué Tanjy. Peut-être a-t-elle tué aussi Eric.

Teitscher secoua la tête.

— Non, ça ne marche pas. Lauren était à Washington, cette nuit-là. J'ai vérifié.

— Alors, peut-être que Blue Dog ment, finalement. Maggie lui a fichu une raclée. Il se venge en lui faisant porter le chapeau pour le meurtre…

— Vous savez bien que ce n'est pas ça, dit Teitscher. Écoutez, je ne sais pas si Maggie a fait le coup. Je continue à penser qu'elle est probablement coupable, mais elle est hors d'atteinte. Nous ne pourrons jamais l'inculper. Il y a assez de « doute raisonnable » pour qu'Archie Gale s'y engouffre comme sur un boulevard.

— Si nous ne trouvons pas qui a tué Eric, elle sera toujours en butte aux soupçons, dit Stride.

— C'est notre lot à tous.

— Deed prétend que Tanjy s'est trompée, dit Stride. Eric et Tanjy croyaient que quelqu'un d'autre était responsable des viols. L'homme en question, quel qu'il soit, doit avoir tué Eric.

Teitscher secoua la tête.

— Ça n'a aucun sens, lieutenant. Si Eric se trompait, pourquoi le tuer ? Si je vous accuse d'un crime que vous n'avez pas commis, pourquoi auriez-vous besoin de me tuer ?

Stride savait qu'il avait raison. Il manquait quelque chose.

Les deux hommes levèrent les yeux en entendant le gardien ouvrir une porte au bout de l'étroit couloir. Max Guppo arrivait en courant. Guppo ne courait jamais. Quand il les rejoignit, il suait à grosses gouttes et avait du mal à respirer.

— Qu'est-ce qui se passe, Max ? interrogea Stride.

Guppo inspira plusieurs fois, non sans mal, l'air sifflait dans ses bronches. Il desserra sa cravate, remonta sa ceinture sur son gros ventre.

— C'est le bordel…

— Comment cela ?

— Un autre cadavre. Il y a un cadavre à Enger Park. Exactement à l'endroit où nous avons trouvé la fille, il y a dix ans.

61

Tout avait un air de déjà-vu. Stride n'en croyait pas ses yeux.

La victime était placée à l'endroit précis où ils avaient trouvé l'adolescente noire non identifiée, dix ans plus tôt. Il était venu si souvent qu'il aurait pu calculer la croissance des arbres bordant le fairway et le nombre de pas menant à la route. Le cadavre était allongé sur le dos, bras et jambes écartés comme sur un dessin de Léonard de Vinci. Il se trouvait dans un vallon invisible de la route, hors de vue des golfeurs qui remontaient l'allée vers le green. La première fois – c'était au mois d'août –, la fille qui hantait ses rêves depuis dix ans avait été retrouvée grâce au slice maladroit d'un médecin.

— Deux types qui faisaient du ski de fond sont tombés sur elle, dit Guppo comme s'il lisait dans ses pensées.

Ils s'enfonçaient dans la neige jusqu'à mi-mollet. Guppo fixait des yeux la côte menant à la grand-route, en se demandant sans doute s'il survivrait à l'ascension. C'était le milieu de l'après-midi. Il ne neigeait plus, et le soleil avait fait son apparition, mais il brillait à peine.

Stride hocha la tête. Il avait les lèvres gelées.

— On sait depuis quand elle est là ?

— Comme le cadavre est gelé, ce ne sera pas facile à déterminer, dit Guppo. Mais un des skieurs nous a dit qu'il a pris le même chemin il y a deux jours, et que le corps n'y était pas.

— Il en est certain ?

Guppo acquiesça.

— Il dit que c'est son itinéraire préféré.

— Elle a été tuée ici ? demanda Teitscher.

— Non, fit Guppo. Pas assez de sang.

Stride examina la victime, ou ce qu'il en restait. On lui avait coupé la tête et les mains, comme à l'autre fille, dix ans plus tôt. Au bord du cou, il vit des marques suggérant qu'elle avait été étranglée. Elle était nue. Stride vit les ecchymoses près du bas-ventre. À première vue, le meurtre était la répétition à l'identique du précédent.

Certains détails différaient, pourtant. Le premier crime avait eu lieu en été, et c'était l'hiver. La première victime était noire, cette femme était blanche. La première était jeune, elle n'avait pas plus de dix-sept ans. À l'état de sa peau, on voyait bien que la seconde femme était plus âgée. La trentaine, peut-être la quarantaine.

— Ne comptez pas sur l'ADN, cette fois, leur dit Guppo.

Stride hocha la tête. Il pensa que le criminel était trop malin pour laisser de nouveau sa carte de visite.

— Qu'est-ce que nous avons d'autre ?

— Pas grand-chose. Violet travaille sur le cadavre pour le légiste. Elle est là, dans sa camionnette. Nous passons le terrain au peigne fin. À mon avis, je le répète, l'assassin l'a seulement abandonnée ici.

— Des traces de pas ? Il a bien fallu qu'il la descende jusqu'ici…

Guppo montra une trace étroite de neige tassée qui descendait la côte.

— Ouais, on dirait qu'il l'a tirée. Nous avons trouvé du sang et des cheveux tout du long, jusqu'à la route. Mais je crois qu'il a pris une pelle et qu'il a remblayé la neige derrière lui. En outre, il est tombé trois ou quatre centimètres de neige, depuis deux jours.

— Et les traces de pneus ?

— Rien sur la route.

Teitscher leva les yeux en entendant le rugissement d'un hélicoptère au-dessus de leurs têtes.

— Qui a prévenu les médias, nom de Dieu ? Ça va être un vrai cirque.

— Je n'y suis pour rien, répliqua Guppo. Un des skieurs a appelé sa femme. Il se trouve qu'elle est secrétaire dans une chaîne de télé locale. Ils ont été les premiers à se pointer, et les autres ont suivi. On a même des reporters des Villes jumelles, là-haut. Ils ont reniflé l'odeur du tueur en série. Tout le monde pose des questions sur l'affaire de la première fille d'Enger Park, et veut savoir s'il y a un lien.

— C'est probablement un imitateur, qui veut brouiller les pistes, dit Teitscher.

Guppo haussa les épaules.

— Tous ces gens ont l'air de penser qu'on est dans le prochain roman de John Sandford.

— Eh bien, nous n'allons rien confirmer, ni rien démentir, fit Stride. À mon avis, les meurtres sont trop espacés dans le temps pour qu'il s'agisse du même assassin, mais on ne sait jamais. Et si c'est un imitateur, ça ne vaut guère mieux.

— Est-ce que nous avons des indices sur l'identité de cette femme ? demanda Teitscher. Est-ce que des femmes disparues dans la région correspondent au profil ?

— Pas de vraies candidates, sauf Lauren Erickson.

Stride secoua la tête.

— Non, ce n'est pas elle. Trop grande.

Il se dit que Lauren se trouvait quelque part au fond de Hell's Lake, et qu'ils la retrouveraient au printemps.

Son téléphone sonna. Il s'éloigna de quelques pas pour répondre. Il entendit la voix de Maggie.

— Je regarde le journal, dit-elle. Tu passes à la télé en direct, tu savais ça ?

— Génial.

— Dis-moi qu'ils se trompent. Dis-moi que ce n'est pas une répétition de l'affaire de la fille d'Enger Park.

— C'est le même modus operandi, Maggie. Les éléments sont quasi identiques.

— Merde !

Stride ne pouvait s'empêcher de penser au moment où il s'était trouvé au même endroit avec Maggie, par une chaude nuit d'août, dix ans plus tôt. Ils ne travaillaient ensemble que depuis un an. Maggie était jeune et intelligente, elle sortait peu à peu de sa coquille.

— Tu as parlé à Blue Dog ? demanda-t-elle.

— Ouais.

— Tu l'as tué ?

— J'aurais bien aimé.

— Qu'est-ce qu'il t'a dit ?

— Il prétend qu'il n'est pour rien dans la mort d'Eric.

— Tu le crois ?

— Oui, malheureusement. Il a un alibi.

— Ce qui veut dire qu'on va se retourner vers moi…

— Allez, Mags, tu es hors d'affaire. Même Abel n'a pas envie de t'inculper.

— Parce qu'on ne peut pas prouver que je suis coupable, ou parce que je suis innocente ?

Stride ne répondit pas.

— C'est bien ce que je pensais, reprit Maggie. Écoute, boss, ça ne suffit pas, tu le sais parfaitement. Je ne reprendrai pas le boulot tant que tout le monde pensera que je suis une criminelle.

— Donne-moi un peu de temps…

— Je veux récupérer mon poste, fit Maggie d'une voix impatiente. Je veux être avec vous sur le terrain, immédiatement. Je mérite de travailler sur cette affaire.

— Je sais.

Il l'entendit soupirer au bout du fil.

— Pardonne-moi, je sais que ce n'est pas ta faute. Tu as du travail. Je vais voir Serena, d'accord ?

— Merci. À plus tard, Mags.

Il raccrocha et rejoignit Guppo et Teitscher qui, très raides, gardaient leurs distances. Les deux hommes ne s'aimaient pas. Guppo était de ceux qui s'étaient plaints le plus énergiquement durant la brève période où Teitscher avait été lieutenant, et celui-ci le savait. Sa vieille amitié avec Stride ne faisait rien pour arranger les choses.

— Je veux revoir le dossier de l'affaire de la fille d'Enger Park, dit Stride. Où est-il, maintenant ?

Teitscher pâlit.

— Je crois qu'il est dans mon bureau…

— Il y a du nouveau ?

— Il n'y a rien de nouveau. Vous savez comment ça se passe, lieutenant, avec les affaires classées. Trois ou quatre fois par an, on sort le dossier de son tiroir, et on le parcourt pour voir si on a une idée originale. Comme si j'avais le temps de travailler sur un dossier vieux de dix ans…

— Surtout si la victime n'est qu'une pauvre adolescente noire, hein ? fit Guppo.

— Absolument pas, nom de Dieu ! explosa Teitscher. Ce sont des conneries, et vous le savez.

Stride leva les mains.

— OK, mettez une sourdine, vous deux. Ce n'est vraiment pas le moment.

— La question n'est pas qu'elle soit noire ou blanche ! répéta Teitscher en agitant le doigt en direction de Guppo. Le problème, c'est que l'affaire est classée, et depuis longtemps !

— Vous avez raison, dit Stride. C'est une affaire classée. Je n'ai jamais dit le contraire. Laissez tomber, tous les deux, et tournez la page. Qui est la dernière personne à s'être vraiment penchée sur le dossier ?

— À part vous et Maggie ? fit Guppo. Nicole.

— Nicole ? répéta Stride, surpris.

— Oui. Quand elle a repris le travail, après la fusillade sur le pont, vous lui avez donné une demi-douzaine d'affaires classées pour éviter de la renvoyer tout de suite sur le terrain. L'affaire d'Enger Park en faisait partie.

— Je ne me rappelle pas avoir vu des notes de Nicole dans le dossier, grogna Teitscher.

— C'est censé être étonnant ? demanda Guppo. Nicole avait toujours des mois de retard dans la paperasserie.

— Si elle a travaillé là-dessus, nous devons savoir si elle a trouvé quelque chose que nous ignorons, fit Stride. Abel, je veux que vous alliez lui parler.

— Vous vous foutez de moi ! fit Teitscher, furieux.

— Non. Allez-y demain. Il faut agir vite.

— C'était il y a six ans… Bordel, qu'est-ce qu'elle va se rappeler ?

— Vous ne le saurez que quand vous lui aurez demandé.

— Je suis la dernière personne au monde à qui elle parlera, dit Teitscher. Envoyez plutôt Guppo. Nicole et lui étaient comme cul et chemise.

— Nous avons besoin de Guppo pour travailler sur les indices. J'ai vraiment besoin de vous pour ça, Abel, alors prenez sur vous.

Abel secoua la tête, l'air féroce.

— Putain, c'est incroyable !

Il leur tourna le dos et entreprit de remonter la pente couverte de neige, vers Hank Jensen Road. Son trench-coat flottait derrière lui comme s'il s'apprêtait à décoller, et il marchait à grands pas furieux.

— Je paierais cher pour les voir ensemble, Nicole et lui, dit Guppo.

— Ouais, fit Stride en souriant.

Ils virent que la technicienne légiste leur faisait signe.

— Hé, inspecteurs !

Violet Gabor était une petite femme trapue d'un peu plus de trente ans, qui portait une casquette de base-ball avec la visière en arrière. Penchée sur le cadavre, elle examinait une de ses chevilles à l'aide d'une loupe.

— Nous avons quelque chose…

Stride se pencha à son tour. Il eut bientôt les genoux trempés par la neige. Il louchait en regardant l'endroit que Violet lui désignait.

— Je ne vois rien, qu'est-ce que c'est ?

— Vous vieillissez, mec.

— Je suis mûr, Violet.

— Les fruits sont mûrs, répliqua-t-elle. Vous, vous êtes vieux. C'est un tatouage, tout petit, là, à l'arrière de la cheville.

Stride le voyait, maintenant. Un groupe de lettres d'une forme ancienne : le genre de caractères qu'on s'attend à voir sur un vieux parchemin. Le tatouage était minuscule : il était facile de le manquer si on ne le cherchait pas ou si on ignorait son existence.

— Qu'est-ce que ça dit ?

— Pour autant que je puisse lire, ça dit « LDEM », lui répondit Violet. Mais ne me demandez pas ce que ça signifie.

— LDEM… Vous êtes sûre ?

— Ouais. C'est de l'encre violette, et l'écriture est un peu difficile à déchiffrer, mais je suis sûre que c'est ça. Pourquoi ? Ça veut dire quelque chose, pour vous ?

— Oui, tout à fait.

Stride se releva et brossa la neige de son pantalon.

— Bon Dieu ! ajouta-t-il dans un souffle.

Il eut l'impression qu'ils l'avaient condamnée à mort en faisant apparaître son nom. Et en ne la retrouvant pas plus tôt, quand elle était dehors, sans protection, telle une cible. Sa seule satisfaction, c'était que l'assassin, cette fois, avait commis une erreur. Le tatouage lui avait échappé. Il ignorait que sa victime avait une identité secrète.

Stride savait à qui appartenait le cadavre mutilé qui gisait dans la neige. Ça voulait dire qu'il ne s'agissait pas du tout de meurtres au hasard. C'était lié d'une manière ou d'une autre à la mort d'Eric.

LDEM.

La Dame En Moi.

Helen Danning.

62

Maggie trouva Serena sur son lit d'hôpital. Elle regardait d'un air absent le téléviseur suspendu au plafond. Quand elle vit Maggie entrer dans la chambre, elle éteignit le poste avec la télécommande et lui adressa un sourire las. Elle avait l'épaule bandée. Un tuyau souple transparent passé derrière ses oreilles traversait son beau visage pâle et alimentait ses poumons en oxygène. Ses cheveux noirs ramenés en arrière étaient attachés derrière sa tête. Elle avait une couverture sur le corps, mais Maggie vit ses bras nus parsemés de brûlures rouge vif.

Serena suivit son regard.

— Ce sont les moins graves.

— Je sais.

Maggie approcha une chaise du lit. Elle pinça les lèvres. La chaleur qui régnait dans la chambre la mettait mal à l'aise. Son regard dériva du liquide ambré de la perfusion à l'aquarelle représentant Canal Park accrochée au mur peint d'un bleu clair rassurant.

— Je ne sais pas trop quoi dire. Tous les mots auraient l'air idiots.

Serena regarda le carton rose posé sur les genoux de Maggie.

— C'est pour moi ?

Maggie baissa les yeux.

— Ah… J'avais oublié. Les beignets. Tu en veux un ? J'ai pris des classiques, et deux ou trois fourrés à la crème, du genre à en mettre partout quand on mord dedans…

Serena se mit à rire, ce qui lui valut un élancement de douleur.

— Un classique, s'il te plaît.

— Tu veux que je t'aide ?

— Non, mon bras gauche n'est pas si esquinté. J'y arriverai.

Maggie ouvrit la boîte et lui tendit un beignet. Serena l'avala en trois bouchées et essuya les miettes sur ses lèvres. Maggie prit un beignet au chocolat et posa la boîte sur la table de nuit.

— On ne te donne pas de morphine en perfusion ?

— Je leur ai demandé de l'arrêter.

— Pourquoi ? La douleur des brûlures doit être terrible, non ?

— Il suffisait d'appuyer sur un bouton pour recevoir une dose, dit Serena. Tu me connais. Je deviens vite dépendante. Je n'ai pas envie de sortir d'ici accro aux antidouleurs.

— Il faut gérer la douleur, lui dit Maggie.

— Quand j'ai mal au point d'avoir envie qu'on me coupe les jambes, j'appelle l'infirmière, et j'ai droit à une dose.

— La dernière date de quand ?

— Il y a longtemps, avoua Serena.

— Ne joue pas les martyres.

Serena regarda le bouton d'appel de l'infirmière, qui pendait près de sa main droite. Mais elle ne fit rien pour le prendre.

— J'ai vu les infos, reprit-elle. Pour Enger Park.

— Stride pense qu'il s'agit du cadavre de Helen Danning.

Serena ouvrit de grands yeux.

— Il y aurait donc un lien avec le meurtre d'Eric ?

— C'est possible.

— Très bon pour toi, ça.

Maggie haussa les épaules, mordilla son beignet. Lécha le chocolat sur les doigts.

— Tant qu'ils ne s'imaginent pas que c'est moi qui l'ai tuée… Mais la décapitation, ce n'est pas mon truc. Tout ce sang me dégoûte. Je préfère un coup sec, rapide, sur le front.

— Génial, dit Serena.

— Je n'ai pas envie d'être obligée de repenser à cette affaire d'Enger Park. Je l'ai portée en moi pendant trop longtemps.

— Nous avons tous des affaires de ce genre.

Maggie le savait. Mais la fille d'Enger Park, c'était autre chose. Il y avait quelque chose de désolant : cette jeune Noire, dans l'herbe mouillée… ce n'était même plus une jeune fille, rien qu'une chose mutilée qu'on avait laissée pourrir là. Une ultime humiliation au bout du chemin, après la douleur, le viol, et la mort. Maggie aurait voulu lui donner un nom, lui offrir un peu de justice, lui rendre son humanité. Il y avait autre chose qu'elle ne disait pas à Serena. C'était pendant cette enquête que ses sentiments à l'égard de Stride avaient changé de nature : elle avait découvert que travailler avec lui ne consistait pas seulement à résoudre des affaires criminelles. C'était aussi souffrir ensemble de leurs échecs.

— Merci d'avoir chopé Blue Dog, dit Serena. Je ne suis pas sûre que j'aurais pu m'en sortir en sachant qu'il était encore dans la nature.

— J'avais moi aussi un compte à régler avec lui. Il ne nous emmerdera plus, ni l'une ni l'autre.

— C'était ce que je croyais aussi, avant.

— Je pense que même dans l'Alabama ils sont capables de garder sous les verrous un assassin manchot, dit Maggie.

Serena semblait ailleurs, tout à coup.

— Est-ce qu'il t'a… ? demanda Maggie très doucement, avant d'ajouter : Tu n'es pas obligée de me répondre.

— Il n'en a pas eu l'occasion, répondit Serena.

— Ouf… Je veux dire, voilà une chose de moins à gérer.

Serena se mordit la lèvre.

— C'est vrai.

— Ça va ?

— Je veux simplement que tout ça soit derrière moi. Je veux sortir d'ici.

— Ne sois pas trop pressée. Il faut que tu guérisses. Au moins, tu es vivante.

— Ouais. C'est ce qu'on dit.

Maggie vit le découragement envahir le visage de Serena. Elle avait parlé d'une voix brisée, son menton tremblait, elle avait les larmes aux yeux. Elle semblait terrifiée.

— Hé… murmura Maggie, qui se pencha vers elle et lui caressa les cheveux.

— Je suis désolée, fit Serena.

— C'est normal, ne t'inquiète pas.

— Je devrais être contente. Je suis à l'hôpital et je vais m'en sortir. Mais quand je tousse, j'ai l'impression que mes poumons ont pris feu, et je me demande si je pourrai jamais respirer normalement sans penser à tout ça. Je me demande si je courrai encore un jour. Bon Dieu, je me demande si je remarcherai un jour.

Elle pleurait, maintenant. Maggie était furieuse de se sentir impuissante.

— J'ai regardé mon corps, reprit Serena. On m'a pourtant dit de ne pas le faire. Mais j'ai désobéi. Oh, mon Dieu, Maggie. Oh, mon Dieu.

— Tu te fais du mal…

— C'est stupide, et vain, mais je ne veux pas que Jonny me voie comme ça. Pas comme ça.

— Tu guériras. Tu surmonteras tout ça.

Serena secouait la tête.

— Allons, murmura Maggie, ton corps a besoin de temps. Ta tête en a besoin aussi. Tu te rappelles ce que tu m'as dit ? Eh bien, tu avais raison. J'étais dans le déni. J'ai besoin d'aide. Toi aussi. Demain, je recommence à voir Tony. Tu iras, toi aussi. Quand tu auras besoin de quelqu'un, je serai là. Stride aussi. Tu le sais.

— Ça fait mal. Beaucoup trop mal. Et quand j'y pense, ça me fait encore plus mal. Je crois que ça ne s'arrêtera jamais.

Maggie se pencha pour enfoncer le bouton d'appel. Serena ne protesta pas. Elle avait la bouche déformée par la douleur. Sa peau se tendait, ce qui n'arrangeait rien, et ses jambes tressautaient sous la couverture. Maggie la vit qui serrait les poings.

— Rien ne sera plus jamais comme avant, murmura Serena. Rien n'ira bien, plus jamais.

— Chut… Ne parle pas.

— Dis à Jonny de ne pas venir. Dis-lui de ne pas venir.

L'infirmière entra précipitamment. Elle tenait déjà la seringue de morphine. Elle savait ce que Serena voulait quand elle sonnait, et elle savait que ça ne pouvait pas attendre. Maggie la regarda désinfecter l'épaule gauche de Serena, piquer dans le muscle et enfoncer le piston. La morphine fit de l'effet presque immédiatement. Les yeux de Serena se voilèrent, se détendirent. Son corps s'enfonça doucement dans le matelas. Elle ouvrit la bouche, mais aucun son n'en sortit.

Maggie et l'infirmière attendirent qu'elle s'endorme, hors d'atteinte de la douleur.

— Comment va-t-elle ? demanda Maggie. Vraiment.

— C'est le pire moment, répondit l'infirmière. La douleur rend très émotif. Ne vous en faites pas, la peau commence déjà à cicatriser. Ses poumons sont plus clairs, aujourd'hui, et son souffle nettement plus profond. Incroyable comme son état s'est amélioré en quelques jours.

De l'extérieur, en tout cas, se dit Maggie.

Quand Stride arriva à l'hôpital, l'aile était plongée dans l'obscurité. Il était plus de minuit. Les chambres baignaient dans une lumière tamisée. Il aperçut des patients allongés sur leur lit, et de rares visiteurs à l'air las, en train de siroter du café. Il sentit l'odeur âcre des détergents dont on se servait pour les sols. Il y avait là des enfants et des adultes. Des hommes et des femmes. Certains voyaient leur état s'améliorer. Pour d'autres, cela empirait. On vivait, on mourait. Stride faisait tout pour se convaincre que Serena s'en sortirait. C'était dans cet hôpital que Cindy avait fini par succomber au cancer. Le fait d'y revenir, d'arpenter de nouveau les mêmes couloirs, ramenait à la surface des souvenirs insupportables.

Il trouva la chambre de Serena. Il se tint en silence au pied du lit et contempla la femme endormie dont la poitrine se soulevait légèrement. Il fit ce qu'il avait fait si souvent dans le passé. Il ôta son blouson de cuir, le posa sur le dossier d'une chaise et s'assit dans la semi-obscurité pour observer celle qui partageait sa vie. À l'époque, l'état de Cindy empirait de jour en jour, et à chaque fois qu'il la voyait il avait l'impression qu'un rat lui grignotait le cœur. Il avait du mal à croire, alors, que la femme allongée était son épouse si belle et si vive, que c'était la jeune fille de dix-sept ans qui avait changé sa vie, autrefois, pendant cet été extraordinaire.

Elle était partie trop tôt, rien ne s'était passé comme ils avaient prévu.

Il était incroyable qu'il ait eu droit à une seconde chance. Il fit quelque chose qu'il avait oublié depuis des années. Il pria. Il avait prié, jadis, mais, quand Dieu avait ignoré ses supplications, il avait détourné son cœur et décidé qu'il était inutile d'espérer quoi que ce soit. Jusqu'à ce jour. Jusqu'à ce que cette femme entre dans sa vie. Une femme pour qui il pouvait traverser les flammes, littéralement. Il l'avait fait et il le referait, si nécessaire. Il était heureux qu'elle fût encore en vie et ne désirait, ne demandait qu'une chose. Qu'elle guérisse.

Stride prit doucement entre ses doigts la main de Serena. Il s'était efforcé de ne pas la réveiller, mais il sentit la légère pression de ses doigts sur les siens. Elle cligna des yeux, lentement, comme si ses paupières pesaient des tonnes. Elle était assommée par les drogues. Quand elle le vit, son visage s'épanouit, et Stride fit de son mieux pour ne pas craquer. Cindy réagissait de la même façon. Elle s'illuminait en le voyant – même à la fin, quand ses heures étaient comptées.

Serena marmonna quelque chose qu'il ne comprit pas. Elle répéta. Cela semblait important. Il se pencha.

— Pas pu y aller.

Il se pencha vers elle. Il ne comprenait toujours pas.

— Quoi ?

— J'ai essayé, murmura-t-elle d'une voix cotonneuse. Pas pu y aller.

Stride sourit, comme s'il savait ce qu'elle essayait de lui dire.

— À cause de toi, dit-elle.

— Ne parle pas. Essaie de dormir.

— Toujours là, dit-elle, ses yeux se fermant.

Stride la contempla longtemps, jusqu'à ce qu'il ait du mal à garder les yeux ouverts. Alors il s'endormit à son tour et rêva d'un été, longtemps auparavant, sur la Pointe.

63

Abel Teitscher était assis, très raide, dans le parloir privé de la prison de Shakopee. Il tenait dans ses mains un gobelet de café noir, mais ne buvait pas. Il portait un costume gris fraîchement repassé – le genre d'habit qu'il porterait à l'église s'il y allait. Son trench-coat était soigneusement plié sur la chaise à côté de la sienne. Ses chaussures noires étaient cirées. Il se faisait une règle d'être correctement vêtu lorsqu'il se rendait dans une prison, comme si le costume et la cravate constituaient des barreaux supplémentaires dressés entre les détenus et lui.

Il n'avait pas vu Nicole Castro depuis six ans. Depuis qu'on l'avait fait sortir du tribunal du comté de Saint Louis, après sa condamnation. Elle l'avait fusillé du regard, lui n'avait vu qu'une étrangère. Il ne ressentait aucune curiosité morbide pour elle maintenant, aucun désir particulier, sinon de l'oublier. Il n'avait jamais eu la moindre envie de la revoir, et il était furieux d'être là, le chapeau à la main, pour lui soutirer des informations. Il savait parfaitement comment elle allait le recevoir.

On déverrouilla la porte, à grand bruit. Un gardien la fit entrer. Abel ne leva pas les yeux, mais il sentit son regard quand elle le reconnut, et l'air chaud et confiné de la pièce se glaça. Elle ne cracha pas, ne hurla pas. Elle se tourna vers le gardien et déclara calmement :

— Bon Dieu, ramenez-moi dans ma cellule.

— On se calme, rétorqua le gardien d'une voix de basse qui fit vibrer toute la pièce.

Il remplissait presque tout l'encadrement de la porte.

— Je ne veux pas le voir. Ramenez-moi.

— C'est un flic. Alors pose ton cul et écoute ce qu'il a à dire.

Nicole contourna la table de bois et se laissa tomber sur une chaise. Elle contempla Abel comme si c'était une araignée, en grattant de l'ongle les rainures dans le bois. Il ne levait pas les yeux de son café. Le gardien ferma la porte derrière lui. La pièce était absolument silencieuse. Ils restèrent là sans dire un mot pendant trois bonnes minutes. Le mépris de Nicole était presque tangible. Immobile, Teitscher se laissait engloutir, en regrettant de ne pouvoir s'en aller.

— Tu as vraiment une sale tête, dit-elle enfin. Dis-moi que tu es en train de crever.

Les yeux d'Abel quittèrent le gobelet de café fumant et se posèrent sur elle. Nicole n'était plus la jeune inspectrice qu'il avait connue.

— Ça te va bien de dire ça.

— J'ai appris que tu avais divorcé. Que tu avais trouvé ta femme en train de se faire limer par un étalon.

— Exact.

— Qu'est-ce que tu fais, maintenant ? Tu restes sur ton vieux canapé, à contempler tes poissons toute la nuit ?

Abel était furieux, car elle avait raison.

— Je cours.

— Ah ouais ? Tu as beaucoup de choses à fuir, Abel. Une sacrée palanquée de choses à fuir. On dit aussi que tu es lessivé, comme lieutenant. Qu'ils te détestent tellement qu'on a dû rappeler Stride, sans quoi tout le monde aurait foutu le camp.

Abel haussa les épaules.

— Tu as fini ?

— Je commence à peine.

— Tu peux t'en prendre à moi autant que tu veux. Mais ce n'est pas à cause de moi que tu es là. Tu as déconné, Nicole. Je ne pouvais pas t'aider.

— Oh si, mais ton aide était plutôt merdique. Tu m'as aidée à en prendre pour vingt ans. Mon fils a grandi sans sa mère.

— Ce n'est pas moi qui ai tué ces gens, c'est toi.

— Tu sais parfaitement que ce n'est pas vrai.

Abel secoua la tête. Toujours la même chanson.

— S'il te plaît…

— Arrête de secouer la tête comme un con en me regardant. C'est quand même toi qui as tripatouillé la scène de crime pour me faire porter le chapeau.

— Tu n'as toujours rien trouvé de mieux ? Répéter que je t'ai piégée ? J'espérais qu'au bout de six ans tu aurais réussi à imaginer une autre histoire…

— Va te faire foutre. Je me tire.

Nicole se leva et cogna à la porte. Le visage carré du gardien apparut derrière la vitre. Ignorant Nicole, il jeta un regard interrogateur à Abel, qui secoua la tête. La porte resta fermée.

Furieuse, Nicole jura. Elle se laissa retomber sur son siège, croisa les bras.

— Bon Dieu, qu'est-ce que tu veux ? Qu'est-ce que tu fais ici ?

— Je suis venu parce que Stride m'a demandé de te parler.

— Ah ouais ? À quel sujet ?

— L'affaire de la fille d'Enger Park.

Surprise, Nicole leva la tête.

— Quoi ?

— Tu as très bien compris.

— Tu veux que je t'aide pour une enquête ? Tu te fous de moi ?

— Je veux savoir si tu avais trouvé quelque chose quand tu as repris l'affaire. Il n'y a rien dans le dossier.

— Oui… eh bien, la paperasse, ça n'a jamais été mon truc.

— Pendant ce temps-là, le dossier prend la poussière dans mon bureau.

— Personne ne m'a interrogée. En six ans, on ne m'a jamais rien demandé. J'avais une bonne piste.

Nicole feignait toujours d'être un superflic. La plupart du temps, ses pistes étaient des culs-de-sac.

— Je te le demande, maintenant, dit-il à contrecœur.

— Mais pourquoi je te dirais quoi que ce soit aujourd'hui ? Fais ton enquête. Je ne suis plus vraiment dans le coup.

— Une autre femme a été assassinée et jetée dans le lac, lui dit Abel.

Nicole ne disait rien. Ses jambes remuaient nerveusement sous la table.

— Le même modus operandi ? lâcha-t-elle enfin. Décapitation, mains coupées ?

Abel hocha la tête.

— Putain… Encore une gosse ?

— Non, celle-ci est plus âgée. Nous pensons qu'elle s'appelait Helen Danning. Ça te dit quelque chose ?

Nicole secoua la tête.

— Non.

— Quelle était ta piste ?

— Tu penses que le coupable est le même ? Après toutes ces années ?

— Peut-être. Ou peut-être est-ce un imitateur. Nous essayons en tout cas d'établir s'il existe des liens entre les deux meurtres. Si tu sais quelque chose, cela nous serait vraiment utile.

Il prononça la dernière phrase le plus vite possible, avant que les mots ne l'étouffent.

— Pourquoi c'est toi que Stride m'a envoyé ?

— Ce n'était pas mon idée, sois-en sûre, reconnut Abel.

— Alors ? Tu es la vestale que Stride m'offre en sacrifice ? Donne-moi une chance de te mettre en boîte, en échange je te dirai ce que je sais ?

— Quelque chose comme ça. Techniquement, c'est moi qui m'occupe de cette affaire, maintenant.

— Techniquement, ça veut dire que tu t'en bats les couilles.

— Ouais, tu as raison. Je n'ai pas de temps à perdre avec des affaires qui ne mènent nulle part. Des tonnes de nouveaux dossiers atterrissent chaque jour sur mon bureau.

— Des affaires dont les victimes sont des Blancs, tu veux dire.

— Arrête avec ça. J'ai déjà donné. Tu as convaincu Guppo que j'étais raciste, mais tu sais très bien que ce n'est pas vrai.

— Ouais, c'est pour ça que tu n'as pas été surpris quand ta partenaire noire a été arrêtée pour meurtre.

— Écoute… je ne t'ai pas laissée tomber parce que tu es noire. Mais parce que tu étais coupable.

— Pour toi, c'était la même chose, Abel. Bon Dieu, c'était la même chose !

— Tu as l'intention de m'aider ? Ou est-ce que je perds mon temps, ici ?

— Qu'est-ce qui te fait croire que je me souviens de quelque chose, au bout de six ans ?

C'était ce qu'Abel avait dit à Stride. Mais en la regardant dans les yeux, il sut qu'elle se rappelait absolument tout. Quelque part, au plus profond d'elle-même, elle était toujours flic.

— Parce que tu as un môme, dit-il. Et tu ne voudrais pas qu'il finisse comme cette fille, dans le parc.

La colère de Nicole s'évanouit instantanément.

— Ouais.

— Comment va ton fils ? demanda Abel.

— Il est loin. Il est loin d'ici, et c'est très bien pour lui. Il est à l'université, dans le Sud.

— C'est bien.

Nicole contempla ses mains calleuses, comme si elles appartenaient à quelqu'un d'autre.

— Aerosmith, dit-elle. C'était ça, ma piste.

— Quoi ?

— La fille d'Enger Park avait des tatouages hard rock, tu te rappelles ?

— Stride et Maggie ont suivi cette piste. Ils ont parlé à des musiciens des groupes. Ça n'a mené nulle part.

Nicole sourit.

— Oui, mais c'était avant Internet, OK ? Avant les forums de discussion. J'ai passé des heures à bavarder avec des fans de groupes sur les forums. Bon Jovi, Barenaked Ladies, Aerosmith… Je me disais que si la fille était une fan, quelqu'un se souviendrait peut-être d'elle…

— Autant chercher une aiguille dans une botte de foin. Les adolescentes vont et viennent sans cesse autour des groupes.

— Ouais. Mais je n'étais pas vraiment débordée, tu vois ?

— Qu'est-ce que tu as trouvé ?

Nicole se pencha en avant. Elle était de nouveau excitée, comme si elle avait oublié où elle se trouvait.

— Une fille de Chicago m'a parlé d'une jeune Noire qu'elle avait rencontrée lors d'une série de concerts d'Aerosmith pendant leur Nine Lives Tour, durant l'été 1997. La jeune Noire s'appelait Teena.

— Comment s'appelait la fille de Chicago ?

— Elle ne m'a jamais dit son nom. Quand j'ai mentionné que j'étais flic et que j'enquêtais sur un meurtre, elle a flippé, elle s'est déconnectée et je ne l'ai plus jamais retrouvée.

— Alors ?

— Alors elle m'avait dit qu'elle était censée revoir Teena au concert d'Aerosmith à Chicago, mais qu'elle n'est jamais venue.

Abel fronça les sourcils.

— Ce n'est pas exactement une piste brûlante…

— Non, mais écoute la suite. Cette fille a vu Teena pour la dernière fois à un concert du groupe à Kansas City, le 26 août 1997. Elle l'a vue monter en voiture avec un Blanc, plus âgé qu'elle. Elle ne l'a plus jamais revue.

— Le 26 août ? répéta Abel.

Il voyait le lien, maintenant.

— Exactement. Deux jours avant que nous trouvions la fille d'Enger Park. Ce n'est peut-être rien du tout, mais c'est foutrement plus que tout ce que nous avions jusque-là. J'avais l'intention de descendre à Kansas

City pour consulter les archives des ventes de billets, voir si je trouvais une Teena, ou quelqu'un qui vienne de Duluth ou de la région. Je pouvais aussi remonter la piste des gens qui avaient assisté à ce concert, pour le cas où quelqu'un aurait pu me parler de la fille ou du type avec qui elle était partie.

— Un sacré travail sur le terrain.

— Ouais… Comme je t'ai dit, j'avais le temps, et je devais prouver un certain nombre de choses à pas mal de gens.

Abel se balança sur sa chaise.

— Alors, pourquoi as-tu laissé tomber ?

Nicole se renfrogna, et fit un geste vers les murs qui les entouraient.

— J'ai changé d'affectation, tu vois…

— Pardon.

— Je te le dis, en tout cas : je crois que la fille d'Enger Park, c'était cette Teena. Un type l'a ramassée au concert, l'a violée et assassinée, puis l'a abandonnée à Duluth.

— Dommage que tu n'aies pas dit cela à quelqu'un, à l'époque.

— Je te répète que j'avais mes propres problèmes.

— Je ne suis pas sûr que tout cela ait un rapport avec le meurtre de Helen Danning…

— Peut-être était-elle aussi fan d'Aerosmith.

Abel secoua la tête.

— Cette femme était placeuse dans un théâtre qui programme des comédies musicales de Broadway. Elle n'avait rien d'une fan de hard rock.

— Écoute, il n'y a peut-être aucun lien. Mais fais-moi plaisir : ne laisse pas tomber. Il est peut-être encore possible de trouver quelque chose à Kansas

City. Ou alors tu pourrais retrouver la trace de cette fille, à Chicago…

— Ouais, fit Abel. Je passe beaucoup de temps dans les forums des fans de heavy metal. Je m'y sens comme chez moi.

— Ces fans sont tenaces. Si elle suivait Aerosmith en 1997, elle les suit encore.

— Comment as-tu retrouvé cette fille, il y a six ans ?

— J'en ai parlé à mon psy, dit Nicole.

Abel la regarda.

— Quoi ?

— Tu connais Tony Wells, hein ? C'est le plus grand fan vivant d'Aerosmith. Il m'a donné une liste de sites Internet. C'est ce qui m'a permis de retrouver la fille.

— Tu voyais Tony… dit Abel.

— Oui, et alors ? J'étais mal dans ma peau. Tu le sais.

Ce n'était probablement rien. Abel le savait. Rien du tout. Tony Wells voyait la moitié des inspecteurs de la ville. C'était son boulot.

Sauf qu'il savait que ce n'était pas rien. Abel était un homme qui ne croyait qu'à ce qu'il pouvait voir, toucher et sentir. Il se trouvait soudain obligé de se remettre en question. Il voyait le tableau général. Il contempla Nicole, ressentit un remords sans fond.

— Tony savait pourquoi tu avais besoin de cette information ?

— Non, pas au début. Je le lui ai dit plus tard, quand j'ai trouvé la piste Teena.

— Qu'est-ce que tu lui as dit, exactement ?

Nicole contempla son visage couvert de rides, d'un regard curieux et dur.

— Exactement ce que je t'ai dit. Que je pensais avoir trouvé quelque chose à propos de l'affaire Enger Park. Il était consultant, pour nous, sur ce cas précis. C'est lui qui avait établi le profil.

— Oui, dit Abel. Je me rappelle.

— Lieutenant, vous devriez voir ça ! s'exclama Guppo.

Stride fit sauter la capsule d'une canette de Coca.

— J'arrive.

Ils se trouvaient au sous-sol de l'hôtel de ville. Il était sept heures du soir. La moitié des néons étaient éteints. Guppo se trouvait dans un box minuscule, avec trois ordinateurs allumés devant lui. Le premier était le modèle classique employé par l'administration. Il appartenait au bureau des inspecteurs. Les deux autres étaient les appareils qu'on avait saisis chez Eric et à son bureau.

Stride se plaça à l'entrée du box, les yeux fixés sur Guppo dont l'arrière-train débordait de son petit fauteuil à roulettes. Il n'alla pas plus près : Guppo mangeait des chips salsa-guacamole – une des armes mortelles de son arsenal.

— Vous avez trouvé quelque chose ? demanda Stride.

— Un peu, oui !

Stride se frotta les yeux et regarda les gros doigts de Guppo courir sur le clavier dernier cri qu'ils avaient saisi au siège de la firme d'Eric. L'odeur de moisi du sous-sol lui piquait les narines. Il se sentait étrangement chez lui, parmi les ombres du soir.

— Je cherchais La Dame En Moi, lui dit Guppo. C'était plus ou moins un cul-de-sac. Elle a vidé son blog, et je n'ai pas trouvé les pages cachées qui auraient pu nous apprendre quelque chose. Mais le tatouage m'a donné une idée. Je suis revenu à la liste des sites qu'Eric avait visités, et j'ai cherché l'acronyme LDEM…

— Et alors ?

— Et alors voilà ! fit Guppo.

Il cliqua sur le nom d'un blog et agrandit la page à la taille de l'écran.

— C'est le site de Helen ? demanda Stride.

Guppo secoua la tête en engouffrant une poignée de chips.

— C'est un site de rencontre pour des victimes de viol dans le Midwest. Il faut un mot de passe pour y accéder.

— Comment avez-vous fait ?

— J'ai trouvé le mot de passe d'Eric, dit Guppo.

— Et comment était-il entré ?

— Il s'était inscrit comme membre. Les parents des victimes peuvent adhérer au forum. Son pseudo était Nageur. Là aussi, pas très difficile à deviner.

— Qu'avez-vous trouvé ?

— Un texte, écrit il y a dix-huit mois. Une étudiante a été violée, à l'université du Minnesota, et elle en a parlé en ligne. Une femme est intervenue en réponse, et a raconté son histoire, qui datait du début des années 1990.

— LDEM ?

Guppo acquiesça.

— Ouais. Helen Danning.

— Qu'est-ce qu'elle a dit ? demanda Stride.

— Voyez vous-même…

Stride s'approcha tout près de Guppo. L'haleine de l'inspecteur fleurait l'oignon et le poivron. Stride lut le billet qui s'affichait sur l'écran :

Le même incident, rendez-vous et viol, m'est arrivé à l'université, au début des années 1990. Je suis sortie avec un élève de troisième cycle, et j'avais beaucoup trop bu. Je n'avais pas l'impression d'avoir tant bu, sur le moment, et il m'a fallu beaucoup, beaucoup de temps avant de réaliser qu'il avait probablement mis quelque chose dans mon verre. Les filles, il faut *vraiment* faire attention à ce genre de saloperie. Il y a de vrais *prédateurs* en liberté. Ce type allait *me tuer*, mais grâce au ciel un garde de la sécurité nous a trouvés, dans le parc. La police m'a dit que c'était ma faute (! ! ! !) parce que j'avais bu de l'alcool. Ils n'ont même jamais inculpé cet animal.

LDEM

— Pour le calendrier, ça colle, fit Stride, mais Eric ne disposait certainement pas d'assez d'éléments pour faire le lien.

— Il y a autre chose, continua Guppo. Ce n'est que le début de la discussion. Helen raconte qu'elle a laissé tomber ses études. Elle parle de ses petits boulots sans avenir. Elle n'a jamais surmonté cela. L'autre fille lui demande si elle a pensé à consulter quelqu'un. Et là, regardez bien…

À l'aide de sa souris, il sauta plusieurs entrées, recula pour permettre à Stride de lire.

Consulter quelqu'un ? Ouais, pourquoi pas. Le plus incroyable, c'est que le fumier qui m'a fait ça, il s'occupe justement de conseiller des victimes de viol ! Il est psy ou je ne sais quoi, à Duluth !

LDEM

— Oh, merde… murmura Stride. Abel avait raison, à propos de Tony. À l'époque, c'est lui qui nous conseillait, en matière de pathologie sexuelle.

— Un véritable expert, c'est sûr, fit Guppo d'un ton amer.

— On peut prouver qu'Eric a vu ça ?

— Oh, ça oui, il l'a vu ! fit Guppo en cliquant sur un autre message.

LDEM,

Je pense que ce type a recommencé. Je crois qu'il a violé ma femme. Comment s'appelle-t-il ?

Nageur

— Fais voir la réponse, dit Stride.

Guppo secoua la tête.

— Il n'y a pas de réponse. LDEM n'a plus jamais rien écrit.

— Alors Eric est parti à sa recherche… fit Stride.

C'était à ce moment-là, il le savait, que tous les dominos avaient commencé à tomber, les uns après les autres.

64

Tony n'avait pas changé.

Maggie ne l'avait pas vu depuis presque deux mois, mais il n'avait rien changé à ses habitudes. Quand elle arriva, il était comme toujours assis dans son fauteuil en cuir, la tête penchée sur ses notes, son double menton gonflé sous sa barbe comme la gorge d'un poisson-lune. Il avait toujours sa grande tasse noire à la main et un stylo en argent dans l'autre, qu'il faisait rouler nerveusement entre ses doigts. Ses paupières tombaient comme celles d'un chien endormi, et les seuls éléments mobiles de son visage étaient ses sourcils bien taillés. Il était si prévisible et si terne qu'il semblait n'avoir aucune personnalité. C'était un voyeur. Un voyeur dissimulé derrière un masque qui ne laissait rien transparaître.

Sauf pour Aerosmith.

C'était le seul indice qu'elle ait jamais eu sur ce que Tony était vraiment. Il écoutait toujours du heavy metal quand elle arrivait, et ils commençaient immanquablement l'heure par quelques minutes de conversation sur la musique et les groupes. Parfois Mötley Crüe. Parfois Guns N'Roses. Surtout Aerosmith. Elle savait que c'était une manière de l'aider à se détendre, pour qu'elle puisse évoquer les monstres qui peuplaient son cerveau.

Aujourd'hui, il passait leur dernier grand succès, « Jaded », et quelque chose dans la chanson la rendit mélancolique. Il était question de l'enfant d'hier. Des choses perdues qui ne reviendraient jamais.

Il coupa la chanson alors qu'elle s'installait sur le canapé, et un silence pesant s'installa. Il faisait nuit, la baie vitrée donnant sur le bois, derrière Tony, était comme un miroir noir. Le cabinet évoquait le bout du monde, et là où le tapis s'arrêtait, au pied des vitres, il semblait qu'on aurait pu tomber et disparaître, attiré au fond d'un trou noir.

Maggie se tortilla pour s'installer plus confortablement. Ses pieds se balançaient au-dessus du sol, ce qui lui donnait toujours l'impression d'être une adolescente. Tony ne levait pas les yeux. Il ne levait jamais les yeux avant qu'elle prenne la parole. Il restait là à siroter son café, agitant parfois sa tasse comme si du marc reposait au fond et qu'il pouvait ainsi donner un peu plus de goût au breuvage.

— Ça fait un bail, dit Maggie.

Tony porta la tasse noire à ses lèvres et but tranquillement une gorgée.

— Oui.

Il daigna enfin la regarder, la tasse devant son visage.

— Vous avez appris ce qui s'est passé ? demanda-t-elle.

Il acquiesça, et la lueur du plafonnier dansa sur le sommet, lisse, de sa tête.

— Comment va Serena ?

— Elle s'en sortira. Mais elle va avoir besoin d'aide.

— Bien sûr.

Il ne la pressait pas, ne posait aucune question. « Comment allez-vous ? Comment vous sentez-vous ? À quoi pensez-vous ? » Ils passaient parfois de longs moments sans dire un mot. Il se contentait de l'observer, derrière sa tasse de café, et elle avait l'impression d'être un rat de laboratoire.

— J'aurais dû venir vous voir quand j'ai été violée, dit Maggie.

— Pourquoi ne l'avez-vous pas fait ?

— Je me disais que si je n'en parlais à personne je pourrais oublier plus facilement. Le refouler. Je suis très bonne pour ça.

— Mais pas assez.

— Non, admit-elle. Personne n'est assez bon pour ça, j'imagine.

— J'ai appris que vous aviez arrêté le violeur.

— Oui.

— Cela vous soulage ? demanda-t-il.

— C'est ce que je croyais. Mais pour parler franchement, non. Pas vraiment. Attention, je suis heureuse que ce fils de pute soit hors d'état de nuire. Mais c'est comme éteindre le feu alors que votre maison est déjà en cendres.

— Je comprends. Maintenant, qu'allez-vous faire ?

— Que voulez-vous dire ?

— Vous ne pouvez pas changer ce qui s'est passé. C'est trop tard.

— J'espérais que je pourrais broyer du noir, me plaindre sur mon propre sort pendant quelque temps. Manger des chips. Regarder des feuilletons.

Tony ne souriait pas.

— En fait, j'envisage d'adopter un enfant.

Elle se demanda pourquoi elle lui disait cela. Les vieilles habitudes ont la vie dure.

— Ah.

— Quoi, ah ?

— Rien. Continuez.

— Vous croyez que c'est trop tôt ?

— Qu'en pensez-vous ? demanda Tony.

— J'en pense qu'il me plairait d'obtenir une réponse de temps en temps, pour tout l'argent que je vous donne.

— Comment êtes-vous arrivée à cette décision ?

— Ce n'est pas une décision. J'y réfléchis. J'ai l'impression que c'est cela qui manque à ma vie. Être mère. Toutes les horreurs que j'ai connues sont arrivées après mes fausses couches. C'est à ce moment-là que tout a commencé à se détraquer.

— Alors vous croyez que si vous avez un enfant, tout ira mieux…

— Quelque chose comme ça.

— On a l'impression que vous cherchez l'approbation ou la désapprobation.

— Oui, c'est ça.

— De ma part ? fit Tony.

— Non, pas de votre part.

Elle avait répondu trop rapidement.

— Je crois que je suis en quête de ma propre approbation.

— Et ?

— Je ne suis pas prête à me la donner.

— Pourquoi donc ?

— Je n'ai pas encore trouvé ma porte de sortie.

— Comment cela ? fit Tony en levant les sourcils.

Maggie soupira.

— Est-ce qu'il vous est arrivé d'observer une araignée sur une porte moustiquaire ? Elle trouve une brèche, une maille déchirée, et se retrouve piégée à l'intérieur. Alors elle tourne en rond, elle va et vient, inlassablement, en quête de la petite déchirure par laquelle elle est entrée. Elle peut continuer pendant des jours et des jours. La question est de savoir si elle la trouvera avant de mourir de faim.

— Quelle est votre déchirure, à vous, Maggie ?

— C'est évident, non ? Eric a été assassiné.

Tony cessa de jouer avec son stylo. Il s'immobilisa, la tasse de café à mi-chemin de son visage. Leurs regards se croisèrent.

— Bien sûr.

— Je dois découvrir qui a fait ça. Sans quoi, je ne pourrai pas passer à autre chose.

— Je croyais que le meurtrier était le violeur, le prisonnier en cavale…

Maggie secoua la tête.

— Il a un alibi.

— Personne ne croit plus que c'est vous qui avez fait le coup…

— Des tas de gens en sont persuadés. Ils ne peuvent pas le prouver, mais ce sera toujours dans l'air. Vous ne pouvez pas continuer à être flic si l'on vous soupçonne d'avoir commis un meurtre.

La lèvre supérieure de Tony disparut sous sa moustache.

— Nous savons tous les deux que les meurtres ne sont pas toujours résolus, et que personne n'en est responsable. Vous ne pouvez pas tous les assumer.

— Non, Tony, mais celui-ci, c'est ma rivière. Je dois la traverser, sans quoi je resterai où je suis jusqu'à la fin de mes jours. Quand je serai de l'autre côté, je pourrai reprendre ma vie. Sinon, c'est comme si je me noyais.

— Vous avez l'air de penser que je peux vous aider.

— Vous êtes la dernière personne à avoir vu Eric ce soir-là, dit-elle.

— Je vous ai dit tout ce que je savais.

— Faites-moi plaisir, dit Maggie. Redites-le-moi.

Tony but un peu de café dans la tasse noire et contempla le visage de Maggie.

— Eric m'a dit que quelqu'un vous avait violée. Il croyait savoir qui était le coupable. Il voulait que je lui donne des conseils pour l'aider à s'en assurer. Il voulait savoir quel genre de questions il faut poser pour déterminer si quelqu'un peut être un prédateur sexuel.

— Mais il ne vous a pas donné de nom.

— Non, fit Tony. Je ne sais pas qui il soupçonnait.

— Eric n'a pas parlé à Blue Dog, dit Maggie. Cela signifie qu'il pensait que mon agresseur était quelqu'un d'autre. Il se trompait. Le problème, c'est que je continue à croire que c'est l'homme qu'il soupçonnait qui l'a tué.

Tony fronça les sourcils.

— Si Eric se trompait, quelle raison ce type aurait-il eue de le tuer ?

— Peut-être qu'il avait autre chose à cacher.

Les mots flottaient dans l'air comme des feuilles mortes emportées par le vent, et qui n'atteignaient jamais le sol.

— On se connaît depuis longtemps, Tony, fit Maggie d'une voix douce. Ça remonte à l'affaire d'Enger Park.

— Oui, c'est vrai.

Elle se rappelait comme ils étaient jeunes, à l'époque. Ils passaient des heures ensemble – Stride, Tony, elle-même – à examiner les indices, à chercher un motif, à dresser un portrait de l'assassin. Tony était le profileur. « Vous avez affaire à un tueur en série, leur avait-il dit. Il recommencera. Un homme, sans doute marié, sans doute âgé d'une quarantaine d'années. Il a une fille adolescente. Ou bien il abuse d'elle, ou bien il fantasme là-dessus. Je ne crois pas que décapiter sa victime, ou lui couper les mains, serve à dissimuler son identité. Cela a plutôt à voir avec la colère et la culpabilité de l'assassin. Il lui faut effacer cette fille, littéralement. »

Le profil était parfaitement logique, mais il ne les avait menés nulle part.

— L'affaire d'Enger Park fait de nouveau la une, ajouta-t-elle.

— Je sais.

— Qu'est-ce que vos tripes vous disent, Tony ? Est-ce que nous devons rechercher le même meurtrier ?

— Dix ans plus tard ? Ça fait un sacré laps de temps, entre deux crimes…

— Mais cela arrive. Les tueurs en série attendent parfois très longtemps.

— Oui, fit Tony en haussant les épaules. Cela dépend s'ils trouvent une autre façon de résoudre leurs problèmes pathologiques. Quelque chose qui leur fournit le même sentiment de pouvoir, le même soulagement.

— Comment un violeur doublé d'un assassin peut-il résoudre ses problèmes pathologiques ? demanda-t-elle. Je me le suis toujours demandé.

Tony se leva. Il se dirigea vers le bar en acajou où se trouvait le percolateur. Il se servit une nouvelle tasse de café. Son ventre déformait légèrement son pull. Il fit la grimace. Le café était froid. Il se tenait devant la paroi vitrée. Maggie ne voyait que des reflets et l'obscurité, derrière lui.

— Il existe diverses façons, lui répondit-il. Cela dépend de l'individu. Le criminel doit trouver un substitut à son comportement déviant, quelque chose qui satisfasse son besoin sous-jacent de pouvoir et de contrôle. BTK, l'étrangleur de Wichita, a fini comme chef spirituel de son Église, et ce statut social a suffi apparemment à l'empêcher pendant des années de commettre de nouveaux crimes.

— Ça semble un peu trop facile.

— Non, ce n'est pas facile du tout. Il faut avoir à l'esprit que la plupart de ces assassins veulent contrôler leur violence. Ils livrent un combat mortel, permanent, entre le bien et le mal. Certains parviennent à contrôler leurs pulsions toute leur vie. D'autres échouent. Les plus heureux trouvent un moyen de tenir le monstre en cage.

— Et si l'assassin était une sorte de voyeur ? avança Maggie. Quelqu'un qui s'occuperait de viols. Qui travaillerait avec des victimes de viols, par exemple. Ce serait possible ?

Tony plissa les yeux.

— Peut-être.

— Alors ce pourrait être un flic, je suppose.

— C'est possible.

— Ou quelqu'un qui travaille avec les flics. Cela ferait l'affaire.

— Je vous l'ai dit, tout est possible.

Maggie hocha la tête.

— Vous vous rappelez Nicole Castro ?

Tony s'assit derrière son bureau. Il se pencha en arrière dans son fauteuil.

— Oui.

— J'ignorais qu'elle vous consultait, dit Maggie.

— Je reçois des tas de flics, mais je n'ai pas le droit de parler de mes patients.

— Oui, le secret médical, je sais.

Tony sirotait son café froid.

— Stride est venu me voir ce soir, reprit Maggie. Abel Teitscher est allé dans les Villes jumelles, cet après-midi. Pour parler à Nicole de l'affaire d'Enger Park.

— Ah ?

— Nicole, juste avant son arrestation, pensait être à deux doigts de résoudre l'affaire. Elle dit que vous lui avez été très utile.

— Moi ? Je ne me rappelle pas.

— Elle affirme que vous lui avez montré la bonne direction. Aerosmith. C'est drôle, hein ?

— Je ne vous suis plus.

— Eh bien, vous l'auriez aidée à trouver des sites Internet et des forums de fans d'Aerosmith et, voyez-vous, elle pense avoir trouvé qui était la fille d'Enger Park. D'après elle, il s'agirait d'une fille qui aurait rencontré un très, très mauvais garçon lors d'un concert du groupe, à Kansas City, en 1997. Quelques jours avant que nous ne trouvions son cadavre dans le parc. Nicole en déduit donc que l'assassin assistait au concert, lui aussi.

— Une vraie meule de foin pour une si petite aiguille, dit Tony.

Maggie fit la grimace.

— Oui, bien sûr. Nicole était optimiste, pourtant. Mais ce n'est pas à vous que je dois dire ça.

— Non.

Maggie pivota et plissa les yeux en regardant les diplômes accrochés au mur.

— Au fait, vous étiez étudiant à l'université du Minnesota, non ? Vous y étiez au début des années 1990 ?

— Oui. J'ai eu mon master, et j'y ai fait mon troisième cycle.

— Nous y étions sans doute plus ou moins à la même époque, mais nous ne nous sommes jamais croisés.

— L'université est une vraie ville, fit Tony.

— C'est sûr. Des milliers d'étudiants, et on n'en rencontre jamais qu'un faible pourcentage. On ignore leurs histoires. Comme Helen Danning. Elle était à l'université en même temps que nous, mais elle a laissé tomber, et elle n'a jamais repris les cours. Dommage.

— Qui est Helen Danning ? demanda Tony, impassible.

— C'est la deuxième fille d'Enger Park. Celle que nous avons trouvée hier.

Tout en se caressant la barbe, Tony ferma brièvement les yeux. Quand il les ouvrit, Maggie le fixait sans ciller. Elle avait le regard brillant et froid. Elle lui parlait sans rien dire. Elle lui disait ce qui s'était passé. Elle le défiait.

— J'ignorais qu'on avait identifié le corps, dit-il.

— La presse n'en est pas encore informée. Mais c'est bien elle. L'assassin a commis une grosse erreur. Il n'a pas vu le petit tatouage qu'elle porte à la cheville.

— Ah ?

— Quatre lettres : LDEM. Helen avait un blog. « La Dame En Moi ». C'est grâce à ce blog qu'Eric a retrouvé sa trace, jusqu'à l'Ordway, à Saint Paul.

— Eric ?

— Exactement. Juste avant d'être assassiné, Eric était allé voir Helen Danning. Elle a disparu le même jour. Nous sommes toujours en train de rassembler les fragments, mais nous pensons qu'Eric l'a retrouvée grâce à un texte qu'elle a écrit sur Internet, où elle racontait qu'elle avait été violée quand elle était à l'université.

Tony haussa les épaules.

— Pourquoi Eric aurait-il voulu lui parler de ça ?

— Oui, toute la question est là, n'est-ce pas ? Qu'est-ce qui a pu amener Eric à croire que le viol d'une certaine Helen Danning à l'université aurait un rapport avec le fait que moi, j'aie été violée quinze ans plus tard ?

— Je suis sûr que vous allez me le dire.

Maggie sortit un morceau de papier de la poche de sa veste.

— Voici un extrait du blog que Stride et moi trouvons vraiment intéressant. C'est Helen qui écrit : « Le plus incroyable, c'est que le fumier qui m'a fait ça, il s'occupe justement de conseiller des victimes de viols ! Il est psy, à Duluth ! »

Tony fixait la surface luisante de son bureau comme si c'était un miroir.

— Alors arrêtez-moi si je me trompe, Tony, poursuivit Maggie. Eric essayait de découvrir qui était l'agresseur de Tanjy et moi. Il finit par tomber sur ce site Internet pour les victimes de viols. Il lit le billet de Helen, et un signal d'alarme se déclenche parce qu'il sait que Tanjy et moi avions quelque chose en commun. Nous avions le même psy. Alors il va voir Helen Danning pour qu'elle lui confirme de qui elle parlait… Qui était ce psychiatre de Duluth qui l'avait violée quand elle était à l'université. Mais il savait ce qu'elle allait lui dire. Elle lui a dit que c'était vous, Tony. C'est la raison pour laquelle Eric est venu vous voir, le soir où il a été assassiné. Il n'est pas venu pour comprendre comment un type ordinaire peut devenir un violeur. Il ne vous a pas dit qu'il allait voir quelqu'un en sortant de chez vous. Il était là pour vous accuser, *vous*, de m'avoir violée, et d'avoir violé Tanjy.

Tony leva les yeux de son bureau.

— Le problème, avec votre petite histoire, Maggie, c'est que je ne vous ai pas violée. Ni vous ni Tanjy. Et même si Eric entretenait des soupçons aussi ridicules, pourquoi m'en serais-je inquiété ? J'étais innocent.

— Bien sûr. Ce n'est peut-être pas vous qui nous avez violées, Tanjy et moi. Mais il y a votre ADN…

— Quoi ?

— Je parle de la fille d'Enger Park. Teena. La fille que vous avez rencontrée au concert d'Aerosmith, à Kansas City. La fille que vous avez violée, assassinée et démembrée. Vous avez laissé du sperme en elle, Tony. Vous ne pensiez pas à ça, à l'époque, hein ? Mais si nous analysons votre ADN, maintenant, ça nous mènera droit à l'affaire d'Enger Park. C'est pour cela que vous avez tué Eric. Pour être sûr que ça n'arrive jamais.

— Doucement, Maggie. Je ne suis pas un amateur. Je connais les critères qu'un tribunal appliquerait pour accepter une demande d'analyse d'ADN. Ce genre de rumeurs et d'insinuations ne suffiraient pas pour constituer une « cause probable ».

Maggie pointa un index accusateur sur la main droite de Tony, qui tenait sa tasse de café.

— Mais Eric s'en foutait. Il a pris un échantillon, tout simplement. Vous savez, j'avais vraiment oublié la tasse à café. Quand je suis rentrée chez moi, la nuit où il a été tué, j'étais trop ivre. Eric m'a laissé un message sur le comptoir, dans la cuisine, et il a posé dessus une tasse noire. Je n'y ai pas du tout fait attention. Puis cet objet a disparu, et je ne m'en suis pas rendu compte. Je n'ai compris que beaucoup plus tard, en revoyant cette tasse entre vos mains. Comme si vous me défiiez de la remarquer. Eric vous l'a prise ce soir-là, hein ? Il voulait me demander, *à moi*, de faire analyser votre ADN. Alors vous deviez absolument récupérer votre tasse.

Tony se mit à rire. Une bizarrerie, venant d'un homme qui ne riait jamais. Il fixa sa tasse, secoua la tête comme si c'était la chose la plus drôle du monde, et la balança à travers la pièce. La tasse tourna sur elle-même, le café se répandit sur le tapis, y dessinant une série de taches sombres.

Tony ouvrit le tiroir central de son bureau.

— *Ne faites pas ça*, lui dit Maggie.

Elle savait ce qu'il cherchait.

Tony sortit de son tiroir un Glock noir qu'il serra entre ses doigts.

— Le moniteur, dit-elle.

Il regarda l'écran qui indiquait ce qui se passait dans sa salle d'attente. Stride était là, le revolver à la main, les yeux fixés sur la caméra – comme s'il savait que Tony le regardait en cet instant.

— La porte, ajouta Maggie.

Tony se retourna vers la porte vitrée qui donnait sur le champ de bouleaux. Abel Teitscher fixait Tony, le visage gris. Il tenait lui aussi un revolver.

— Il y en a d'autres, fit Maggie. La maison est encerclée. Vous n'allez nulle part, Tony. Alors posez ce revolver, et allons-y.

Tony tenait le Glock comme s'il en estimait le poids et la solidité au creux de sa main.

— Vous savez, Maggie, j'avais l'intention de vous tuer, vous aussi, cette nuit-là. Mais je ne l'ai pas fait.

— Non, mais vous vous êtes servi de mon arme pour tuer mon mari et me piéger, fit-elle d'un ton sec.

— Ne me dites pas que c'était une grosse perte. Vous ne l'aimiez pas.

— Espèce de salaud ! Ce n'est pas le problème.

— Après avoir tué Eric, je ne pouvais pas prendre le risque de remonter à l'étage. Virer votre mari du lit conjugal vous a sauvé la vie. Plutôt ironique, non ?

— Et Nicole ? demanda Maggie. Vous l'avez piégée, elle aussi, n'est-ce pas ?

Le doigt de Tony glissa sur la détente du Glock.

— Oui. Elle a fait une séance avec moi. Elle m'a dit qu'elle remontait la piste de la fille du concert de Kansas City. J'étais abasourdi. Je savais que si elle creusait suffisamment elle finirait par tomber sur moi.

— Pourquoi ne pas l'avoir tuée, tout simplement ?

— Nicole assassinée, on se serait posé des questions. Mais si elle croupissait en prison pour meurtre, tout finirait par s'oublier. Je la connaissais. Elle ne mettait jamais rien par écrit. Elle oubliait toujours nos rendez-vous, simplement parce qu'elle n'avait pas d'agenda.

— Alors vous avez tué son mari et sa maîtresse, et vous avez semé des indices pour la faire accuser.

— Elle laissait toujours des cheveux sur ce canapé, dit Tony. En fait, ça a été très facile. Toute l'affaire est restée dans les limbes pendant des années, jusqu'au jour où Eric s'est mis à fureter un peu partout. Il délirait, m'accusant de vous avoir violée, d'avoir violé Tanjy, d'être un monstre, et d'avoir violé je ne sais qui dans le passé. Vous imaginez l'horreur ? J'avais gardé le secret pendant toutes ces années, j'avais enfermé mes démons dans une boîte. Et cet imbécile allait me montrer du doigt pour quelque chose que je n'avais pas commis.

— Qu'est-ce qui s'est passé ?

— Je suis allé chez vous et j'ai attendu que vous soyez rentrés tous les deux. Vous avez raison. Il fallait que je récupère cette tasse.

— Pourquoi m'avez-vous attendue ?

— Cette fois, expliqua Tony, il fallait que je vous tue tous les deux. Il fallait que l'attention se concentre sur vous, pas sur Eric. Mais comme je l'ai dit, vous n'étiez pas couchés ensemble. Je me suis dit que si la mise en scène avait marché avec Nicole, je pouvais recommencer.

— Et Helen Danning ?

— Dommage collatéral, fit Tony en haussant les épaules. Si quelqu'un l'avait retrouvée, j'aurais été dans le collimateur. Il fallait qu'elle disparaisse. Et vous voulez savoir ? Ça m'a procuré un sacré frisson de pouvoir le refaire. De cesser de lutter contre le désir, de me laisser aller, enfin, après toutes ces années. Comme si, en abandonnant un autre cadavre dans Enger Park, je revivais mon plus grand triomphe. Comme si je vous l'avais hurlé, à vous, à Stride et au monde entier : « Je suis de retour, je suis de retour. » J'ai dit à Serena qu'un moment vient où l'on doit regarder son passé bien en face, et décider qui l'on est vraiment. Je sais qui je suis, Maggie.

Maggie frissonna. Elle se leva.

— Allons-y, Tony.

— Non.

— Il n'y a pas d'autre issue.

Elle s'avança vers le bureau.

— Si, il y en a une. J'ai toujours su comment cela finirait. Je savais que le monstre réapparaîtrait et que je devrais l'exterminer. Je me leurrais en pensant que je pourrais tenir bon.

— Tony !

— Tout va bien, Maggie. Je suis psychiatre. Je sais comment ça marche. Vous connaissez le truc, à propos du suicide ? La vitesse. L'ennemi, c'est l'hésitation. Si vous mettez le canon d'une arme dans votre bouche et que vous y réfléchissez, vous ne le ferez pas. Des tas de gens sont venus s'allonger sur ce canapé pour me raconter ça. Le fait est que si vous n'appuyez pas sur la détente immédiatement, vous ne le ferez jamais.

— Posez ce revolver.

— Je veux que vous vous rappeliez quelque chose, Maggie…

Elle ne quittait pas l'arme des yeux. Tout son corps était immobile, aussi tendu que les câbles qui enjambent les piliers d'un pont. Elle calculait la vitesse à laquelle elle pourrait réagir, et jusqu'où elle pourrait sauter.

— Vous, les flics, comme Stride et vous, vous vous croyez capables de repérer le monstre. Vous vous imaginez que si vous regardez quelqu'un dans les yeux, vous verrez ce qu'il a dans le cœur. La vérité, c'est que vous n'avez aucun indice. Vous ne savez strictement rien. Tout le monde porte un masque.

Maggie bondit. Elle se jeta en avant avec un hurlement, les bras tendus pour se saisir du revolver. Elle ne fut pas assez rapide. Tony mit le canon du Glock dans sa bouche et pressa la détente sans la moindre hésitation. Il était mort bien avant qu'elle ait eu le temps de passer au-dessus du bureau. Elle poursuivit pourtant sa trajectoire, tomba sur Tony, et tous les deux s'effondrèrent. Les mains, la figure et les vêtements de Maggie étaient imprégnés de sang, de morceaux de chair et de fragments d'os.

Stride ouvrit la porte d'un coup de pied. Teitscher fit de même de l'autre côté. Les deux hommes se précipitèrent, l'arme levée.

— Je vais bien ! hurla Maggie.

Elle repoussa le corps de Tony pour se libérer. Puis elle se redressa, cracha par terre et s'essuya le visage du revers du bras. Elle resta au-dessus de lui, incapable de détourner le regard.

— Je vais bien.

Dix ans de sa vie s'en étaient allés avec l'homme qui gisait là. Elle savait que Stride lui parlait mais elle n'entendait pas. La détonation l'avait momentanément rendue sourde. Elle revit Eric sur le canapé, le sang coulant de sa blessure à la tête pour former une mare sur le sol, et elle continuait à ne rien ressentir. Quand elle se décida à lever les yeux, ce fut pour regarder les reflets dans la glace sombre. Dehors, dans les bois, elle crut apercevoir la fille d'Enger Park. Elle n'était plus seule, son corps n'était plus profané. Elle était bien vivante et dansait au rythme d'une chanson d'Aerosmith.

Maggie sentit que Stride passait un bras autour de ses épaules.

— Je vais bien, répéta-t-elle.

65

Abel Teitscher piqua une crevette qui flottait dans la sauce rouge, sur l'assiette en carton graisseux. La chair était caoutchouteuse, mais sa langue savourait l'aigre-doux, même avec un arrière-goût de brûlé. Il prit aussi une fourchetée de riz frit et fit passer le tout avec une gorgée de thé vert. Renversé en arrière contre le dossier raide de son vieux canapé, il regardait un banc de tétras citron se déplacer à toute vitesse autour de l'aquarium en laissant des traînées de bleu étincelant.

Sinatra chantait doucement à l'arrière-plan. *Ring a ding ding*.

C'était un lundi comme tous les lundis, mais aussi comme des tas d'autres jours. Les plats chinois. La musique de jadis. Les bulles filant sans bruit dans l'aquarium.

« Tu devrais sortir plus souvent, papa ! » lui serinait sa fille quand elle l'appelait de San Diego.

Facile à dire, quand on vit en Californie.

Mais elle avait raison. Il était seul. Le printemps était trop loin pour que la vague criminelle commence à déferler sur la ville, et il n'était pas encore obligé de passer ses soirées enfermé dans son box à l'hôtel de ville. C'était plus facile, parfois, que de rentrer chez lui.

La sonnette retentit à l'entrée. Surpris, il se retourna et jeta un coup d'œil par la fenêtre du salon. Une Ford Taurus sale qu'il ne connaissait pas était garée sous le réverbère le plus proche. Il se leva, non sans remarquer que sa chemise était froissée. Son pantalon gris flottait, car il avait perdu cinq ou six centimètres de tour de taille en un an, et il n'avait pas acheté de nouveaux vêtements. Il se contentait de serrer sa ceinture d'un cran supplémentaire.

Il ouvrit la porte.

— Salut, Abel, fit Nicole Castro.

Ils se regardèrent, debout de part et d'autre du seuil. Il se sentait un peu ridicule et se demandait s'il avait de la sauce chinoise sur les lèvres. Il s'essuya, à tout hasard.

— Salut.

— Je peux entrer ? Ne t'inquiète pas, je ne te tuerai pas.

— Très drôle.

Il lui ouvrit la porte. Nicole entra dans le salon.

Elle portait un jean, un chandail aux couleurs des Minnesota Vikings et une paire de Nike neuves. Ses cheveux gris étaient encore très courts, à la mode carcérale. Elle avait les mains dans les poches et l'air aussi mal à l'aise que lui.

— J'ai appris que tu étais sortie. J'en suis très heureux.

— Ouais. Libre comme l'air, c'est bien moi.

Elle restait au milieu de la pièce, en se mordillant la lèvre.

— Tu veux un peu de chinois ? dit-il.

— Non, merci. On dirait du vomi à la cerise, Abel.

— Ouais. Ce n'est pas terrible-terrible. Mais pour moi c'est devenu une habitude.

— Mmm…

Il frotta ses cheveux gris coupés en brosse, chercha quelque chose à dire.

— Je suis désolé, Nicole. Je ne vois pas ce que je peux te dire d'autre. Je ne t'ai pas fait confiance, et j'ai eu foutrement tort.

— En fait, je viens te présenter mes excuses.

— Quoi ? Pourquoi diable devrais-tu…

— Pour avoir cru, durant toutes ces années, que tu m'avais piégée.

— Je n'aurais jamais fait une chose pareille, dit Abel.

— Ouais, bon… maintenant je le sais. J'avais sans doute besoin d'en vouloir à quelqu'un… Tu étais la cible parfaite.

Abel s'assit sur le canapé, les mains sur les genoux.

— Je n'ai pas pris le recul. Je voyais les preuves, et je n'ai pas cherché plus loin. Les preuves disaient que tu étais coupable, alors tu l'étais. Même chose pour Maggie.

— Tu n'étais pas le seul à le penser.

— Tu veux t'asseoir ? demanda-t-il.

Nicole secoua la tête.

— Non, je ne veux pas m'attarder. Je pars vers le sud. Mon fils et ma mère sont à Knoxville. Je vais là-bas.

— Tu vas revenir dans la police ?

— Pas question. Pour moi, c'est fini. Je ne veux plus jamais envoyer quelqu'un en prison, tu vois ? J'en serais incapable. Je ne supporterais pas l'idée de me tromper. Maman a un restaurant. Je vais sans doute travailler avec elle.

— Quel genre de restau ? Chinois ?

— Elle est bonne ! fit Nicole en riant. J'avais oublié que tu pouvais être drôle.

— Oui, moi aussi.

Elle jeta un regard circulaire sur le salon, fronça les sourcils.

— Qu'est-ce que tu fais dans cette maison, Abel ? Est-ce que le moment n'est pas venu de refaire ta vie ? Ta femme est partie depuis longtemps, alors pourquoi t'incruster ?

Il fit la grimace. Elle avait raison. Son ex-femme l'avait assommé de coups bas et il était toujours là, à essayer de reprendre son souffle.

— J'ai été largué, et ça dure depuis si longtemps que j'ai découvert que j'aimais être seul.

— Eh bien, va au brunch dominical de la paroisse et trouve-toi une poule.

— Il y a quarante ans que j'ai oublié comment on fait pour sortir avec une femme, grogna Teitscher.

— Je ne parle pas de sortir. Je parle d'en chercher une.

Elle sourit. Ses dents avaient jauni. Elle avait dix ans de moins que lui, mais ils auraient pu avoir le même âge. Il se sentit responsable.

— Tu ne vas pas me croire, dit-il, mais je regrette l'époque où nous faisions équipe.

— Parce que j'étais la seule capable de supporter tes conneries.

Il hocha la tête.

— Ouais, tu as raison.

— Que dirais-tu de laisser tomber cette infecte bouffe chinoise ? On pourrait aller dîner quelque part, non ? Avant que je quitte la ville. En souvenir du bon vieux temps.

— C'est moi qui t'invite.
— Et comment !

Maggie leva la bouteille de bière importée et avala le dernier tiers, avant de la jeter sur la pile de cadavres qui s'entassaient sur le sable.
— J'aurais payé cher pour voir ça, dit-elle.
Stride et Serena levèrent la tête. La lueur orange du feu colora leurs visages.
— Quoi ? demanda Stride.
Maggie se mit à glousser.
— J'aurais aimé voir ta tête quand ton Bronco adoré a sombré au fond du lac.
Serena se mit à rire à son tour.
— Hé, vous êtes dingues, ce n'est pas drôle ! dit Stride.
Les deux femmes riaient si fort qu'elles durent se retenir mutuellement pour ne pas tomber du tronc d'arbre où elles étaient assises.
— Tu rigoles ? fit Maggie. J'ai du mal à croire que tu n'as pas plongé pour le rattraper.
— Cette camionnette était un monument classé…
— Oh, Jonny, c'était un tas de ferraille. Il avait un million de kilomètres au compteur.
— À peine trois cent mille, se défendit Stride.
Il acheva sa bière, reprit la saucisse qui noircissait sur sa broche tandis que la graisse gouttait dans les flammes en grésillant. Il souffla dessus pour la refroidir, en avala une bouchée et soupira.
— Bon Dieu, que c'est bon !
C'était le milieu de la nuit. Ils étaient tous les trois depuis des heures sur la plage derrière la maison de Stride, alimentant le feu, contemplant les étoiles et écoutant le bruit des vagues sur le sable, à quelques

mètres de là. Cette nuit de mars était douce. Il restait encore des plaques de neige sur la plage, mais le plus gros de l'hiver était passé, et le gris du ciel avait cédé devant le retour d'un beau bleu marine. La douceur de l'air avait le goût du printemps. C'était l'époque de l'année où les habitants du nord du Minnesota savaient qu'ils n'étaient pas à l'abri d'un dernier coup de gel descendant de l'Arrowhead, mais aussi que le temps travaillait pour eux.

— Je ne t'ai pas encore montré mon nouveau tour, dit Serena à Maggie.

— Vas-y.

Serena inspira lentement par le nez, gonflant la poitrine jusqu'à ce que ses poumons soient pleins d'air. Pendant des semaines, elle avait été incapable d'inspirer à fond sans tousser. Elle tenait maintenant quinze, puis trente, puis quarante-cinq secondes.

— C'est génial, ma chérie ! fit Maggie. Comment vont tes jambes ?

Avant de répondre, Serena chercha le regard de Stride. C'était un terrain sensible. Il avait tellement l'habitude de penser à Serena comme à une dure à cuire qu'il était déboussolé en la voyant éclater en sanglots lorsqu'elle pensait à son apparence. Il lui avait répété cent fois qu'elle devait être patiente. Que cela n'avait aucune importance à ses yeux. En pure perte. Car ça lui importait, à elle.

— Oh, je ne pourrai pas me montrer en maillot de bain cet été, fit Serena d'une voix tendue.

Stride se dit que la glace très mince qui la soutenait pouvait de nouveau céder. Mais Serena respira de nouveau à fond.

— Ça va mieux. Depuis la dernière opération, ça tire un peu quand je marche, mais ça ne durera que quelques jours. Je n'ai plus l'impression d'avoir une peau de crocodile.

La veille, elle s'était attardée devant un miroir. Pour la première fois depuis longtemps.

— Et toi ?

— Oh, ne t'en fais pas pour moi, fit Maggie en levant les bras au-dessus de sa tête. C'est le printemps. Ma saison préférée. Le lac fond, les fleuves fondent, les cadavres commencent à dériver vers le rivage. Je me sens comme une adolescente. De retour à l'époque où je lisais *L'Attrape-cœurs*.

— Tu es simplement heureuse d'être de retour, dit Stride. Et tu es saoule.

— Exact. Je suis un peu saoule, j'ai retrouvé mon boulot, et je suis assez riche pour vous acheter et vous revendre tous les deux, alors vous avez intérêt à être sympas.

— Avons-nous intérêt à savoir combien tu as d'argent, maintenant ? demanda Serena.

— Non. Vraiment pas. Mais ne vous plaignez pas, c'est moi qui ai apporté les saucisses.

— Ouais, mais moi j'ai acheté la bière, dit Stride. Et tu es en train de boire ta cinquième.

Maggie rit de nouveau, d'un rire heureux porté par l'ivresse, un rire qui oubliait tout le reste.

— À propos de dégel… commença doucement Stride.

Il était saoul, lui aussi, mais quand il était saoul il avait tendance à broyer du noir. Toute la journée, il avait ressassé mentalement la mauvaise nouvelle, et maintenant cela sortait en bouillonnant. Il ne pouvait pas s'évader totalement. C'était comme la vie sur la Pointe, près du lac. Il y avait les doux vents printaniers, les longues et radieuses journées d'été, toute la palette d'aquarelle des feuilles d'automne, et aussi les matins d'hiver, où la moindre brindille sur les arbres dénudés était emprisonnée dans une gangue de glace argentée. Chaque instant qui passait était magnifique et fugitif, mais le lac était toujours là – le lac qui prenait les vies et ne les rendait jamais, tel le linceul enveloppé de brouillard du mal qui attendait derrière vous. Qu'on ne pouvait distancer.

Serena, qui ne buvait que de l'eau minérale, sentit la tristesse dans sa voix.

— Qu'est-ce qui s'est passé ?

— Tony a laissé une carte de visite, dit-il.

— Oh, merde, murmura Maggie. Qu'est-ce qu'il a fait ?

— La police de Hassman m'a appelé, dit Stride. Quand la neige a fondu, cette semaine, ils ont trouvé le cadavre d'une femme sur le bord de l'autoroute.

Maggie et Serena absorbèrent la nouvelle en silence. Le vent en rafales faisait frissonner la surface de l'eau.

— Ils savent qui c'est ? demanda enfin Serena.

— Oui. Une certaine Evelyn Kozlak. Elle avait disparu depuis plusieurs semaines de Little Falls. C'était la meilleure amie de Helen Danning, et sa colocataire à l'université. C'est par son intermédiaire que Tony a retrouvé Helen. Il les connaissait toutes les deux depuis l'université.

— Merde, répéta Maggie. Vous savez ce qui ne va pas ? Je l'aimais bien. J'ai vraiment du mal à oublier ça.

— Moi aussi, dit Serena. Il nous a aidées, toutes les deux.

— Vous vous êtes aidées toutes seules, leur dit Stride. Tony se trouvait dans la pièce, c'est tout.

— Ce qui est arrivé à Helen me fait mal au cœur, dit Maggie. Elle n'avait rien à voir avec tout cela. Elle voulait simplement vivre sa vie, et qu'on lui fiche la paix. Au lieu de quoi, elle et son amie ont été aspirées dans un ouragan. Je trouve ça épouvantable.

— Nous ne faisons pas un travail préventif, lui dit Stride. Nous sommes là pour faire le ménage.

Maggie se leva et brossa le sable sur son pantalon.

— Sur cette note joyeuse, les amis, je vais rentrer chez moi et dormir quelques heures.

— Tu ne devrais pas conduire, lui dit Serena. Dors dans la chambre d'amis.

— Merci, mais je l'ai fait trop souvent, ces derniers temps. J'ai un chez-moi, tu sais. Du moins jusqu'à ce que je vende ce mausolée puant pour acheter quelque chose à moi. En outre, je ne suis pas aussi bourrée que j'en ai l'air. Parler de cadavres m'a dessaoulée. Ne vous inquiétez pas, je roulerai lentement.

— Je t'accompagne à ta voiture, dit Stride.

Dès qu'ils s'éloignèrent du feu, Stride sentit les derniers vestiges de l'hiver s'immiscer sous ses vêtements. Maggie semblait peu affectée par le froid. Elle jeta sa veste de cuir rouge sur son épaule. Deux boutons de son chemisier rose étaient ouverts. Stride alluma sa torche pour la guider le long du sentier. Ils dépassèrent la maison, puis la vieille Ford noire couverte de poussière qui se trouvait dans l'allée, et sortirent sur Minnesota Avenue. La route qui traversait la Pointe était déserte. Le 4 × 4 tout neuf de Maggie, étincelant, d'un jaune agressif, était garé le long du trottoir.

— C'est bon que tu sois de retour, Mags, dit-il.

Ils s'appuyèrent contre la voiture. Les doigts de Stride le démangeaient, il lui fallait une cigarette. Il avait de nouveau arrêté de fumer, cette fois pour de bon, espérait-il. Depuis l'incendie, Serena était allergique à l'odeur de la fumée.

— Merci.

— Tu n'as plus besoin du salaire. Pourquoi reprendre ce boulot ?

Maggie haussa les épaules.

— C'est ce que je sais faire.

— Tu as pris une décision, à propos d'une adoption ?

— J'y réfléchis. Je dois d'abord recoller les morceaux de ma propre vie. Après, nous verrons. Chaque chose en son temps.

— Le gosse aurait de la chance, dit Stride.

Maggie se dressa sur la pointe des pieds, passa les doigts dans les cheveux ondulés de Stride et l'attira vers elle. Elle l'embrassa. Il sentit la douceur de ses lèvres sur les siennes. Il passa les bras autour d'elle et la serra contre lui. Le baiser dura longtemps. Un baiser profond. Le genre de baiser qu'il n'aurait jamais cru pouvoir échanger un jour avec elle.

Elle s'écarta en souriant.

— Sans vouloir te vexer, j'ai décidé de ne plus être amoureuse de toi.

— D'accord.

Comme si c'était aussi facile.

— J'ai autre chose à faire de ma vie, et tu aimes Serena. Mais c'était bon de savoir que je te plaisais, pendant un instant.

Elle lui adressa un de ces regards sarcastiques, arrogants et exaspérants qu'elle lui avait adressés pendant dix ans.

— Ça t'a plu, hein ?

— Ouais, c'est vrai, dit-il à son propre étonnement.

— Laisse-les en état de manque, c'est ma devise.

— Va-t'en.

— À demain, boss.

Maggie fit sauter ses clés et se dirigea tranquillement vers la portière du 4 × 4. Stride l'entendit siffler. Il resta longtemps immobile. Il sentait toujours le contact de ses lèvres, il sentait son parfum, et il était désorienté. Il redescendit le chemin neigeux qui menait au lac et s'assit devant le feu, près de Serena. Il resta silencieux. Il se sentait coupable.

Serena le regarda, réprima un sourire et fixa ostensiblement le lac.

— Elle t'a embrassé, hein ?

— Tu lis dans les pensées ?

— Non, mais ça, ce n'est pas ton rouge à lèvres habituel.

Stride jura et s'essuya le visage.

— Désolé.

— Pas de problème.

Ils regardèrent les flammes danser dans l'âtre. Les branches de pin noueux craquaient et projetaient des étincelles.

— Soyons clairs, ajouta Serena. Si vous remettez ça, je serai obligée de vous tuer. Tous les deux.

— Ne t'inquiète. Ma fille alpha, c'est toi.

— J'aime mieux ça.

Serena se glissa de côté, sur le sable, et s'installa de telle sorte que leurs jambes se touchent. Il posa doucement la main sur sa cuisse et la caressa à travers l'étoffe de son survêtement, le plus légèrement possible. Elle ne l'arrêta pas. Son corps ne se crispa pas sous la douleur, son esprit ne se détourna pas de lui. Il vit qu'elle souriait, les yeux fermés.

— Ça va ?

— Parfaitement, répondit-elle.

Ils restèrent là, en silence, tandis que le feu s'éteignait peu à peu. Quand il ne resta plus sur le sable qu'un léger rougeoiement, ils l'ensevelirent sous la neige et remontèrent la côte herbeuse pour rentrer chez eux.

Remerciements

La plus grande partie de ce roman a été conçue dans une maison que j'avais louée sur Park Point, à Duluth. C'est là que j'ai effectué mes recherches. Une maison qui présente des similitudes assez troublantes avec celle de Stride et Serena. Chacun peut y séjourner, ou simplement s'en rendre compte en surfant sur le site Internet www.cottageonthe-point.com. Un grand merci à Pat Burns, pour son hospitalité.

Comme dans le passé, je dois beaucoup à quelques personnes qui ont fait énormément pour me permettre de progresser et m'ont aidé, année après année, à transformer un manuscrit en roman : mes agents, Ali Gunn, Deborah Schneider et Diana Mackay ; mes éditrices, Jennifer Weis et Marion Donaldson ; et ma femme, Marcia (à qui je dois tant d'autres choses, par ailleurs).

Je m'en voudrais de ne pas mentionner d'autres personnes, dans le monde de l'édition, qui ont été de formidables amis et soutiens : Peter Newsom, Kim McArthur, Beth Goehring, Carole Baron, Markus Wilhelm, Sally Richardson, Gary Jansen, Silvia Sese, Iris Graedler, Matthew Shear, Carrie Hamilton-Jones, Kate Cooper, Carol Jackson, Gunilla Sondell, Genevieve Waldmann, Frank Van de Stadt, et une foule d'éditeurs et de responsables de publication, aux États-Unis et dans le monde entier.

Depuis trois ans, j'entretiens des relations suivies avec de très nombreux libraires et lecteurs. Merci à tous pour leur enthousiasme et leur soutien. Un remerciement particulier à Gail E., Eric S., Paul P., Shelly G., Jean N., Ron F., Bonnie B., Mike O. et Jim H.

Pour finir, j'espère que vous continuerez à surfer son mon site, www.bfreemanbooks.com, et à m'écrire à l'adresse brian@freemanbooks.com. Un des plus grands plaisirs de ma vie d'écrivain est de bavarder avec mes lecteurs.

Merci, maman et papa. Sans vous, rien n'aurait été possible.

Découvrez maintenant
une nouvelle inédite de l'auteur

Un endroit glacial

BRIAN FREEMAN

UN ENDROIT GLACIAL

Traduit
par Didier Sénécal

POCKET

Jonathan Stride fut réveillé par le baiser de Cindy et par l'odeur mêlée de savon et de parfum qui émanait de sa peau lavée de frais. Les longs cheveux de sa femme penchée au-dessus de lui s'étaient répandus sur son visage. Elle se redressa en lui laissant sur la joue une trace de rouge à lèvres, qu'elle essuya avec son pouce.

— Il est 7 heures, dit-elle.

La fraîcheur matinale qui régnait dans la chambre aida Stride à émerger du sommeil. Lorsqu'il voulut attraper les hanches de Cindy pour l'attirer dans le lit, elle esquiva habilement.

— Pas touche ! plaisanta-t-elle. Les lève-tôt ont droit au sexe, les lève-tard à un baiser et à un café. Fais-toi une raison.

— Le café a intérêt à être bon, marmonna-t-il.

Cindy lui adressa un clin d'œil et pivota sur les talons, pleine d'énergie. Le regard de Stride s'attarda sur sa silhouette très fine, sur son T-shirt et sa petite culotte, sur ses cheveux humides qui avaient besoin d'un bon coup de brosse. Elle glissait sur le plancher dans des mules molletonnées beaucoup trop grandes pour elle. Sa femme était du matin. Pas lui.

Il se leva, et l'eau brûlante de la douche le ressuscita. Il resta sous le jet pendant qu'il se rasait, puis entrouvrit la fenêtre de la salle de bains afin de profiter de la morsure du vent en cette fin d'automne. Une fois habillé, il rejoignit la petite cuisine et se versa du café. Debout sous la véranda, Cindy regardait les gouttes de neige fondue qui formaient des traînées sur les vitres. Dehors il faisait encore nuit. Sur le lac, les vagues se brisaient avec un bruit de tonnerre.

Il s'approcha d'elle par-derrière et l'enlaça. Elle avait enfilé un jean et peigné ses cheveux raides et soyeux. Il écarta quelques mèches pour lui embrasser la nuque.

— Bien essayé ! dit-elle. Mais je pars donner mon cours dans cinq minutes.

Ella chaussa une paire de tennis et s'assit sur la chaise longue pour nouer ses lacets.

— Et toi ? La petite nouvelle s'en sort bien ? Maggie, c'est bien ça ?

— Elle est intelligente, répondit Stride en sirotant son café. Rien ne lui échappe.

— Mais ?

— Il y a toujours une période de rodage avec un nouveau partenaire.

— Elle n'est là que depuis quelques semaines.

— Exactement. Il faut que nous apprenions à nous connaître.

— Elle n'est pas un peu trop jeune ?

— Elle est jeune, mais je le savais quand je l'ai recrutée. Ce n'est pas important. Cette gamine est déjà une meilleure inspectrice que bien des types avec dix ans d'expérience.

— Et mignonne avec ça, dit Cindy. J'aime bien sa coupe au bol et son petit nez. Il ne lui manque qu'un peu de maquillage pour être drôlement sexy.

— Je n'avais pas remarqué.

— Mais oui, bien sûr… répliqua Cindy en riant.

— J'espère simplement qu'elle va finir par se dégeler. Elle est affreusement coincée. Quand je lui raconte des blagues, elle n'esquisse même pas l'ombre d'un sourire.

— Je les connais, tes blagues ! Le problème ne vient pas de Maggie.

Lorsque Stride lui lança un regard courroucé, Cindy sourit de toutes ses dents et lui tira la langue.

— Ce n'est pas grave, continua-t-il. Au fond, elle n'a pas encore saisi l'aspect humain du métier. Pour elle, c'est une science. Il s'agit de résoudre une énigme, d'assembler un puzzle. Je ne suis pas sûr que son cerveau ait assimilé le fait que nous nous occupons de la vie des gens.

Cindy se dressa sur la pointe des pieds et tendit les bras vers le haut dans une posture de yoga.

— Laisse-lui un peu de temps. Elle est davantage chinoise qu'américaine. Elle va s'adapter.

— Je l'espère.

Elle retomba sur les talons.

— Il faut que j'y aille.

— Bon, d'accord.

Elle lui donna un dernier baiser. Après avoir entendu la porte d'entrée se refermer, il termina son café sous la véranda en regardant tomber le mélange de bruine et de neige fondue. Le soleil s'était levé de l'autre côté du lac, mais des nuages noirs empêchaient ses rayons d'éclairer la plage. Malgré sa faim de loup, il décida de s'arrêter en route pour acheter un donut et de le manger à son bureau.

Stride éteignit les lumières, déposa son mug dans l'évier de la cuisine et se dirigea vers l'entrée en faisant tournoyer son trousseau de clés autour de son index. Après avoir enfilé sa veste de cuir, il ouvrit la porte et eut la surprise de découvrir Maggie Bei qui l'attendait sur les marches. Des mèches de cheveux mouillés étaient collées sur son visage. Elle avait fourré ses mains dans les poches de son trench-coat marron, et elle portait des chaussures noires confortables.

— Bonjour, lieutenant, dit-elle en inclinant légèrement la tête.

— Salut, Mags ! répondit-il avec nonchalance tout en refermant la porte derrière lui. On ne devait pas se retrouver au bureau ?

— Si. Excusez-moi de venir chez vous.

— Mais non, voyons, vous êtes toujours la bienvenue. Cindy voudrait vous inviter à dîner un de ces jours.

— Avec plaisir.

— Alors, quoi de neuf ?

— J'ai trouvé un dossier sur mon bureau ce matin, dit-elle.

— Ce matin ? Vous êtes déjà passée au bureau ? À quelle heure prenez-vous votre service, Mags ?

— En général vers 6 heures.

— Vous n'avez pas besoin d'arriver aussi tôt.

— Je sais, mais je vous suis reconnaissante de m'avoir donné ma chance, et je veux montrer que je la mérite.

— Ne comptez pas sur moi pour vous tenir compagnie, répliqua Stride. Qu'est-ce qu'il y a dans ce dossier ?

Elle écarta les mèches trempées de ses yeux et répondit d'une voix hésitante :

— Je sais que j'aurais dû vous téléphoner plutôt que de venir ici, mais j'ai pensé qu'il valait mieux vous l'annoncer en personne.

— Que se passe-t-il ? demanda-t-il en fronçant les sourcils.

— Un agent de patrouille m'a contactée. Il a répondu à un appel venant d'une cabane de chasseurs près d'Island Lake. Il semblerait qu'il y ait eu un cambriolage et des coups de feu. M. William LaSalle est mort.

*
* *

Stride parvint à un carrefour désert et s'arrêta au feu rouge. Les essuie-glaces couinaient en balayant les billes de neige fondue qui martelaient le pare-brise. Les routes qui sillonnaient le plat pays au nord de Duluth paraissaient vides, grises, lugubres.

— M. LaSalle était un de vos amis, n'est-ce pas ? demanda Maggie.

Il perçut une certaine timidité dans sa voix, comme si elle craignait de poser une question trop personnelle.

— Oui, c'est exact.

— Je suis désolée, lieutenant.

Stride hocha la tête alors que le feu passait au vert. Il jeta un coup d'œil à Maggie, qui regardait fixement la route, sans jamais se tourner vers lui.

— Vous n'êtes pas obligée de me donner du « lieutenant ». Appelez-moi Jonathan ou Stride, comme vous préférez.

Maggie secoua vigoureusement la tête.

— Non, ce ne serait pas convenable. Vous êtes mon supérieur.

— Je suis votre patron, ce qui n'est pas la même chose. Ça vous ennuie que je vous appelle Mags ? Vous préférez Maggie ? Ou inspectrice Bei ?

Elle le dévisagea, l'air de ne pas trop savoir s'il se moquait d'elle. Lorsqu'elle vit qu'il était sérieux, son expression s'adoucit.

— Non. J'aime bien que vous m'appeliez comme ça.

Il lui sourit. C'était plus facile de penser à Maggie et aux moyens de percer sa Muraille de Chine que de se laisser envahir par les souvenirs de Bill. Malheureusement, son esprit était tourné vers le passé et ne se laisserait pas distraire par autre chose.

— Je l'ai rencontré en deuxième année de fac. J'étais fiancé avec Cindy, et lui avec Diane.

Maggie gardait le silence. Peut-être était-elle gênée de partager des anecdotes personnelles. Il poursuivit néanmoins son récit, comme s'il s'était parlé à lui-même.

— Tous les quatre, nous avons été amis jusqu'à la fin de nos études universitaires. Nous étions toujours fourrés ensemble. Vous savez ce que c'est quand on est jeunes. On croit pouvoir refaire le monde autour d'une pizza.

— Oui, je comprends, dit Maggie.

Stride savait qu'étudiante, elle avait connu des expériences beaucoup plus rudes que lui. Elle avait manifesté à visage découvert contre le gouvernement chinois, et elle ne pouvait plus rentrer dans son pays de peur d'être arrêtée. À présent, elle vivait à Duluth, une ville qui devait lui sembler étrangère et intimidante. Une fois de plus, il se dit qu'il était injuste de vouloir qu'elle s'adapte plus rapidement à sa nouvelle existence.

— J'étais persuadé que nous resterions en contact après la fac, reprit-il. Duluth n'est pas une ville assez grande pour que les gens puissent se perdre de vue. C'est pourtant ce qui s'est passé. Je suis devenu flic, et Bill avocat. Nos chemins ne se sont plus beaucoup croisés. Même chose pour Cindy et Diane. Nous nous retrouvions une ou deux fois par an, mais ce n'était plus pareil. On ne peut pas s'empêcher de faire des comparaisons et de comprendre qu'on n'est plus aussi proches qu'autrefois.

Il fronça les sourcils avant de poursuivre son récit :

— Bill traversait une mauvaise passe. Le mois dernier, j'ai essayé de l'appeler deux ou trois fois quand j'ai appris pour Diane et lui. Mais je n'ai pas réussi à le joindre.

— Une mauvaise passe ? répéta Maggie.

— Diane avait demandé le divorce. Bill a découvert qu'elle avait une liaison avec un autre homme depuis plusieurs années.

— C'est terrible.

Stride hocha la tête.

— On croit connaître les gens, mais on se trompe.

Il s'engagea sur le pont qui enjambe Lake Island. L'eau noire était agitée par le clapot, et le vent faisait vibrer sa camionnette. Il ne s'était rendu qu'à deux reprises dans la cabane de chasseurs de Bill, et près de cinq ans s'étaient écoulés depuis sa dernière visite. Il n'était pas sûr de se souvenir du chemin à suivre en atteignant la rive nord du lac, mais au bout de 3 kilomètres, il aperçut une voiture de patrouille sur le bas-côté. Il tourna à gauche entre les arbres pour prendre une piste en terre battue et adressa un signe de tête à l'agent assis derrière le volant.

— Qui a trouvé le corps ?

— Son frère Randy, répondit Maggie. Vous le connaissez ?

— Je l'ai déjà rencontré. Il a cinq ans de moins que Bill. Répétez-moi comment les choses se sont passées.

— Randy LaSalle a déclaré être arrivé à la cabane ce matin de bonne heure pour chasser avec son frère. La porte était ouverte et l'intérieur en désordre. Certains objets avaient été abîmés ou volés. Son frère gisait sur le sol avec une blessure par balle à la tête.

— Où était l'arme ?

— Disparue.

Stride la regarda.

— Pas d'arme ?

— Non.

Elle eut un instant d'hésitation, avant d'ajouter :

— À votre avis, nous aurions dû la retrouver ?

— Oui, dit-il sans fournir d'explication.

Stride aperçut des véhicules de police garés dans une clairière. Un sentier de randonnée menait au lac, et la vieille cabane de chasseurs était nichée au milieu des bouleaux. Il se souvint de la bâtisse très rustique : une pièce unique construite en rondins, éclairée par un groupe électrogène et chauffée par une cheminée. Cela l'avait étonné qu'un avocat aussi prospère que Bill n'ait pas choisi une propriété plus luxueuse, car il aurait pu se l'offrir. Mais Bill affirmait qu'en venant ici, il avait l'impression de retrouver son enfance. Une époque où tout était plus simple.

Quand Stride descendit de sa camionnette, ses pieds s'enfoncèrent dans une couche de boue et de feuilles mortes. Après une journée de pluie incessante, le sol était détrempé. Tandis que Maggie marchait tout droit vers la cabane, il se dirigea vers un pick-up noir très sale arrêté au bout de l'allée. Comme la portière était ouverte, il avait aperçu le frère de Bill assis derrière le volant, le visage enfoui dans les mains. Voyant que Maggie s'apprêtait à lui demander si elle devait l'accompagner, il lui fit signe de rejoindre la scène de crime.

— Comment te sens-tu, Randy ?

Le frère de Bill leva la tête et reconnut Stride. Ses yeux étaient tout rouges, et les larmes avaient tracé des sillons sur ses joues couvertes de crasse.

— Je ne peux pas y croire, dit-il.

— Raconte-moi ce qui s'est passé.

Randy essuya son nez avec la manche de son sweatshirt aux couleurs de l'équipe des Vikings. Il portait par-dessus un gilet en duvet orange et était coiffé d'une casquette de base-ball.

— Il n'y a pas grand-chose à raconter. On avait rendez-vous ici ce matin de bonne heure, pour être dans les bois avant le lever du soleil. Quand je suis arrivé, la porte était ouverte, et je l'ai trouvé comme ça. C'est dingue.

— Il a passé la nuit dans la cabane ? demanda Stride.

— Oui, je pense. Sur le plancher, le sang était… il était gelé. Billy était étendu là depuis un bon moment.

— Qu'est-ce que tu as fait ensuite ?

— J'ai roulé jusqu'à une station-service pour vous prévenir, et puis j'ai attendu à l'entrée de la piste pour montrer le chemin aux flics.

— As-tu appelé Diane ?

Le visage de Randy se tordit de colère.

— Appeler cette pute ? Certainement pas ! Ils sont encore mariés, tu sais. Elle va récupérer tout le fric de Billy. Ce n'est pas juste.

— Oui.

Stride sortit un paquet de cigarettes de sa poche intérieure. Il en proposa une à Randy, qui secoua la tête. Alors il s'en alluma une. Il se limitait à deux cigarettes par jour, sauf quand les problèmes s'accumulaient. Cindy lui en voulait de ne pas arrêter de fumer.

Il observa Randy, qui était agité de tics, un peu comme la flamme vacillante d'une bougie. Il était de petite taille, comme son frère aîné, avec des boucles blond roux. Les cheveux de Bill avaient grisonné de bonne heure, et il avait adopté une coupe très courte, comme il sied à un avocat. Randy vivait dans l'ombre de son frère aîné. Bill avait opté pour le succès, le mariage, la stabilité, tandis que son cadet changeait sans cesse de boulot et de petite amie.

— Où as-tu passé la nuit, Randy ?

— Qu'est-ce tu veux dire par là ?

Stride exhala une bouffée de tabac.

— Où habites-tu en ce moment ? Tu as perdu ta maison il y a quelque temps, non ?

Randy fit la moue.

— La banque me l'a prise. J'habite un studio dans le centre-ville.

— Et c'est là que tu as dormi ?

— C'est là que j'ai dormi, ouais, répliqua-t-il avec un début d'agressivité. Qu'est-ce que tu sous-entends ?

Stride ignora la question.

— Tu étais seul ?

— Non. J'étais avec une fille. C'est son appartement.

— Comment s'appelle-t-elle ?

— Rhonda.

Stride ouvrit son carnet et lui tendit une feuille de papier avec un stylo.

— Note-moi son numéro de téléphone.

Randy le fusilla du regard avant de griffonner une série de chiffres.

— Ce n'est pas moi qui l'ai descendu. Je n'aurais jamais fait ça.

— Je n'ai rien dit de tel.

Stride plia la feuille de papier et la glissa dans sa poche. Puis il tourna le dos à Randy, regagna sa camionnette, termina sa cigarette et l'écrasa dans le cendrier. Les bras croisés sur la poitrine, il observa la cabane. Les spécialistes de l'identité judiciaire allaient et venaient, munis d'appareils photo et de sacs en plastique. Près de la porte d'entrée, Maggie était en grande conversation avec le responsable des techniciens, Max Guppo. Guppo, une sorte de chérubin d'1,50 mètres de haut qui aurait avalé un ballon de volley, gesticulait devant elle en laissant libre cours à sa faconde habituelle.

Stride examina le chemin d'accès, ainsi que les flaques de boue et les buissons qui entouraient la cabane. Il jeta aussi un coup d'œil sur le sentier de randonnée qui se faufilait entre les pins jusqu'au rivage d'Island Lake. Lorsqu'il s'arrêta sur le seuil de la cabane en rondins, la pénombre qui régnait à l'intérieur l'empêcha de distinguer les détails. Soudain, un flash crépita, et il vit une chaise renversée et un corps étendu par terre.

Il attendit un moment avant d'entrer. L'air froid chassait l'odeur du sang et de la mort. Bill avait les yeux fermés et les quatre membres étalés sur le plancher glacé. Il paraissait encore plus petit que de son vivant, comme c'est toujours le cas pour les cadavres. Il portait un gros manteau, un pantalon et des bottes, mais il avait les mains nues. Sur son front, la blessure d'entrée bien ronde était bordée par des plaques de peau brûlée. Des fragments de matière blanche étaient collés sur le canapé en tweed, un peu comme si un petit enfant avait balancé son assiette de chou-fleur. Des morceaux de cerveau.

Maggie s'approcha de lui. Son visage à la peau dorée était toujours aussi sérieux.

— Selon Guppo, nous avons un problème.

Stride hocha la tête, mais l'interrompit d'un geste de la main.

— Accordez-moi une petite minute, d'accord ?

*

*   *

— J'ai une veine de cocu, dit Bill.

Stride et lui avaient vingt ans, et ils étaient assis tout au bout de la jetée, sur la rive sud du lac Supérieur. Plusieurs bouteilles de Schell vides gisaient entre eux. Sous un soleil de plomb, les deux garçons portaient des lunettes de soleil, un débardeur et un short.

— Pourquoi donc ? demanda Stride.

Bill fit glisser ses lunettes sur le bout de son nez.

— Tu as vu Diane, oui ou non ?

— Je l'ai vue, oui.

— Elle est roulée comme Cheryll Ladd.

— Exact.

— Elle a autant de présence que Goldie Hawn.

— Encore exact.

— Et elle m'aime.

— Toujours exact.

— Voilà pourquoi j'ai une veine de cocu.

Bill avala la dernière gorgée de bière tiède et posa la bouteille à côté des autres.

— Vous avez fixé une date ? demanda Stride.

Bill fit non de la tête.

— Non, il faut d'abord que j'aie fini la fac de droit et trouvé un bon cabinet d'avocats. Quand tu veux épouser une déesse blonde, tu dois être prêt à la traiter comme une reine. Il faut de l'argent, mon vieux.

Stride se contenta d'un grognement.

— Et toi, tu en es où avec Cindy ?

Stride ôta ses lunettes de soleil et cligna des yeux.

— On va sans doute aller se marier en douce. À Reno. Un mariage au rabais. Tout le monde n'y verra que du feu. Nous ne voulons pas attendre d'avoir nos diplômes. Pourquoi repousser à plus tard quand on sait vraiment ce qu'on veut ?

— Parce que ce n'est pas drôle d'être pauvre, répliqua Bill.

— Nous n'allons pas mourir de faim.

— Les jeunes flics gagnent des clopinettes, tu es au courant ? Tu auras tout juste de quoi faire la tournée des fast-foods.

— Je sais.

Bill haussa les épaules.

— Je passe mon temps à te le répéter, Jonathan, avocat d'affaires, il n'y a que ça de vrai. Nous nous lèverons tous les deux à 4 heures du matin, mais toi tu vomiras en découvrant des cadavres, pendant que je conduirai une Cadillac. Réfléchis une seconde, mon vieux.

— Il n'y a pas que l'argent. Tu vas passer ta vie à rédiger des clauses en petits caractères sur des contrats que personne ne lira.

— Je m'en fiche, dit Bill, tant que je suis payé à l'heure. Des heures et des heures facturées au prix fort.

— C'est aussi ce que veut Diane ?

— Bien sûr. Elle rêve d'une maison dans les beaux quartiers et d'un abonnement pour l'orchestre symphonique de Minneapolis. C'est ce que veulent toutes les femmes.

— Pas Cindy.

— Pose-lui d'abord la question, dit Bill avec un grand sourire. Tu risques d'être surpris de sa réponse.

Stride saisit le pack de Schell et ouvrit deux autres bières. Il en tendit une à Bill et fit tinter le goulot de sa bouteille contre celle de son ami.

— À la santé de celui qui sera bientôt l'avocat le plus riche de Duluth !

— À la santé du futur meilleur flic de la ville !

Bill avala une gorgée, rota et s'essuya la bouche.

— Je vais te dire un truc, Jonathan. En toute sincérité, je ne le fais pas pour moi. Je veux que Diane ait tout ce qu'elle désire, tu comprends ? Tous les jours je remercie Dieu de m'avoir donné une fille comme ça. Je l'aime à en crever. Je ne sais pas ce que je ferais si je la perdais.

De nouveau, Stride tapota le goulot de sa bouteille contre celle de Bill.

— C'est pareil pour moi, mon pote. À leur santé, en espérant qu'on ne les perdra jamais.

*
* *

— Il faudrait appeler ce numéro et interroger Rhonda, dit Stride à Maggie en sortant la feuille de papier de sa poche. Je voudrais savoir à quelle heure Randy a quitté son appartement.

— Bien, lieutenant.

Elle attendit quelques instants avant d'ajouter :

— Guppo pense que…

— Je sais ce que pense Guppo. Dépêchez-vous d'appeler ce numéro, d'accord ?

— Bien sûr, dit Maggie en s'éloignant.

Debout au milieu de la cabane, Stride observa la table en bois située tout près de la chaise renversée. Un fond de chardonnay avait gelé dans une bouteille de vin. Et juste à côté de la bouteille, il y avait aussi deux doigts de vin gelés dans un verre de cristal. Il saisit le verre avec sa main gantée, le fit pivoter à 180 degrés, puis le reposa sur la table.

Dans la cheminée, le feu s'était éteint depuis longtemps. Un tas de cendres récentes était accumulé dans l'âtre. Le vent qui entrait par la porte soulevait des flocons gris comme s'il avait fait voltiger de la neige. Stride saisit un tisonnier pour fouiller le petit monticule et repéra un morceau de papier épargné par les flammes. Il s'accroupit et put voir qu'il s'agissait d'un fragment de photographie. On ne distinguait plus qu'une grande tache bleue, sans doute un coin de ciel. Le reste du cliché avait brûlé.

Il examina ensuite les débris éparpillés dans toute la pièce. Une lampe tombée par terre, avec son abat-jour de travers. Les morceaux d'une vase en verre brisé. Contre un mur, un meuble de télé bancal avec un rectangle de bois sans poussière là où aurait dû se trouver le poste. Le portefeuille de Bill grand ouvert sur le plancher, et vide. Il fit une mine dégoûtée.

Une grande fenêtre donnait sur le lac. Il se planta devant et contempla les vagues écumantes. Sur le sentier de randonnée, des traces de pas allant dans les deux sens étaient imprimées dans la boue.

Stride avait vu ce qu'il voulait voir.

Avant de sortir, son regard se porta une dernière fois sur Bill. Durant quelques années, il avait considéré cet homme comme son meilleur ami, à l'exception de Cindy. Cette époque était révolue. Il comprenait à présent que ce n'était pas un hasard s'il avait de moins en moins cherché à le contacter. Chaque fois qu'il le rencontrait, son costume et sa belle maison sur la colline lui rappelaient que les choses avaient changé. Chacun d'entre eux avait atteint son but, mais depuis le début leurs ambitions étaient différentes. Stride préférait oublier qu'au fond ils avaient très peu de choses en commun, et conserver intacts les souvenirs de leur amitié de jeunesse.

Il se demanda comment Diane allait réagir lorsqu'il lui annoncerait la nouvelle. Quand on n'aime pas vraiment quelqu'un, c'est difficile de comprendre que cette personne, elle, vous aime.

— Tu aurais dû m'appeler, dit-il à l'homme qui gisait à ses pieds.

Mais cela faisait une éternité que Bill ne s'adressait plus à lui en cas de besoin.

Il sortit de la cabane. Maggie l'attendait dehors.

— Avez-vous joint Rhonda ?

Elle fit oui de la tête.

— Randy a quitté son appartement à 5 heures du matin.

— Et le coup de téléphone à Police Secours ?

— À 6 h 30. C'est ce que vous escomptiez ?

— Oui.

Il vit l'embarras se peindre sur son visage et en retira un certain plaisir. Ses yeux sombres reflétaient de la perplexité et de l'inquiétude. Elle l'observait en silence, avec l'air de lui demander : « Vous êtes sûr que tout va bien ? »

Il lut ses pensées et répondit à sa question muette :

— Je vais bien. Pourquoi n'iriez-vous pas aider Guppo à boucler la scène de crime. Il faut que je parle à Randy.

Maggie opina du chef.

D'un pas pesant, il redescendit l'allée boueuse jusqu'au pick-up de Randy. En l'apercevant, celui-ci se rongea les ongles, puis ôta sa casquette de base-ball et la serra en boule dans une main.

Stride s'appuya sur la portière ouverte.

— Je suis désolé que tu l'aies découvert dans cet état, Randy.

— Ouais.

— Tu as parlé à Bill hier soir ?

— Oui, bien sûr.

— Il t'a dit quelque chose.

Randy évita le regard de Stride et se tordit le cou pour examiner la pagaille qui régnait à l'intérieur de son véhicule.

— Comme quoi ? Il m'a juste donné rendez-vous ici.

— C'est tout ? Rien d'autre ?

— Non.

— Où est le pistolet, Randy ?

Le frère de Bill se retourna brusquement.

— Quoi ?

— Tu l'as jeté dans le lac ?

— Ce n'est pas moi qui l'ai tué !

— Je sais que ce n'est pas toi. Je me demandais juste si hier soir Bill n'avait pas fait allusion à ce qu'il comptait faire.

Randy ouvrit la bouche, et le referma aussitôt.

— Tu as trouvé Bill dans la cabane, poursuivit Stride. Il était mort. Le pistolet était à côté de lui. Tu l'as ramassé afin d'essayer de faire croire à un cambriolage qui aurait mal tourné. Pourquoi ?

— Non, écoute, je n'ai pas…

Stride lui coupa la parole :

— Inutile de nier. Personne n'est venu ici depuis qu'il a commencé à pleuvoir, à part Bill et toi. Il n'y a aucune autre trace de pas ou de pneus. Le pistolet était collé contre la tempe de Bill lorsque le coup est parti. Tu as de la chance d'avoir un alibi, Randy, sinon ce maquillage idiot n'aurait servi qu'à faire de toi un suspect. Qu'est-ce que tu espérais ?

— L'idiot, c'était Randy ! Cette pute ne méritait pas qu'on se flingue pour elle !

— Peut-être pas, mais Diane était tout pour lui. T'a-t-il confié ses intentions ?

— Non, pas un mot.

— Pourquoi as-tu tenté de dissimuler le suicide ?

— Je ne voulais pas lui donner cette satisfaction, grogna Randy. Je ne voulais pas qu'elle s'imagine que Bill était prêt à se tuer pour elle.

— Ce sera pire pour elle quand elle apprendra la vérité. Mais arrête un peu de jouer les héros. Tu n'as pas fait ça pour elle, Randy. C'est une question d'argent ?

Il haussa les épaules et cracha par terre.

— Bon, d'accord. Il y a une assurance vie.

Stride attendit la suite.

— Il y a des années de ça, Bill a souscrit une assurance dont je suis le bénéficiaire. Ce n'est pas une grosse somme, mais ça dépanne toujours, tu comprends ? Je crois qu'ils refuseront de payer en cas de suicide.

— Sais-tu combien de délits tu as commis, Randy ?

— Hé, j'ai paniqué. Je suis désolé. J'ai voulu que Diane ne soit pas la seule à en profiter.

— C'était ton frère, dit Stride, incapable de masquer son amertume.

— Je sais. Tu crois que je n'ai pas de chagrin ? On n'était peut-être pas très proches, mais je n'aurais jamais pensé qu'il ferait un truc pareil. Si l'un de nous deux avait dû baisser les bras, c'était plutôt moi.

— Ne compte pas sur ma pitié. Tu n'as pensé qu'à ton intérêt.

— Tout le monde défend ses intérêts, dit Randy avec une grimace apeurée. C'est la vie. Et maintenant, qu'est-ce qui se passe ?

— Maintenant, je vais t'envoyer une petite flic chinoise, et tu vas tout lui raconter en détail. Compris ? Ensuite, il te restera à prier pour que le procureur du comté se contente de te donner une tape sur les doigts.

Stride s'éloigna du pick-up sans lui laisser le temps de répliquer. Il fit signe à Maggie de quitter Guppo et de le rejoindre près de sa camionnette. Il était trop tôt pour allumer une deuxième cigarette, mais il fit une entorse à la règle.

— Est-ce qu'il reconnaît avoir pris le pistolet ? demanda-t-elle.

— Oui.

— Guppo a compris que c'était un suicide en arrivant sur la scène de crime.

— Certaines affaires sont faciles. Mais rappelez-vous que ce n'est pas toujours le cas.

— Vous soupçonniez un suicide avant même de débarquer ici, n'est-ce pas ?

— Je connaissais Bill, dit Stride avec un haussement d'épaules. Allez prendre la déposition de Randy, s'il vous plaît. Interrogez-le sur le moindre de ses gestes au cours de la nuit dernière et de la matinée. Assurez-vous qu'il ne nous cache rien.

— D'accord, patron.

Il la dévisagea avec surprise.

— Patron ?

Les yeux de Maggie s'arrondirent.

— Je voulais dire : « lieutenant ».

— « Patron » me va très bien, dit Stride en souriant.

*

* *

Stride était installé sur le canapé en face de la cheminée. Assise en tailleur à côté de lui, Cindy appuyait sa tête contre son épaule. Il était presque minuit. Il saisit son verre de chardonnay posé sur le tapis et fit tourner le vin à l'intérieur en pensant au liquide gelé dans le verre en cristal de Bill. Il avait dû descendre les deux tiers d'une bouteille avant de trouver le courage de presser la détente.

— Je suis désolée, Jonny, murmura Cindy en scrutant son visage.

Stride garda le silence, les yeux rivés sur les flammes. Il se demandait si les photos que Bill avait brûlées remontaient à l'époque où ils étaient tous les quatre à la fac. Jusqu'où fallait-il aller pour effacer le passé.

— Comment Diane a-t-elle réagi ? dit Cindy.
— Pas très bien.
— C'est plutôt bon signe, non ?
— Oui, je pense.
— Tu ne te fais pas de reproches, hein ? Tu ne t'en veux pas de ce que Bill et toi vous vous êtes éloignés au fil des années.
— Peut-être que si.
— Tu as tort. Il s'est passé la même chose entre Diane et moi. Ce n'est de la faute de personne.
Stride savait qu'elle avait raison, mais cela ne changeait rien à son état d'esprit. Il fallait toujours qu'il prenne tout sur lui.
— J'aurais cru Bill plus fort, dit Cindy. Je n'aurais jamais pensé qu'il était aussi vulnérable.
— On est toujours étonné par les gens.
— Le jour où je te quitterai pour vivre avec Guppo, j'espère que tu ne te tueras pas ?
Stride éclata de rire.
— Avec Guppo ?
— On ne sait jamais ce qui peut arriver, Jonny.
— Non, je pense que je ne me suiciderai pas, mais il vaut mieux de ne pas tenter le diable.
Elle le menaça de l'index.
— Mais si tu décides de me quitter pour Maggie, c'est *toi* que je tuerai, pas moi.
— Cela me semble juste.
Cindy termina son verre de vin et redevint sérieuse.
— Je me demande tout de même d'où cela peut venir.

— Quoi donc ?

— Cette volonté de suicide. Ce sentiment que c'est la fin. Ce désir d'abandonner la partie.

Stride secoua la tête.

— Je ne sais pas. En tout cas, ça doit venir d'un endroit glacial.

Cindy frissonna. Un courant d'air fit vaciller le feu de bois. Cela rappela à Stride l'arrivée prochaine de l'hiver. Duluth allait bientôt redevenir un endroit glacial. Au-dessus de sa tête, l'horloge en cuivre sonna les douze coups de minuit. Il était plus vieux d'une journée. Il serra Cindy dans ses bras, sans parvenir pour autant à chasser cette impression d'avoir pris un coup de vieux.

Composé par Nord Compo
à Villeneuve-d'Ascq (Nord)

Imprimé en France par

MAURY-IMPRIMEUR
à Malesherbes (Loiret)
en avril 2011

POCKET – 12, avenue d'Italie - 75627 Paris cedex 13

N° d'impression : 164318
Dépôt légal : mai 2011
S21443/01